BRIAN LUMLEY · WECHSELBALG

In dieser Reihe außerdem lieferbar:

2801 *Das Erwachen*
2802 *Vampirblut*
2803 *Kreaturen der Nacht*
2804 *Untot*
2805 *Totenwache*
2806 *Das Dämonentor*
2807 *Blutlust*
2808 *Höllenbrut*
2809 *Wechselbalg*

In Vorbereitung:

2810 *Duell der Vampire*

Brian Lumley

Wechselbalg

Necroscope 9

Aus dem Englischen von Michael Plogmann

FESTA

2. Auflage Februar 2003
Originaltitel: *Necroscope 4: Deadspeak*

www.Festa-Verlag.de
Umschlaggestaltung: www.babbarammdass.de
Dieses Werk wurde vermittelt durch die Literarische Agentur
Thomas Schlück GmbH, 30827 Garbsen
Druck und Bindung: Wiener Verlag, A-2325 Himberg

ISBN 3-93822-49-9

ERSTES KAPITEL

Transsilvanien, Anfang September 1981 ...

Die Sonne hatte den Zenit noch nicht erreicht, als zwei Bauersfrauen aus Halmagiu über die ausgetretenen Waldwege ihrem Dorf entgegen stapften. Ihre Körbe waren gefüllt mit kleinen wilden Pflaumen und den ersten reifen Beeren, auf denen noch der Morgentau glitzerte. Einige der Pflaumen hatten immer noch grüne Stellen – ideal für den scharfen, würzigen Obstschnaps. Die Frauen trugen dunkle Kleider, und ihre schmalen Gesichter wurden von Kopftüchern aus grobem Stoff umrahmt. Beim Gehen tratschten sie genüsslich über die Skandalgeschichten des Dorfes. Ihre Zähne blitzen elfenbeinweiß in den wettergegerbten Gesichtern, wenn sie über eine besonders pikante Angelegenheit lachten.

Nicht weit entfernt stieg der bläuliche Rauch von Holzfeuern fast senkrecht aus den Schornsteinen des Dorfes Halmagiu in die Höhe; er zerfaserte zu einem schwachen Dunst über den frühherbstlichen Baumkronen. Aber vor ihnen, direkt unter den Bäumen, brannten andere Feuer. Der Geruch nach gewürztem Fleisch und Kräutersuppe durchzog die von keinem Windhauch bewegte Luft; silberne Schellen klimperten und ein Ast knarrte, an dem ein Kind mit zerzausten Haaren und dunklen Augen still an dem Seil einer provisorischen Schaukel hin und her schwang.

Bunt bemalte Planwagen waren in einem Kreis unter den Bäumen zusammengeschoben. Vor dem Lager weideten angepflockte Ponys, und Röcke in bunten Farben wogten, wo Mädchen mit nackten Armen Feuerholz sammelten. Im Innern des Lagers stiegen über prasselnden Flammen aus eisernen schwarzen Kochtöpfen Dämpfe auf, die einem den Mund wässrig machten. Die Männer des fahrenden Volkes gingen ihren Aufgaben nach oder sahen einfach nur zu und rauchten ihre langen, dünnstieligen Pfeifen, während das Lager aufgeschlagen wurde. Ja, es war fahrendes Volk: Zigeuner. Die *Szgany* waren in die Gegend von Halmagiu zurückgekehrt.

Der Junge auf der Schaukel bemerkte die beiden Frauen aus dem

Dorf und stieß einen schrillen Pfiff hervor. Das Murmeln und Klappern und jede Aktivität im Lager hielt abrupt inne; Dutzende von dunklen Augen drehten sich wie ein Wesen und richteten sich neugierig auf die rumänischen Bauersfrauen mit ihren Körben. Die Zigeuner-Männer in ihren Lederjacken wirkten sehr stark, irgendwie wild, aber in ihren Augen lag keine Feindseligkeit. Sie hatten ihre eigenen Gesetze, die Szgany, und sie wussten, woher die Butter auf ihrem Brot kam. Seit fünfhundert Jahren hatten die Leute aus Halmagiu ehrlich mit ihnen gehandelt, hatten den Schmuck und den Tand der Zigeuner gekauft und sie anderweitig unbehelligt gelassen. Also würden auch die Zigeuner Halmagiu keinen böswilligen Schaden zufügen.

»Einen guten Morgen, Frauen«, rief der König der Zigeuner (denn so bezeichneten sich die Führer dieser wandernden Sippen stolz selbst: als kleine Könige). Er stand auf den Stufen seines Wagens und verbeugte sich vor ihnen. »Erzählt doch bitte euren Freunden im Dorf, dass wir an ihre Türen klopfen werden – Töpfe und Pfanne von feinster Qualität; Amulette, um die Kreaturen der Nacht zu vertreiben; Karten, welche die Zukunft zeigen; und scharfe Augen, die die Linien einer Hand deuten können. Bringt uns eure Messer zum Schleifen und die zerbrochenen Axtstiele. Wir werden sie reparieren. Dieses Jahr haben wir sogar das eine oder andere junge Pony, um die alten Mähren zu ersetzen, die eure Karren ziehen. Aber wir werden nicht lange bleiben, deshalb macht eure Geschäfte, bevor wir weiterziehen!«

»Auch euch einen guten Morgen«, antwortete die ältere der beiden Frauen sofort, hastig, als sei sie außer Atem. »Seid versichert, wir werden das im Dorf verkünden!«

Ihrer Begleiterin flüsterte sie zu: »Geh nicht weg, bleib direkt hinter mir und sag nichts.«

Und als sie an einem der Wagen vorbeikamen, nahm die alte Frau eine kleine Schüssel mit Haselnüssen und eine große Hand voll Pflaumen aus ihrem Korb und legte sie als Geschenk auf die Stufen des Wagens. Wenn diese Gabe bemerkt wurde, so zeigte das niemand. Die Aktivitäten im Lager waren wieder aufgenommen worden, als sei nichts gewesen, und die beiden Frauen machten sich auf den Heimweg. Aber die Jüngere, die noch nicht lange in Halmagiu lebte, fragte: »Warum hast du die Nüsse und die Pflaumen weggegeben? Es heißt, die Zigeuner geben nichts, wenn sie nichts dafür bekommen, tun nichts, ohne etwas dafür zu bekommen, und nehmen viel zu oft etwas, ohne etwas dafür zu geben. Ermuntert das die nicht noch, wenn wir ihnen solche Geschenke machen?«

»Es kann nichts schaden, sich mit dem fahrenden Volk gut zu stellen«, antwortete ihr die andere. »Wenn du hier mal so lange gelebt hast wie ich, dann weißt du, was ich meine. Und außerdem sind sie nicht hier, um zu stehlen oder um Dummheiten zu machen.« Sie schüttelte sich. »Im Gegenteil, ich schätze, ich weiß genau, was sie hier wollen.«

»Ja?«, fragte ihre Freundin neugierig.

»Oh ja. Es liegt am Mond; da ist ein Ruf, den sie gehört haben; ein Opfer, das sie bringen werden. Sie düngen die Erde, erneuern die Fruchtbarkeit, ... besänftigen ihre Götter.«

»Ihre Götter? Dann sind das also Heiden? ... Was sind das für Götter?«

»Nenn es die Natur, wenn du willst«, erklärte die andere kurz angebunden. »Aber frag mich nicht mehr. Ich bin nur eine einfache Frau, und ich will das gar nicht wissen. Und du solltest das auch nicht. Die Großmutter meiner Großmutter kann sich an Zeiten erinnern, als die Zigeuner kamen. Und wohl auch deren Großmutter vor ihr. Manchmal vergehen fünfzehn Monate, manchmal achtzehn – aber nie mehr als einundzwanzig – bevor sie zurückkommen. Frühling, Sommer, Winter – nur die Szgany selbst kennen die Jahreszeit, den Monat oder den Tag. Aber wenn sie den Ruf hören, wenn der Mond richtig steht, wenn ein einsamer Wolf in den Bergen heult, dann kommen sie zurück. Ja, und wenn sie dann wieder gehen, lassen sie immer ihre Opfergabe zurück.«

»Was für eine Opfergabe?« Die Jüngere wurde immer neugieriger.

»Frag nicht!« Die Ältere schüttelte den Kopf. »Frag bloß nicht!« Aber das war typisch für sie. Ihre Freundin wusste genau, dass sie darauf brannte, ihr die Geschichte zu erzählen. Sie wartete ab, entschlossen, keine weiteren Fragen zu stellen. Aber nach kurzer Zeit, als sie fand, dass sie vom kürzesten Weg nach Hause abgekommen waren, fühlte sie sich doch genötigt, nachzufragen: »Ist das nicht ein großer Umweg, den wir hier machen?«

»Sei ruhig!«, zischte die andere. »Da, sieh!«

Sie waren auf einer Waldlichtung angekommen, am Fuß eines steilen Felsens aus grauem Vulkangestein. Er war unbewachsen und bildete oben eine Platte. Es gab einige Vorsprünge, an denen man emporklettern konnte. Der Felsen war etwa zwanzig Meter hoch. Hinter dem Felsen folgte noch ein wenig Wald, und dann eine steile Felswand, die zu einem Kiefern bestandenen Plateau anstieg, wie eine erste gigantische Stufe zu den Nebel umwaberten, dräuenden Gipfeln des Zarundului-Massivs. Die Bäume um diesen Felsklotz herum waren alle gefällt worden, das Gebüsch und das Unterholz waren gerodet. Auf dem Gipfel war eine Pyramide aus schweren Steinen aufgerichtet worden, wie ein kleiner Turm oder ein Mahnmal, das auf die Berge deutete.

Und dort oben auf dem nackten Felsen direkt vor diesem Steinhaufen saß ein junger Mann, der mit seinem Messer eine Steinplatte in seinem Schoß bearbeitete: ein Szgany! Er war in seine Arbeit vertieft und bemerkte nichts bis auf den Stein in seinen Händen. Er starrte eine Strecke von kaum dreißig Metern hinunter – offenbar zu ihnen hin, die Frauen aus dem Dorf mussten direkt in seinem Blickfeld sein – aber wenn er sie sah, dann ließ er sich das nicht anmerken. Es war offensichtlich, dass er nur Augen für den Stein hatte, an dem er arbeitete. Und selbst auf diese Entfernung hin war da offenkundig etwas ... irgendetwas stimmte nicht mit ihm.

»Was macht der da oben?«, wollte die jüngere der beiden Frauen flüsternd wissen. »Es sieht sehr gut aus – aber irgendwie komisch. Und ist das da nicht ein verbotener Ort? Mein Hzak hat mir erzählt, dass der Grundstein von diesem Mahnmal ein ganz besonderer Stein sei, und dass ...«

»Pscht!«, bedeutete die andere ihr wieder, mit dem Finger auf den Lippen. »Störe ihn nicht. Sie mögen es gar nicht, wenn man hinter ihnen herspioniert, diese Szgany. Auch wenn uns der da sowieso nicht hören wird. Aber trotzdem ... es ist besser, man sieht sich vor!«

»Du sagst, er wird uns sowieso nicht hören? Warum flüstern wir dann? Nein, ich weiß, warum wir flüstern: weil das hier ein Ort der Andacht ist, so wie eine Kapelle. Beinahe etwas Heiliges.«

»Nein, nicht heilig! Verflucht!«, verbesserte die andere sie. »Und warum er uns nicht bemerkt? – Sieh ihn dir doch an! Seine Hautfarbe – die ist nicht olivbraun wie sonst, sondern gräulich, krank und siech. Die Augen sind tief eingesunken und fiebrig. Er ist besessen von dem Stein, an dem er arbeitet. Er hat den Ruf gehört, das sieht man doch! Er ist besessen, hypnotisiert – er ist verdammt!«

Noch als die letzten Worte ihren Mund verließen, erhob sich der Mann auf dem Felsen, nahm seinen Stein und fügte ihn an einer bestimmten Stelle sauber in das Mahnmal ein. Der Stein stand dort Seite an Seite mit Dutzenden anderer Steine, wie ein Ziegel in der obersten Lage einer Mauer, und jedem, der das Ritual des Behauens gesehen hatte, war klar, dass jeder Stein in dieser Mauer auf eine seltsame, bedeutsame Weise gekennzeichnet sein würde.

Die jüngere der Frauen öffnete den Mund, um etwas zu sagen, aber ihre Freundin kam ihrer Frage zuvor: »Sein Name? Er hat seinen Namen und seine Lebensdaten hineingemeißelt, soweit er die kennt. So wie all die anderen Namen und Daten, die dort eingemeißelt sind. So wie es all die anderen getan haben, die dort vor ihm hochgeklettert sind. Dieser grob behauene Stein ist sein Grabstein, und das Mahnmal ist so etwas wie ein Friedhof.«

Der junge Zigeuner legte seinen Kopf in den Nacken und sah auf, hoch in die Berge. Er blieb lange Zeit starr so stehen, als warte er auf etwas. Und hoch oben in dem graublauen Himmel schob sich ein kleiner dunkler Wolkenfetzen vor die Sonne.

Da zuckte die ältere der beiden Frauen zusammen. Sie selbst war beinahe hypnotisiert worden; sie war stehen geblieben, ohne den Willen, weiterzugehen. Aber als sich die Sonne verdunkelte und alles in Schatten legte, ergriff sie den Ellbogen der anderen und wandte sich ab. »Komm«, keuchte sie, plötzlich atemlos, »lass uns von hier verschwinden. Unsere Männer werden sich schon Sorgen machen. Vor allem, wenn sie wissen, dass die Zigeuner in der Nähe sind.«

Sie hasteten unter den schattigen Baumkronen entlang, fanden ihren Weg, und nach kurzer Zeit sahen sie die ersten hölzernen Häuser am Rand von Halmagiu, wo der Wald sich ausdünnte und aufhörte. Aber als sie unter den Bäumen hervor auf die staubige Straße traten und ihr Herzschlag sich ein wenig beruhigt hatte, hörten sie ein Geräusch in ihrem Rücken, über ihnen und weit, weit weg.

Es war noch nicht einmal Mittag in Halmagiu; die Sonne kam gerade hinter einer kleinen, vereinzelten Wolke hervor; bis zu den ersten Tagen des Winters würden noch sechs oder sieben Wochen vergehen – aber jede Seele, die diesen Laut hörte, nahm ihn als ein Omen des nahenden Winters. Und einige sahen noch viel mehr darin.

Es war die klagende Stimme eines Wolfes, die von den Bergen herunter hallte, und die jaulte, wie Wölfe seit Jahrtausenden und mehr heulen. Die beiden Frauen hielten inne, umklammerten ihre Körbe, hielten den Atem an und lauschten. Aber: »Er bekommt keine Antwort«, sagte die Jüngere schließlich. »Er ist allein, dieser alte Wolf.«

»Jetzt noch«, nickte die andere. »Ja, er ist allein – aber er ist gehört worden, darauf kannst du dich verlassen. Und er wird seine Antwort bekommen, sehr bald. Und dann ...« Sie schüttelte den Kopf und eilte davon.

Die andere holte sie ein. »Was ist dann?«, wollte sie wissen.

Die Ältere sah sie an, blickte finster, und blaffte schließlich: »Du musst lernen, zuzuhören, Anna! Es gibt Dinge, über die reden wir hier nicht oft – wenn du also etwas lernen willst, dann musst du gut zuhören, wenn darüber geredet wird!«

»Ich habe schon zugehört«, gab die andere zurück. »Ich habe es nur nicht verstanden, das ist alles. Du hast gesagt, der alte Wolf werde bald seine Antwort bekommen. Und ... was ist dann?«

»Ja, dann«, sagte die Ältere und wandte sich ihrer Haustür zu, von deren Rahmen Knoblauchzöpfe hingen und in der Sonne trockneten. Über die Schulter hinweg antwortete sie dann doch noch: »Und dann – am nächsten Morgen – dann sind die Szgany verschwunden! Da ist keine Spur mehr von ihnen außer der Asche ihres Lager und die Spuren, welche die Wagen hinterlassen haben, als sie davongerollt sind. Aber sie sind dann einer weniger. Einer hat einem uralten Ruf gehorcht und ist zurückgeblieben.«

Der Mund der jüngeren Frau formte ein lautloses ›O‹.

»Ja«, nickte die erste. »Du hast ihn vorhin gesehen – wie er seinen Namen zu denen der anderen armen Seelen hinzugefügt hat, deren Namen da oben in dem Mahnmal auf dem Felsen stehen ...«

In dieser Nacht, im Lager der Zigeuner:

Die Mädchen tanzten und wirbelten herum zum Gekreisch der schrillen Fiedeln und dem uralten Schellen und Klirren der Tamburine. Eine lange Tafel bog sich unter der Last der Speisen: Kaninchenkeulen und ganze Igel, die immer noch von der Hitze der Erdöfen dampften, in denen sie gebacken worden waren; Wildschweinwürste in dünnen Scheiben, Käse, der in Halmagiu gekauft oder eingetauscht worden war, Früchte und Nüsse, Zwiebeln, die in Bratensoße schmorten; Zigeunerwein und scharfer, beißender Schnaps aus wilden Pflaumen.

Sie feierten ein Fest. Die Flammen des gewaltigen Feuers in der Mitte spiegelten sich in der Musik, und die Tänzer waren grazil und sinnlich. Der Alkohol floss in Strömen. Einige der jüngeren Zigeuner tranken aus einem Gefühl der Erleichterung heraus, andere aus Angst vor einer ungewissen Zukunft. Denn für diejenigen, die dieses Mal davongekommen waren, würde es immer andere Gelegenheiten geben.

Aber sie waren Szgany, und dies war der Lauf der Dinge; sie gehörten Ihm bis ans Ende der Welt, Er hatte das Sagen, Er durfte nehmen. Ihr Pakt mit dem Alten war vor mehr als vierhundert Jahren geschlossen und besiegelt worden. Durch Ihn war es ihnen über die Jahrhunderte hinweg gut gegangen, ging es ihnen jetzt gut und würde es ihnen in alle Zukunft gut gehen. Er machte die harten Zeiten leichter – ja, und die leichten Zeiten härter – aber Er sorgte immer für einen Ausgleich. Sein Blut war in ihnen und ihres in Ihm. Und das Blut ist das Leben.

Nur zwei hielten sich abseits und blieben allein. Obwohl die Mädchen tanzten und alles trank und feierte, waren sie für sich. Denn all dieser Lärm und die Fröhlichkeit um sie herum war nur aufgesetzt, etwas, an dem sie schwerlich teilhaben konnten.

Einer der beiden, der junge Mann von dem Felsen, saß auf den Stufen eines verschwenderisch verzierten und bemalten Wagens, mit einem Wetzstein und seinem Messer mit der langen Klinge, und schärfte die Klinge zu einem blitzenden, silbrigen Schimmer im Schein der flackernden Lagerfeuer. Und im gelben Lampenlicht hinter ihm in der offenen Tür saß seine schluchzende Mutter, rang die Hände und betete mit allen Kräften zu Einem, der kein Gott war – stattdessen fast das Gegenteil davon – Er möge ihren Sohn in dieser Nacht verschonen. Aber ihr Flehen war vergeblich.

Und als eine Weise zu Ende ging und die bunten Röcke sich über glänzende braune Gliedmaßen senkten und Schnurrbart bewehrte Männer in ihren Sprüngen und Kapriolen innehielten – in der Pause, in der die Geiger an ihrem Schnaps nippten, bevor sie eine neue Melodie aufnahmen – da zeigte der Mond seinen Rand über den Bergen, deren Nebel bedeckte Schluchten plötzlich deutlich hervorgehoben wurden. Und als die Kinnladen herunterklappten und alle Augen sich dem aufgegangenen Mond zuwandten, da drang das klagende Heulen eines Wolfes aus den unsichtbaren Höhen der Felsen zu ihnen herunter.

Für einen Moment war alles zu einem Tableau erstarrt ... aber im nächsten wandten sich alle Blicke dem jungen Mann auf den Stufen des Wohnwagens zu. Er stand auf, sah zum Mond und den Berggipfeln empor und seufzte. Er steckte das Messer in den Gürtel, trat auf die Lichtung hinaus und überquerte sie mit staksigen Schritten. Er ging auf die Dunkelheit jenseits des Wagenkreises zu.

Seine Mutter durchbrach die Stille. Ihr Jammern, das sich zu einem gequälten Kreischen hochschraubte, war das einer Banshee, als sie sich aus ihrem Wohnwagen stürzte, die hölzernen Stufen hinunterpolterte und mit weit ausgebreiteten Armen hinter ihrem

Sohn her lief. Aber sie rannte nicht zu ihm hinüber; stattdessen fiel sie einige Schritte entfernt auf die Knie, die Arme immer noch ausgestreckt, ein hilfloser Griff in die leere Luft.

Der Führer der Sippe, ihr ›König‹, war vorgetreten, um den jungen Mann zu umarmen. Er schlang die Arme um ihn, küsste ihn auf beide Wangen, und entließ ihn wieder aus seiner Umarmung. Ohne noch länger zu zögern, verließ der Auserwählte den Schein der Feuer, trat zwischen den Wagen hindurch und wurde von der Dunkelheit verschlungen.

»Dumitru!«, kreischte seine Mutter. Sie rappelte sich auf die Füße, wollte hinter ihm her stürzen – und fand sich in den Armen ihres Königs wieder.

»Finde dich damit ab, Frau«, sagte er grob zu ihr, mit bebender Kehle. »Wir haben das schon seit Monaten kommen sehen, haben den Wandel in ihm beobachtet. Der Alte hat gerufen und Dumitru hat geantwortet. Wir wussten, was uns erwartet. Das ist immer so.«

»Aber er ist mein Sohn, mein Sohn!«, schluchzte sie herzerweichend an seiner Brust.

»Ja«, sagte er und seine eigene Stimme brach schließlich und Tränen strömten über seine ledrigen Wangen. »Und meiner ... er ist auch mein Sohn ... ja.«

Er führte sie stolpernd und schluchzend zurück zu ihrem Wohnwagen, und hinter ihnen setzte die Musik wieder ein und der Tanz, das Schmausen und das Trinken.

Dumitru Zirra erkletterte die Felsformationen des Zarundului wie ein Luchs, der in diesen Höhen geboren war. Der Mond beschien seinen Weg, aber auch ohne diesen silbernen Schimmer hätte er sicher seinen Weg gefunden. Er hatte einen Führer in seinem Innern; eine Stimme in seinem Kopf, die nicht seine Stimme war, verriet ihm, wohin er seinen Fuß, seine Hand, seinen Griff setzen musste. Für diejenigen, die sich hier auskannten, gab es Wege hier oben, aber selbst zwischen denen gab es Abkürzungen an Schwindel erregenden Abgründen vorbei. Diese wählte Dumitru, oder wenn nicht er, dann traf jemand anderes die Wahl für ihn.

Dumiiitruuu!, säuselte die dunkle Stimme in ihm, und zog seinen Namen in die Länge wie einen gequälten Schrei. *Oh mein Getreuer, mein Szgaaany, du Sohn meiner Söhne. Tritt hierher, und dorthin, und hier, Dumiiitruuu. Und da, wohin der Wolf seinen Fuß gesetzt hat – siehst du seine Marke auf dem Fels? Der Vater deiner Väter wartet auf dich, Dumiiitruuu. Der Mond ist aufgegangen und die Stunde ist naaah. Beeile dich, mein Sohn, denn ich bin alt und vertrocknet und fast auf den Tod ausgedörrt – auf den wahren Tod! Aber du sollst mich nähren, Dumiiitruuu. Ja, und all deine Jugend und deine Stärke wird miiiir gehören!*

Der Junge arbeitete sich fast bis zur Baumgrenze vor, sein Atem kam stoßweise, und seine Hände waren blutig vom Klettern. Er stieg hinauf bis zur dunkelsten Schlucht von allen, wo sich eine gewaltige Ruine an eine fast lotrechte Felswand klammerte. Auf der einen Seite fiel ein Abgrund so steil und düster ab, dass er bis in die tiefste Hölle hinunterreichen mochte, auf der anderen beschirmte die letzte der gewaltigen Tannen den verfallenen Koloss einer uralten Feste, die sich an die senkrecht abfallende Felswand schmiegte. Dumitru sah den Ort und erstarrte für einen Moment, aber dann sah er auch den Wolf mit den flammenden Augen, der im zerschmetterten Tor der Ruine stand, und er zögerte nicht mehr. Er ging weiter, und der riesige Wolf zeigte ihm den Weg.

Willkommen in meinem Heim, Dumiiitruuu! Die ölige Stimme klebte wie Morast in seinen Gedanken. *Du bist mein Gast, Sohn ... tritt ein aus freiem Willen!*

Dumitru Zirra kletterte dumpf über die ersten zerschmetterten Steine des Bauwerks hinweg, aber trotz seiner Benommenheit verfehlte das Gebäude seinen Eindruck auf ihn nicht. Das hier war einst ein Schloss gewesen, dessen war er sich sicher. In alten Zeiten hatte hier ein Boyar gelebt, ein Ferenczy – Janos Ferenczy! Daran konnte kein Zweifel herrschen, denn über die Zeiten hinweg, seit den Tagen des Grigor Zirra, des ersten ›Königs‹ der Szgany, hatten die Zirras dem Baron Ferenczy die Treue geschworen und sein Wappen getragen; eine Fledermaus, die sich aus der Öffnung einer schwarzen Urne in die Luft erhob, mit gespreizten Flügeln und drei Rippen an jedem Flügel. Die Augen der Fledermaus waren rot, so wie die Rippen an den Flügeln, die ebenfalls karmesinrot leuchteten.

Und jetzt erblickten die tief eingesunkenen, starren Augen des Jugendlichen hier ein ähnliches Abbild auf einem eingestürzten Torbogen, der halb im Schutt verborgen lag. Da wusste er, dass er auf der Türschwelle eines der großen alten Beschützer der Zirras und ihrer Gefolgsmänner stand. Denn es war das gleiche Wappen, das auch heute noch die Seiten von Vasile Zirras Wohnwagen zierte (auch wenn es sorgfältig durch den übrigen Schmuck und die verschlungenen Lack- und Farbmuster kaschiert wurde). Und der alte Vasile, Dumitrus Vater, trug einen Ring mit einer Miniatur dieses Wappens, der angeblich durch viele Generationen hindurch auf ihn vererbt worden war. Dieser Ring wäre eines Tages auf Dumitru übergegangen – wenn er nicht den Ruf gehört hätte ...

Ein Stück vor Dumitru gab der Wolf ein kehliges, drängendes Knurren von sich. Aber er zögerte noch, unsicher, weil die Schatten von herabgestürzten Steinklötzen ihm die Sicht versperrten. Die ganze Vorderseite der Ruine schien (wie von einer gewaltigen Explosion im Innern des Gebäudes) nach außen und über die Klippe weggeschleudert worden zu sein. Noch jetzt lagen überall gigantische Trümmer, Fliesen und Schindeln bis an den Rand der Klippe verstreut. Dumitru schätzte, dass ein großer Teil des Schlosses in die Schlucht hinabgestürzt war.

Was diese Zerstörung angerichtet haben konnte, das vermochte er nicht zu ...

Du zögerst, mein Sohn, erklang wieder diese schreckliche Stimme in seinem Kopf. Sie wand sich wie ein Wurm durch seinen Geist und wischte alle Anflüge von Fragen und Zweifeln und freiem Willen hinweg. Diese Stimme, die ihn völlig gefangen genommen und in den letzten vier oder fünf Wochen die totale Kontrolle über ihn übernommen hatte, diese Stimme, die ihn zu ihrem Zombie gemacht hatte. *Es ist also so, wie ich angenommen habe, Dumiiiitruuu ... du hast einen starken Willen! Gut! Die Stärke des Willens entspricht dem des Körpers, und die Stärke des Körpers ist das Blut. Dein Blut ist stark, mein Sohn, wie in allen Männern deiner Sippe.*

Der große Wolf knurrte wieder und Dumitru stolperte hinter ihm her. Der Junge wusste, er sollte vor diesem Ort fliehen, sollte davonlaufen, und noch weiter kriechen, auch wenn er sich im Dunkeln die Knochen brach, wenn es sein musste ... alles, nur nicht weitergehen. Und doch war er machtlos gegen das Locken dieser uralten, perfiden Stimme. Es war, als habe er ein Versprechen gegeben, das er nicht brechen konnte, oder als müsse er das unverbrüchliche Versprechen eines lange verstorbenen ehrwürdigen Vorfahren einlösen.

Und jetzt, geleitet von der Stimme in seinem Kopf, stolperte er an umgestürzten Säulen vorbei auf der Suche nach einer bestimmten Stelle; er ließ sich auf alle viere nieder, schaufelte das frisch gefallene Laub, feuchtes graues Moos und schwarze Felsstücke zur Seite und entdeckte (oder grub vielmehr aus, denn die Stimme hatte ihm gesagt, sie würde da sein) eine flache Steinplatte mit einem eisernen Ring, die sich leicht anheben ließ. Abgestandene Luft strömte ihm entgegen, drängte sich in seine Lungen und ließ ihn noch mehr schwindeln, während er da über dem stinkenden tiefschwarzen Abgrund hockte. Und als er zuletzt wieder einen freien Kopf bekam – wenigstens was die Dämpfe betraf – war er schon dabei, in diese schrecklichen Tiefen hinabzusteigen.

Die Stimme sprach weiter zu ihm: *Da, sieh, mein Sohn ... eine Nische in der Wand ... da sind Fackeln, in einem Bündel, und Streichhölzer, die in Pergament eingewickelt sind ... ja, die sind besser als die Feuersteine aus meiner Jugend ... entzünde eine Fackel und nimm zwei weitere mit ... du wirst sie brauchen, Dumiiitruuu ...*

Die steinerne Treppe führte spiralförmig nach unten; Dumitru stieg salpeterfleckige Stufen hinab und musste an einigen Stellen klettern, wo die Treppe zusammengebrochen war. Er gelangte in ein Kellergeschoss, auf dessen unebenem Boden feuergeschwärzte Mauersteine verstreut lagen. Eine zweite Falltür führte ihn weiter hinunter durch feuchte, hallende Gänge im Inneren der Erde. Tiefer, immer tiefer hinab, in die bösartigen, wesenhaften Unterwelten ...

Bis zum Schluss: *Gut gemacht, Dumiiitruuu*, beglückwünschte ihn die dunkle Stimme – eine Stimme, die ein monströses, unsichtbares Lächeln ausstrahlte; eine Stimme, deren Besitzer sehr mit sich zufrieden war. Seine Zufriedenheit schabte wie eine Reibe über die Nervenenden im Hirn des jungen Mannes.

Und plötzlich ... Dumitru hätte fliehen können. Für den Bruchteil einer Sekunde war er wieder Herr seiner selbst – und wusste, dass er an der Schwelle zur Hölle stand!

Aber dann schloss sich die fremdartige Intelligenz wieder wie ein Schraubstock um seinen Verstand; der unaufhaltsame Prozess, der fünf Wochen zuvor begonnen hatte, lief jetzt seinem logischen Ende entgegen; der Hauch freien Willens flackerte wie eine verglimmende Kerze in ihm, beinahe erloschen.

Und: *Sieh dich um, Dumiiitruuu. Sieh und erfasse die Werke und Mysterien deines Meisters, mein Sohn.*

Hinter Dumitru, auf einem steinernen Vorsprung, stand der Wolf mit den flammenden Augen. Und vor ihm – lag die Werkstatt eines Nekromanten!

Dies gehörte zu den Legenden der Szgany, zu den Geschichten, die man sich am Lagerfeuer zu bestimmten Zeiten erzählte. Aber Dumitru brauchte so wenig wie jeder andere, der das hier gesehen hätte, eine Erklärung oder ein spezielles Wissen, um alles zu verstehen. Die eigene Vorstellungskraft, der eigene Instinkt, reichte dazu vollkommen aus. Und mit weit aufgerissenen Augen und offenem Mund, die Fackel hoch erhoben, durchwanderte der Junge auf zittrigen Beinen die wohlsortierten Überbleibsel und Relikte von Chaos und Wahnsinn.

Es war nicht das Chaos der oberen Ebenen, das durch die Gewalt der Natur erzeugt worden war. In diese geheimen Kavernen war die Zerstörung von oben nicht vorgedrungen. Diese Höhlen waren erhalten geblieben, unberührt unter dem Staub und den Spinnweben eines halben Jahrhunderts. Nein, dies hier erzeugte ein Chaos im Verstand – man wusste, dass es das Werk eines Mannes oder von Männern war – oder, wenn man wieder zu den Legenden und Mythen der Szgany zurückkehrte, das Werk von Kreaturen, die sich als solche tarnten.

Was die Gewölbe selbst anging: Die Mauern waren uralt, fast vorzeitlich. Sie waren salpeterfleckig, wirkten aber auf den ersten Blick nicht feucht, obwohl an einigen Stellen das Mauerwerk zur Tropfsteinbildung neigte. Zerbrechliche Stalaktiten hingen von den hohen Gewölben herab; und in den Ecken des Gewölbes, wo der Boden nicht so häufig begangen worden war, hatten glatte Stalagmitenhügel kleine Nasen oder Beulen auf den unregelmäßigen Bodenplatten gebildet. Dumitru war kein Archäologe, aber schon anhand der primitiven Struktur der behauenen Steine und des schlechten Zustand des uralten Mörtels, konnte sogar er das Alter des Schlosses – oder wenigstens dieser verborgenen Teile des Schlosses – auf mindestens acht- oder neunhundert Jahre datieren. So alt musste es sein, um diese Kalziumablagerungen zu bilden – oder die Lösungen, die von oben herabrieselten, mussten ungewöhnlich mineralhaltig sein.

Es gab zahlreiche Durchgänge, die alle etwa zweieinhalb Meter breit und dreieinhalb Meter hoch waren, und die sämtlich in einem Mauerbogen endeten, von denen einige sich unter dem unglaublichen Gewicht der höheren Stockwerke ein wenig abgesenkt hatten. Die Decken, von denen keine an ihrem Apex weniger als vier oder fünf Meter hoch war – bestanden aus Gewölben, die ähnlich wie die Durchgänge konstruiert waren. An einigen Stellen waren gewaltige Steine herausgebrochen – zweifellos durch die Wucht der Explosion, die das Schloss verwüstet hatte – und hatten die schweren Bodenplatten wie dünne Schiefertafeln zerschmettert.

Hinter den Bogengängen fanden sich weitere Räume, die alle sehr groß waren, und die ihre eigenen Durchgänge hatten; Dumitru war in ein Labyrinth aus uralten Räumen gelangt, in denen der Bewohner dieser Ruine seine geheime Kunst praktiziert hatte.

Was die Natur dieser Kunst angeht: Abgesehen von seiner ersten, von Panik bestimmter Vermutung hatte Dumitru alle weiteren Schlüsse vermieden. Aber das war nun nicht mehr möglich. Die Wände waren mit Fresken bedeckt, die, wenn auch verblasst, die ganze Geschichte erzählten. Und viele der Räume enthielten unmissverständliche Beweise einer sehr viel realeren, und viel erschreckenderen Art. Und auch die Stimme in seinem Kopf, jetzt grausam und voller Häme, gestattete ihm keine Unwissenheit. Sie wollte, dass er diese alten Geheimnisse erfuhr.

Nekromantik, hast du gedacht, als deine Fackel zum ersten Mal die Schatten in diesen Räumen vertrieben hat, Dumitru, insistierte die Stimme. *Die Wiedererweckung der Salze und Asche von Verstorbenen zurück ins Leben, um von ihnen etwas zu erfahren. Die Geschichte der Welt, so wie sie wirklich war, aus dem Mund von Zeitzeugen, direkt von den ins Leben zurückgeholten, Fehler behafteten Schemen, die diese Geschichte erlebt haben. Die Antworten auf bislang ungelöste Rätsel und vielleicht sogar die Vorhersage in weiter Ferne liegender Zukünfte. Ja, Wahrsagerei mit Hilfe der Toten! ... Das hast du gedacht, als du das hier gesehen hast.*

Nun, nach einer kurzen Pause ein geistiges Achselzucken, *du hast Recht gehabt – in dem, was du gedacht hast. Aber du hast nicht weit genug gedacht. Du hast dich nicht richtig umgesehen ... du tust es jetzt noch nicht einmal! Was soll das, Dumitru? Bist du mein Sohn, oder ein Baby, das sich in die Hose macht? Ich dachte, ich hätte starken Wein zu mir gerufen, und muss jetzt feststellen, dass die Szgaaany in all diesen Jahren nur Wasser gekeltert haben? Ha-haa-haaaa! Aber nein ... ich scherze ... sei nicht wütend, mein Sohn ...*

Das ist doch Wut, oder, Dumiiitruuu? Nein?

Ist es etwa Angst? Du fürchtest um dein Leben, Dumiiitruuu? Die Stimme war jetzt zu einem Flüstern herabgesunken, aber sie fraß sich in den Schädel wie ätzende Säure. *Aber du wirst dein Leben haben, mein Sohn – in mir! Das Blut ist das Leben, Dumiiitruuu – und das wird immer weiter gehen ... immer ...*

Aber, aber! Jetzt wurde die Stimme lebhaft, jovial. *Nicht doch, wir werden trübsinnig, und das darf nicht sein! Trübsinn? Warum? Wir werden wie eine Person sein, und wir werden unser Leben miteinander verbringen. Hörst du mich, Dumiiitruuu? ... Nun?*

»Ich ... ich höre dich«, antwortete der junge Mann, obgleich da niemand war.

Und? Glaubst du mir? Sag es – sag, dass du an mich glaubst, so wie die Väter deiner Väter an mich geglaubt haben.

Dumitru war sich nicht sicher, ob er wirklich glaubte, aber der Besitzer der Stimme hielt seinen Verstand in einem Klammergriff, bis er hervorstieß: »Ja! ... Ja, ich glaube, so wie meine Väter geglaubt haben.«

So sei es, sagt die Stimme, offenbar zufriedengestellt. *Dann sei nicht so schüchtern, Dumiiiitruuu. Sieh dir meine Taten an, und wende den Blick nicht ab, schrecke nicht davor zurück. Schau hin: Die Bilder, die an die Wände gemalt und in den Stein geritzt sind – die vielen Amphoren in den Regalen – die Salze und Pulver, die diese uralten Gefäße enthalten.*

Im flackernden Fackelschein sah Dumitru sich um. Regale aus schwarzem Eichenholz standen ringsum, und auf den Regalen lagerten zahllose Krüge und Urnen: Amphoren, wie die Stimme sie genannt hatte. In den Gewölben dieses unterirdischen Schlupfwinkels mussten sich mehrere Tausend von ihnen befinden, alle dicht verschlossen mit Blei ummantelten Eichenkorken, alle mit verblassten, durch die Jahrhunderte verwitterten Etiketten da, wo der Henkel in den Hals mündete. Eines der Regale war von einem der herabfallenden Deckensteine getroffen und zertrümmert worden. Die Krüge hatten sich über den Boden verteilt und einige von ihnen waren zerbrochen. Sie enthielten Pulver, das herausgerieselt war und kleine Häufchen bildete, die jetzt selbst vom Staub der Jahrzehnte bedeckt waren. Und als Dumitru auf diese verschütteten Überreste herabblickte ...

Sieh dir an, wie fein sie sind, diese grundlegenden Salze, flüsterte die Stimme in seinem Kopf, in der jetzt Neugier mit schwang, als fühle ihr Besitzer selbst Ehrfurcht vor seinem grausigen Schatz. *Beug dich herab, lass sie durch deine Finger gleiten, Dumiiitruuu.*

Der Junge konnte sich nicht sträuben; er fuhr mit den Fingern durch die Pulver, die weich wie Talkum und doch so flüchtig wie Quecksilber waren; sie rannen ihm durch die Finger und ließen seine Hände sauber, ohne Rückstände. Und als er die Salze auf diese Weise erforschte, schnüffelte die Kreatur in seinem Kopf geistig mit: Sie schien die Essenz dessen zu schmecken, was zu untersuchen sie Dumitru aufgetragen hatte.

Und: *Ah ... das hier war ein Grieche!,* verriet die Stimme. *Ich erkenne ihn wieder – wir haben mehrfach miteinander disputiert. Ja, er war ein Priester aus dem Land der Griechen, bewandert in den Legenden über die Vrykoulakas. Er erzählte, wie er sie gejagt hat, und wie diese Jagd ihn nach Moldawien, in die Walachei, und selbst in diese Berge geführt hat. Er hat eine große Kirche in Alba Julia begründet, die dort wahrscheinlich auch heute noch steht, und ist von da aus in die Städte und Dörfer gezogen, um die schrecklichen Vrykoulakas zu entlarven.*

Es gab unter den Menschen immer welche, die ihre Feinde denunzierten, auch wenn sie oft wussten, dass diese unschuldig waren; und je nach dem Ansehen oder der Stellung des Anklägers bewies oder widerlegte der ›ehrwürdige‹ Arakli Aenos – das war sein Name – die Anklage. Wenn zum Beispiel ein berühmter Bojar aussagte, XY sei ein Blut saugender Dämon, dann konnte man davon ausgehen, dass der Grieche ihn auch als solchen offenbaren würde. Aber wenn dann ein armer Mann einen solchen Vorwurf vorbrachte, auch wenn er noch so gerechtfertigt war, konnte es ihm leicht passieren, dass er ignoriert oder sogar selbst verfolgt wurde! Ein Hexenfinder und ein Scharlatan, das war dieser Aenos, der es einmal tatsächlich gewagt hat, mich anzuklagen. Ich musste sogar aus Visegrad fliehen, um meinen Häschern zu entkommen. Oh, ich versichere dir, das war damals eine sehr unangenehme Situation.

Aber ... die Zeit gleicht vieles wieder aus. Asche zu Asche und Staub zu Staub. Als er starb, haben sie den alten Scharlatan in einem Blei ummantelten Sarkophag in Alba Julia begraben, neben der Kirche, die er gebaut hat. Was für ein Geschenk! Denn genau wie er es geplant hatte, hat das unverwüstliche Blei seines Sarges den Dreck und die Würmer und das ganze Kleingetier fern gehalten – bis ich ihn hundert Jahre später ausgegraben habe! Oh ja – wir haben mehrfach miteinander disputiert. Aber was wusste er wirklich? Nichts! Er war nichts weiter als ein Scharlatan, ein Schwindler!

Aber ich habe unsere Rechnung beglichen. Dieser Haufen Staub da, der dir soeben durch die Finger gerieselt ist: Arakli Aenos persönlich – wie hat er doch geschrriiieen, als ich ihm seinen Leib und seinen Körper zurückgegeben und ihn dann mit glühenden Eisen malträtiiiiiert habe. Ha-haa-haaaa.

Dumitru keuchte entsetzt und zuckte vor den verschütteten ›Salzen‹ zurück. Er schüttelte seine Hand, als sei auch sie mit glühenden Eisen behandelt worden, pustete auf sie und rieb sie zitternd an seiner grob gewebten Hose ab.

Er fuhr hoch und wich vor den zerbrochenen Urnen zurück, nur um in ein weiteres Regal hinter ihm zu stolpern. Er stürzte zwischen Staub und Pulver und Salzen lang hin, aber seine Verwirrung hatte seinen benommenen Verstand ein wenig geklärt – was der Besitzer der Stimme sofort bemerkte und seinen Griff verstärkte.

Ganz ruhig, ganz ruhig, mein Sohn! Ich sehe, du glaubst, ich würde dich grundlos quälen – du glaubst, ich fände Vergnügen an dieser Art der Belehrung. Aber nein, nein – ich halte es nur für gerechtfertigt, dir die Wichtigkeit des Dienstes nahe zu bringen, den du mir erweisen wirst. Du bringst mir eine bedeutsame Gabe: die der Kraft, der Erhaltung und Erneuerung. Deshalb gewähre ich dir Wissen ... auch wenn es nicht lange anhält. Und jetzt steh auf, sei tapfer, achte auf meine Worte und befolge sie genau.

Die Wände, geh zu den Wänden, Dumiiitruu. Gut! Und jetzt folge den Fresken – mit den Augen und mit den Händen.

Sieh hin und lerne: Da ist ein Mann. Er wird geboren, lebt sein Leben und stirbt. Prinz oder Bettler, Heiliger oder Sünder, sie alle gehen den gleichen Weg. Du siehst sie da in den Bildern: heilige Männer und Halsabschneider gleichermaßen, die von der Wiege ins Grab eilen; die direkt vom süßen, warmen Augenblick der Zeugung in den kalten, leeren Abgrund der Auflösung gestoßen werden. Das ist scheinbar das Los aller Menschen: eins mit der Erde zu werden; alles, was sie in ihrem Leben gelernt haben, ist dann verloren; und ihre Geheimnisse bleiben auf ewig ihre Geheimnisse ...

Wirklich?

Aber es gibt da einige, deren Überreste aufgrund der Umstände ihres Begräbnisses – so wie die des griechischen Priesters – erhalten bleiben; und andere, die verbrannt und in Urnen beigesetzt worden sind, wo sich die pulverisierte Asche nicht mit der Erde mischt und rein bleibt. Und da liegen sie dann, ein oder zwei morsche Knochen, eine Hand voll Staub, und darin ruht dann das Wissen ihrer Zeit unter den Lebenden, die Geheimnisse des Lebens und manchmal auch ihres Todes – und vielleicht sogar von Zuständen dazwischen. Darin ruhen alle Geheimnisse, die sie mit ins Grab genommen haben. Alles verloren.

Und wieder sage ich – wirklich?

Und du wirst sagen: Was ist mit dem Wissen in den Büchern, oder dem

Wissen, das mündlich überliefert wird, oder in Stein gemeißelt steht? Sicherlich kann ein gebildeter Mensch, wenn er das denn will, sein Wissen hinter sich lassen, zum Nutzen derer, die nach ihm kommen?

Was? Steintafeln? Pah! Selbst die Berge werden abgetragen, und die Zeitalter, die sie gesehen haben, werden davongeschwemmt wie der Staub. Mündliche Überlieferungen? Erzähl jemandem eine Geschichte, und sobald er sie weitererzählt hat sie sich schon geändert. Nachdem sie zwanzig Mal erzählt worden ist, kann man sie vielleicht nicht einmal mehr wiedererkennen! Bücher? Gib ihnen ein Jahrhundert, und sie werden mürbe, zwei, und sie zerbröseln beim Umblättern, drei und sie sind zerfallen! Nein, rede nicht von Büchern. Die sind flüchtiger als alles andere. Die berühmteste Bibliothek der Welt war einst in Alexandria ... und wo sind diese Bücher jetzt? Sie sind weg, Dumiiitruuu. Vergangen wie die Männer von anno dazumal. Aber anders als die Bücher, sind die Menschen nicht vergessen. Nicht unbedingt.

Aber was ist, wenn jemand seine Geheimnisse nicht zurücklassen will, wenn er geht?

Doch lassen wir das; denn sieh, die Fresken haben sich verändert. Und da ist ein anderer Mann ... nun ja, nennen wir ihn für den Augenblick einen Mann. Aber er ist ein seltsamer Mann, denn er ist nicht von Mann und Frau gezeugt worden. Da, sieh selbst: Sein Elternteil ist ... aber was ist das? Eine Schlange? Ein Aal? Diese Kreatur legt ein Ei, das der Mann in sich aufnimmt. Und jetzt ist diese vom Glück gesegnete Person nicht mehr nur ein Mensch, sondern ... etwas anderes. Ah, und sieh: Dieser Eine stirbt nicht, sondern lebt weiter und weiter. Immer! Vielleicht ewig!

Kannst du mir folgen, Dumiiiitruuu? Verstehst du die Bilder an der Wand? Ja, und wenn dieser Gesegnete nicht von einer nichtswürdigen Person erschlagen wird, die über das Wissen verfügt – oder durch einen Unfall stirbt, was auch von Zeit zu Zeit vorkommen kann – nun, dann wird er ewig leben! Doch ... er hat Bedürfnisse, dieser Eine. Er ernährt sich nicht wie gewöhnliche Männer. Er kennt bessere Nahrung. Das Blut ist das Leben ...

Weißt du, wie man solch einen nennt, mein Sohn?

»Ich ... ich weiß, wie man solche Menschen nennt«, antwortete Dumitru, obwohl es einem Außenstehenden so erschienen wäre, als spreche er in ein leeres Gewölbe, in dem es kein Leben außer seinem eigenen gab. »Die Griechen nennen sie ›Vrykoulakas‹, wie du schon sagtest; die Russen sagen ›Viesczy‹, und wir fahrendes Volk, die Szgany, wir nennen sie ›Moroi‹ – Vampire!«

Es gibt noch einen anderen Namen, der aus einem anderen Land stammt, weit weg in Raum und Zeit. Der Name, den sie sich selbst geben: Wamphyri! Und einen Moment lang, vielleicht in Ehrfurcht, hielt die Stimme inne.

Und dann: *Doch jetzt sag mir, Dumiiitruuu: Weißt du, wer ich bin? Ja, ich weiß, ich bin eine Stimme in deinem Kopf, aber wenn du nicht verrückt bist, dann muss diese Stimme einen Ursprung haben. Hast du meine Identität erraten, Dumiiitruuu? Vielleicht wusstest du es ja auch von Anfang an, na?*

»Du bist der Alte«, schluckte Dumitru mit hüpfendem Adamsapfel und ausgedörrter Kehle. »Der untote, unsterbliche Patron der Szgany Zirra. Du bist Janos, der Baron Ferenczy!«

Du magst ein Bauer sein, aber du bist keineswegs dumm, antwortete die Stimme. *Ich bin es tatsächlich! Und du hast mir zu gehorchen, was ich auch von dir verlange. Aber zuerst eine Frage: Ist da jemand beim Stamm deines Vaters Vasile Zirra, der nur vier Finger an seinen Händen hat? Ein Kind, ein Junge, der geboren worden ist, seit die Szgany zum letzen Mal hier waren? Oder vielleicht ein Fremder, dem ihr auf euren Reisen begegnet seid, der sich euch anschließen wollte?*

Manche hätten diese Frage seltsam gefunden, aber nicht Dumitru. Sie war ein Teil der Legende: Eines Tages würde ein Mann mit vier Fingern an jeder Hand anstelle der üblichen fünf kommen. Drei große, starke Finger und ein Daumen an jeder Hand; von Geburt an und völlig natürlich, weder mit chirurgischen Mitteln geschaffen, noch mit dem Makel einer Behinderung behaftet. »Nein«, sagte er sofort, »er ist nicht gekommen.«

Die Stimme gab ein mentales Grunzen von sich; Dumitru sah beinahe das ungeduldige Zucken breiter, kraftvoller Schultern vor seinem geistigen Auge. *Noch nicht gekommen*, wiederholte die Stimme von Janos Ferenczy. *Noch nicht gekommen.*

Aber die Stimmung der unsichtbaren Präsenz war wandelbar; sie änderte sich augenblicklich. Die Enttäuschung wurde verdrängt, und resignierte Akzeptanz nahm ihren Platz ein. *Nun, dann warte ich eben noch ein paar Jahre. Was bedeutet die Zeit einem Wamphyri?*

Dumitru gab keine Antwort. In seiner Erkundung der verblichenen Fresken war er zu einem Teil gekommen, der einige sehr grausige Szenen zeigte. Die Fresken waren wie ein Wandteppich, eine Geschichte in Bildern, aber diese Bilder gehörten in einen Albtraum. Im ersten Bild wurde ein Mann von vier anderen zu Boden gedrückt, je einer an jeder Extremität. Ein fünfter Folterer in türkischen Gewändern stand mit hoch erhobenem Krummsäbel über ihm, während ein sechster mit einem Hammer und einem zugespitzten Pflock daneben kniete. Im nächsten Bild war das Opfer enthauptet und mit dem Pflock aufgespießt – aber ein gewaltiger, fetter, madenartiger Wurm oder eine Schlange kroch aus dem durchtrennten Hals, und die Männer ringsum zuckten in Panik zurück! Im dritten Bild hatten die Männer das Ding in einem Kreis aus Fackeln eingekesselt und verbrannten es zusammen mit dem Kopf und dem Körper seines einstigen Wirtes auf einem Scheiterhaufen. Das vierte und vorletzte Bild der Reihe zeigte einen Priester, der einen Weihrauchkessel in der einen Hand schwenkte, während er mit der anderen die Asche des Vampirs in eine Urne füllte. Wahrscheinlich war es ein Exorzismus, ein Ritual der Reinigung. Aber wenn es so war, dann war das gescheitert und misslungen.

Denn das letzte Bild zeigte eben diese Urne, und über ihr eine schwarze Fledermaus mit gespreizten Flügeln, die wie ein Phönix aus der Asche aufstieg. Das Wappen der Ferenczy! Und: *Ja*, sprach Janos düster in Dumitrus Kopf, *aber nicht vor dem Erscheinen des vierfingrigen Mannes. Erst wenn er kommt, der wahre Sohn meiner Söhne. Denn nur dann kann ich aus dem einen Gefäß in ein anderes entkommen. Ja, es gibt Gefäße und Gefäße, Dumiiitruu, und nicht alle von ihnen sind aus Stein ...*

Wieder hatte der Verstand des Jungen begonnen, seine Benommenheit abzuschütteln. Mit seinen eigenen Augen sah er plötzlich, wie weit die Fackel heruntergebrannt war, die er in einer Halterung an der Wand befestigt hatte. Er nahm sie herab und entzündete zittrig mit ihr eine neue, die er ein wenig hin und her schwenkte, bis sie richtig brannte. Und während er sich über die trockenen

Lippen leckte, sah er an den zahllosen Urnen entlang und fragte sich, in welcher von ihnen sein Peiniger gefangen sei. Wie einfach es doch wäre, das Ding zu zerschlagen, den Staub zu verstreuen, die Fackel in die Überreste zu stoßen, die ihn manipulierten, und zu sehen, ob sie auch ein zweites Mal brennen würden.

Janos bemerkte deutlich das Wiederaufkeimen des Szgany-Willens, und er las die Drohung in dem Geist, den er geknechtet hatte. Er kicherte lautlos und sagte: *Aber doch nicht hier, nicht hier, Dumiiitruu! Was? Du glaubst, ich würde mich zu dem Abschaum gesellen? Und könnte es sein, dass ich gerade verräterische Gedanken verspürt habe? Aber wenn du die nicht hegen würdest, hättest du nicht das wahre Blut!* Und wieder dieses böse Kichern. *Du hast jedoch gut daran getan, als du die Fackel wieder entzündest hast: Man sollte die Flamme nicht verlöschen lassen, Dumiiitruu, denn du befindest dich an einem wirklich dunklen Ort. Und es gibt immer noch ein oder zwei Dinge, die ich dir zeigen will, und für die wir das Licht brauchen. Da ist jetzt ein Raum rechts neben dir, mein Sohn. Geh dort durch den Bogengang, und entdecke meine wahre Heimstatt.*

Dumitru hätte vielleicht mit sich gerungen ... aber es war sinnlos; der Vampir in seinem Schädel hatte ihn fester in seinem Griff als je zuvor. Er tat wie geheißen und ging unter dem Bogen hindurch in einen Raum, der bis auf die Einrichtung so war wie alle anderen. Hier waren keine Regale mit Amphoren und keine Fresken an den Wänden. Es handelte sich hier eher um einen Wohnraum als ein Warenlager: Gewebte Vorhänge hingen an den Wänden, und der Boden bestand aus grün glasierten Fliesen, die sauber verfugt waren. In der Mitte zeichnete ein Mosaik aus kleineren Fliesen das prophetische Wappen der Ferenczy nach, während auf der einen Seite an einem gewaltigen Kamin ein uralter Tisch aus massiver schwarzer Eiche stand.

Die Vorhänge bestanden nur noch aus schimmeligen Fetzen, und der Staub lag hier so dick wie überall sonst, aber es gab doch etwas, was nicht hierher passte. Auf dem Tisch lagen Papiere, Bücher, Umschläge, diverse Siegel und Wachse, Stifte und Tinten: moderne Dinge im Vergleich zu allem, was Dumitru hier bisher gesehen hatte. Besitztümer des Ferenczy? Er hatte angenommen, der Alte sei tot – oder untot – aber das hier schien dem zu widersprechen.

Nein, widersprach ihm die boshafte mentale Stimme des Bojaren, *das gehört nicht mir. Sagen wir, es gehört ... einem Schüler von mir? Er hat meine Arbeiten studiert und hätte es vielleicht sogar gewagt, mich selbst zu studieren! Er kannte tatsächlich die Worte, mit denen man mich heraufbeschwören kann, aber er wusste nicht, wo er nach mir suchen sollte, er wusste nicht einmal, dass ich hier bin. Ich schätze, er hat das Zeitliche gesegnet. Wahrscheinlich liegen seine Überreste irgendwo in den oberen Stockwerken. Ich werde wohl eines Tages das Glück haben, sie dort zu finden und dann werde ich ihm das antun, was er mir so leicht hätte antun können!*

Während die Stimme von Janos Ferenczy sich so düster und doch so vage in der Vergangenheit verlor, war Dumitru Zirra an den Tisch getreten. Die Briefe dort waren in einer Sprache geschrieben, die er nicht beherrschte. Aber er erkannte die Datumsangaben, die fünfzig Jahre zurück lagen, und einige der weit entfernten postalischen Adressen und der Empfänger. Darunter war ein M. Rynaud in Paris, ein Josef Nadek in Prag, ein Colin Grieve in Edinburgh und ein Joseph Curwen in Providence, sowie Dutzende andere in Städten aus ebenso vielen Ländern. Der Schreiber all dieser Namen und Adressen war immer der gleiche, wie seine Unterschrift auf dem vergilbten Papier bezeugte: ein gewisser Mr. Hutchinson, oder ›Edw. H.‹, wie er meist unterzeichnet hatte.

Und die Bücher? Damit konnte Dumitru gar nichts anfangen. Er besaß nur wenig Bildung, auch wenn er weit herumgekommen und diverse Sprachen und Dialekte kennen gelernt hatte, und Titel wie *Turba Philosophorum*, Bacons *Thesaurus Chemicus* und Trithemius *De Lapide Philosophico* bedeuteten ihm nichts. Er sah keinen Zusammenhang zwischen den Worten auf den Büchern und den Dingen um sich herum.

Aber in einem aufgeschlagenen Buch auf dem Tisch sah er, trotz der dicken Staubschicht auf den Seiten, Bilder, die eine Bedeutung ergaben, und die war grausig. Denn da, mit großer Sorgfalt und viel Sinn fürs Detail, wurde eine Reihe der schrecklichsten und brutalsten Foltern gezeigt; so schlimm, dass er – selbst halb hypnotisiert, wie er war – zusammenzuckte und ein wenig zurückwich, Abstand zu den Bildern suchte. Und da bemerkte er auch die anderen Dinge in dem Raum, die er bisher nicht wahrgenommen hatte: die massiven Fesseleisen, die mit starken Ketten in die Wände eingelassen waren, bestimmte stark korrodierte Werkzeuge, die achtlos in eine Ecke geworfen worden waren, und mehrere eiserne Kohlebecken, die noch die Asche einstiger Feuer enthielten.

Aber bevor er sich mit diesen Gegenständen noch weiter beschäftigen konnte, selbst wenn er das überhaupt gewollt hätte: *Dumiiitruuu*, säuselte die gurgelnde Stimme in seinem Kopf, *sag es mir: Hat es dich je gedürstet? Bist du je durch eine trockene Wüste gewandert, ohne ein Zeichen oder den Anblick von Wasser? Hat sich je deine Kehle bei jedem Atemzug zu einem pochenden Klumpen zusammengezogen? Wahrscheinlich hast du dich schon einmal trocken wie Salz gefühlt, was dir ein wenig helfen könnte, dich in meine jetzige Lage hineinzuversetzen. Aber nur unvollkommen. Sicher warst du noch nie so trocken wie Salz. Wenn ich dir doch nur meinen Durst beschreiben könnte, mein Sohn!*

Doch genug davon: Ich bin mir sicher, dass du etwas von meiner Kunst begriffen hast, von meinen Zielen, meiner Macht und meinem Schicksal; und du wirst verstehen, dass die Erfordernisse von einem wie mir weit wichtiger sind als alltägliche Dinge und gewöhnliche Leben. Und jetzt ist es Zeit, dich in das letzte Geheimnis einzuweihen, bei dem wir beide die unbeschreiblichsten Ekstasen erleben werden. Der große Kamin, Dumiiitruu – geh hinein.

In den Kamin gehen, in einen Schornstein? Dumitru sah die schwarze Höhle und fühlte den Drang, davor zurückzuweichen, aber das konnte er nicht. Aus groben Klötzen behauen, war das feuergeschwärzte Loch gerade mal etwas über einen Meter breit und anderthalb Meter hoch, ein gotischer Bogen wie all die Durchgänge in den Gewölben; er musste sich nur ein wenig bücken, um hineinzugehen. Bevor er das tat, entzündete er eine weitere Fackel – eine Pause, die Janos Ferenczy als Zeichen des Zögerns deutete. *Beeil dich, Dumiiitruu*, drängte ihn die grausig säuselnde Stimme voran, *denn selbst in der Auflösung, – nein, gerade in aufgelöstem Zustand – kann mein Verlangen nicht warten. Es ist so stark, dass ich das nicht ertrage.*

Dumitru stieg in den Kamin und hielt seine Fackel hoch, um seinen Weg zu beleuchten. Über ihm stieg ein breiter, rußgeschwärzter Abzug empor, der allmählich im Felsgestein verschwand. Der Junge hielt die Fackel zur Seite ab und spähte nach Licht von oben, sah aber nur Dunkelheit. Das war nicht verwunderlich: Auf seinem Weg durch den Felsen zur Oberfläche würde der Schornstein wohl nicht gerade verlaufen, und natürlich würde er oben blockiert sein, wo die oberen Stockwerke eingestürzt waren.

Dumitru zog die Fackel wieder zu sich heran und erkannte eiserne Leitersprossen in der schräg ansteigenden Rückwand des Kamins. Als er noch genutzt worden war, musste der Schornstein auch von Zeit zu Zeit gereinigt worden sein. Und doch ... er gab hier keine ausgeprägten Rußablagerungen, wie man sie eigentlich erwarten sollte; die Wände waren zwar leicht geschwärzt, aber sonst schien der Schornstein so gut wie unbenutzt.

Oh, er ist schon benutzt worden, mein Sohn. Die geistige Stimme des Janos Ferenczy kicherte obszön.

Du wirst schon sehen! Du wirst schon sehen! Aber geh zuerst ein Stück zur Seite. Bevor du hinaufsteigst, gibt es andere, die herunterkommen müssen. Kleine Diener von mir, kleine Freunde ...

Dumitru drückte sich gegen die Seite des Kamins. Er hörte ein Rauschen, dass durch den Tunneleffekt des Schornsteins zu einem gewaltigen Brausen gesteigert wurde, und dann stieß eine Kolonie kleiner Fledermäuse, deren herabstürzende Körper eine fast kompakte Masse bildeten, aus dem Abzug heraus und verteilte sich in den unterirdischen Kavernen. Das ging geraume Zeit, bis Dumitru schon meinte, es würde kein Ende mehr nehmen. Aber dann ließ das Dröhnen in dem Schornstein nach, ein paar Nachzügler schossen noch an ihm vorbei, und alles war wieder still.

Jetzt steig hinauf, befahl der Ferenczy, wobei er seinen Griff um den Verstand seines willenlosen Sklaven wieder verstärkte.

Die Sprossen waren breit und flach und fest in einem Abstand von dreißig Zentimetern in den Mörtel zwischen den Mauersteinen eingesetzt. Dumitru stellte fest, dass er seine Fackel halten und – nur mit seinen Füßen und einer Hand – trotzdem bequem klettern konnte. Nach neun oder zehn Sprossen verengte sich der Schornstein, und nachdem er noch einmal eine ähnliche Entfernung zurückgelegt hatte, knickte er in einem 45 Grad Winkel ab. Er bildete jetzt so etwas wie einen aufwärts führenden Gang. Ein paar Meter weiter, und die Sprossen hörten auf. Stattdessen gab es hier flache, breite Stufen. Danach wurde der Boden endgültig ebenerdig, und die Decke hob sich allmählich, bis sie zwischen zweieinhalb und drei Meter hoch war.

Dumitru stand jetzt in einem schmalen, unscheinbaren Gang, der gerade mal einen Meter breit war, dessen Länge sich jedoch nicht überblicken ließ. Ihn überkam ein Gefühl unaussprechlicher Furcht, das ihn zusammengekauert anhalten ließ. Er zitterte, und kalter Schweiß brach ihm aus; sein Herz flatterte in seiner Brust wie ein eingesperrter Vogel, und der Angstschweiß klebte seine Kleidung auf seinem Rücken und an seinen Schenkeln fest. Der Junge streckte seine Fackel vor sich aus. Vor ihm in den Schatten, da wo das Licht nur noch ganz schwach hinfiel, schwebte ein Paar dreieckiger gelber Augen – wilde Wolfsaugen – knapp über dem Boden und reflektierte das Flackern der Fackel. Die Augen starrten Dumitru an.

Das ist ein alter Freund von mir, Dumiiiitruuu. Die Stimme von Janos Ferenczy saugte sich in seinen Verstand wie kalter Schleim. *Genau wie die Szgany haben er und seine Sippe mir über lange Jahre hinweg die Treue gehalten. Wenn diese meine Freunde nicht wären, könnten ja alle möglichen neugierigen Leute hierher kommen. Er hat dich doch nicht erschreckt, oder? Du hast gedacht, er sei da unten hinter dir zurückgeblieben? Aber ist dir nicht klar, dass das hier mein letzter Zufluchtsort ist? Und was wäre das denn für ein Rückzugsort, wenn es da nur einen Ein- und Ausgang gäbe? Nein, wenn man diesem Pfad lange genug folgt, kommt man zu einem Loch in der nackten Felswand. Aber ... so weit musst du nicht gehen.*

Die Stimme versuchte gar nicht mehr, die Drohung zu verschleiern. Der Ferenczy würde sich sein Opfer jetzt nicht mehr nehmen lassen; sein Griff auf Dumitrus Verstand und Willen war zu einem Schraubstock aus Eis geworden.

Weiter, befahl er kalt.

Vor dem Jungen drehte sich der gewaltige Wolf um und sprang voran, ein grauer Schatten, der mit der grauen Dunkelheit verschmolz. Dumitru folgte mit unsicheren Schritten und klopfendem Herzen, bis er meinte, das Blut in seinen Ohren singen zu hören, wie den Ozean in den Tiefen einer Muschel. Und er war nicht der Einzige, der das hörte.

Ja, mein Sohn, mein Sohn! Die Stimme war ein Gurgeln monströser Vorfreude, ungebändigter Lust. *Dein Herz springt in dir wie ein Hirsch, den der Todesstoß getroffen hat! Diese Stärke, diese Jugend! Ich kann es fühlen! Aber was es auch ist, das diese Panik in dir ausgelöst hat, du kannst beruhigt sein, es ist fast vorbei, Dumiiitruuu ...*

Der Gang verbreiterte sich; links neben Dumitru verlief die Wand weiter wie zuvor, aber rechts neben ihm war eine Vertiefung zu sehen, die parallel zu seinem Weg verlief, ein Graben, der in den nackten Felsen gehauen war und mit jedem Schritt voran tiefer wurde. Der junge Mann streckte seine Fackel über diesen Graben aus und sah hinab. An der tiefsten Stelle des Grabens erblickte er ... den Rand und den schmalen Hals einer schwarzen Urne, die zur Hälfte in der dunklen Erde begraben war.

Der Rand dieser Urne – wie ein dunkler, schmollender Mund mit Lippen, die sich im flackernden Licht obszön zu öffnen und zu schließen schienen – befand sich ungefähr anderthalb Meter unter dem Sims, auf dem Dumitru stand. Hinter der Urne war der Graben plötzlich höher. Er bildete ein V, wie ein Ausguss, und endete in einer schmalen Tülle direkt über der Urnenöffnung. Auf der anderen Seite stieg die V-förmige Fläche weiter an und verschwand in den Schatten. Der steinerne Vorsprung über der Urne ähnelte verblüffend dem Abfluss einer Regenrinne über einer Wassertonne. Und wie eine Regenrinne schien er auch schwarz verfärbt durch irgendeine unbestimmbare Flüssigkeit.

Einige lange Augenblicke stand Dumitru zitternd da und keuchte. Er verstand nicht wirklich, was er da vor sich sah, aber er wusste mit jeder Faser seines Seins, dass – was das auch war – diese Anordnung die absolute Verkörperung des Bösen darstellte. Und während an seinem Körper erneut der kalte, klebrige Schweiß ausbrach und er von Zitterkrämpfen geschüttelt wurde, drängte sich die Stimme seines Peinigers wieder in seinem geschockten Verstand: *Geh weiter, mein Sohn,* drängte diese schreckliche Stimme. *Noch ein oder zwei Schritte, Dumiiitruuu, und dir wird alles klar werden. Aber sei vorsichtig, ganz vorsichtig, damit du nicht ohnmächtig wirst und von dem Sims fällst!*

Zwei Schritte weiter, in denen die schreckensstarren Augen des Jungen nicht einmal von der entsetzlichen Urne gewichen waren, nicht einen Atemzug lang – und er sah die Stelle, wo der Graben endete: ein schwarzes Rechteck, wie ein offenes Grab. Und als das Licht seiner Fackel hineinleuchtete – da sah er, was dieser schreckliche Ort enthielt!

Nägel! Nadelspitze Fänge aus rostigem Eisen, die diese letzte Lücke von einem Ende zum anderen ausfüllten. Das waren mindestens drei Dutzend – und Dumitru erkannte ihre Bedeutung und die schreckliche Absicht des Ferenczy auf einen Schlag!

Ach? Ha-haa-haaa! Haa-haaa! Schreckliches Gelächter hallte durch Dumitrus Geist, wenn auch nicht an seine Ohren. *Es geht also schließlich doch darum, wer den stärkeren Willen hat, nicht wahr, mein Sohn?*

Eine Sache des Willens? Dumitrus Wille spannte sich an; er kämpfte um die Kontrolle über seinen Geist, über seine jungen, kraftvollen Muskeln. »Ich ... werde ... mich ... nicht für dich ... umbringen ... du alter Teufel«, quetschte er hervor.

Natürlich wirst du das nicht, Dumiiitruuu. Nicht einmal ich kann dich dazu bringen, nicht gegen deinen Willen. Einflüsterungen haben ihre Grenzen, wie du siehst. Nein, du wirst dich nicht töten, mein Sohn. Ich werde das tun. – Ich habe es bereits getan!

Dumitru fand in seinen Gliedern plötzlich wieder die alte Kraft. Sein Verstand war jählings frei von den Fesseln des Ferenczy. Er leckte sich über die Lippen und ließ auf der Suche nach einem Ausweg seinen Blick hin und her huschen. Wohin sollte er rennen? Irgendwo vor ihm wartete ein großer Wolf, aber er hatte immer noch die Fackel; der Wolf würde dem Feuer weichen. Und hinter ihm ...

Hinter ihm, an diesem eben noch todstillen Ort, rauschte die

Luft plötzlich wie bei einem heftigen Windstoß – angefacht von unzähligen Flügeln. Die Fledermäuse!

Im nächsten Moment brach das Klaustrophobische dieses Ortes über Dumitru herein. Er erkannte, dass er – selbst wenn die Fledermäuse nicht wären, die offenbar jeden Augenblick zurückkommen mussten – nie den Mut aufbringen würde, den Weg durch den falschen Kamin und dann durch die Gewölbe des Schlosses mit dem Beutegut von zahllosen Friedhöfen zurückzufinden. Und dann war da ja auch noch die hallende Steintreppe nach draußen. Nein, es gab nur einen Weg: nach vorne, dem entgegen, was ihn da erwartete. Und als die ersten Fledermäuse heranhuschten, hastete er über den steinernen Gang voran –

– der sofort unter seinem Gewicht weg klappte!

Ahhhh!, erklang die schreckliche Stimme in seinem Kopf. Der Triumph war nicht zu überhören. *Selbst ein großer Wolf wiegt viel weniger als ein erwachsener Mann, Dumiiitruuu!*

Neben der nagelgespickten Grube kippten das Sims und die Felswand – ein L-förmiges Stück sauber behauenen Felsens – um 90 Grad um die eigene Achse und stießen Dumitru auf die Spieße. Sein kurzer Schrei der Erkenntnis und des Grauens, der damit einherging, wurde jäh abgeschnitten, als die stählernen Spitzen durch seinen Schädel, sein Rückgrat und die meisten lebenswichtigen Organe drangen – nicht aber durch sein Herz. Dieses schlug immer noch und pumpte weiter sein Blut – pumpte es durch die Löcher in seinem aufgespießten, zuckenden Körper nach außen.

Habe ich nicht gesagt, es würde ein ekstatisches Gefühl sein, Dumiiitruuu? Und habe ich nicht gesagt, ich würde dich töten? Die selbstgefälligen Worte des Monsters drangen durch die Todesqualen des jungen Mannes, aber nur schwach und ersterbend, wie die Qualen selbst. Das war Janos Ferenczys letzte Marter, sein letzter Spott, denn Dumitru konnte ihn jetzt nicht mehr hören.

Aber das machte Janos nichts aus. Nein, denn hier war etwas, das viel wichtiger war – ein urtümlicher Durst, der gestillt werden konnte. Wenigstens bis zum nächsten Mal.

Das Blut rann den V-förmigen Kanal hinunter, spritzte über den

Ausguss und lief in die Öffnung der Urne hinein. Es benetzte das, was darin war. Uralte Asche, Salze – die Grundbestandteile eines Mannes, eines Monsters – saugten gierig das Blut auf. Es blubberte und quoll über, dampfte und qualmte. Die chemische Reaktion verlief so heftig – man hätte meinen können, die Urne rülpse ...

Nach einiger Zeit kam der große Wolf zurück. Er schritt verächtlich an den Fledermäusen vorbei, die zirpend eine Decke aus lebendigem Fell bildeten, passierte vorsichtig die Stelle, an der der steinerne Sims in seine Ursprungsposition zurückgeglitten war und blieb stehen, um auf die jetzt wieder reglose Urne herabzublicken.

Und dann ... er gab ein kehliges Jaulen von sich, sprang in die Grube herunter und auf die zerfurchten Steinplatten rund um die Urne. Er kroch vorsichtig zwischen den Spitzen hindurch, bis er an einer kahlen Stelle am Ende des Grabens angekommen war. Dort drehte er sich um und begann, Dumitrus ausgebluteten Körper loszumachen, indem er den Leichnam mühevoll von den blutigen Spitzen zerrte.

Wenn er damit fertig war, würde er aus der Grube herausspringen, die an dieser Stelle nicht tief war, und von oben den Leichnam aus dem Loch zerren und ihn zum Ort der vielen Knochen schleifen, wo er sich nach Herzenslust an ihm laben konnte. Es war ein Ablauf, den der alte Wolf gewohnt war.

Er hatte diese Aufgabe schon oft bewältigt. So wie sein Vater vor ihm. Und dessen Vater. Und dessen Vater ...

ZWEITES KAPITEL

Savirsin, Rumänien; der Abend des ersten Freitags im August 1983; die Gaststube einer Schankwirtschaft, die sich an den steilen Berghang am äußersten Ende des Dorfes schmiegte, wo die Straße sich in Serpentinen enge Haarnadelkurven hochschlängelte, bis sie zwischen den Bäumen verschwand.

Drei junge Amerikaner, die ihrem Aussehen und ihrem Verhalten nach Touristen sein mussten, saßen zusammen an einem zerkratzten, altersdunklen runden Holztisch in einer Ecke des Schankraumes. Sie trugen Freizeitkleidung; einer von ihnen rauchte eine Zigarette. Sie tranken das Bier der Gegend, nicht besonders stark, aber mit einem herben Beigeschmack und sehr erfrischend.

An der Theke selbst saßen ein paar knorrige Waidmänner; Jäger mit Gewehren, die so alt waren, dass man sie überall sonst als Antiquitäten ausgestellt hätte. Seit weit über einer Stunde hatten sie sich gegenseitig schenkel- und schulterklopfend ihre Leistungen vorgeprahlt – und nicht nur die bei der Pirsch auf Jadgwild – als plötzlich einer von ihnen ganz überrascht aufsah, von den Theke wegstolperte, mit einem unsicheren Fluch auf die Tür zu zielte und im rauchigen blaugrauen Dämmerlicht verschwand. Sein Gewehr lag auf der Theke, wo er es liegen gelassen hatte; der Wirt hob es auf und stellte es vorsichtig weg, dann widmete er sich wieder seiner Arbeit, die gebrauchten Gläser des Tages abzuwaschen und zu trocknen.

Der Saufkumpan des fortgelaufenen Jägers brüllte vor Lachen. Er klatschte lautstark auf die Theke, trank den Pflaumenschnaps seines Kumpans aus und dann den eigenen, bevor er sich nach neuer Gesellschaft umsah. Und natürlich fiel sein Blick auf die Amerikaner, die da friedlich zusammensaßen und sich leise unterhielten. Tatsächlich hatte sich ihre Unterhaltung gerade um ihn gedreht, aber das konnte er nicht wissen.

Er bestellte sich einen neuen Schnaps – und eine Runde von dem, was die da an dem Tisch tranken; ach ja, und auch einen für den Wirt – und dann schwankte er zu ihnen herüber. Bevor er sich um die Bestellung kümmerte, kassierte der Wirt auch sein Gewehr ein und stellte es sicher neben das andere.

»Gogosu«, knurrte der alte Jäger und pochte sich selbst auf die lederbekleidete Brust. »Emil Gogosu. Und wer seid ihr? Touristen, richtig?« Er sprach rumänisch, in dem Dialekt der Gegend, der ein wenig zum Ungarischen tendierte. Die drei lächelten ihn alle an, zwei von ihnen ein wenig reserviert. Aber der dritte übersetzte, und antwortete dann schnell: »Ja, Touristen. Aus Amerika, den Vereinigten Staaten. Setz dich zu uns, Emil Gogosu.«

Der Jäger war aus dem Konzept gebracht: »Häh? Ja? Du sprichst unsere Sprache? Du bist der Fremdenführer für die beiden hier, ja? Das lohnt sich, was?«

Der jüngere Mann lachte: »Oh Gott, nein! Ich gehöre zu ihnen. Ich bin auch einer von ihnen – ein Amerikaner!«

»Unmöglich!«, behauptete Gogosu und setzte sich. »Was? So was habe ich noch nie gehört! Ausländer, die unsere Sprache sprechen? Du willst mich reinlegen, oder?«

Gogosu war ein typischer rumänischer Bauer. Er hatte ein olivfarbenes, wettergegerbtes Gesicht, einen grauen buschigen Schnurrbart, der in der Mitte vom Pfeiferauchen gelb gefärbt war, lange Koteletten, die sich auf seine Oberlippe zu krümmten, und durchdringende graue Augen unter dichten und ebenso grauen Augenbrauen. Er trug ein geflicktes Lederwams mit hohem Kragen, das bis zum Hals hochgeknöpft wurde, über einem weißen Hemd, dessen Ärmel sich eng um die Handgelenke schlossen. Seine Pelzmütze war mit einer Schlaufe an der rechten Epaulette seines Wamses befestigt; ein halb gefüllter Patronengurt verlief unter der linken Epaulette her diagonal über seine Brust, unter der rechten Achsel hinweg und quer über den Rücken. An einem breiten Ledergürtel hingen ein langes Messer in einer Scheide und mehrere Lederbeutel, und er diente gleichzeitig dazu, seine grobe Hose zu halten, deren Beine er in seine Bergsteigerstiefel gezwängt hatte. Nur ein kleiner Mann, aber agil und stark. Er sah aus wie aus dem Bilderbuch.

»Wie haben über dich gesprochen«, verriet ihm der Dolmetscher.

»Ach? Ja?« Gogosu blickte von einem Gesicht zum anderen. »Über mich? Rege ich die Neugier an?«

»Die Bewunderung«, korrigierte glatt der Amerikaner. »Du siehst aus wie ein Jäger, und zwar wie einer, der sein Handwerk versteht – das haben wir jedenfalls überlegt. Du kennst diese Gegend und die Berge hier wohl ziemlich gut?«

»Es gibt niemanden, der sie besser kennt!«, versicherte Gogosu. Aber er war auch schlau und sah sie nun verschlagen an. »Ihr sucht nach einem Führer, habe ich Recht?«

»Das könnte schon sein, könnte sein.« Der andere nickte langsam. »Aber da gibt es solche und solche Führer. Man bittet einen Führer, einem ein verfallenes Schloss in den Bergen zu zeigen, und sie versprechen einem das Blaue vom Himmel herunter. Das wahre Schloss von Dracula, schwören sie dir. Und dann führen sie dich zu einem Steinhaufen, der aussieht, als sei ein Schweinestall zusammengebrochen. Ja, Emil, danach suchen wir: Nach Ruinen. Zum Fotografieren, für Filme ... wegen der Stimmung und der Atmosphäre.«

Der Wirt brachte ihnen ihre Getränke, und Gogosu schüttete seinen Schnaps in einem Zug in sich hinein. »Ach ja? Ihr wollt einen von diesen Kinofilmen drehen, nicht wahr? So'n richtiger Film? Der alte Vampir in seinem Schloss, der Mädchen mit wogenden Brüsten vor sich her jagt? Oh ja, ich habe die gesehen! Die Filme, meine ich. Unten in Lugoj, wo es ein Kino gibt. Nicht die Mädchen, hier ist Essig mit wogenden Brüsten, das kann ich euch verraten! Hier in dieser gottverlassenen Gegend gibt's bestenfalls vertrocknete Vetteln, meine Jungs! Aber ich habe die Filme geschaut. Dahinter seid ihr also her? Ruinen ...«

Trotz des vielen Branntweins, den er schon intus hatte, schien der alte Knabe plötzlich ernüchtert. Seine Augen waren nicht mehr ganz so starr und blickten weniger unstet, als sie die Amerikaner einen nach dem anderen musterten. Zuerst den Dolmetscher. Das war schon seltsam, so wie er die Sprache beherrschte und so. Er war groß, weit über einsachtzig, mit langen Beinen, schmalen Hüften und breiten Schultern. Und jetzt, als Gogosu ihn näher betrachtete, merkte er, dass er nicht wie ein Amerikaner aussah. Da war noch etwas anderes an ihm.

»Wie heißt du, he? Wie nennt man dich?« Der Jäger griff nach der Hand des jungen Mannes und wollte fester zufassen ... aber sie wurde ihm sofort entrissen und verschwand wieder unter dem Tisch.

»George«, antwortete der Besitzer der verweigerten Hand, und beruhigte so Gogosus ersten Rückzucksgedanken. »George Vulpe.«

»Vulpe?« Der Jäger lachte dröhnend auf und schlug mit der flachen Hand auf den Tisch, dass die Gläser tanzten. »Ja, ich habe im Laufe der Jahre einige Vulpes kennen gelernt. Aber George? Wie passt ein Name wie George zu einem Namen wie Vulpe, hä? Na komm, seien wir ehrlich ... so unter uns ... das muss doch Gheorghe heißen, nicht wahr?«

Die dunklen Augen seines Gegenübers wurden noch ein wenig dunkler, und er schien sich einen Moment lang zu verschließen, aber dann entspannte er sich und wechselte lächelnd einen wissenden Blick mit den grauen Augen des Fragers. »Du bist auf Zack, Emil. Und du hast eine gute Beobachtungsgabe. Ja, ich stamme ursprünglich aus Rumänien. Es gibt da eine Geschichte, aber das ist nichts Besonderes ...«

Der knorrige alte Jäger sah ihn immer noch an. »Erzähl sie trotzdem«, sagte er und musterte ihn von oben bis unten. Der junge Mann zuckte mit den Schultern und setzte sich in seinem Stuhl zurück.

»Nun, ich bin hier geboren, im Schatten der Berge«, sagte er mit einer Stimme, die so weich war wie sein trügerisch weicher Mund. Er lächelte und zeigte dabei perfekte Zähne.

So sollten Zähne sein, dachte Gogosu, *bei einem Mann, der erst sechsundzwanzig oder siebenundzwanzig Jahre alt ist.*

»Ich bin hier geboren«, wiederholte Vulpe, »... aber ich kann mich kaum noch daran erinnern. Meine Leute stammen aus dem fahrenden Volk, und von ihnen habe ich wohl mein Aussehen. Du hast mich an meiner dunklen Haut erkannt, nicht wahr? Und den dunklen Augen?«

»Ja«, Gogosu nickte, »und an den dünnen Ohrläppchen, die für goldene Ohrringe wie geschaffen sind. Und an der hohen Stirn und dem vorspringenden Kinn, wie es bei Zigeunern so häufig vorkommt. Ja, deine Abstammung ist leicht zu erkennen, wenn man weiß, worauf man achten muss. Was ist also passiert?«

»Passiert?« Vulpe zuckte wieder mit den Achseln. »Meine Eltern sind in die Stadt gezogen. Sie haben sich niedergelassen. Aus ihnen wurden ›Arbeiter‹ statt der Herumtreiber, die sie gewesen waren.«

»Herumtreiber? Das glaubst du?«

»Ich nicht, aber die Behörden. Meine Eltern bekamen eine Wohnung in Craiova zugewiesen, direkt an der neuen Eisenbahn. Der Beton war brüchig und durch das Gerüttel der Züge marode, der Putz fiel von den Wänden, die Toilette von einem der Bewohner über uns tropfte durch die Decke ... aber für arbeitsscheue Herumtreiber sei die Wohnung gut genug, hieß es. Und da, an den Bahngleisen, habe ich dann gespielt, bis ich elf Jahre alt war. Und dann ... eines Nachts ist ein Zug entgleist. Er raste direkt in unser Reihenhaus und hat eine Wand weggerissen. Da ist das ganze Gebäude eingestürzt. Ich hatte Glück und habe überlebt, aber meine Eltern kamen beide um. Eine Zeit lang habe ich geglaubt, ich wäre besser auch gestorben – mein Rückgrat war gebrochen und ich saß im Rollstuhl. Aber irgendjemand hatte von mir gehört, und damals gab es da ein Projekt – einen Austausch von Ärzten und Patienten zwischen amerikanischen und russischen Kliniken – und weil ich ein Waisenkind war, wurde ich vorrangig behandelt. Gar nicht schlecht für einen Herumtreiber, nicht war? Und dann ... Ich kam in die USA. Und da haben sie mich wieder hingekriegt. Ich wurde sogar adoptiert. Von einem amerikanischen Ehepaar. Und weil ich nur ein kleiner Junge war, und weil es hier niemanden mehr gab, durfte ich bleiben.«

»Aha!«, meinte Gogosu. »Und jetzt bist du Amerikaner. Na ja, ich glaube dir mal ... aber es ist schon ungewöhnlich für Zigeuner, wenn sie die Straße verlassen. Manchmal werden sie aus der Gemeinschaft ausgeschlossen und gehen ihrer eigenen Wege – Streitereien in den Lagern oder so, meistens wegen einer Frau oder einem Pferd – aber sie lassen sich selten in der Stadt nieder. Was war mit deinen Leuten los? Sind sie dem Zigeunerkönig auf den Schlips getreten, oder was?«

»Ich weiß es nicht. Ich war damals ja nur ein kleiner Junge. Vielleicht hatten sie einfach Angst um mich. Ich war wohl klein und schwach, etwas mickrig geraten. Auf jeden Fall sind sie in der Nacht aus dem Lager verschwunden, als ich geboren wurde. Sie haben ihre Spuren verwischt und sind nie zurückgekehrt.«

»Etwas mickrig?« Gogosu hob eine Augenbraue und musterte Vulpe noch einmal von oben bis unten. »Na, heutzutage kann man das nicht mehr behaupten. Aber du sagst, sie haben ihre Spuren verwischt? Da hast du's! Ist doch ganz klar: Es hat im Lager Ärger gegeben, ganz sicher. Ich wette, deine Eltern waren heimlich miteinander liiert und sie war einem anderen versprochen. Und dann kamst du und er ist mit ihr durchgebrannt. So was kommt vor.«

»Das ist eine sehr romantische Sichtweise«, meinte Vulpe. »Aber wer weiß, vielleicht stimmt das sogar.«

»Mein Gott, wie unhöflich«, brach Gogosu plötzlich heraus und winkte dem Wirt. »Da sitzen wir beiden hier und plaudern in deiner Muttersprache, und deine beiden Freunde sitzen ganz verwirrt da und sind völlig ausgeschlossen. Lasst mich euch eine Runde ausgeben und dann können wir uns ordentlich vorstellen. Ich will wissen, warum ihr hier seid und was ich für euch tun kann, und wie viel ihr mir zahlt, wenn ich euch zu ein paar wirklich alten Gemäuern bringe.«

»Die Rechnung geht auf uns«, sagte Vulpe. »Keine Widerrede! Gott, glaubst du ernsthaft, wir könnten mit dir mithalten, Emil Gogosu? Lass es ein bisschen langsamer angehen, oder wir liegen alle unter dem Tisch, bevor die Sache ausdiskutiert ist. Was das Vorstellen angeht, das lässt sich leicht bewerkstelligen.«

Er klopfte dem Amerikaner neben sich auf die Schulter: »Dieser große Klotz hier ist Seth Armstrong aus Texas. Wie du sehen kannst, Emil, wird da im Großformat produziert. Aber schließlich ist es auch ein großes Land. Ganz Rumänien könnte man da drei Mal hineinpacken.«

Gogosu war angemessen beeindruckt. Er schüttelte Armstrong die Hand und sah ihn sich genauer an. Der Texaner war groß und hatte einen kräftigen Knochenbau. Er hatte ehrliche blaue Augen und ein offenes Gesicht, dünnes, strohblondes Haar und Arme und Beine von der Dicke und Länge von Mastbäumen. Seine Nase ragte über einem breiten, ausdrucksstarken Mund hervor, und sein Brustkorb war gewaltig und deutlich behaart. Er war fast zwei Meter groß, und selbst sitzend überragte er seine Gefährten bei weitem.

»Ja«, brummte der Jäger. »Dieses Texas muss groß ein, wenn es solche Leute hervorbringt.«

Vulpe übersetzte und nickte dann zu dem dritten Mitglied der Gruppe hinüber. »Und das hier ist Randy Laverne aus Madison, Wisconsin. Da gibt es zwar nicht so viele Berge wie hier, aber da kannst mir glauben, es ist da mindestens genauso kalt.«

»Kalt?«, meinte Gogosu. »Na, damit dürfte der aber keine Probleme haben. Ich beneide ihn um all das schöne Fleisch auf seinen Knochen – und all die guten Mahlzeiten, bei denen er es angefuttert hat – aber zum Klettern ist das eher hinderlich. Ich dagegen kann mich wie Moos an die Felsen heften, sogar an Stellen, wo die Schwerkraft ihn ganz sicher runterziehen würde.«

Vulpe übersetzte und Laverne lachte herzlich. Er war der Jüngste und der Kleinste (oder wenigstens der Kürzeste) der drei Amerikaner: Er war fünfundzwanzig, sommersprossig, stark übergewichtig und immer hungrig. Über seinem runden Gesicht wogten dichte rote Locken. Seine grünen Augen blickten freundlich und immer fröhlich drein, und von den Winkeln seiner Augen und seines Mundes ging ein Gewirr von Lachfältchen aus. Aber nichts an ihm war verweichlicht: Seine gewaltigen Hände waren unglaublich stark, ein Erbe eines Vaters, der Schmied gewesen war.

»Na also«, sagte George Vulpe, »damit kennen wir uns jetzt. Oder besser, du kennst uns. Aber was ist mir dir, Emil? Du bist ein Jäger, aber was sonst noch?«

»Sonst nichts!«, sagte Gogosu. »Was sollte ich denn sonst sein? Ich habe ein kleines Haus und eine noch kleinere Frau in Ilia; im

Sommer jage ich Wildschweine und verkaufe das Fleisch an die Metzger und die Häute an die Schneider und Schuhmacher; im Winter gehe ich auf Pelzjagd, fange ein paar Füchse und dann und wann bezahlt man mich dafür, dass ich einen Wolf schieße. Und davon kann ich leben – gerade so eben. Und jetzt werde ich vielleicht noch Fremdenführer. Warum nicht? Schließlich kenne ich die Berge so gut wie die Adler, die darin nisten.«

»Und du kennst auch das eine oder andere verfallene Schloss? So etwas kannst du uns auch zeigen?«

»Schlösser, so viel ihr wollt«, sagte Gogosu. »Aber wie du schon sagtest, es gibt solche und solche Führer. Und es gibt eben auch solche und solche Schlösser. Ihr habt Recht: Jeder kann euch einen Haufen alter Steine zeigen und behaupten, das sei ein Schloss. Aber ich, Emil Gogosu, ich kann euch ein wirkliches Schloss zeigen!«

Die beiden Amerikaner Armstrong und Laverne verstanden ansatzweise, worum es ging, und wurden ganz aufgeregt. Armstrong sprach Vulpe mit seinem breiten texanischen Akzent an: »Los, George, sag ihm, was wir hier wirklich suchen. Erkläre ihm, wie nah er der Wahrheit gekommen ist, als er von Dracula und den Vampiren und so gesprochen hat.«

Vulpe wandte sich dem Jäger zu: »In Amerika, eigentlich sogar auf der ganzen Welt, sind Transsilvanien und die Karpaten berühmt! Nicht so sehr wegen ihrer überwältigenden Schönheit oder der kargen Abgeschiedenheit, als vielmehr wegen der Mythen und Legenden. Du hast von Dracula gesprochen, der seinen Ursprung in einem grausamen Vlad aus alter Zeit hat ... aber hast du gewusst, dass jedes Jahr Tausende von Touristen herkommen, um sich das Heimatland des großen Dracula anzusehen und die Schlösser, in denen er angeblich gelebt hat? Das ist ein großes Geschäft. Und wir meinen, es könnte ein noch größeres Geschäft werden.«

»Pah!«, meinte Gogosu. »Dieses ganze Land quillt über von alten Geschichten und Aberglauben. Vlad der Pfähler ist nur eine davon.« Er lehnte sich zu ihnen herüber, senkte die Stimme und riss die

Augen weit auf. »Ich kann euch zu einem Schloss führen, das so alt ist, wie die Berge selbst; eine zerfallene Festung, die so gefürchtet ist, dass sich selbst heute kaum jemand dorthin wagt und kein Pfad dahin führt. Die Mauern liegen da wie abgenagte Knochen im Mondlicht, verborgen im Windschatten zerklüfteter Felsen!« Er lehnte sich zurück und nickte zufrieden vor sich hin, als er in ihren Gesichtern las, welche Wirkung sein Vortrag auf sie hatte.

Nachdem Vulpe übersetzt hatte, stieß Randy Laverne ein atemloses »Wow!« hervor. Dann wurde er wieder vorsichtiger: »Glaubst du, da ist was dran?«

Der Jäger wusste, was er gefragt hatte. Er starrte direkt und verärgert in Lavernes weit aufgerissene Augen und befahl Vulpe: »Sag ihm, dass ich dem letzten Mann, der mich einen Lügner genannt hat, eine Schrotladung in den Arsch verpasst habe. Und du kannst ihm noch etwas sagen: In diesen uralten Ruinen, die ich kenne, wacht selbst heute noch ein großer grauer Wolf. Und das ist die Wahrheit, denn ich habe selbst versucht, ihn zu schießen!«

Vulpe begann mit seiner Übersetzung, aber mittendrin begann der Jäger zu lachen: »Hey, seid doch nicht so ernst! Und achtet nicht zu sehr auf meine Drohungen. Sicher, ich weiß, meine Geschichte hört sich erst mal wild an, aber sie ist trotzdem wahr. Bezahlt mich für meinen Aufwand und meine Mühen, und ihr könnt euch selbst davon überzeugen. Na, wie sieht's aus?«

Vulpe hielt eine Hand in die Höhe, um ihn zu bremsen und der Jäger warf einen neugierigen Blick darauf, bevor sie wieder unter dem Tisch verschwand. Als er versucht hatte, sie zu schütteln, hatte diese Hand sich seltsam angefühlt. Und es war irgendwie seltsam gewesen, als Vulpe Armstrong auf die Schulter geklopft hatte. Vulpe schien sich seiner Hände auch sehr bewusst zu sein, und hielt sie die meiste Zeit außer Sicht. »Moment noch«, sagte der Ex-Rumäne und lenkte damit die Aufmerksamkeit des Jägers von seinen Fingern weg; »wir müssen erst wissen, ob wir auch über den richtigen Ort reden.«

»Den richtigen Ort?« Gogosu war verwirrt. »Was meint ihr denn, wie viele solcher Orte es hier gibt?«

»Ich meinte nur«, beschwichtigte Vulpe, »dass wir diesen Ort vielleicht schon kennen.«

»Das bezweifle ich. Auf jeden Fall steht diese Burg nicht auf den modernen Landkarten. Ich schätze mal, dass die Behörden der Meinung sind, wenn sie sie einfach in Ruhe lassen – wenn man nur lange genug so tut, als sei dieses Schloss nicht da – dann zerfällt es irgendwann schließlich ganz. Nein, ihr kennt es bestimmt noch nicht, da bin ich sicher.«

»Na ja, überprüfen wir das trotzdem«, meinte Vulpe. »Weißt du, die Taten, Besitztümer und die Historie des ursprünglichen Dracula – also des Wallachen-Prinzen, der als Namensgeber für Dracula fungiert hat – sind gut belegt und authentisch. Ein Engländer hat dann aus den Tatsachen einen Roman gemacht und damit eine Legende geschaffen. Und dann gab es noch einen berühmten Franzosen, der auch über ein Schloss in den Karpaten geschrieben hat und dabei auch die eine oder andere Legende begründet haben mag. Und nicht zuletzt war da noch ein Amerikaner, der über ein Karpatenschloss geschrieben hat.

Na ja, und mittlerweile ist dieser Amerikaner – der Name würde dir nichts sagen – sehr berühmt geworden. Und wenn wir *sein* Schloss finden könnten ... das könnte noch einmal einen Dracula-Boom auslösen! Touristen? Du kannst dir gar nicht vorstellen, was du dann an *turisti* hier sehen würdest, Emil Gogosu! Und wer weiß, vielleicht wärst du für die dann der wichtigste Führer, na?«

Gogosu kaute auf seinem Schnurrbart herum. »Ach!«, stieß er schließlich hervor, aber da war ein Leuchten in seinen Augen und unzweifelhaft auch eine gewisse Gier. Er rieb sich die Nase und lenkte schließlich ein: »Na ja, was wollt ihr also wissen? Wie können wir feststellen, ob die Burg, von der ich rede, und die, nach der ihr sucht, ein und dieselbe ist?«

»Das ist vielleicht einfacher, als du glaubst«, sagte Vulpe. »Wie lange ist diese Burg zum Beispiel schon verfallen?«

»Ach, die ist schon lange vor meiner Zeit in die Luft geflogen«, meinte Gogosu mit einem Achselzucken – und war überrascht, wie heftig Vulpe reagierte. »Häh?«

Aber der Amerikaner war schon dabei, seinen Freunden zu übersetzen und die Aufregung spiegelte sich auch auf deren Gesichtern. Schließlich drehte sich Vulpe wieder zu dem Jäger um. »In die Luft geflogen? Soll das heißen ... sie ist explodiert?«

»Oder vielleicht ist sie auch bombardiert worden, ja«, meinte Gogosu mit einem Stirnrunzeln. »Wenn eine Wand einstürzt, dann fällt sie um. Aber einige der Mauern sind nach außen geschleudert worden. Zum Teil sogar ganz schön weit.«

Vulpe war jetzt sehr aufgeregt, und er versuchte vergeblich, das zu verbergen. »Und hat die Burg einen Namen? Wem hat sie gehört, bevor sie zusammengestürzt ist? Das ist sehr wichtig.«

»Der Name?« Gogosu verzog das Gesicht, als er nach dem Namen suchte. Er klopfte sich vor die Stirn, lehnte sich auf seinem Stuhl zurück und schüttelte schließlich den Kopf. »Der Vater meines Vaters hatte alte Landkarten, auf denen der Name eingezeichnet war. Da habe ich zum ersten Mal von diesem Bau erfahren und beschlossen, ihn mir selbst anzusehen. Aber der Name – ich kann mich nicht erinnern.«

Vulpe übersetzte.

»Karten wie die hier?« Armstrong zog die Kopie einer alten rumänischen Landkarte hervor und breitete sie auf dem Tisch aus. Sie saugte ein wenig Bier vom Tisch auf, aber sie war sehr anschaulich.

»Ja, so in etwa«, nickte Gogosu, »aber viel, viel älter. Diese Karte ist nur nachgezeichnet. Lasst mich mal sehen.«

Er glättete die Karte und sah sich einige Stellen genauer an. »Sie ist nicht drauf«, sagte er schließlich. »Die Burg ist nicht eingezeichnet. Da ist nur eine leere Stelle. Na ja, das ist verständlich. Ein düsterer alter Ort. Wie ich schon sagte: Wenn sie könnten, würden sie ihn am liebsten vergessen. Legenden? Wenn es doch nur das wäre!«

Einen Moment später fuhr er hoch, ließ sich in seinem Stuhl zurückfallen und schlug sich mit beiden Händen vor die Stirn.

»Oh Gott«, Laverne war bestürzt. »Ist alles in Ordnung mit ihm?«

»Ja ... alles ... okay«, erklärte Gogosu ihm. Und zu Vulpe: »Ich erinnere mich jetzt, Gheorghe. Es war ... Ferenczy!«

Vulpes Unterkiefer, wie auch der seiner Freunde, klappte nach unten. »Oh Gott«, meinte Laverne erneut, diese Mal ein bloßes Flüstern.

»Das Schloss Ferenczy?« Armstrong ergriff den Jäger über den Tisch hinweg am Arm.

Gogosu nickte: »Ja, so hieß es. Das ist das, was ihr sucht, ja?«

Vulpe und die anderen ließen sich zurücksinken und starrten sich gegenseitig an. Sie schienen überrascht, verwirrt, oder auch einfach nur verblüfft. Aber schließlich sprach Vulpe: »Ja, das suchen wir. Und du führst uns hin? Morgen?«

»Natürlich tue ich das«, meinte Gogosu. »Wenn der Preis stimmt!« Und er blickte auf Vulpes Hände, mit denen der Amerikaner die Karte auf den Tisch drückte. Vulpe merkte, wohin der Jäger blickte, machte diesmal aber keine Anstalten, seine Hände zu verbergen. Stattdessen hob er nur eine Augenbraue.

»Ein Unfall?«, fragte der alte Rumäne. »Dann haben sie das aber gut wieder hinbekommen.«

»Nein«, antwortete Vulpe. »Das war kein Unfall. Ich bin so geboren worden. Meine Eltern haben mir nur beigebracht, sie immer zu verstecken, das ist alles. Und das tue ich aus Gewohnheit auch heute noch, wenn ich nicht gerade unter Freunden bin ...«

DRITTES KAPITEL

Wegen der Berge schien es, als gehe die Sonne ein wenig später auf als sonst. Als sie schließlich doch über den Gipfeln zum Vorschein kam, war sie heiß und gleißend. Um halb neun warteten die drei Amerikaner auf der staubigen Straße vor dem Gasthaus auf Gogosu. Ihre Rucksäcke standen zu ihren Füßen. Um den schlimmsten Sonnenschein abzuwehren, trugen sie Kappen mit abgetönten durchsichtigen Schirmen. Der alte Jäger hatte gesagt, er werde sie hier um diese Zeit abholen, das aber nicht näher ausgeführt.

Randy Laverne stellte gerade eine soeben geleerte Bierflasche auf der Schwelle des Gasthauses ab, als sie das Klappern und Ächzen eines Omnibusses hörten. Die waren hier so selten, dass sie fast ins Reich der Legenden gehörten. Auf jeden Fall etwas, das man fotografisch festhalten musste. Seth Armstrong holte seine Kamera hervor und begann Bilder zu schießen, als der altersschwache Bus zwischen den Bäumen hervor die Serpentinen zum Gasthof herunterschaukelte.

Es war ein bizarres Gefährt: abgefahrene Reifen, die Kühlerhaube vibrierte deutlich sichtbar über dem immer wieder fehlzündenden Motor, die Scheiben trübe und mit Fliegenleichen übersät. Die Windschutzscheibe war ein einziges Schlachtfeld, bedeckt mit den Überresten tausender selbstmörderischer Insekten. Und Emil Gogosu lehnte in der vorderen Passagiertür mit einem gewaltigen Grinsen auf seinem ledergegerbten Gesicht und winkte ihnen, einzusteigen.

Der Bus schüttelte sich ein paar Mal, bevor er zum Halten kam; der Fahrer grinste, nickte und hielt eine Rolle mit braunen Fahrkarten hoch. Gogosu stieg aus und half den drei Amerikanern, ihre Rucksäcke an Stahlstangen festzuzurren, die sich an der ganzen Seitenwand des uralten Gefährts entlang zogen. Dann stiegen sie ein, bezahlten den Fahrpreis und ließen sich in ihre Sitze fallen oder wurden auf den Sitz gestoßen, als der Fahrer einen niedrigen Gang einlegte und den Bus die 20% Steigung hinabrollen ließ.

George Vulpe saß neben Gogosu. »Na gut«, meinte er, als er wieder zu Atem gekommen war. »Und wohin geht es jetzt?«

»Zuerst das Geld«, konterte der Jäger.

»Alter Mann, ich habe den Eindruck, du traust uns nicht sonderlich.«

»So alt bin ich gar nicht – ich bin erst vierundfünfzig«, erklärte Gogosu. »Ich bin nur so wettergegerbt. Aber trotzdem, ich wäre nicht so alt geworden, wenn ich nicht gelernt hätte, dass man zu Zeiten sein Geld im Voraus kassieren sollte. Das hat nichts mit Vertrauen zu tun. Ich will nur nicht, dass du irgendwo einen Berg herunterfällst und meinen Lohn immer noch in der Tasche hast, das ist alles.« Als er Vulpes Gesichtsaudruck sah, brach er in Gelächter aus. Aber dann erklärte er ihm doch die Reiseroute: »Wir fahren bis nach Lipova, und von da aus nehmen wir einen Zug nach Sebis. Dann versuchen wir, eine Mitfahrgelegenheit auf einem Karren ins Dorf Halmagiu zu bekommen. Und danach geht das Gekletter los. Im Prinzip machen wir einen großen Bogen. Eigentlich ist die Burg nicht mal 50 Kilometer Luftlinie von hier entfernt. Nur können wir leider nicht fliegen. Also werden wir, statt über die Zarundului hinweg, um sie herum gehen. Wir kämen auch gar nicht über die Berge hinüber, es gibt da keine Wege. Und für den Aufstieg ist Halmagiu ein gutes Basislager. Keine Angst; so schlimm ist der Aufstieg gar nicht, jedenfalls nicht bei Tageslicht. Wenn ein ›alter Mann‹ wie ich das bewerkstelligen kann, dann sollte das für euch junges Gemüse ein Spaziergang sein!«

»Hätten wir nicht die ganze Strecke von Savirsin mit dem Zug fahren können?«

»Wenn da einer fahren würde ... Aber das tut er nicht. Nur keine Eile. Wir kommen schon noch früh genug an. Du hast doch gesagt, dass ihr noch sechs Tage Zeit habt, bevor euer Flugzeug von Bukarest aus geht? Warum also diese Hast? Nach meiner Planung dürften wir vor Mittag in Sebis sein – wenn wir den Anschluss in Lipova bekommen. Vielleicht fährt auch ein Bus von Sebis bis nach Halmagiu, dann könnten wir schon um halb drei da sein. Oder wir finden einen Mitfahrgelegenheit – auf einem LKW, einem Karren oder was weiß ich. Dann wird es später werden, und wir müssen die Nacht im Dorf verbringen. Wenn wir nach vier ankommen, ist es auf jeden Fall zu spät – es sei denn, ihr möchtet auf dem Berg übernachten.«

»Nein, das muss nicht sein.«

»Pah!« Gogosu schnaubte. »Schönwetter-Kletterer! Aber wir haben ja auch schönes Wetter. Für meinen Geschmack viel zu warm. Es wird keine Schwierigkeiten geben. Eine große Dose ungarischer Wurst in Aspik – die kommen ganz billig über die Grenze – ein Laib Schwarzbrot, eine billige Flasche Pflaumenschnaps und ein paar Bier. Wäre das nichts? ... Eine Nacht unter den Sternen im Schutz der Felsklippen, mit einem lodernden Lagerfeuer und dem Geruch von Harz, der aus den Pinien aufsteigt, das würde euch dreien wirklich gut tun. Eure Lungen würden glauben, sie wären gestorben und ins Lungenparadies aufgestiegen!« So wie er es schilderte, hörte sich das wirklich verlockend an.

»Na, wir werden sehen«, meinte Vulpe. »Aber zunächst werden wir dir jetzt die Hälfte zahlen, und den Rest dann, wenn wir die Ruinen sehen, die du uns versprochen hast.« Er zog ein Bündel Leu heraus und zählte die Scheine ab – es war wahrscheinlich mehr, als Gogosu normalerweise in einem Monat verdiente, aber für ihn und seine Freunde war es nur ein Trinkgeld – und dann schüttete er noch eine Hand voll Banis in die geöffneten Hände des Jägers, ›Klimpergeld‹ für die drei Amerikaner.

Gogosu zählte alles sehr sorgfältig nach und steckte es weg. Er versuchte, ein ernstes Gesicht zu wahren, aber es gelang ihm nicht. Schließlich grinste er breit und leckte sich die Lippen. »Damit kann ich mir eine Zeit lang meinen Schnaps leisten«, meinte er. Und fügte dann schnell hinzu: »Natürlich nicht sehr lange, das ist ja klar.«

Vulpe nickte wissend: »Natürlich.« Auch er lächelte, als er sich zurücksetzte.

Hinter ihnen wurden die hellen, aufgeregten Stimmen von Armstrong und Laverne immer lauter, um das Keuchen und Klappern des Busses zu übertönen; vorne saß eine alte Frau, die einen Drahtkäfig mit gackernden Hühnern auf dem Schoß hatte; auf der anderen Seiten des Mittelgangs diskutierten zwei junge Bauern über eine Art von Geflügelpest oder so etwas. Ihr Streit hatte sich an einem Artikel in einem vergilbten, Jahre alten Exemplar der rumänischen Bauernzeitung entzündet, das zwischen ihnen lag. Hinten im Bus saß dann noch eine Familie – alle waren geschniegelt und zurechtgemacht und fühlten sich offensichtlich unbehaglich in ihren fast modischen Anzügen und Kleidern. Sie waren wahrscheinlich auf dem Weg zu einer Hochzeit oder einem Familienfest oder etwas Derartigem.

Vulpes amerikanischen Freunden musste das alles sehr exotisch und fremdartig vorkommen, aber für Gheorghe – für George – war es wie ... wie zu Hause. Ihm war, als sei er heimgekommen. Und das war einerseits angenehm, es war aber auch beunruhigend.

Er hatte dieses Gefühl, seit er vor vierzehn Tagen aus dem Flugzeug gestiegen war. Er hatte gedacht, diese Empfindung sei in den fünfzehn Jahren, seit sein Arzt ihn nach Amerika gebracht hatte und ohne ihn zurückgekommen war, aus ihm herausgebrannt worden. Er wollte sie ausbrennen, diese Bitternis, die mit der Erkenntnis einherging, ein Waisenkind zu sein. In diesen ersten Jahren in Amerika hatte er Rumänien gehasst, und jedes Mal, wenn er an seine Wurzeln erinnert wurde, war er in schwere Depressionen verfallen. Das war wohl auch einer der Gründe, warum er jetzt zurückgekommen war: Er wollte den Nimbus dieses Landes abschütteln und endlich sagen können: »Sie hatten von diesem Land nichts zu erwarten – und ich auch nicht – ich bin entkommen!«

Er hatte eigentlich erwartet, dass die Gegend, das ganze Land, ihn bedrücken und dass die Bitterheit wieder hochkommen werde – zum letzten Mal – und dass er danach davon befreit wäre, froh darüber, dass es vorbei war und er endlich damit abgeschlossen hatte. Er hatte geglaubt, er werde aus dem Flugzeug steigen, sich umsehen, mit den Achseln zucken und sagen: »Wer braucht das schon?«

Er hatte sich geirrt.

Wenn da Schmerz gewesen war, hatte der sich schnell verflüchtigt; statt sich fremd zu fühlen, war es, als habe Rumänien ihn sofort mit Beschlag belegt und ihm gesagt: »Du bist ein Teil hiervon. Du hast das Blut dieses uralten Landstrichs. Deine Wurzeln sind hier. Du kennst dieses Land und das Land kennt dich!«

Vor allem hier auf diesen staubigen Straßen und Gassen im Schatten der Berge, auf diesen Pfaden und Waldwegen und Bergpässen, diesen Tälern und Schluchten und den gewaltigen Massen himmelstürmender Felsen. Diese dunklen Wälder und aufragenden Bergfesten. Diese Orte lagen ihm im Blut. Wenn er lange genug lauschte, konnte er sie branden hören, wie die Wellen an einem fernen Strand, die ihn riefen. Irgendetwas war da, das ihn rief ...

»Erzähl es mir noch einmal«, sagte Gogosu und stieß ihn in die Rippen.

Vulpe fuhr zusammen und war wieder im Bus, abrupt aus seinen Tagträumen gerissen. Wenn es denn welche gewesen waren. »Was? Was soll ich erzählen?«

»Warum du hier bist. Was das hier alles soll. Ich meine, ich habe keine Ahnung, was dieses ganze Vampir-Zeugs zu bedeuten hat!«

»Nein«, sagte Vulpe und schüttelte den Kopf. »Deswegen sind die hier.« Er deutete mit dem Kopf nach hinten, zu den beiden anderen. »Für mich ist das nur einer von vielen Gründen. Eigentlich ... na ja, ich glaube, ich wollte wissen, wo ich geboren worden bin. Ich meine, ich habe als Junge zwar in Craiova gelebt, aber das ist nicht das Gleiche wie hier im Schatten der Berge. Aber das hier ... Ich glaube, das ist das wahre Rumänien. Und jetzt habe ich es gesehen und bin es zufrieden. Ich weiß, wie es hier ist und wo ich herkomme. Ich kann jetzt gehen und muss mir darüber keine Gedanken mehr machen.«

»Dann erzähl mir von dem anderen Grund, warum du hier bist«, insistierte Gogosu. »Diese Sache mit den verfallenen Schlössern und all das.«

Vulpe zuckte die Achseln, seufzte und versuchte zu erklären: »Es hat etwas mit Romantik zu tun. Das ist doch etwas, was du eigentlich verstehen solltest, Emil Gogosu. Gerade du! Ein Rumäne! Du bist ein romantisches Klischee in einem Land, das so voll

Romantik steckt wie kein zweites. Oh, ich meine nicht die Romantik zwischen Jungen und Mädchen – ich meine eher die Romantik des Geheimnisvollen, der Geschichte, der Mythen und Legenden. Dieses Schaudern im Inneren, wenn wir an unsere Geschichte denken, wenn wir uns fragen, wer wir sind und woher wir kommen. Das Mysterium der Sterne, Welten jenseits unserer Reichweite; Orte, welche die Imagination kennt, aber nicht benennen und nicht heraufbeschwören kann. Das gelingt nur durch alte Bücher oder durch Fetzen von verschimmelnden Landkarten. So wie du dich plötzlich an den Namen deines Schlosses erinnert hast.

Es ist die Romantik einer Legende, der man nachjagt, und es erfasst einen wie ein Fieber. Wissenschafler reisen in den Himalaya, um den Yeti zu suchen, oder sie verfolgen Bigfoot durch die Wälder Nordamerikas. Es gibt da einen See in Schottland – ich weiß nicht, ob du davon gehört hast? – wo jedes Jahr wieder Leute das Wasser mit Echoloten durchforschen auf der Suche nach Beweisen für die Existenz eines überlebenden Urzeitreptils.

Es ist die Faszination in einem Fossil, der Beweis, dass die Welt schon existierte und dass es Leben in ihr gab, bevor wir auf den Plan traten. Es ist diese Sucht im Menschen, den Dingen auf den Grund zu gehen, keinen Stein ungewendet zu lassen, jeden Zufall so lange zu untersuchen, bis man eine Gesetzmäßigkeit findet und sieht, dass nichts ohne Grund passiert und alles einem Zweck dient. Es ist ein Synchronismus der Seele. Es ist das Faszinosum, auf das Unbekannte zu treffen und es zu etwas Bekanntem zu machen; der Erste zu sein, der den Zusammenhang findet.

Wissenschaftler untersuchen die fossilen Überreste eines Fisches, der seit sechzig Millionen Jahren ausgestorben sein soll, und kurze Zeit später entdecken sie, dass dieser Fisch immer noch in den Meerestiefen vor Madagaskar gefangen wird. Als sich die ersten Leute für das Leben des fiktiven Dracula zu interessieren begannen, waren sie erstaunt, als sie feststellten, dass es tatsächlich einen realen Vlad den Pfähler gegeben hat ... und sie wollten mehr über ihn wissen. Wahrscheinlich wäre er sogar schon lange vergessen, wenn es da nicht einen Autor gegeben hätte, der ihn – mit

Absicht oder durch Zufall – zu neuem Leben erweckt hat. Und jetzt wissen wir mehr über ihn als je zuvor.

Im sechsten Jahrhundert hat es in England vielleicht einen König Artus gegeben, vielleicht aber auch nicht – die Leute suchen heute noch nach Beweisen dafür! Und sie suchen danach mit unvermindertem Eifer. Und das, obwohl es sich vielleicht nur um eine Legende handelt.

Heute gibt es in Amerika – eigentlich auf der ganzen Welt – Gesellschaften, die sich nur damit beschäftigen, solche Rätsel zu lösen. Armstrong, Laverne und ich – wir gehören zu so einer Organisation. Unsere Helden sind die alten Autoren von Horrorgeschichten, wie man sie heute einfach nicht mehr findet, Leute, die diesen Sinn für das Wunderbare hatten, und die versucht haben, ihn in ihren Büchern an andere weiterzugeben.

Und vor fünfzig Jahren hat ein amerikanischer Autor einen Horrorroman geschrieben. Darin hat er ein transsylvanisches Schloss erwähnt, das er das Schloss Ferenczy nannte. Dieser Geschichte zufolge wurde das Schloss durch übernatürliche Kräfte in den späten zwanziger Jahren unseres Jahrhunderts zerstört. Ich und meine Freunde sind hierher gekommen, um nach diesen Trümmern zu suchen. Und jetzt kommst du und sagst, dass es diese Burg wirklich gibt, und dass du uns zu den Ruinen führen kannst. Das ist ein hervorragendes Beispiel für die Art von Synchronismus, von der ich geredet habe.

Aber wenn man die Romantik im Blut hat ... na ja, dann ist es vielleicht mehr als nur das. Sicher, wir wissen, dass der Name Ferenczy hierzulande nicht eben selten ist. Es gibt da Quellen in der Vergangenheit; wir wissen, dass es in Ungarn, in der Wallachei und in Moldavien Bojaren mit dem Namen Ferenczy gegeben hat. Wir haben unsere Hausaufgaben gemacht, wie du sehen kannst. Aber dass wir dich gefunden haben – das ist schon ein Wunder. Und selbst wenn dieses Schloss nicht das ist, was wir erhoffen, dann ist es immer noch ein Wunder. Und die Geschichte, die wir unseren Vereinskameraden erzählen können, wenn wir wieder zu Hause sind ... ist das nicht toll?«

Gogosu kratzte sich am Kopf und sah ziemlich hilflos drein.

»Versteht du, was ich sagen wollte?«

»Kein bisschen«, gestand der alte Jäger.

Vulpe seufzte tief, lehnte sich zurück und schloss die Augen. Es war offenkundig, dass er seine Zeit verschwendet hatte. Außerdem hatte er in der letzten Nacht nicht gut geschlafen und hoffte, er könne jetzt ein wenig dösen. »Na ja, es ist auch nicht so wichtig«, murmelte er.

»Bestimmt nicht.« Gogosu war sehr energisch. »Romantik? Das ist vorbei für mich. Ich habe meinen Teil davon gehabt und bin fertig damit. Was denn? Langbeinige Mädchen mit wippenden Brüsten? Pah! Die können alle die bösartigen Blut saugenden Moroi in ihren düsteren Schlössern holen, wenn es nach mir geht!«

Vulpe begann gleichmäßig zu atmen. »Hmmmm ...«

»Häh?« Gogosu sah zu ihm hinüber. Aber der junge Amerikaner war schon eingeschlafen. Oder tat wenigstens so. Gogosu schnaubte und sah wieder weg.

Vulpe öffnete ein Auge einen Spalt und sah, wie der Jäger sich zurücklehnte. Da schloss er das Auge wieder, entspannte sich und ließ seinen Gedanken freien Lauf. Nach kurzer Zeit war er wirklich eingeschlafen ...

Die Reise verging sehr schnell für George Vulpe. Die meiste Zeit nahm er seine Außenwelt gar nicht wahr, gefangen im Land seiner Träume ... überwiegend seltsamer Träume, die vergessen waren, sobald er die Augen öffnete, an den wenigen Stellen, wo ihre Reise stockte. Je näher sie ihrem Ziel kamen, desto bizarrer wurden die Träume. Sie waren surreal, wie es Träume meistens sind, und doch schienen sie auf seltsame Art ›real‹. Und das war umso merkwürdiger, weil sie nicht visuell, sondern rein akustisch waren.

Vulpe hatte die Vorstellung entwickelt, das Land selbst spreche zu ihm, und auch in seinem schlafenden Verstand blieb diese Idee bestehen, nur dass es jetzt nicht mehr so sehr Rumänien insgesamt war (oder Transsilvanien an sich), das nach ihm rief, sondern ein bestimmter Ort, ein spezieller *genius loci*. Die Quelle dieser geistigen

Anziehung war natürlich das Schloss, das Gogosu ihnen zeigen wollte, und das jetzt über eine dunkle, gutturale (und erwartungsvolle?) Stimme zu verfügen schien:

Ich weiß, du bist nah, Blut meines Blutes, Fleisch meines Fleisches, Kind meiner Kinder. Ich warte, wie ich in all den Jahrhunderten gewartet habe, eingepfercht zwischen den dräuenden Bergen. Aber jetzt leuchtet ein Licht in meiner Dunkelheit. Ein Vierteljahrhundert und mehr ist vergangen, seit diese Kerze aufgeflammt ist; das Licht ging auf, als du geboren wurdest, und es wurde stärker, je größer du wurdest. Aber dann ... Ich kenne die Verzweiflung. Die Kerze wurde fortgeschafft; das Licht wurde schwächer; er schwand zu einem fernen schwachen Schimmer und verglomm. Ich hielt die Flamme für erloschen! Aber vielleicht ... vielleicht war sie ja nicht wirklich erloschen, sondern nur außerhalb meiner Reichweite? Und so habe ich mich darangesetzt und meine Fühler nach dir ausgestreckt, und habe dann dieses schwache Glühen in einem fernen Land gefunden – wenigstens glaubte ich das. Aber ich war mir nicht sicher, und so habe ich weiter gewartet.

Ach! Es ist leicht zu warten, mein Sohn, wenn man tot und alle Hoffnung vergangen ist. Nun, man kann dann auch kaum etwas anderes tun! Aber es ist schwer, wenn man untot ist und gefangen zwischen dem pulsierenden Treiben der Lebenden und der leeren Stille eines gemiedenen und entehrten Grabes; wenn man weder zu der einen noch zu der anderen Welt gehört; wenn einem der Ruhm der eigenen Legende verwehrt ist; ja selbst der gebührende Platz in den Albträumen der Menschen ... Denn dann wird aus dem Geist eine Uhr, die langsam all die einsamen Stunden vertickt; und dann muss man lernen, das Pendel zu beherrschen, das sonst aus der Bahn gerät. Denn der Verstand ist fein ausbalanciert. Wenn man ihn sich selbst überlässt, gerät er bald aus seiner Bahn, und alles versinkt im Wahnsinn.

Ja, ich habe diesen Schrecken gefühlt; die Angst, in meiner Einsamkeit verrückt zu werden, und damit alle meine Hoffnungen auf Auferstehung und auf Leben, so wie ich es einst gekannt habe, zu verlieren.

Oh! Habe ich dich erschreckt? Bemerke ich da ein Zurückweichen? Aber nein, das darf nicht sein! Ich bin dein Vorfahr, dein Großvater ... nein, ich bin dein wahrer Vater! Dasselbe Blut, das in deinen Adern pulsiert, durchströmte einst die meinen. Das ist der ewige Fluss des Lebens. Es gibt keinen Unterschied – außer vielleicht den der Zeiten, die inzwischen vergangen sind –

zwischen dir und mir! Wir sind fast gleich! Oh ja! Und wir werden – tatsächlich – Freunde – sein ...

»Der Freund ... eines Ortes?« Vulpe murmelte im Schlaf. »Der Freund ... des Geistes eines Gebäudes?«

Des Geistes eines ...? Ah! Ich verstehe! Du glaubst, ich sei ein Echo der Vergangenheit! Eine Seite aus dem Buch der Geschichte, die von feigen Männern aus der Überlieferung getilgt worden ist. Eine dunkle Rune, die ausgekratzt worden ist, die von den marmornen Menhiren der Legenden geschliffen wurde, weil sie nicht schön anzusehen war. Der Ferenczy ist Vergangenheit und seine Knochen sind zerfallen; sein Geist durchwandert kraftlos die verfallenen Trümmer, die gewaltigen geschliffenen Mauern seines Schlosses. Der König ist tot – lang lebe der König! Pah! Du kannst dir nicht vorstellen, dass ich noch existiere, dass ich – überdauere! Dass ich schlafe, so wie du, und dass ich nur aufgeweckt werden muss!«

»Du bist ein Traum«, sagte Vulpe. »Ich bin derjenige, der aufgeweckt werden muss.«

Ein Traum? Oh ja! Sicherlich! Ein Traum, der seine Fühler über die ganze Welt hinweg ausgestreckt hat, um endlich dich zu erreichen. Ein machtvoller Traum, mein Sohn, der bald Wirklichkeit werden könnte, Gheorghe ...

»Gheorghe!« Emil Gogosu stieß ihm heftig den Ellbogen zwischen die Rippen. »Wie kann man nur so viel schlafen?«

»George!« Seth Armstrong und Randy Laverne schüttelten ihn schließlich wach. »Gott, du hast fast den ganzen Tag verschlafen!«

»Was? Häh?« Vulpes Traum zog sich zurück wie eine Woge und ließ ihn orientierungslos in der Wirklichkeit zurück. Das war auch gut so, denn er hatte schon befürchtet, sie würde ihn verschlingen. Er hatte mit jemandem gesprochen, daran erinnerte er sich, und es war ihm alles sehr real vorgekommen. Und trotzdem ... er war sich nicht einmal sicher, worüber sie geredet hatten. Er schüttelte den Kopf und leckte sich die trockenen Lippen. »Wo sind wir?«

»Wir sind fast da, Kumpel«, sagte Armstrong. »Deswegen haben wir dich geweckt. Bist du sicher, dass alles in Ordnung ist? Du hast nicht vielleicht Fieber oder so? Einen Virus?«

Vulpe schüttelte wieder den Kopf, diesmal als Verneinung. »Nein, mir geht es gut. Ich habe nur etwas Schlaf nachgeholt. Und bin noch nicht ganz wach.« Langsam kamen die Erinnerungen wieder hoch: Die Zugfahrt nach Lipova, die Fahrt auf einem altersschwachen Laster nach Sebis, ein paar Bani, für die sie sich auf einem Heuwagen mit hölzernen Rädern, der direkt aus dem Mittelalter stammen mochte, mit nach Halmagiu nehmen ließen. Da waren sie jetzt beinahe angekommen.

»Unser Fahrer muss da hin«, sagte Laverne und deutete auf einen Weg, der zwischen den Bäumen hindurchführte. »Da geht's nach Virfurileo, wo er zu Hause ist. Nach Halmagiu geht es hier weiter.« Er deutete auf einen zweiten Weg.

»Das sind nur noch sieben oder acht Kilometer«, meinte Gogosu. »Je nachdem, wie schnell ihr laufen wollt, können wir schon in einer Stunde da sein. Und dann haben wir noch massenhaft Zeit, den Staub abzuschütteln, etwas zu essen, uns die Kehle anzufeuchten und vor Anbruch der Nacht auf den Berg zu klettern – falls ihr das Tempo durchhaltet. Wir könnten aber auch etwas zum Essen mitnehmen und dann oben in den Ruinen campieren. Wäre das nicht eine Geschichte, die ihr dann in Amerika erzählen könnt? Aber das ist eure Entscheidung.«

Sie klopften sich das Stroh aus der Kleidung, schulterten die Rucksäcke und winkten dem Fahrer des Karrens zum Abschied zu, als das Gefährt ächzend um eine Biegung des Waldweges verschwand. Und dann machten sie sich auch auf den Weg. Randy Laverne öffnete eine Flasche Bier, nahm einen Schluck und reichte sie an Vulpe weiter, der sich damit den Mund ausspülte.

»Wir haben es also beinahe geschafft«, seufzte Armstrong und hielt sich neben dem forsch ausschreitenden Gogosu. »Und wenn dieser Ort auch nur halb so toll ist, wie er sein soll ...«

»Ich bin sicher, das ist er«, sagte Vulpe leise. Und wunderte sich über sich selbst, denn er war sich da wirklich sicher.

»Na ja, das werden wir früh genug erfahren, George«, meinte Laverne, der mit seinen kurzen Beinen Mühe hatte, Schritt zu halten.

Und in einem versteckten Gelass tief in Vulpes Inneren erklang die Stimme: *Oh ja. Bald, mein Sohn. Bald, Gheorghe ...*

Die letzten paar Kilometer waren für die drei Amerikaner ein Klacks. In der letzten Woche hatten sie fast das Zwanzigfache dieser Strecke zu Fuß zurückgelegt. Sie kamen am Nachmittag in Halmagiu an, fanden eine Übernachtung für die folgende Nacht (nicht für die kommende Nacht – Gogosu hatte sie bereits überredet, die Nacht auf dem Berg zu verbringen), wuschen sich, wechselten das Schuhwerk, und nahmen eine Brotzeit auf dem offenen Holzbalkon ihrer Pension ein, der auf die Hauptstraße des Dorfes hinausging.

»Ihr dürft auf keinen Fall vergessen«, hatte ihr Führer sie gewarnt, als sie den Preis für ihre Zimmer ausgehandelt hatten, »dass ihr es hier mit einfachen Leuten zu tun habt. Die sind nicht so weit herumgekommen wie ich und nicht an Fremde, Stadtmenschen und andere komische Typen gewöhnt. Das sind einfache Leute voller Misstrauen und Aberglauben! Lasst mich mit ihnen reden. Ihr seid Bergsteiger, nichts weiter. Nein, nicht mal das, ihr seid ... Wanderer. Und wir gehen nicht in die Zarundului, sondern in die Metalici.«

»Wo ist der Unterschied?«, fragte Vulpe später beim Essen. »Ich meine zwischen den Zarundului und den Metalici?«

Der alte Jäger deutete nach Nordwest über die Dächer hinweg auf eine gezackte Reihe dunstiger Gipfel mit einer goldenen Aura durch das Sonnenlicht. »Das sind die Metalici«, sagte er. »Die Zarundului sind hinter uns. Sie sind grau – egal zu welcher Jahreszeit. Graugrün im Frühling, graubraun im Herbst, grau im Winter. Und natürlich weiß. Die Burg liegt auf der Höhe der Baumgrenze, direkt an einer Felswand. Ja, dahinter ist sofort eine Felswand und davor eine Schlucht. Eine Festung, eine Bastion. In den alten Zeiten war so etwas fast uneinnehmbar.«

Vulpe hatte etwas anderes gemeint: »Ich wollte nur wissen, warum die Leute hier nicht wissen sollen, wohin wir gehen?«

Gogosu war das Thema offenbar unangenehm. »Die Leute hier sind abergläubisch, wie ich schon sagte. Dieser Höhenzug heißt hier nur die ›Szganyberge‹, weil das fahrende Volk einen solchen Respekt davor hat. Die Leute hier meiden diese Berge, und sie hätten bestimmt auch etwas dagegen, wenn sie wüssten, das wir dorthin wollen.«

»Wegen der Ruinen?«

Gogosu wand sich noch immer: »Das kann ich nicht sagen, das weiß ich nicht, und es interessiert mich auch nicht besonders. Aber vor ein paar Wintern, als ich da oben versucht habe, einen Wolf zu schießen ... Die Leute haben mich hier wie einen Aussätzigen behandelt. In den Ausläufern der Berge gibt es Füchse, die auf den Bauernhöfen das Geflügel reißen, aber die Leute weigern sich, sie zu jagen oder Fallen aufzustellen. Die sind einfach komisch in dieser Beziehung. Die Großväter erzählen hier Gespenstergeschichten, um die Jungen von den Bergen fern zu halten, versteht ihr? ›Der alte Vampir in seinem Schloss‹, und so was.«

»Aber sie sehen doch, dass wir in diese Richtung marschieren?«

»Nein, das werden sie nicht, weil wir einen Umweg machen werden.«

Vulpe war vorsichtig. »Aber wir betreten kein Sperrgebiet oder so etwas? Das da oben ist kein Militärgelände, oder?«

»Guter Gott, nein!« Gogosu verlor die Geduld. »Es ist so, wie ich gesagt habe: nur ein dummer Aberglaube. Das ist hier nun mal so: Wenn hier jemand jung stirbt, und es gibt keinen klar ersichtlichen Grund dafür, dann stecken sie der Leiche immer noch eine Knoblauchknolle in den Mund, bevor sie den Sarg zunageln. Ja, und manchmal gehen die auch noch viel weiter! Also belasst es dabei, bevor ich selbst noch Angst kriege, okay?«

Seth Armstrong mischte sich ein: »Ich höre immer wieder das Wort ›Szgany‹. Was bedeutet das?«

Für die Frage brauchte Gogosu keinen Übersetzer. Er drehte sich zu Armstrong um und erklärte ihm in radebrechendem Englisch: »Auf deutsch heißen sie ›Zigeuner‹, hier heißen sie ›Szgany‹. Das fahrende Volk.«

»Ja, die Zigeuner«, nickte Vulpe. »Meine Leute.« Er drehte sich um und sah zurück in die staubigen gelben Räume im obersten Stock ihrer Pension. Er blickte durch die Räume, durch das Treppenhaus und *durch* die Rückwand nach draußen. Es war, als sei das Haus kein Hindernis für seine Augen. Er legte den Kopf in den Nacken und ›sah‹ auf die grauen seinem Auge verborgenen Gipfel der Zarundului hinaus, die sich nur ein paar Kilometer entfernt erhoben, und er stellte sich vor, wie sie zu ihm zurück starrten. Und er dachte bei sich: Vielleicht haben die Einheimischen ja Recht, und das ist eine Gegend, die man nicht betreten sollte.

Und unhörbar (außer vielleicht als Ausdruck seines eigenen Willens, seiner eigenen Absicht, die es aber nicht war) antwortete ihm eine glucksende, geheimnisvolle, düstere und tückische Stimme: *Das ist sie, mein Sohn. Aber du wirst es doch tun, Gheorghe, du wirst ...*

Der Aufstieg war zunächst ganz einfach. Es war fast 5 Uhr nachmittags, und die Sonne senkte sich stetig dem diesigen Talgrund zwischen dem Gipfel Codrului und den westlichen Ausläufern der Zarandului entgegen. Gogosu versicherte ihnen jedoch, dass sie die Ruinen vor der Dämmerung erreichen würden. Sie würden sich einen Platz zwischen den eingestürzten Mauern suchen, ein Feuer entzünden und schließlich am Ort der Legenden essen und schlafen.

»Allein würde ich das nicht tun«, gab er zu, als er sich einen Abhang empor seinen Weg zu einer Felsspalte in der bröckligen Felswand suchte. »Ganz bestimmt nicht! Aber wo wir doch zu viert sind, und alle munter und vergnügt? Was gibt es da zu fürchten?«

Vulpe, der Letzte in ihrer Kette, blieb stehen, um zu übersetzen und sich umzusehen. Die anderen bemerkten es nicht, aber er schien verwirrt. Die Gegend kam ihm bekannt vor. Déjà-vu? Er ließ seine Gefährten ein Stück vorangehen.

Armstrong, der direkt hinter ihrem Führer ging, fragte: »Ja, was gibt es da zu fürchten?« Er drehte sich um, um Laverne die Hand zu reichen, der hinter ihm den Berg hinaufschnaufte.

»Nur die eigene Fantasie«, erklärte Gogosu, der die Frage anhand ihrer Tonlage gedeutet hatte. »Es ist nun mal sehr einfach, sich nicht nur bösartige Geister aus der Vergangenheit, sondern auch einen ganzen Haufen ganz realer Gefahren aus der Gegenwart einzubilden! Ja, und der Verstand ist ein sehr mächtiges Werkzeug, wenn er für sich allein ist; da gibt es genügend Raum für wilde Ideen, das kann ich euch versichern. Aber sonst ... im Winter kann man hier vereinzelt noch einem Wolf begegnen, der sich aus den Nordkarpaten hierher verirrt hat.« Sein Tonfall zeigte keine wirkliche Besorgnis. »Die sind ganz harmlos, diese Grauen, wenn sie nicht gerade im Rudel auftreten.«

Der alte Jäger blieb am unteren Ende einer Felsspalte stehen und drehte sich um, um zu sehen, wie weit die anderen waren, die hinter ihm kamen.

Aber Vulpe hatte den Vorsprung gemieden und kraxelte am Grund der Felswand einem Punkt entgegen, der außer Sicht lag.

»Hallo?«, rief der Jäger hinter ihm her. »Wo willst du denn hin, Gheorghe?«

Der junge Amerikaner sah hoch und hinter sich. Im Schatten der Felswand war sein Gesicht bleich, und seine Stirn zeigte Konzentrationsfalten. »Du machst es unnötig kompliziert, alter Freund«, rief er zurück. Seine Stimme hallte von den aufragenden Felsmassiven zurück. »Warum soll man klettern, wenn man laufen kann? Hier gibt es einen alten Pfad, der ganz einfach zu gehen ist. Der Weg ist vielleicht ein wenig länger, aber es geht viel schneller – und ist erheblich angenehmer für Hände und Knie. Ich treffe euch da oben wieder, auf halber Höhe, wo mein Weg und eurer sich wieder kreuzen.«

»Wo unsere Wege sich ...?« Gogosu war zuerst verblüfft, und dann verärgert. »Ich verstehe!«, brüllte er sarkastisch zurück. »Du warst hier also schon mal, ja?«

Aber Vulpe hatte sich bereits wieder umgedreht und war hinter einer Biegung verschwunden. »Nein«, rief er zurück. »Das ist reine Intuition, schätze ich.«

»Pah! Intuition!«, fauchte Gogosu. Aber dann, als er sich an den Aufstieg in der Felsspalte machte, kicherte er. »Soll er doch gehen. Er wird schon bald wieder umkehren, wenn sein Pfad endet und die Schatten länger werden. Merkt euch meine Worte: Es dauert nicht lange, und er sieht einen Wolf in jedem Strauch. Und dann wollen wir doch mal sehen, wie schnell er hinter uns her kommt!«

Aber er irrte. Eine Stunde später, als der Weg steiler wurde und das Licht langsam schwand, erreichten sie die breite Kante eines

Plateaus. Und da lag Vulpe ausgestreckt, kaute auf einem Zweig und wartete auf sie. Und das schon seit einiger Zeit, wie es schien. Er nickte, als er sie sah und sagte: »Der Rest des Wegs ist ein Kinderspiel.«

Gogosu blickte finster, und Armstrong gab Vulpes Nicken einfach nur zurück, aber Laverne war wütend und erregt: »Das war ganz schön riskant, findest du nicht, George? Was, wenn du dich verlaufen hättest?«

Vulpe war offenbar erstaunt über die Anspannung in der Stimme seines Freundes. »Verlaufen? Ich ... Darüber habe ich mir gar keine Gedanken gemacht. Es scheint, als hätte ich einfach ein Gespür für so etwas.«

Damit war die Sache erledigt und sie alle rasteten ein paar Minuten. Dann stand Gogosu auf. »Gut, noch eine halbe Stunde und wir sind da.« Er machte einen übertriebenen Diener vor Vulpe und fügte hinzu: »Wenn Ihr uns den Weg weisen würdet ...«

Sein Sarkasmus fiel auf taube Ohren; Vulpe übernahm die Führung und geleitete sie das letzte Stück auf einem bequemen Weg. Sie erreichten den letzten Kamm, als gerade die Sonne hinter den Bergen im Westen unterging.

Der Ausblick war atemberaubend: blaugraue Täler, die im Dunst waberten, und die Berge, die aus ihnen aufragten. Aus den Dörfern stieg Rauch auf und hinterließ dunkle Schleier, wo die entfernten Gipfel von Gold in Grau übergingen. Die vier Männer standen auf dem Kamm eines pinienbewachsenen Sattels zwischen zwei Bergzügen. Gogosu wies den Weg: »Da lang. Wir steigen den Hang hoch zwischen den Bäumen hindurch, bis wir auf die Schlucht treffen. Und da, wo der Berg gespalten ist, direkt in die Felswand gebaut ...«

»... stehen die Überreste von Ferenczys Burg«, führte Vulpe den Satz zu Ende.

Der Jäger nickte. »Und das Licht reicht gerade noch, um einen Lagerplatz zu suchen und ein Feuer aufzuschichten. Alles bereit?«

Aber George Vulpe war schon weitergegangen.

Als auch die anderen sich in Bewegung setzten, drang das

unheimliche Heulen eines Wolfes durch die harzgeschwängerte Luft, und verklang schließlich zu einem klagenden Jaulen.

»Verdammt!«, fluchte Gogosu und blieb stehen. Er legte den Kopf auf eine Seite, schnüffelte und lauschte gebannt. Aber es gab keine Wiederholung. Er nahm sein Gewehr vom Rücken. »Habt ihr das gehört? Und wisst ihr, was das bedeutet? Man sagt, es gibt einen harten Winter, wenn die Wölfe so früh dran sind.« Er wandte sich ein wenig von den anderen ab und vergewisserte sich, dass seine Waffe geladen war ...

VIERTES KAPITEL

In der Stunde vor Mitternacht kam Nebel auf, der sich an die Steine des Schlosses schmiegte und die Lücken dazwischen füllte, so dass es schien, als würden die uralten zerschmetterten Mauern auf einem sanft wogenden Milchmeer schwimmen. Unter einem blaugrau schimmernden Mond, auf dessen Oberfläche jede Einzelheit deutlich zu erkennen war, saß George Vulpe neben dem Feuer. Er fütterte es mit Reisig, das sie noch im Dämmerlicht gesammelt hatten, und sah zu, wie dann und wann ein Funken hochschoss, um sich zu den Sternen zu gesellen, aber immer wieder erlosch, bevor er sein Ziel erreicht hatte.

Er hatte freiwillig die erste Wache übernommen. Da er den größten Teil des Tages verschlafen hatte, wäre er sowieso die erste Wahl gewesen. Emil Gogosu hatte zwar versichert, es sei eigentlich nicht erforderlich, dass einer von ihnen wach blieb, aber er hatte auch nicht protestiert, als die Amerikaner einen Wachplan aufstellten. Vulpe war als Erster an der Reihe und würde auch den längsten Teil übernehmen, Seth Armstrong hatte die Wache von 2:00 bis 4:30, und Randy Laverne wollte dann bis um sieben übernehmen. Dann würde er Gogosu wecken. Dem alten Jäger passte das hervorragend. Um die Zeit dämmerte es bereits und er war niemand, der schlief, wenn die Sonne am Himmel stand.

Gogosu und Armstrong lagen in tiefem Schlaf; der Erste in eine Decke eingewickelt in einer Mulde zwischen zum Teil im Erdboden eingesunkenen Steinen, aus denen seine Füße zum Feuer hin ragten, und der andere in seinem Schlafsack, wobei er seine Jacke, die er über einen abgerundeten Stein gezogen hatte, als Kopfkissen benutzte. Laverne dämmerte vor sich hin. Er hatte zu viel von den ungarischen Kochwürsten und dem Schwarzbrot gegessen; seine Verdauung hielt ihn wach, weil er jedes Mal kurz vor dem Einschlafen rülpsen musste. Er hatte sich einen Platz am weitesten vom Feuer weg im Schatten der Schlossmauer gesucht, wo er seinen Schlafsack auf einer Matratze aus Pinienzweigen ausgebreitet hatte, die er von den Bäumen geschnitten hatte, die bis an das Gemäuer heranwuchsen. Da er mit dem Gesicht zum Feuer lag, erblickte er im Halbschlaf immer wieder Vulpe, der sich dann und wann bewegte, um das Ende eines Stocks ins Innere der rotgelben Glut zu schieben.

Was er dabei nicht sah, war die schleichende Veränderung, die mit seinem Freund vorging, Er bemerkte nicht, wie Vulpes Verstand langsam in eine seltsame Trance verfiel, nicht die Pseudoerinnerungen, die sich vor dem inneren Auge des Amerikaners entfalteten und auf der Leinwand seines Verstandes wie geisterhafte Bilder die flackernden Flammen verdrängten. Und er wusste auch nichts von den hypnotischen Vampireinflüsterungen, die sich in diesem Moment in Vulpes bewusstes und unbewusstes Sein drängten.

Als ein Ast durchgebrannt war und knackend tiefer ins Feuer fiel, da riss das Laverne kurzzeitig aus seinem Dämmerzustand. Er setzte sich auf ... gerade rechtzeitig, um zu sehen, wie ein dunkler Schatten durch einen Spalt in der alten Mauer in der noch tieferen Dunkelheit verschwand. Ein Schatten, der sich auf eine starre, zombiehafte Art bewegte, wie ein Schlafwandler. Seine Füße erzeugten kleine Wellenbewegungen im Auf und Ab des wabernden Nebels. Es konnte sich bei dem Schatten nur um George Vulpe handeln, denn wie Laverne auf einen Blick sah, war sein Schlafsack, der zusammengeknüllt vor einem Felsblock im Licht des Feuers lag, leer.

Laverne war jetzt hellwach. Er erhob sich von seinem provisorischen Bett, tastete nach seinen Kletterschuhen und zog sie an. Mit Fingern, die vom Schlaf immer noch klamm waren, knüpfte er die Schnürsenkel zu. Auch wenn er den Schlaf noch nicht ganz abgeschüttelt hatte, beeilte er sich doch. Da war etwas in der Art, wie George sich bewegt hatte; nicht heimlich, aber doch irgendwie lautlos ... ja, wie ein Schlafwandler. Er war schon den ganzen Tag so komisch gewesen; er hatte während der Fahrt die ganze Zeit geschlafen und war auch dann nicht richtig bei sich, wenn er wach war. Und die Art, wie er hier hochgeklettert war, als würde er das regelmäßig vor dem Frühstück tun.

Als er an den Schlafplätzen von Armstrong und Gogosu vorbeikam, überlegte Laverne kurz, sie zu wecken, entschied sich aber dagegen. Das würde Zeit kosten, und vielleicht wäre George in der Zwischenzeit schon kopfüber in die Schlucht gestürzt oder hätte sich an einem der vielen niedrigen Durchgänge in den baufälligen Mauern den Schädel eingeschlagen. Laverne war sich seiner Kraft sehr wohl bewusst, er wusste, er würde allein mit George fertig werden, wenn es darauf ankam; er brauchte die anderen dazu nicht, und es war sinnlos, sie für nichts und wieder nichts zu wecken. Er würde sich selbst um die Sache kümmern. Das Einzige, was er nicht tun durfte, wenn George wirklich schlafwandelte, war, ihn plötzlich aufzuwecken.

Laverne nahm den gleichen Weg wie Vulpe, ging durch die gleiche Lücke in der Mauer und folgte ihm tiefer in die Schatten. Er gab sorgsam darauf Acht, wohin er in dem kniehohen Nebel seine Füße setzte. Das Innere der Ruine war gewaltig, das Schloss hatte eine Fläche von mehreren hundert Quadratmetern, wenn man die Wände mitrechnete, die eingestürzt oder durch die Explosion davongeschleudert worden waren. Als die Schläfer und der Schein des Lagerfeuers hinter ihm verblassten, schaltete er eine Taschenlampe ein und richtete den Strahl vor sich. Der Boden stieg hier ein wenig an, und Ansammlungen von Trümmersteinen ragten aus dem Nebel hervor wie Inseln aus einer merkwürdig weißen See.

In dem Augenblick, bevor er hinter einer umgestürzten Wand verschwand, blieb George Vulpe im Licht der Taschenlampe kurz stehen und drehte sich um. Seine Augen wirkten unnatürlich geweitet und spiegelten sich im Lichtstrahl. Die Augen von George ... und die von etwas anderem!

Sie blieben nur für einen Augenblick da, dann waren sie verschwunden, wie ein Licht, das ausgeknipst worden ist.

Ein Augenpaar nahe am Boden, schmale, wilde Schlitze ... Wolfsaugen?

Laverne schwenkte die Lampe hin und her, leuchtete mit ihr in alle Richtungen, beugte sich herunter und drehte sich einmal um die eigene Achse. Er sah nichts, nur nackte Wände, Geröllhaufen, leere Durchgänge und die tintenschwarze Finsternis dahinter. Und ein Stück hinter ihm das freundliche Glühen des Lagerfeuers wie ein Leuchtturm in der Nacht.

Es war eine kluge Entscheidung gewesen, diesen Ort nicht noch in der Dämmerung zu erkunden; er war einfach zu groß und die Konstruktion zu brüchig. Vielleicht war es ein Fehler von Laverne gewesen, die anderen nicht zu wecken.

Aber ... ein Wolf? Oder hatte ihm seine Fantasie einen Streich gespielt? Wahrscheinlich eher ein Fuchs. Das hier war der ideale Ort für Füchse. Es wäre massenhaft Platz für Fuchsbauten in den Gewölben dieser Ruinen. Und hatte Gogosu nicht gesagt, dass die Einheimischen sich weigerten, die Füchse zu jagen, die hier oben hausten? Ja, das hatte er. Das hatte er also gesehen, einen Fuchs ...

... oder einen Wolf.

Laverne besaß ein Taschenmesser mit einer acht Zentimeter langen Klinge. Er zog es heraus, klappte es auf und balancierte es in der Hand. Es war dazu da, um damit Briefe zu öffnen, Äpfel zu schälen oder Holz zu schnitzen. Aber immer noch besser als nichts. Gott – warum hatte er die anderen nur nicht aufgeweckt? Aber dafür war es jetzt zu spät, und George entfernte sich immer weiter von ihm.

»George«, flüsterte er und folgte ihm. »George, zum Teufel. Wo bist du nur?«

Laverne erreichte die Ecke der bröckligen Wand, hinter der Vulpe verschwunden war. Dahinter lag ein großes, von silbrigem Mondlicht beschienenes Areal, das vielleicht einmal ein Saal gewesen war. Auf der gegenüberliegenden Seite, hinter einem Trümmerhaufen aus abgebröckeltem Putz und zerschmetterten Dachschindeln, zeichnete sich die Silhouette eines Mannes von der Taille aufwärts ab. Laverne erkannte die Gestalt als George Vulpe. Noch während er zusah, machte sie einen Schritt voran, der sie gleichzeitig tiefer sinken ließ. Und alles auf diese langsame, roboterhafte Art. Nur der Kopf und die Schultern waren noch zu sehen. Dann noch ein Schritt, und der Kopf war nur noch ein kugelförmiger Klotz auf einem Haufen Steine; noch einer und Vulpe war verschwunden.

Wohin? Ein Loch oder eine Trümmer bedeckte Treppe? Was glaubte dieser Idiot eigentlich, wo er hinwollte? Woher wusste er, wohin er gehen musste? »George!«, rief Laverne wieder hinter ihm her, diesmal ein wenig lauter, und folgte ihm weiter.

Hinter dem Trümmerhaufen war ein Teil des Schutts weggeräumt und die ursprünglichen Steinplatten des Fußbodens freigelegt worden. Und dort gähnte ein schwarzes Loch und führte in das Innere der Festung. Am einen Ende dieses Lochs oder dieser Treppe war eine längliche, flache Steinplatte mit Hilfe eines eisernen Rings angehoben worden und stand jetzt senkrecht über der Öffnung, die sie verdeckt hatte. Laverne leuchtete mit der Lampe in das Loch und sah Steinstufen, die nach unten führten. Die muffige Luft, die von unten herauf drang, brachte einen Hauch von Verbranntem, von Moschus und von anderen, weniger leicht zu identifizierenden Düften mit sich. Als er in die Dunkelheit hinunterblickte, sah er noch einen Funken gelben Lichtes, der sich sofort in unergründlichen Tiefen verlor.

Der füllige junge Amerikaner zögerte einen Moment, doch er musste diesem Rätsel einfach nachgehen. »George?«, rief er erneut, aber es war mehr ein krächzendes Flüstern, während er sich durch die Öffnung quetschte.

Und danach ... es war leicht, dort den Bezug zur Zeit und die allgemeine Orientierung zu verlieren. Dazu kam noch, dass der elektrische Kontakt in Lavernes Taschenlampe nicht der Beste war; der Lichtstrahl war nur schwach und fiel des Öfteren aus, und ließ sich nur durch ein heftiges Schütteln der Lampe reaktivieren.

Die Steinstufen waren schmal und führten spiralförmig um eine massive Säule herum nach unten. Aber nach außen hin war da nur die Dunkelheit und hallende Leere, und Laverne versuchte verzweifelt, nicht darüber nachzudenken, wie tief er fallen mochte, wenn er auf den Stufen ausrutschte. Er stieg ganz vorsichtig Stufe um Stufe hinab. Aber wie mochte es George Vulpe ergehen, der an so einem Ort schlafwandelte? Falls er schlafwandelte.

Schließlich endete die Treppe auf einem Kellergeschoss, wo sich noch überall die Auswirkungen eines Brandes oder einer Explosion zeigten: Die Wände waren Flammen geschwärzt und angesengt, und aus der Decke war eine Anzahl behauener Steine herausgebrochen und auf dem Boden gelandet. Hier bildete ein weiterer Stein eine zweite Falltür und dann weitere Stufen, die hinabführten, immer tiefer hinab ...

Manchmal sah Laverne das Flackern einer Fackel – einer echten Fackel, keiner Taschenlampe – unter ihm in einer unbestimmbaren Tiefe, manchmal drang auch der Geruch des brennenden Wergs zu ihm hoch. Aber es gab keinerlei Geräusch von Vulpe, der diesen Ort wie seine Westentasche kennen musste, um alle Gefahren und Schwierigkeiten so laut- und problemlos zu umgehen. Woher er das so genau wissen konnte, war eine andere Sache. Aber je tiefer Laverne hinabstieg, desto größer wurde seine Wut. Es war offensichtlich, dass das alles ein gewaltiger Witz auf seine und Seth Armstrongs Kosten sein musste, in den wohl auch Gogosu eingeweiht war. Seit sie gestern Abend den alten Jäger getroffen hatten, war es, als sei ihr gesamtes Unternehmen vorherbestimmt, geplant gewesen. Aber von wem? War George nicht hier geboren? Und hatte er nicht hier seine Kindheit verbracht – oder wenn schon nicht hier, dann doch irgendwo in Rumänien?

Und dann schließlich Vulpes Abstieg in die dunklen Gewölbe dieses Gemäuers, sobald er die anderen schlafend glaubte ... was für eine Überraschung plante er jetzt wieder? Und warum machte er sich überhaupt diese ganze Mühe? Wenn er diesen Ort kannte und hier schon einmal gewesen war – vielleicht als kleiner Junge –, warum hatte er sie dann nicht eingeweiht? Es hätte der Unternehmung nichts von ihrem Reiz genommen.

»Das Schloss Ferenczy!«, schnaubte Laverne vor sich hin. »So eine Scheiße!« Wie viele Leute hatte Vulpe wohl ausspucken müssen, damit der alte Gogosu bei dieser Farce mitmachte?

Als er in einem zweiten Kellergeschoss anlangte, war er schon richtig wütend, und er blieb stehen, um jetzt lauter zu rufen: »George! Was zum Teufel soll das hier alles?«

Sein Rufen erschütterte die stehende Luft und ließ Staubwolken aus unergründlichen Höhen und Decken herab rieseln. Als die

Stimme hinausschallte und als verzerrtes und misstönendes Echo zu ihm zurück drang, erforschte er nervös seinen Aufenthaltsort mit dem trüben, flackernden Lichtstrahl seiner Taschenlampe.

Er befand sich in den Katakomben des Schlosses. Die Wände waren mit Fresken bemalt, es gab viele Bogengänge und durch die Last der Jahrhunderte geschwärzte Eichenregale mit Urnen und Amphoren, uralten Spinnweben und dicken Staubschichten. Und da im Staub zeichneten sich Fußspuren ab, und gar nicht wenige. Die Frischesten davon mussten die Vulpes sein. Laverne folgte der so vorgegebenen Richtung – und sah weit vor sich das Aufflackern einer Fackel, das den Bogen eines Durchgangs erhellte, bevor es wieder verschwand.

Du Scheißkerl!, dachte Laverne. *Du müsstest taub sein, um nicht zu wissen, dass ich hier bin! Du hast da einiges zu erklären, alter Kumpel. Und wenn mir dann nicht gefällt, was du mir da sagst ...*

Hinter und über ihm, auf den Steinstufen, die sich in die Dunkelheit hinaufschraubten, erklang ein leises Tapsen und ein noch leiseres Jaulen. Ein angestoßener Kiesel polterte die Treppe hinunter. Dann war wieder alles still.

Laverne war urplötzlich eisig kalt und klamm. Er zitterte wie Espenlaub, als er mit der Taschenlampe die Treppe hinaufleuchtete. »Mein Gott! Oh mein Gott!« Aber da war nichts und niemand. Oder war das da ein Schatten, der sich außer Sicht schob?

Laverne stolperte über die Steinplatten des großen Gewölbes, durch einen Durchgang in andere Räume, die dahinter lagen. Sein abgehacktes Keuchen und die gedämpften Tritte hallten wie Donner in den Räumen wider, aber er versuchte gar nicht, die Geräusche zu dämpfen. Er wollte einfach nur Vulpe einholen und herausfinden, was diese ganze Charade sollte. Der Schimmer von Vulpes Fackel leuchtete wieder vor ihm, und er roch auch wieder die harzigen Verbrennungsrückstände. Laverne stolperte in diese Richtung weiter, durch den Staub und die Salze und Chemikalien, die auf dem Boden verstreut lagen, bis plötzlich ...

Dieser Raum war anders als die anderen. Er blieb in dem Durchgang stehen, bevor er den Raum betrat, und leuchtete mit seinem ersterbenden Taschenlampenschein um sich. Verschimmelte Wandbehänge hingen an den Wänden; die Fliesen auf dem Boden bildeten ein Mosaik mit einem seltsamen, altertümlichen Motiv; ein Tisch mit einer dicken Staubschicht, auf dem Bücher und Schreibmaterialien ausgebreitet waren. Ein gewaltiger Kamin mit Steinsims – und der flackernde Schimmer einer nackten Flamme, die aus dem Kamin heraus strahlte! George Vulpe war ... dort hineingegangen?

Laverne hatte einige Probleme mit dem Atmen, als er keuchte: »George?« Er durchquerte hastig den Raum und bückte sich ein wenig, um seinen schwachen Lichtstrahl unter der Wölbung des Kamins hindurch den Schornstein hinaufzuschicken. Im Inneren, in einer Halterung an der Rückwand, steckte Vulpes rußende, flackernde Fackel ... aber nicht Vulpe selbst.

Eine Hand legte sich auf Lavernes Schulter!

»Mein Gott!«, schrie er auf. Adrenalin schoss durch seinen Körper, und er schreckte hoch. Sein Hinterkopf prallte gegen den Sturz über dem Kamin. Er stolperte in den Raum zurück, und für einen Moment war Vulpes Gestalt im Schein seiner Taschenlampe gefangen. Der andere stand da, lautlos wie ein Geist, und seine Hand war immer noch nach ihm ausgestreckt.

Laverne ging in die Knie und griff nach seinem Hinterkopf. Seine Hand war plötzlich klebrig vor Blut. Ihm war übel und schwindelig, wie er da auf dem Boden hockte. Er hatte Glück gehabt, dass er sich nicht den Schädel eingeschlagen hatte. Aber die Wut verdrängte schnell seine Schmerzen. Die Dinge verschwammen nicht mehr vor seinen Augen, und er richtete seine Taschenlampe wieder dahin, wo er Vulpe zuletzt gesehen hatte. Aber Vulpe – Schlafwandler, Arschloch oder Witzbold, egal was er war – war fort. Nur noch ein verblassender gelber Feuerschein aus dem Inneren des Kamins.

Laverne stolperte auf die Füße. Er fand sein Messer da, wo es ihm entfallen war, vor dem Kamin. Er klappte es zusammen und steckte es weg. Für die Tracht Prügel, die er ›Gheorge‹ Vulpe verpassen würde, brauchte er kein Messer. Und wenn er dann mit diesem Mistkerl fertig war, konnte er selbst zusehen, wie er hier wieder herauskam. Wenn er dann noch die Kraft dazu hatte.

Er fühlte sich jetzt wieder sicherer auf den Beinen, und mit zusammengebissenen Zähnen ging Laverne wieder zu der Feuerstelle. Er kroch hinein und sah sofort die Stufen in der Rückwand des Kamins. Über sich hörte er Geräusche: das hallende Schaben von Schuhen, ein gedämpftes Husten. Er überlegte: *Was hochsteigt, muss auch wieder herunterkommen!* Vielleicht sollte er hier auf diesen Trottel warten. Aber da hörte er Vulpes Schrei.

Laverne hatte noch nie einen solchen Schrei vernommen. Er folgte unmittelbar auf ein Nerven zerrüttendes knirschendes Geräusch – so wie von gewaltigen Steinplatten, die übereinander schaben – und stieg zu einem vibrierenden Crescendo an, bevor es auf dem höchsten Punkt plötzlich abgeschnitten wurde. Und als das Echo verklang, folgte ein kehliges Gurgeln und Keuchen. Vulpe gab ein »Ah ... Ah ...« von sich, als ersticke er, wie ein Mann im Todeskampf. Lavernes Nackenhaare hatten sich aufgerichtet. Er wusste zwar gar nicht, wie ein Mann im Todeskampf sich anhörte, aber er hatte das bestimmte Gefühl, dass es sehr ähnlich klingen müsse.

»Oh mein Gott!«, wimmerte er und stürmte klappernd die Stufen hoch, bis zu dem Punkt, wo er in einem 90 Grad Winkel abknickte und einen Gang bildete. Zwanzig oder fünfundzwanzig Meter vor ihm lag Vulpes Fackel am Rand eines Grabens, der rechts neben dem Gang in den Fels gehauen war. Sie flackerte immer noch und verströmte schwarzen Qualm.

Aber von Vulpe selbst keine Spur. Nur die erstickten, gequälten »Ahs«, die anscheinend aus dem Graben kamen.

»George?« Laverne eilte voran – und blieb dann abrupt stehen.

Hinter der flackernden Fackel, dort, wohin weder deren Licht noch das Licht seiner Taschenlampe reichte, schwebten zwei Augen in der Dunkelheit, bedrohlich, starr, ohne zu blinzeln.

Laverne war nicht besonders mutig, aber er war auch kein Feigling. Egal, was für ein Tier das da war – ob Fuchs, Wolf oder verwilderter Hund – es würde sich vor Feuer fürchten. Er stolperte vor und griff sich die ersterbende Fackel. Er schwenkte sie über seinem Kopf, um sie wieder anzufachen. Seine Bemühungen wurden sofort mit einer leuchtenden Flamme belohnt, die die Schatten verdrängte. Und auch das Tier vor ihm. Laverne erhaschte noch einen Blick auf etwas Graues, Verstohlenes, Hundeartiges, bevor es wieder von der Dunkelheit aufgesogen wurde. Er erhaschte auch einen Blick auf etwas in dem Graben –

– etwas, das ihn gegen die Wand zurückschleuderte, als habe er den Hieb einer gewaltigen unsichtbaren Faust erhalten.

Er spürte sein Blut eisig in seinen Adern stocken. Seine zitternde Hand hielt die Fackel erneut über den Graben. Seine Augen weigerten sich, das an sein Gehirn weiterzugeben, was sie da sahen: das Nagelbett und die Gestalt seines Freundes, der darauf aufgespießt war. George Vulpe lag dort zuckend, und Eisenspitzen hatten seine Wangen, seine Schultern, seinen Hals und seine Arme durchbohrt, ebenso wie seinen Rücken, seine Lenden und Schenkel. Aus jedem dunklen Riss und Durchstich strömte Blut, verfärbte die rostigen Eisenstangen und sammelte sich an seinen zuckenden Füßen zu einem zähflüssigen Rinnsal, das in die Rinne und dem steinernen Ausguss entgegen floss.

»Heilige Mutter Gottes«, stöhnte Laverne.

»Ah ... ah ... ah«, kam es von Vulpe. Die Laute drangen aus blutigen Bläschen hervor, die zwischen seinen leichenblassen Lippen herausquollen.

Und ihm gegenüber auf dem Gang schob sich der große graue Wolf langsam und steifbeinig und mit einem tiefen Knurren in den Lichtkegel.

Vulpe war nicht mehr zu retten, das sah man auf den ersten Blick. Eine Armee von Krankenschwestern mit einer Tonne von Verbandmaterial hätte sein Verbluten nicht verhindern können, nicht bei diesen Verletzungen. Laverne konnte ihn nicht retten, weder aus dem Nagelbett, noch vor dem Wolf. Auf wackligen Beinen zog er sich zurück, schob sich seitlich mit dem Rücken an der Felswand entlang über den Gang zurück, in Richtung der flachen Stufen, die zu dem falschen Kamin führten. Mit George war es vorbei – in jeder Hinsicht – und er musste jetzt an sich selbst denken. Und als Vulpes Blut durch den behauenen steinernen Ausguss in die Öffnung der Urne strömte, da beeilte sich der übergewichtige

Amerikaner noch mehr, um von da wegzukommen ... und blieb dann abrupt auf dem engen Sims des Ganges stehen und zitterte wie Espenlaub.

Vor ihm stand der Wolf mit gefletschten Zähnen im Fackelschein, dahinter ein sterbender Mann auf seinem Folterbett aus Eisenspitzen, und jetzt ... jetzt war da noch etwas anderes. Hinter ihm!

Laverne stockte der Atem. Er wandte den Kopf wie eine Mutter auf einer rostigen Schraube. Zuerst konnte er nicht erkennen, was da war. Die Umrisse waren unscharf, auf seltsame Art fließend. Die Decke schien sich abgesenkt zu haben, der Gang schien enger geworden zu sein, auf dem Boden schien sich irgendetwas abgelagert zu haben. Etwas Pelziges. Etwas, das raschelte und zuckte.

Lavernes Augen traten hervor, als er seine Fackel in die Richtung vorstreckte, und traten sogar noch weiter hervor, als sich diverse kleine Teile dieser unnatürlichen Pelzigkeit von den sich bewegenden Wänden lösten und in flatternden Bögen und Sturzflügen vorbeischossen. Fledermäuse! Eine Fledermauskolonie! Und noch während er eine angewiderte Grimasse zog, drängten sich mehr und mehr von ihnen an die Wände, den Boden und die Decke.

Er sah in die entgegengesetzte Richtung. Der Wolf war stehen geblieben. Seine Ohren waren auf den Graben gerichtet; seine Aufmerksamkeit auf die Urne. Ihm war eisig kalt, schwindlig, und er musste nach Luft schnappen, aber Laverne versuchte zu erspähen, wonach der Wolf blickte. Und als er das sah, wusste er, dass er kurz vor einer Ohnmacht stand. Sein Blut sackte in die Beine, ihm wurde schwarz vor Augen – aber er wusste, dass er es nicht wagen würde, das Bewusstsein zu verlieren. Nicht an diesem schrecklichen Ort und ganz bestimmt nicht zu diesem Zeitpunkt.

Die Urne rülpste. Dampfwölkchen wie kleine Rauchringe entströmten der grotesken Öffnung. Schwarzer Schleim, der innen hoch blubberte, sammelte sich auf dem kalten Rand des Gefäßes, wo er wie Teer zu erstarren schien. Als Vulpes Blut aufgesaugt wurde, bildete sich etwas und dehnte sich in der Urne aus. Das Blut diente als Katalysator und transformierte das, was sich in der Urne befand.

Laverne konnte nur schreckensstarr zusehen. Ein gefleckter, blaugrauer, von roten Adern durchzogener Schleimtentakel schlängelte sich aus der Öffnung der Urne hoch zu dem Steinausguss. Er wurde länger und länger und glitt wie eine Schlange über die Blutspur zurück zu der Stelle, an der Vulpe aufgespießt dalag.

Der Fangarm schien mit einer eigenen Intelligenz ausgestattet. Er schlängelte sich um das rechte Bein, wo es am Knie abgewinkelt war, glitt an dem aufgespießten Schenkel entlang über den Bauch und dann über die sich hebende und senkende Brust.

Vulpe keuchte weiterhin »ah ... ah ... ah« – doch der Schmerz hatte ihn beinahe vollkommen abgestumpft, ihn in einen apathischen Zustand versetzt, und der Blutverlust tat ein Übriges dazu.

Indem er das letzte Quentchen Kraft aus dem hintersten Winkel seines Willens mobilisierte, gelang es ihm irgendwie, sein Gesicht von dem eisernen Stachel zu befreien, der seine rechte Wange und den Unterkiefer durchbohrt hatte. Bis zum letzten Moment bei klarem Verstand, sah er so, was da auf seiner Brust hockte und in diesem Augenblick einen platten, hin und her pendelnden blinden Schlangenkopf ausbildete.

Sein blutüberströmter Mund öffnete sich – vielleicht wollte er einen Schrei ausstoßen, der jedoch ausblieb – und das wurmartige Etwas stieß sofort in die Öffnung hinein und zwängte sich durch die widerstrebende Speiseröhre.

Vulpe bäumte sich auf den Eisenspitzen auf; seine Mundwinkel zerrissen, als seine Kiefer auseinander gezwängt wurden und sich jetzt der faltige pulsierende Rumpf der Kreatur in ihn hinein schob.

Die Urne war jetzt leer. Sie dampfte und war schleimbedeckt, wo der Schwanz dieser schneckenartigen Kreatur entlanggeglitten war.

Aber Vulpe würgte noch Blut, und blutige Bläschen liefen ihm aus der Nase, während sich diese Monstrosität in ihn hineinzwängte. Sein Hals war unnatürlich geweitet, wo sie entlang glitt, seine Augen waren hervorgequollen und drohten aus den Höhlen zu treten. Seine vierfingrigen Hände hatten sich von den Eisenspitzen losgerissen und krallten sich in das Monster, das gewaltsam in ihn eindrang. Sie versuchten es wieder herauszureißen, aber vergeblich.

Einen Moment später war die Kreatur zur Gänze in ihm verschwunden – aber er zappelte immer noch auf den eisernen Spitzen, warf den Kopf hin und her und verspritzte Blut und Schleim um sich.

»Oh mein Gott! Allmächtiger Gott im Himmel!«, heulte Laverne. »Stirb doch, um Himmels Willen! Lass los! Sei still!« Und es war, als habe George Vulpe ihn gehört. Er gab auf und regte sich ... nicht ... mehr ...

Die ganze Szenerie schien eingefroren, die Zeit stillzustehen. Der große Wolf war eine Statue, die den Weg nach vorn versperrte. Die Fledermäuse hinter ihm füllten fast vollständig seinen einzigen Weg zurück aus. Neben ihm der ausgeblutete und auf schreckliche Weise wieder aufgefüllte Leichnam seines Freundes auf seinem Lager aus spitzen Eisenstangen. Nur die flackernde Fackel in Lavernes Hand zeigte noch ein Eigenleben, und auch das erlosch allmählich.

In einer heftig zitternden Hand hielt er die qualmende Fackel, in der anderen seine Taschenlampe. Er wusste nicht, wieso er weder das eine noch das andere verloren hatte. Aber jetzt überkam ihn die Wut, und er attackierte mit dem brennenden Scheit die Wand aus Fledermäusen. Doch die wichen nicht vor der Flamme zurück, sondern stürzten sich darauf und erstickten sie mit ihren versengten, zischenden Körpern. Ein Dutzend toter oder sterbender Fledermäuse fiel zu Boden und wurden von der pelzigen Woge ihrer Artgenossen untergepflügt, die jetzt voran flatterten.

Da verlor Laverne die Nerven. Er schrie heiser auf, verzweifelt. Er verschluckte sich, rang nach Luft und schrie erneut; er schlug mit beiden Armen in der fast vollständigen Dunkelheit um sich, wobei der ersterbende Strahl seiner Taschenlampe hin und her tanzte und ihm keine Möglichkeit gab, etwas zu sehen.

So sah er auch nicht, wie George Vulpe sich aufrichtete und sich von den Eisenspitzen befreite, die ihn durchbohrt hatten, und er sah auch nicht, dass dessen Blutungen aufgehört hatten und die

Wunden sich von selbst schlossen. Genauso wenig sah er, wie Vulpe aus dem Graben kletterte und lächelnd die Ohren des alten Wolfes tätschelte. Vor allem dieses Lächeln entging ihm.

All diese Dinge waren nicht dafür verantwortlich, dass er die Taschenlampe fallen ließ und in einer Art Schockzustand auf dem Boden zusammenbrach. Das geschah erst, als Vulpe plötzlich direkt vor ihm auftauchte. Dieses Auftauchen, die glühenden roten Augen und die völlig fremdartige, belegte Stimme gaben ihm den Rest. Eine Stimme, die sagte: »Mein Freund, du bist aus eigenem Willen hierher gekommen. Und es scheint – du blutest?«

Vulpes Nasenlöcher blähten sich witternd und die Augen wurden zu feurigen Schlitzen in dem unnatürlich bleichen Gesicht. »Tatsächlich, das tust du. Also wirklich, es sollte sich jemand um die Wunde kümmern – bevor etwas hineingerät.«

FÜNFTES KAPITEL

Emil Gogosu erwachte, weil jemand neben ihm kauerte. Es war der junge Gheorge, der mit einer Hand den Jäger wachrüttelte und mit der anderen den Finger warnend an die Lippen hielt. »Pssst!«

»Häh? Was ist los?«, flüsterte Gogosu. Er war schlagartig wach und blickte sich suchend um. Das Feuer brannte nur noch schwach, seine dunkle Glut spiegelte sich rot in Vulpes Augen. »Haben wir schon Morgengrauen? Das hätte ich nicht gedacht!«

»So spät ist es noch nicht!«, antwortete der andere, ebenfalls flüsternd, wenn auch heiser und drängend. »Da ist etwas anderes.« Er stand auf. »Folge mir und nimm dein Gewehr mit.«

Gogosu schälte sich aus seiner Decke, griff nach seiner Waffe und sprang leichtfüßig auf. Er war stolz darauf, dass seine alten Gelenke nicht schmerzten.

»Komm«, sagte Vulpe, und ging vorsichtig, als wolle er Armstrong nicht wecken.

Als sie das Lagerfeuer und die Ruinen hinter sich ließen und die Dunkelheit sich um sie schloss, griff der Jäger nach Vulpes Arm.

»Was ist mit deinem Gesicht? Ist das Blut? Was ist passiert, Gheorghe? Ich habe nichts mitbekommen.«

»Ja, das ist Blut«, antwortete Vulpe. »Ich hatte Wache. Ich habe etwas gehört, in den Bäumen da, und wollte nachsehen. Es war ein Hund oder ein Fuchs – vielleicht sogar ein Wolf – auf jeden Fall hat das Viech mich angegriffen. Ich habe es in die Flucht geschlagen. Aber ich glaube, es hat mich ins Gesicht gebissen. Und es ist immer noch da. Es ist mir gefolgt, als ich dich geholt habe.«

»Immer noch hier?« Gogosu wandte den Kopf von einer Seite zur anderen. Der Mond stand jetzt niedriger, und sein graues Licht strömte zwischen diesigen Wolken hervor. Der Jäger sah nichts, aber der junge Amerikaner führte ihn weiter.

»Ich dachte, du könntest es vielleicht erschießen. Du hast gesagt, du hast schon früher hier oben Jagd auf einen Wolf gemacht.«

»Ja, das habe ich, stimmt«, sagte Gogosu und musste hastig ausschreiten, um Schritt zu halten. »Ich habe ihn auch getroffen. Ich habe gehört, wie er aufgejault hat, und habe auch die Blutspur gesehen!«

»Na, jetzt hast du noch eine Chance!«

»Wie?« Der Jäger war beunruhigt. Irgendetwas stimmte hier nicht. Er versuchte, im Mondlicht einen klaren Blick auf seinen Gefährten zu erhaschen. »Was ist mit deiner Stimme los, Gheorghe? Steckt dir was in der Kehle? Du stehst immer noch unter Schock, was?«

»Das stimmt«, sagte Vulpe, jetzt mit tieferer Stimme, »es war schon ein Schock ...«

Gogosu blieb stehen. Irgendetwas stimmte hier ganz und gar nicht. »Ich sehe keinen Wolf!« Der Ton seiner Stimme war selbst schon ein Vorwurf. »Weder einen Wolf noch einen Fuchs noch ... noch sonst etwas.«

»Ach nein?« Der andere blieb ebenfalls stehen. »Und was ist das?« Er deutete mit dem Finger. Da bewegte sich etwas lautlos, graugesprenkelt, nah am Boden, wo das Mondlicht helle Flecken unter den Bäumen hinterließ. Es war kurz zu sehen und sofort wieder verschwunden. Aber der Jäger hatte es erkannt. Und als sei noch eine Bestätigung nötig, drang ein leises Knurren aus der Nacht zu ihnen herüber.

»Verflucht«, zischte Gogosu, »ein Graubart!« Er schob sich an Vulpe vorbei und rannte gebückt auf die Bäume zu.

Vulpe kam hinter ihm her, holte ihn ein und deutete zur Seite. »Da läuft er.«

»Wo? Wo? Verdammt, du hast selbst die Augen eines Wolfes.«

»Da hin«, flüsterte Vulpe. »Komm mit!«

Sie kamen unter den Bäumen hervor und standen vor dem Haufen Steinschutt, der von der steil aufragenden Felswand heruntergefallen war. Die jüngere Gestalt atmete ruhig und regelmäßig, aber Gogosu keuchte bereits nach Luft. »Verdammt«, grummelte er und gab dann widerstrebend zu: »Meine Beine sind nicht mehr so jung wie deine.«

»Nein?« Vulpe drehte sich halb zu ihm um. »Aber im Gegenteil: Sie sind es, Emil Gogosu. Sie sind sogar Jahrhunderte jünger.«

»Häh? Was?«

»Da!«, rief der andere wieder und zeigte mir dem Finger. »Unter dem Baum da!«

Der Jäger drehte sich um und brachte das Gewehr in Anschlag – aber er sah nichts. »Da unter dem Baum? Aber da ist nichts. Ich ...«

»Gib mir das Gewehr«, sagte Vulpe. Und bevor der andere widersprechen konnte, hatte er schon die Waffe an sich genommen. Er zielte vage ins Leere. »Emil, bist du sicher, dass du damals auf einen Wolf geschossen hast?«

»Was?« Der alte Jäger war empört. »Wie oft soll ich dir das noch sagen? Ja, und ich habe ihn auch fast erwischt. Du kannst darauf wetten, dass er noch die Narben hat, die das beweisen.«

»Reg dich ab, ganz ruhig«, sagte der andere und seine Stimme war jetzt so dunkel wie die Nacht. »Du brauchst nicht zu wetten, Emil, denn ich habe die Wunde in seiner Flanke gesehen, da wo deine Kugel ihm das Fell versengt hat. Und genau wie du dich an ihn erinnerst, erinnert er sich an dich.«

In diesem Augenblick wusste der Jäger, dass das nicht Gheorghe Vulpe war. Er spähte durch die Dunkelheit in das beschattete Gesicht, keuchte vor Schreck, zuckte zurück – und sah den Wolf, dessen Silhouette sich sprungbereit auf der Spitze eines Geröllhaufens abzeichnete. Er fauchte und sprang ... Gogosu griff nach seiner Waffe, die der andere so nachlässig zu halten schien ... es war, als wolle man eine Eisenstange aus dem Gitter einer Gefängniszelle reißen. Der Wolf stürzte sich auf ihn und riss ihn zu Boden, weg von diesem schrecklichen Fremden, den er für seinen Freund gehalten hatte. Die Fänge der Bestie schlossen sich geifernd um seine Kehle. Gogosu wollte aufschreien, aber da hatten sich diese fürchterlichen Zähne schon durch seine Luftröhre gebohrt. Aus seinem Schrei wurde ein rotes Blubbern, das auf eine faltige graue Stirn über rachsüchtigen Augen spritzte ...

»Du hast mich nicht pünktlich geweckt!«, war Seth Armstrongs erste Reaktion, als er wachgerüttelt wurde. Der Mond war untergegangen, der Bodennebel hatte sich aufgelöst und das Feuer war fast vollkommen heruntergebrannt.

»Willst du dich beschweren?«, fragte der Mann neben ihm, der auf den ersten Blick George Vulpe war.

»Nein«, Armstrong schüttelte den Kopf, zum Teil als Antwort, aber hauptsächlich, um wach zu werden. »Ich habe geschlafen wie ein Stein. Muss an der Höhe liegen.«

»Gut. Es freut mich, dass du deinen Schlaf genossen hast. Schlaf ist notwendig, auch wenn es die reine Verschwendung ist. Warum sollte man schlafen, wenn es ein Leben zu leben gibt, was? Ich werde nicht mehr schlafen ... lange Zeit nicht mehr.«

Armstrong wurde langsam wach. »Was?« Er setzte sich auf. Er wäre vielleicht aufgesprungen, aber der Lauf von Gogosus Gewehr drückte gegen seine Brust. Und ein magerer grauer Wolf starrte ihm direkt in die Augen. Er lag flach auf dem Bauch wie ein Hund, die Vorderpfoten ihm entgegengestreckt. Eines seiner Ohren war starr aufgerichtet, das andere zuckte flach an dem lang gezogenen Schädel. Der Gesichtsausdruck des Wolfs konnte ebenso ein Grinsen wie ein Knurren sein; auf jeden Fall war die zuckende Schnauze rot beschmiert.

»Verdammter Mist!« Armstrong versuchte, seine Füße zu befreien, die sich in dem Schlafsack verfangen hatten.

»Ruhe!«, kommandierte der, den er immer noch für Vulpe hielt. »Wenn du genau das tust, was dir gesagt wird, wird er dich nicht angreifen, und ich werde nicht abdrücken.«

»G-George!« Armstrong fand seine Stimme schließlich wieder. »Das da ist ein beschissener Wolf!«

»Ein blutbeschmierter Wolf, meinst du.«

»Er-er-erschieß das Mistviech.« Armstrongs Gesicht war leichenblass im bläulichen Sternenlicht.

»Bitte?«, fragte der sitzende Mann und legte den Kopf zweifelnd auf die Seite, als könne er nicht glauben, was er da gerade gehört hatte. »Ich soll ihn erschießen? Ich soll einen alten, treuen Freund erschießen? Nein, ich glaube, das werde ich nicht tun.«

Er nahm einen trockenen Ast und warf ihn ins Feuer. Funken stoben auf, die kleinen Flammen bleckten höher und Armstrong sah die blutverschmierten Risse in der Kleidung des anderen, das zerfetzte, aber fast schon wieder regenerierte Gesicht, die Feuer der Hölle, welche die Augen darstellten.

»Oh Gott – Gott – Gott!«, keuchte der baumlange, schlaksige Kerl. »George, was zum Teufel geht hier vor?«

»Sei ruhig«, sagte der andere wieder. Er hatte den Kopf zur Seite geneigt. Geraume Zeit starrte er in Armstrongs schreckensstarres Gesicht, musterte es. Er überlegte. Schließlich traf er eine Entscheidung: »Du bist ein großer, starker Mann und ich kann nicht ganz allein in dieser Welt existieren. Nicht jetzt und auch eine ganze Weile noch nicht. Ich muss Dinge lernen, bestimmte Orte aufsuchen, Angelegenheiten erledigen. Ich brauche einen Helfer. Ich muss Dinge lernen, bevor ich ... lehren kann. Weißt du, ich habe zwar etwas aus Gheorghes Verstand entnehmen können, bevor er seinen Schwur erfüllt hat. Aber das war nicht genug. Vielleicht war ich zu ungeduldig. Was verständlich wäre.«

»George.« Armstrong leckte sich nervös über die Lippen. »Hör mir zu.« Zitternd streckte er dem anderen eine Hand hin, aber sofort öffnete der alte Wolf seinen Rachen und präsentierte nadelspitze Zähne. Er hob den Bauch vom Boden und schob sich näher heran.

»Ruhe, habe ich gesagt!«, sagte der mit dem Gewehr und hob den Lauf, bis die Mündung gegen Armstrongs hüpfenden Adamsapfel drückte. »Wenn der Graubart meine Wünsche begreift, warum du dann nicht? Womöglich bist du ja ein Dummkopf – in dem Fall hätte ich meine Zeit verschwendet. Ist das so? Verschwende ich meine Zeit? Soll ich dem ein Ende machen, einfach abdrücken und von vorne anfangen?«

»Ich ... ich werde mich nicht mehr rühren!«, stieß Armstrong hervor. Seine Stimme war nur ein heiseres Flüstern. Ihm war der kalte Schweiß ausgebrochen. »Ich werde ruhig sein! Und ... mach dir keine Sorgen, George. Ich werde dir helfen. Egal, welche Laus dir da über die Leber gelaufen ist, ich werde dir helfen!«

»Ich weiß, dass du das tun wirst«, sagte dieser – dieser Fremde? – und starrte ihn weiter durch seine blutroten Augen an.

»Ich tue alles, was du sagst. Wirklich alles!«

»Ja, auch das«, nickte der andere. Und wurde dann konkret:

»Dann fangen wir doch einmal mit etwas Einfachem an. Sieh mir in die Augen, Seth Armstrong!« Er schwenkte die Mündung des Gewehrs zur Seite und lehnte sich vor, bis dieses schreckliche hypnotische Gesicht nur noch wenige Zentimeter entfernt war. »Sieh genau hin, Seth. Sieh durch meine Augen hindurch in das Blut und das Hirn und die Struktur meines Verstandes. Die Augen sind die Fenster der Seele, Seth, wusstest du das? Die Tore zu den Träumen, zu den Leidenschaften und Wünschen. Das ist der Grund, warum meine Augen rot sind. Denn die Seele dahinter ist von einem blutig roten Parasiten zerrissen und verschlungen worden.«

Seine Worte lösten ein schleichendes Grauen aus, aber vor allem erzeugten sie Ehrfurcht, eine schleichende Lähmung, eine Verdrängung des Schreckens. Armstrong wusste, was das bedeutete: Hypnose. Er spürte, wie sein Willen nachgab. Aber Vulpe – oder wer das auch war in Vulpes Körper – hatte Recht in seiner Einschätzung: Seth Armstrong war stark. Und bevor seine Willenskraft ganz zusammenbrach –

Er stieß die Waffe zur Seite, so dass der Lauf auf den Wolf gerichtet war, und griff nach der Kehle seines Peinigers. »Ich werde ... mir ... einen Teil von dir ... holen, George!«, keuchte er.

Als sich die Finger des Texaners um Vulpes Hals schlossen, stieß der Doppelgänger einen grunzenden Schrei aus und krallte sich in sein Gesicht. Die vier Finger der linken Hand klammerten sich in Armstrongs Mundwinkel und rissen ihm die Unterlippe auf. Armstrong heulte vor Schmerz, biss heftig zu und trennt Vulpes kleinen Finger am Mittelgelenk ab, bevor der seine Hand zurückziehen konnte.

Das Gewehr ging los, Mündungsfeuer blitzte auf und der Schuss dröhnte von den Berggipfeln zurück. Der große Wolf hatte seine Erfahrungen mit Gewehren. Er war zwar nicht verletzt, aber er jaulte auf und ging mit gesträubtem Fell auf Abstand.

Vulpe stolperte auf die Füße. Er gab unartikulierte Laute von sich und umklammerte seine verletzte Hand. Armstrong spuckte Vulpes kleinen Finger aus, der an einem Faden aus Blut und Speichel an seinem Mund kleben blieb. Der Texaner hatte jetzt die

Waffe und er wusste, wie man so etwas gebrauchte. Aber noch bevor er sie auf den Wahnsinnigen richten konnte, hatte Vulpe sich schon wieder erholt und sie ihm aus der Hand gekickt.

Irgendwie gelang es Armstrong, sich aus seinem Schlafsack zu befreien, aber als er sich auf die Füße rappelte, spürte er etwas an seinem Gesicht kleben. Etwas, das sich bewegte. Und brüllend vor Lachen deutete das wahnsinnige Etwas, das einmal George Vulpe gewesen war, auf ihn – auf sein Gesicht. Er zeigte auf ihn mit seiner deformierten linken Hand, wo von dem vierten Finger jetzt nur noch ein blutiger Stumpf übrig war.

Der Texaner hob die Hand und griff nach dem Finger auf seiner Wange, um ihn abzustreifen. Aber der hatte ein Eigenleben entwickelt und krabbelte höher, bis er den rechten Augenwinkel erreicht hatte. Armstrong stöhnte auf, als sich der Finger in die Augenhöhle bohrte, den Augapfel herausdrückte und in der Höhlung verschwand. Er krallte die Hände in sein Gesicht, schrie unkontrolliert und sprang herum wie ein Wahnsinniger; aber er kam nicht an das Ding heran, das sich wie ein außerirdischer Wurm in sein Gehirn bohrte. Und währenddessen hing sein Augapfel nur noch am Sehnerv befestigt auf die Wange herunter.

»Allmächtiger Jesus!« Er fiel auf die Knie und zerrte verzweifelt an der leeren Augenhöhle herum. »Oh allmächtiger Gott«, stöhnte er wieder, als er das lose heraushängende Auge abriss und das Vampirfleisch forschende Sonden in sein Gehirn vorschickte.

Auf Knien kroch er spastisch zuckend und blind dem Feuer entgegen und erstarrte dann plötzlich. Er würgte, wurde von einem Zucken geschüttelt, und brach zusammen wie ein gefällter Baum.

Aber die Monstrosität in Vulpes Gestalt trat vor, ergriff seinen Kragen mit der unverletzten Hand, hob ihn an und warf ihn auf den Rücken. »Nicht doch, Seth!«, sagte die Kreatur, die über ihm aufragte. »Es reicht jetzt. Wenn du dich verbrennst, dann zieht sich deine Heilung hin. Und ich will so bald wie möglich weg von hier!«

»Geooorge!« Der andere erstickte beinahe an seinem Würgen.

»Nein, mein Freund, kein George mehr!« Das Monster grinste schrecklich. »Von jetzt ab wirst du mich Janos nennen!«

SECHSTES KAPITEL

Mehr als fünfeinhalb Jahre später; der Balkon eines Hotels auf Rhodos, der auf den lauten, lebhaften Betrieb einer frühmorgentlichen Straße hinausführte, nur einen Steinwurf vom Hafen entfernt. Frische, salzige Luft wurde von der Türkei her über das Meer herangetrieben und zerteilte die Wolken blauer Abgase, die strengen Gerüche der Bäckereien, die vielfältigen Aromen der Frühstückscafés, der Müllabfuhr und der Menschheit im Allgemeinen, so wie sie in diesem Nervenzentrum des antiken griechischen Hafens weiter existierte.

Es war Mitte Mai im Jahre 1989, die Touristensaison hatte gerade sehr vielversprechend begonnen, und die Sonne war ein Feuerball, der ungefähr ein Drittel seines Weges über die unbeschreiblich blaue Kuppel des Himmels hinter sich gebracht hatte. Man konnte den Himmel nicht mit einem Blick erfassen, sondern musste die Augen zu einem Spalt schließen, wodurch die Ecken wegfielen und die Dinge im Gesichtsfeld abgedämpft wurden. Jedenfalls meinte Trevor Jordan, das so machen zu müssen. Er hatte in der Nacht zuvor vielleicht einen oder zwei Metaxa zu viel in sich hineingeschüttet. Aber es war auch noch früh, erst kurz nach acht Uhr morgens, und er ging davon aus, dass es ihm nach kurzer Zeit wieder besser gehen werde. Er wusste aber auch, dass dann der Lärm der Stadt erheblich zugenommen haben würde.

Jordan hatte sich auf ein Ei und eine einzelne Scheibe Toast beschränkt und war ansonsten bei seiner dritten Tasse Kaffee – britischem Instant-Kaffee und nicht die schwärzlich-braune Brühe, die die Griechen aus fingerhutgroßen Tassen schlürften. Er hoffte, die Flüssigkeit würde den Restalkohol in seinem Blut verdünnen. Metaxa hatte nun einmal den Nachteil, extrem billig und wirklich äußerst schmackhaft zu sein, wie er jetzt leidvoll rekapitulierte. Vor allem, wenn man sich dabei die Nonstop-Bauchtanz-Show in einem Schuppen wie der ›Blauen Lagune‹ in der Trianta Bucht ansah.

Er stöhnte und befingerte zum fünften oder sechsten Mal innerhalb einer halben Stunde sacht seine Stirn. »Ich brauche eine Sonnenbrille«, sagte er zu dem Mann, der so wie er mit Pantoffeln und Morgenmantel neben ihm saß. »Ich muss mir unbedingt eine besorgen. Verflucht, dieses grelle Sonnenlicht versengt einem die Augen!«

»Da, nimm meine.« Ken Layard schob ihm grinsend eine billige Sonnenbrille mit Plastikrahmen über den winzigen Frühstückstisch. »Du kannst mir später eine neue kaufen!«

»Kannst du noch Kaffee bestellen? Am besten sofort einen ganzen Eimer!«

»Du hast gestern ganz schön zugelangt«, meinte Layard. »Warum hast du mir nicht gesagt, dass du vorher noch nie auf den griechischen Inseln gewesen bist?« Er lehnte sich über das Balkongeländer, rief nach unten und erregte so die Aufmerksamkeit des Kellners, der die wenigen anderen Frühaufsteher eine Etage tiefer bediente. Er hob die leere Kaffeekanne und schüttelte sie demonstrativ.

»Woher weißt du das?«, fragte Jordan.

»Was, dass dies hier neu für dich ist? Keiner, der sich hier auskennt, schüttet so den Metaxa in sich rein – genauso wenig wie Ouzo.«

»Ja, ja«, erinnerte sich Jordan, »wir haben mit Ouzo angefangen!«

»*Du* hast mit Ouzo angefangen«, verbesserte Layard. »Mir ging es nur um die Atmosphäre, um die hiesigen Spezialitäten. Du hast dich betrunken.«

»Ist ja gut. Habe ich mich wenigstens amüsiert?«

Layard grinste wieder und zuckte mit den Achseln: »Na ja ... wir sind nirgendwo rausgeworfen worden, wenn du das wissen willst.« Er musterte den anderen in seinem selbstverschuldeten Elend.

Jordan war ein erfahrener und vielseitiger Telepath, der hart sein konnte, wenn es sein musste, aber für gewöhnlich war er sorglos und herzlich, ein offenes Buch. Es war, als versuche er, für andere so erfassbar zu sein, wie es andere Psychen für ihn waren. Vielleicht bemühte er sich, auf diese Art einen physischen Ausgleich für sein metaphysisches Talent zu schaffen. Sein Gesicht spiegelte diese Haltung; es war frisch, oval, offen, ein richtiges Jungengesicht. Sein dünner werdendes Haar fiel nach vorn über die grauen Augen, und sein Mund war ein wenig schief und wurde nur dann zu einem geraden Strich, wenn er verärgert oder besorgt war. Jeder, der Trevor Jordan kannte, mochte ihn auch. Und da er den Vorteil hatte, zu wissen, wann Leute ihn nicht mochten, ging er diesen Leuten einfach aus dem Weg. Aber bei seinem kräftigen Knochenbau und seiner trotz der vierundvierzig Lenze athletischen Konstitution war es ein Fehler, nur seine Empfindsamkeit zu sehen. Er verfügte auch über eine Menge Härte.

Die beiden Männer waren alte Freunde, schon seit langer Zeit. Sie konnten sich gegenseitig aufziehen, weil sie eine gemeinsame Vergangenheit hatten, in der es auch Zeiten gegeben hatte, wo nur wenig oder gar kein Raum für Späße geblieben war. Zeiten und Ereignisse, die selbst in ihrer außergewöhnlichen Welt so aus dem Rahmen fielen, dass sie jetzt zu Schemen in der Erinnerung geworden waren. So wie böse Träume oder Erinnerungen (ja selbst Besäufnisse), die man besser vergaß.

Ihre jetzige Mission – obgeich wichtig genug – war bei weitem nicht so dramatisch, aber Jordan wusste, dass er sich in der letzten Nacht falsch verhalten hatte. Er setzte die Sonnenbrille auf, runzelte die Stirn und setzte sich in dem Rattansessel auf. »Ich habe doch keine Aufmerksamkeit auf uns gelenkt, oder?«

»Natürlich nicht«, sagte der andere. »Das hätte ich auch gar nicht zugelassen. Du warst nichts weiter als ein Tourist, der sich amüsiert. Zu viel Sonne den Tag über, zu viel Schnaps am Abend. Nichts Besonderes. Da waren genug andere Engländer, gegen die du wie ein Waisenknabe ausgesehen hast.«

»Und was ist mit Manolis Papastamos?« Jordan war zerknirscht. »Der muss mich doch für einen Volltrottel halten!«

Papastamos war ihr Verbindungsmann am Ort, der stellvertretende Leiter der Athener Rauschgiftbehörde. Er war mit dem Luftkissenboot herübergekommen, um die beiden persönlich kennen zu lernen und zu sehen, ob er ihnen bei ihrer Aufgabe behilflich sein konnte. Aber er hatte sich auch als Schwerenöter entpuppt, vielleicht sogar als Risiko für ihre Tarnung.

Layard schüttelte den Kopf: »Nein, der war sogar noch besoffener als du! Er hat gesagt, er würde uns um halb elf an der Hafenmole treffen, damit wir zusammen beobachten können, wenn die *Samothraki* anlegt, aber ich habe da meine Zweifel. Als wir ihn am Hotel abgesetzt haben, sah er ziemlich fertig aus. Andererseits ... diese Griechen können eine Menge wegstecken. Aber so oder so sind wir ohne ihn wahrscheinlich besser dran. Er weiß, wer wir sind, aber nicht, was wir sind. Er soll glauben, dass wir von der Zollbehörde kommen oder vielleicht von New Scotland Yard. Es dürfte gar nicht so einfach sein, sich zu konzentrieren, wenn Manolis danebensteht, wie ein Wasserfall redet und dabei ein mentales Chaos verursacht. Ich hoffe wirklich, er bleibt im Bett!«

Jordan sah mittlerweile nicht mehr so leidend aus und fühlte sich auch besser; die Sonnenbrille tat ihm gut. Der Kellner kam mit frischem Kaffee, und Layard schenkte ein. Jordan beobachtete sein resolutes Verhalten und dachte: *Wie ein großer Bruder. Er sorgt für mich, als sei ich ein kleiner Hosenscheißer! Gott sei Dank hat er das immer schon gemacht!*

Layard war ein Lokalisierer, ein Hellseher ohne Kristallkugel. Er brauchte auch keine; eine Landkarte tat es für ihn genauso, oder eine ungefähre Ahnung, wo sein Ziel zu erwarten war. Er war ein Jahr älter als Jordan, brachte es auf stämmige 1,75 Meter, ein eckiges Gesicht, dunkles Haar und dunkle Haut, und ausdrucksstarke, agile Augenbrauen und Mundwinkel. Unter der Stirn, in die sich im Lauf der Jahre die Konzentrationsfalten eingegraben hatten, waren die Augen sehr flink und (wie sich das für jemandem mit seiner Gabe gehörte) weitsichtig. Sie waren von einem so dunklen Braun, dass die Farbe schon fast in Schwarz überging.

Während er im Schutz der Brillengläser Layard musterte, wanderten Jordans Gedanken zwölf Jahre zurück nach Harkley House in Devon, im Südosten von England, wo er und der Lokalisierer zum ersten Mal zusammengearbeitet und erstmalig ein Team gebildet hatten. Damals wie heute waren sie Mitarbeiter des E-Dezernats, der geheimsten aller Geheimdienstabteilungen, von deren Existenz nur eine Hand voll Leute wusste. Aber im Gegensatz zu heute war ihr Auftrag alles andere als alltäglich gewesen. In der Angelegenheit Julian Bodescu war gar nichts alltäglich gewesen.

Erinnerungen, die er mehr als ein Jahrzehnt lang erfolgreich unterdrückt hatte, kamen jetzt wieder hoch, so lebendig, als sei es erst gestern gewesen. Erneut hielt er die Armbrust in den Händen, in Brusthöhe und direkt voraus gerichtet, während er dem Plätschern laufenden Wassers und der Stimme des Mädchens lauschte, die auf der anderen Seite der geschlossenen Tür eine tonlose Melodie vor sich hin summte. Er hatte sich gefragt, ob das eine Falle sei. Und dann –

Er trat die Tür zu der Duschkabine auf – und erstarrte zur Salzsäule! Helen Lake, Julian Bodescus Cousine, war atemberaubend schön und splitternackt. Sie drehte ihm die Seite zu und ihr Körper glänzte im herabströmenden Wasser. Sie riss den Kopf herum und starrte Jordan an, die Augen vor Angst weit aufgerissen, während sie sich gegen die Rückwand der Duschkabine drückte. Ihre Knie gaben unter ihr nach und ihre Augenlider flatterten.

»Das ist doch nur ein verängstigtes Mädchen!«, sagte er sich – einen Moment, bevor ihre Gedanken seinen telepathischen Verstand erreichten:

Komm her, mein Liebling!, dachte sie. Ja, greif zu, halt mich fest! Nur noch ein bisschen näher, mein Liebling ...

Dann, als er vor ihr zurückwich, sah er das Tranchiermesser in ihrer Hand und den irren Blick in ihren dämonischen Augen. Als sie ihn ohne jede Mühe zu sich heranzog und das Messer zum Zustechen hob, betätigte er den Abzug der Armbrust. Es war eine instinktive Handlung – ihr Leben oder seines.

Gott! – der Bolzen nagelte sie an die geflieste Wand; sie schrie wie die verdammte Seele, die sie ja war, riss sich aus dem splitternden Mörtel und Gips los und stolperte in der engen Duschkabine hin und her. Aber sie hatte immer noch das Messer, und Jordan konnte nichts weiter tun, als mit entsetzensstarren Augen dazustehen, während sein Mund unartikulierte Gebete murmelte und sie erneut auf ihn losging ...

... bis Ken Layard ihn zur Seite stieß – Layard mit seinem Flammenwerfer – die Düse direkt in die Kabine richtete und alles in ein brutzelndes, dampfendes Inferno verwandelte!

»Gott helfe uns!«, keuchte Jordan jetzt, so wie er damals gekeucht hatte. Er blendete die unerträglichen Erinnerungen aus und stolperte zurück in die Gegenwart. Im Gefolge dieser grauenhaften Remineszenzen packte ihn sein Kater um so schlimmer. Er holte tief Luft, rieb sich mit den Fingerspitzen den Schädel, wo er am heftigsten pochte, und fragte sich laut: »Was war das denn jetzt?«

Layards Augen waren weit aufgerissen. Er beugte sich über den Tisch und ergriff Jordans Arm: »Du auch?«

Jordan brach ein ungeschriebenes Gesetz unter ESPern: Er warf einen Blick in Layards Gedanken. Er spürte den zurückflutenden Nachhall ähnlicher Erinnerungen und brach sofort wieder den Kontakt ab. »Ja, ich auch«, murmelte er.

»Ich habe es in deinem Gesicht gesehen«, meinte Layard. »Ich habe diesen Gesichtsausdruck bei dir nicht mehr gesehen, seit ... seit damals. Vielleicht liegt es daran, dass wir jetzt wieder zusammenarbeiten?«

»Wir haben seitdem schon oft zusammengearbeitet.« Jordan stieß seinen Stuhl zurück, er fühlte sich plötzlich erschöpft. »Nein, ich glaube, das war etwas, das sich aufgestaut hat und einfach raus musste. Nun, es hat sich damit Zeit gelassen – aber jetzt ist es heraus und damit für immer ausgestanden. Hoffe ich wenigstens!«

»Das hoffe ich auch«, schloss sich Layard an. »Aber wir beide zur gleichen Zeit? Und warum gerade jetzt? Wir könnten nicht weiter von der Situation in Harkley House entfernt sein als gerade jetzt.«

Jordan seufzte und griff nach seiner Kaffeetasse. Seine Hand zitterte leicht. »Vielleicht haben wir es jeweils vom anderen aufgefangen und verstärkt. Du weißt, was man über große Geister sagt: dass die gleich denken?«

Layard entspannte sich und nickte. »Vor allem wenn es sich um Geister mit unseren Gaben handelt, nicht wahr?« Er nickte wieder, ein wenig unsicher. »Vielleicht hast du ja Recht ...«

Um Viertel vor zehn saßen die beiden auf einer Holzbank an der nördlichen Hafenmauer, von der aus sie einen hervorragenden Blick über die Mandraki Untiefen, den Hafen und die Bastion des heiligen Nikolaus hatten. Links neben ihnen auf ihrem Hügel erhob sich das Gebäude der griechischen Staatsbank. Die weiß getünchten Wände und die blauen Fenster spiegelten sich im ruhigen Wasser, während sich rechts von der Promenade die Neustadt von Rhodos erstreckte. Mandraki war ein Anlegeplatz für Schiffe ohne großen Tiefgang. Der eigentliche Industriehafen lag einen halben Kilometer weiter südlich in der Bucht der historischen Altstadt mit ihren malerischen Gassen und den alten Befestigungsanlagen der Kreuzritter, hinter der langen Mole mit dem Fort an der Spitze. Doch laut ihren Informationen legten die Drogenkuriere in Mandraki an, um dort Wasser und Lebensmittel zu bunkern, bevor sie nach Kreta, Italien, Sizilien und Spanien weiter segelten.

Geringe Mengen Cannabis würden auch hier des Nachts den Weg an Land finden (wahrscheinlich durch einen Matrosen mit Badehose und Schwimmflossen) ebenso wie bei den diversen anderen Häfen auf der Route. Aber der Löwenanteil des Stoffes – und die Hauptladung, die aus Kokain bestand – war für Valencia in Spanien bestimmt. Und würde von da dann nach England weitergeleitet. So war es jedenfalls in der Vergangenheit gewesen. Und jetzt war es die Aufgabe des E-Dezernats, herausfinden, a) wie viel von dem weißen Pulver an Bord war, und b) ob, falls es sich nur um eine geringe Menge handelte, eine Razzia die Drogenbarone vorwarnen würde, und c) wo der Stoff überhaupt an Bord verwahrt wurde.

Erst vor in paar Monaten war ein Boot in Lacarna auf Zypern bis auf die Planken auseinandergenommen worden. Man hatte nichts gefunden. Aber diese Aktion war von der griechisch-zypriotischen Polizei durchgeführt worden, deren Handhabung der Aktion etwas vermissen ließ – die Aktion war schlecht geplant und vielleicht hatten ihnen auch die richtigen Informationen gefehlt! Diesmal würde es in einer konzertierten Aktion münden, in Valencia, bevor die Ladung gelöscht werden konnte. Und diesmal würde das Boot – ein altersschwacher hölzerner Kahn unter griechischer Flagge namens *Samothraki* – nicht nur bis auf die Planken, sondern bis zum letzten Holzspan auseinandergenommen werden. Und bis es so weit war, würden Jordan und Layard sie auf ihrem Weg beschatten.

Sie trugen die üblichen ›amerikanischen‹ Baseballkappen, bunte, offene, kurzärmelige Hemden, Freizeithosen und Ledersandalen. Mit Ferngläsern bewaffnet erwarteten sie die Ankunft ihrer Beute. Für verdeckte Ermittler mochte ihr Aufzug ein wenig exotisch erscheinen, aber im Vergleich mit einigen der auffälligeren Touristengruppen war er fast schon zu dezent. Und sie wollten schließlich auf keinen Fall auffallen.

Sie schwiegen beide seit geraumer Zeit; irgendwie war ihnen nicht nach reden. Jordan schob es auf den Metaxa und Layard meinte, das fettige Essen liege ihm schwer im Magen. Was es auch war, es beeinträchtigte ihre ESP-Fähigkeiten.

»Irgendwie ist das ... trübe«, murrte Jordan missmutig. Dann zuckte er mit den Achseln: »Aber damit wirst du wohl nicht viel anfangen können, oder?«

»Sicher, ich kenne das«, gab Layard zurück. »Früher haben wir das Gedankensmog genannt, weißt du nicht mehr? Eine Art mentale Statik, die die Bilder verzerrt oder blockiert? Oder sie in einen ... in so was wie einen feuchten, klammen Nebel hüllt? Wenn ich meine Fühler ausstrecke und nach der *Samothraki* taste, dann spüre ich da so etwas wie einen wabernden Dunst in meinem Kopf. Aber weswegen tritt das an einem Ort wie dem hier auf? Das ist seltsam. Und es ist nicht auf das Boot beschränkt, sondern – irgendwie kommt es von überall!«

Jordan sah ihn an. »Wann hatten wir das letzte Mal mit anderen ESPern zu tun?«

»Beruflich, meinst du? So ziemlich jedes Mal, wenn wir in einer Botschaft arbeiten, würde ich sagen. Worauf willst du hinaus?«

»Kann es sein, dass auf diesen Fall noch andere Agenten angesetzt sind? Die Russen, oder vielleicht die Franzosen?«

»Es könnte sein.« Jetzt grübelte Layard. »Der Drogensumpf in Russland wird täglich größer, und die Franzosen stecken schon seit Jahren bis zum Hals darin. Aber ich dachte eher an die andere Seite. Ich meine, was ist, wenn die Drogenbosse jetzt selbst ESPer einsetzen? Geld genug haben die zweifellos!«

Jordan hob sein Fernglas an die Augen, drehte den Kopf und

musterte die Küstenlinie vom Kastell auf der Mole bis zur Altstadt hinter ihren massiven Stadtmauern. »Hast du versucht, den Ursprung zu finden?«, fragte er. »Ich meine, schließlich bist du der Lokalisierer. Aber irgendwie habe ich das Gefühl, die Quelle liegt da drüben.«

Layards scharfe Augen folgten der Richtung von Jordans Fernglas. Eine große, weiße, teuer aussehende Motorjacht schaukelte an ihrem Anker an Mandrakis schmaler Tiefwasserrinne; dahinter lagen ein paar Barkassen im flachen Wasser vertäut oder kamen gerade wieder vom Meer herein. Auf den meisten von ihnen drängten sich die Touristen. Noch ein halber Kilometer weiter, und auf den Straßen und Marktplätzen brummte das pralle Leben. Vom Hafen aufwärts schmorte ein Hügel mit einer Menge Kirchen und weißen und gelben Häusern in der Morgensonne. Wenn nicht überall Bewegung gewesen wäre, hätte es sich um eine Kitschpostkarte handeln können, so perfekt war die Szenerie.

Layard starrte geraume Zeit dort hinüber, dann schnipste er mit den Fingern, ließ sich zurücksinken und grinste. »Das ist es!«, meinte er schließlich. »Du hast vollkommen Recht.«

»Was?« Jordan sah ihn an.

»Für dich muss es viel schlimmer sein als für mich. Ich finde die Dinge nur. Ich lese keine Gedanken.«

»Würdest du dich bitte erklären?«

»Was gibt es da zu erklären?« Layard grinste selbstgefällig. »Du hast genau die gleiche Karte der Altstadt wie ich. Nur hast du sie dir wahrscheinlich nicht angesehen. Na gut, ich werde dich aus deiner Unwissenheit erlösen. Da oben auf dem Hügel ist eine Nervenheilanstalt.«

»Was?« Dann fiel der Groschen. Jordan legte das Fernglas weg und schlug sich aufs Knie. »Das muss es sein! Wir empfangen die Rückkopplungen von all den armen Teufeln da oben in der Klapse!«

»Ja, so sieht es wohl aus«, nickte Layard. »Und jetzt, wo wir wissen, was uns behindert, sollten wir versuchen, es auszublenden und uns auf unseren Job zu konzentrieren.« Er sah durch die Hafeneinfahrt auf die See hinaus und wurde mit einem Schlag ernst.

»Zumal es so aussieht, als käme die *Samothraki* ein wenig früher als erwartet.«

»Ist sie da draußen?« Jordan war sofort hochkonzentriert.

»Höchstens noch fünf oder zehn Minuten«, nickte Layard. »Ich habe sie gerade aufgefangen. Und ich wette mir dir, sie geht um spätestens Viertel nach vor Anker.«

Beide Männer konzentrierten sich jetzt intensiv auf die Hafeneinfahrt, und so entging ihnen die plötzliche hektische Betriebsamkeit an Bord der Luxusjacht. Eine überdachte Barkasse brachte eine kleine Gruppe von einer schmalen Treppe in der Hafenmauer hinüber, und zwei Männer bestiegen das schlanke, weiße Schiff, das kurz darauf Anker lichtete. Mächtige Turbinen pulsierten, als sie sich fast um die eigene Achse drehte und elegant die Fahrrinne entlang glitt. Eine schwarze Markise mit exotisch bestickten Bordüren beschattete das Vorderdeck, wo eine schwarz gekleidete Gestalt jetzt in einem von mehreren Deckstühlen lag. Ein groß gewachsener Mann in Weiß stand an der Reling und schaute zur Hafeneinfahrt hinüber. Er trug eine schwarze Augenklappe über dem rechten Auge.

Die Motorjacht war jetzt direkt vor ihnen, und die Turbinen stampften gemächlich durch das Wasser, während sie abwartend in der Fahrrinne tuckerte, aber die Aufmerksamkeit der ESPer galt etwas anderem. Sie hatten jetzt beide ihre Ferngläser vor den Augen. Jordan war aufgestanden und lehnte an der Hafenmauer, als die *Samothraki* um die Mole rauschte.

»Da kommt sie«, flüsterte er, »direkt zwischen den Beinen des alten Knaben durch.« Er schickte seinen telepathischen Verstand über das Wasser hinaus und suchte nach den Gedanken des Kapitäns und seiner Crew. Er wollte wissen, wo das Kokain untergebracht war ... falls einer von denen gerade daran denken sollte ... oder wohin die Reise überhaupt gehen sollte.

»Die Beine von welchem Knaben?« Layards Stimme drang wie aus der Ferne zu ihm herüber, obwohl er doch direkt neben ihm stand. Jordan war so in seine Gedanken versunken, dass er von der Außenwelt kaum noch etwas mitbekam.

»Der Koloss«, wisperte Jordan. »Helios. Eines der sieben Weltwunder der Antike. Da hat er gestanden – direkt da, über der Hafeneinfahrt – bis 224 vor Christus.«

»Da hast du also doch noch deinen Touristenprospekt gelesen.«

Die *Samothraki* kam herein, und das schnittige weiße Schiff lief aus; das Erste wurde von dem Letzteren verdeckt, als sie auf gleicher Höhe waren – und plötzlich beide Anker warfen.

»Scheiße!«, fluchte Jordan. »Schon wieder dieser Gedankensmog! Ich kann nicht das Geringste dadurch sehen!«

»Ich kann es fühlen«, gab Layard zurück.

Jordan ließ sein Fernglas an der schlanken Form des weißen Schiffes entlang gleiten und las den Namen vom Bug ab: die *Lazarus*. »Ein wirklich schönes Schiff«, begann er und erstarrte dann. Direkt in der Mitte seines Sichtfeldes saß der Mann in Schwarz auf dem Vorderdeck aufrecht in seinem Liegestuhl; nur sein Hinterkopf war sichtbar. Er blickte zur *Samothraki* hinüber. Aber als Jordan das Fernglas auf ihn fokussierte, drehte sich der seltsam proportionierte Kopf, bis dessen unbekannter Besitzer den ESPer über 120 Meter Wasser hinweg direkt anstarrte. Und obwohl sie beide Sonnenbrillen trugen und trotz der Entfernung hatte er das Gefühl, als stünden sie sich Auge in Auge gegenüber.

WAS? Eine mächtige mentale Stimme schnaubte ihre Überraschung direkt in Jordans Verstand. EIN GEDANKENDIEB? EIN MENTALIST?

Jordan keuchte. Was zum Teufel ging hier vor? Was es auch war, es war nichts, womit er gerechnet hatte. Er versuchte sich zurückzuziehen, aber der Verstand des anderen schloss sich um ihn wie ein gewaltiger Schraubstock ... und drückte zu! Er konnte sich nicht befreien. Er stürzte kraftlos gegen die Hafenmauer und blickte dorthin, wo der andere jetzt voll aufgerichtet – riesig in Jordans Augen – im Schatten der schwarzen Markise stand.

Ihre Augen waren ineinander verschlungen, und Jordan bemühte sich mit solcher Anstrengung, seinen Blick abzuwenden, seine Gedanken auf etwa anderes zu richten, dass er zu zittern begann. Es war, als schießen massive Eisenstangen aus den Sonnenbrillen geschützten Augen des anderen heraus, über das Wasser hinweg durch die Linsen von Jordans Fernglas direkt in seinen Verstand; in den sie unbarmherzig ihre Botschaft hineinhämmerten: WER DU AUCH BIST, DU HAST MEINEN VERSTAND AUS FREIEN STÜCKEN BETRETEN. SO ... SEI ... ES!

Layard war jetzt auch auf den Beinen. Er war erschreckt und bestürzt. Auch wenn er den Schock und die Panik des Telepathen nicht in gleichem Maße gespürt hatte, so sah man doch auf den ersten Blick, dass etwas ganz und gar nicht stimmte. In seinem eigenen Verstand war nur die knisternde und rauschende Statik von Gedankensmog, während er die Arme ausstreckte, um Jordan zu stützen – gerade rechtzeitig, um den Telepathen aufzufangen und auf die Bank gleiten zu lassen, wo er schlaff zusammensackte und ihm bewusstlos in die Arme sank ...

SIEBTES KAPITEL

Noch in der gleichen Nacht:

Die *Lazarus* lag vertäut an einem Kai im Haupthafen. Ihre Konturen wurden vom dunklen, spiegelglatten Wasser reflektiert. Drei der vier Matrosen waren an Land gegangen, und nur eine Deckwache befand sich noch an Bord. Der Besitzer des Schiffes saß zu dieser Zeit an einem Fensterplatz im ersten Stock der übel-beleumdetsten Spelunke der ganzen Altstadt und blickte auf den Hafen hinaus. Unten trank ein halbes Dutzend Touristen den billigen Fusel oder Ouzo und verzehrte das abscheuliche Essen, während die örtlichen Nichtsnutze, Penner und Halsabschneider mit ihnen auf englisch oder deutsch lachten, auf griechisch böse Witze über sie rissen und gleichzeitig von ihnen ihre Drinks schnorrten.

Es waren auch drei oder vier aufgetakelte englische Mädchen da, einige mit griechischen Begleitern, aber alle nicht mehr ganz taufrisch und immer noch auf der Suche nach dem großen Durchbruch. Sie tanzten oder taumelten zu der immer wieder aufflackernden Bouzouki Musik vom Band, und später würden sie dann hektischer in der Horizontalen weiter tanzen, zur Begleitmusik von klatschendem, schwitzendem, ouzo-getränktem Fleisch.

Für diese Leute war der erste Stock tabu. Hier fädelte der Besitzer der Spelunke den einen oder anderen nicht ganz astreinen Deal ein, oder er trank und spielte mit einem seiner vielen zwielichtigen Freunde. Von denen war jedoch an diesem Abend niemand da, nur der Wirt selbst und eine junge griechische Hure, die allein in dem Alkoven saß, der zu ihrem Arbeitszimmer führte – einem kleinen Kämmerchen mit einem Bett und einer Waschgelegenheit. Und natürlich der Mann, der sich jetzt Jianni Lazarides nannte, auf seinem Platz am Fenster.

Der fette unrasierte Wirt, Nichos Dakaris, war hier, um seinem Gast eine Flasche guten Rotweins zu bringen, und das Mädchen, weil es ein blaues Auge hatte und so auf der Uferpromenade keinen Freier anlocken konnte. Das war jedenfalls die Ausrede, die sie benutzte. Es war ihre Art, sich für die Schläge zu rächen, die sie immer wieder von Dakaris bezog, wenn er den Bullen Bestechungsgelder zahlen musste, weil er es duldete, dass Prostituierte in seinen Räumlichkeiten ihrem Geschäft nachgingen. Wenn er nicht selbst dann und wann auf ihre Dienste zurückkäme, hätte er sie wahrscheinlich schon längst rausgeworfen; aber sie bezahlte für ihr Zimmer ein oder zwei Mal die Woche in Naturalien, wenn Dakaris danach war, und außerdem erhielt er 40% ihrer Einnahmen. Wenn sie ihr Zimmer benutzte, und nicht wie häufig auf eigene Rechnung in den dunklen Gassen von Rhodos arbeitete. Was wiederum ein Grund für ihn war, sie zu verprügeln.

Und was Jianni Lazarides anging, auch der hatte seine Gründe, hier zu sein. Er war hier mit dem griechischen Kapitän der *Samothraki* und einigen seiner Leute verabredet. Er wollte eine Erklärung dafür haben, wie oder durch wen Informationen über ihre angeblich sichere Schmuggelaktion durchsickern konnten. Eigentlich wusste er das bereits, denn er hatte es aus den Gedanken von Trevor Jordan erfahren; aber er wollte es von Pavlos Themelis, dem Eigner der *Samothraki,* selbst hören, bevor er eine Entscheidung traf, wie er am besten aus dieser Sache raus kam.

Denn Lazarides hatte gutes Geld in diese angeblich ungefährliche Aktion gesteckt (die jetzt gar nicht mehr so ungefährlich schien), und er wollte sein Geld zurück, oder ... einen entsprechenden Gegenwert? Denn Geld und Macht waren in dieser Zeit das A und O, genau wie in all den vorangegangen Jahrhunderten menschlicher Habsucht, mit der sich Lazarides besser auskannte als die meisten anderen. Und in dieser Welt, die viel komplexer war als das, was er bisher kennen gelernt hatte, gab es sogar einfachere, sicherere und ungefährlichere Möglichkeiten, Geld zu verdienen und einzusetzen als früher; Möglichkeiten, die nicht die Gesetzeshüter auf den Plan riefen oder das wenigstens nur in akzeptablem Maße.

Geld war sehr wichtig für Lazarides, und das nicht nur, weil er raffgierig war. Die Welt, in die er hier gelangt war, war überfüllt und drohte noch voller zu werden, und ein Vampir hat seine Bedürfnisse. In der guten alten Zeit erhielt ein Bojar von einem der unbedeutenderen Prinzen Land als Lehen, wo er sich ein Schloss bauen und in Abgeschiedenheit und einer gewissen Anonymität leben konnte. Anonymität und Langlebigkeit waren damals Hand in Hand gegangen – man konnte das eine nicht ohne das andere haben. Ein berühmter Mann durfte nicht länger leben, als es für seine Lebensspanne oder für die anderer, gewöhnlicher Kreaturen vorgesehen war. Aber zu jenen Zeiten hatten sich Nachrichten nur langsam verbreitet; ein Mann konnte Söhne haben. Wenn er damals ›gestorben‹ war, stand immer eine neue Inkarnation bereit, um in seine Fußstapfen zu treten.

So wäre es auch im Hier und Jetzt, nur bewegten sich die Nachrichten – und auch die Menschen – nicht mehr so langsam fort wie damals, und die Welt war um so vieles kleiner geworden. Wie sollte man sich also hier unbemerkt eine Feste bauen, in den letzten Jahren des zwanzigsten Jahrhunderts? Unmöglich! Aber ein sehr reicher Mann konnte sich immer noch eine gewisse Abgeschiedenheit und damit Anonymität kaufen, so wie früher. Und daraus ergab sich dann eine zweite Frage: Wie wurde man sehr reich?

Nun, Janos Ferenczy hatte gedacht, die Antwort auf diese Frage schon vor vierhundert Jahren gefunden zu haben, aber jetzt, getarnt als Lazarides, war er sich da nicht mehr sicher. In jenen Zeiten bedeutete eine mit Juwelen besetzte Waffe oder ein Klumpen Gold sofortigen Reichtum. Heute war das zwar auch noch so, aber heute wollten die Leute auch wissen, wo diese Besitztümer her kamen. In alten Zeiten gehörten einem Bojaren seine Ländereien und Besitztümer – und die Beute seiner Raubzüge –, und niemand stellte Fragen. Sollte doch mal jemand wagen, sich daran zu vergreifen! Aber heute waren Kostbarkeiten wie ein mit Juwelen besetzter Dolch oder eine massiv goldene mazedonische Krone ›historische Denkmäler‹ und man durfte keinen Handel damit treiben, ohne vorher eine Menge – sogar viel zu viele – Fragen über ihren Ursprung zu beantworten.

Natürlich kannte Janos die Quelle seines Reichtums: Sie saß hier an diesem Fensterplatz und sah auf den Hafen des einst mächtigen Inselreiches Rhodos hinaus! Denn der Mann, der diese Schätze jetzt ›entdeckte‹ und ausgrub, war der gleiche wie der, der sie mehr als vierhundert Jahre zuvor vergraben hatte! Wie konnte man besser für eine zweite Niederkunft in diese Welt vorsorgen, wenn man wusste, dass dazwischen eine lange, lange Zeit absoluter Dunkelheit liegen würde?

Und jetzt ging es darum, diese Schätze zu bergen, diese Werte, die man vor langer Zeit zurückgelegt hatte. Es konnte doch nicht schwer sein, sie in Immobilienbesitz zu verwandeln, in andere Werte, in das Refugium und den Besitzstand eines Wamphyri-Lords! Ja sicher, eine klassische Wamphyri-Feste war in diesen Zeiten nicht möglich, selbst ein Schloss war zu auffällig ... aber eine Insel? Zum Beispiel eine im Mittelmeer, wo es so viele davon gab?

Der Plan war so simpel gewesen!

Aber Landschaften verändern sich, die Natur fordert ihren Tribut, Erdbeben grollen und das Land birst, und die Schätze werden weiter verschüttet. Alte Landmarken erodieren oder werden zerstört. Die Kartenzeichner der Renaissance waren bei weitem nicht so genau wie die heutigen, und selbst ein sehr gutes Gedächtnis – ein hervorragendes Vampirgedächtnis – lässt im Laufe der Jahrhunderte ein wenig nach ...

Janos seufzte und sah aus dem Fenster auf die Hafenlichter und die wie kleine Glühwürmchen über die See verteilten Lichtpunkte hinaus, die die Standorte der Schiffe auf dem offenen Meer anzeigten. Der zwielichtige Schankwart war wieder nach unten gegangen, wo er Ouzo und gepanschten Schnaps ausschenkte und seine Einnahmen zählte. Aber die Bouzoukimusik spielte immer noch, immer wieder unterbrochen von kreischendem Gelächter, die flirtenden Paare tanzten noch immer und fummelten aneinander herum, und die junge Hure saß wie zuvor in ihrem Alkoven.

Es musste gegen zehn sein, und Janos hatte gesagt, er werde seinen amerikanischen Adlatus um diese Zeit kontaktieren. Das würde er noch ... bei passender Gelegenheit.

Er schenkte sich selbst ein wenig Wein nach – guten, tiefroten Wein – und sah zu, wie sein Glas sich mit Blut füllte. Ja, Blut war das Leben – aber nicht an einem Ort wie diesem! Er würde sich erquicken, wenn es soweit war, aber zwischenzeitlich linderte der Wein seinen Durst. Schließlich war das nur der quälende, endlose Durst des Vampirs, den man entweder beherrschen oder für den man töten musste. Zumindest innerhalb gewisser Grenzen sollte man ihn unter Kontrolle haben ... Und noch war Janos nicht ausgehungert.

Die Hure hatte das Klirren seines Glases gegen die Flasche gehört. Jetzt sah sie zu ihm herüber. Ihr mürrischer Mund schmollte: Auch sie hatte ein Glas, und das war leer.

Janos spürte den Blick und wandte den Kopf. Über den Raum hinweg bemerkte sie seinen geraden Rücken, den dunklen, attraktiven Teint und die teure Kleidung. Sie war erstaunt über die dunkel getönte Brille, die seine Augen beschirmte. Aber auf diese Entfernung konnte sie nicht sehen, wie derb und grobporig seine Haut war, wie breit und fleischig der Mund, und sie bemerkte auch die überproportionale Länge des Schädels, der Ohren und der vierfingrigen Hände nicht. Von weitem machte er auf sie den Eindruck eines starken, ruhigen, tiefsinnigen Mannes. Und arm war er ganz bestimmt nicht.

Sie lächelte, wenn auch schief, stand auf und streckte sich, was zu dem gewünschten Erfolg führte – es betonte ihre spitzen Brüste. Dann kam sie zu Janos' Fensterplatz herüber. Er beobachtete, wie sie auf ihn zuschwänzelte und dachte: *Aus freiem Willen.*

»Werden Sie das alles trinken?«, fragte sie und hob kokett eine Augenbraue. »Alles für Sie ... und so ganz allein?«

»Nein«, sagte er sofort, wobei sein Ausdruck vollkommen neutral blieb. »Ich brauche nur sehr wenig ... davon.«

Seine Stimme war eine Überraschung für sie: Es war ein Knurren, ein Grollen, das sie im Innersten erbeben ließ. Sie war nicht unangenehm. Doch es lag so viel Kraft darin, dass sie unwillkürlich einen Schritt zurück trat. Aber noch während sie vor ihm zurückwich, lächelte er, wenn auch kühl, und deutete auf die Flasche. »Sie haben also Durst?«

War der Mann ein Grieche? Er beherrschte die Sprache, aber er sprach sie wie die Leute in den alten Bergdörfern, wo die moderne Zeit und moderne Sitten noch nicht angekommen waren. Vielleicht stammte er gar nicht aus Griechenland; oder vielleicht hatte er durch Reisen und Bildung und den Aufenthalt in fremden Ländern einen Akzent entwickelt, der ihr fremdartig erschien.

Normalerweise hätte sie gar nicht erst gefragt, aber jetzt tat sie es: »Darf ich?«

»Aber sicher. Wie ich schon sagte, meine wahren Bedürfnisse liegen in anderer Richtung.«

War das ein Wink? Ihm war doch sicherlich klar, womit sie ihr Geld verdiente. Sollte sie ihn durch den Alkoven in ihr abgeteiltes Kämmerchen bitten? Aber dann, während sie ihr Glas füllte ... Es war, als habe er ihre Gedanken gelesen! – was natürlich auch nicht so schwierig war.

»Nein«, sagte er mit einem knappen, aber unmissverständlichen Schütteln seines gewaltigen Kopfes. »Du musst jetzt gehen. Es gibt da Dinge, um die ich mich kümmern muss, und gleich kommen ein paar Freunde von mir!«

Sie trank ihr Glas in einem Zug aus. Mit einem Lächeln füllte er es wieder, bevor er wiederholte: »Geh jetzt!«

Und das war definitiv; sie konnte sich dem Befehl nicht widersetzen. Sie kehrte zu ihrer Bank in dem Alkoven zurück. Aber sie konnte ihre Augen auch nicht mehr von ihm abwenden. Er spürte das, und es schien ihn nicht zu stören. Wenn sie ihm nicht ihre ganze Aufmerksamkeit geschenkt hätte, hätte es ihn beunruhigt.

Aber er musste jetzt zunächst einmal herausfinden, was Armstrong machte. Er verbannte das Mädchen aus seinen Gedanken, und tastete mit seinen Vampirsinnen über den Hafen hinaus zu der Mole, in die Schatten hinein, wo die massiven Mauern aus den spiegelglatten Wassern emporragten. Hier waren keine hellen Lichter mehr, nur Haufen von geflickten Netzen, Fischreusen und die Schwimmtanks und amphoren-ähnlichen Behältnisse, in denen die Fischer Tintenfische fingen. Und natürlich der treue Armstrong, der auf die Befehle seines Meisters wartete.

Kannst du mich hören, Seth?

»Ich bin hier an Ort und Stelle«, flüsterte Armstrong in die Schatten auf der Mole, als rede er mit sich selbst. Er erwähnte den Hunger nicht, den Janos in seinem Verstand spürte wie einen tief sitzenden Schmerz. Das war gut so, denn die Wünsche des Herren mussten immer an erster Stelle stehen; aber man durfte auch nicht vergessen, einem treuen Hund seinen Knochen zukommen zu lassen. Armstrong würde seine Belohnung später bekommen.

Ich werde jetzt den Mentalisten, diesen Engländer, dazu bewegen, zu dir zu kommen, erklärte Janos kurz. *Der andere Engländer wird ihn zweifellos begleiten. Den brauchen wir nicht, der behindert vielleicht sogar meine Pläne. Einer von ihnen kann uns genauso viel verraten wie zwei. Haben wir uns verstanden?*

Armstrong verstand sehr gut – und wieder spürte Janos den Hunger in ihm. So stark, dass er diesmal befahl: *Du wirst ihn weder zeichnen, noch etwas von ihm nehmen – und du wirst ihm nichts von dir geben! Hast du mich verstanden, Seth?*

»Ich habe verstanden.«

Gut! Ich schlage vor, er bekommt einen harten Schlag auf den Schädel und fällt dann da ins Wasser, wo es ziemlich tief ist. Such dir schon mal eine passende Stelle aus, denn wenn alles klappt, werden sie sich umgehend auf den Weg machen.

Ohne weitere Umschweife schickte er dann seine Vampirsinne suchend hinaus zu den hellen Lichtern der Neustadt. Sie streiften durch die Hotels und Tavernen, in und um die Bars, Imbissbuden und Nachtclubs. Es war nicht schwer; die Psychen, die er suchte, hoben sich von den anderen ab, sie besaßen selbst gewisse latente Fähigkeiten. Und einen der Männer kannte er ja bereits, er hatte ihn durchbohrt und beinahe zerstört. Er würde sein Werk auch vollenden, aber jetzt noch nicht. Dazu war immer noch Zeit, wenn Janos all das wusste, was jetzt noch in diesem Geist verborgen war. Und der eine Blick, den er in diesen Geist geworfen hatte, bevor dieser unter dem Ansturm zusammengebrochen war und sich in die Ohnmacht geflüchtet hatte, hatte ihm verraten, dass der Mann sehr viel wusste.

Er war ein Mentalist, oder ein ›Telepath‹, wie man das heutzutage nannte. Janos hatte den Gedankendieb ertappt, wie er ihn belauscht hatte (oder wenn nicht direkt ihn, dann hatte er zumindest den Drogendeal ausspioniert, an dem Janos beteiligt war). Wie viel hatte er wohl vor seiner Entdeckung in Erfahrung gebracht? Auf jeden Fall genug, um ihm gefährlich zu werden. Denn in dem Augenblick, als er zusammengebrochen war, hatte Janos deutlich gespürt, dass der Mann über seine Natur Bescheid wusste, und das durfte nicht sein. Was würde passieren, wenn er in dieser modernen Welt als Vampir entlarvt würde? Sicher, die meisten würden das mit einem Lachen abtun – aber eben nicht alle. Dieser Mentalist zum Beispiel nicht. Und es gab Hinweise in seinen Gedanken, dass er noch andere kannte, die das auch nicht abtun würden. Einen ganzen Haufen davon.

Janos entdeckte eine Welle verängstigter Gedanken und folgte ihr zu ihrem Ursprung. Er kannte den Geruch. Es war ein Verstand, dem er schon einmal begegnet war, vor kurzer Zeit, und den er jetzt wie ein vertrautes Gesicht zuordnen konnte. Die Gedanken waren verängstigt, schreckerfüllt, der Verstand gewaltsam gebrochen und unterjocht worden – aber jetzt erholte er sich und das Bewusstsein kehrte allmählich zurück. Janos folgte den Gedanken wie ein Bluthund, und als er sich Zugang zu dem schaudernden Verstand verschaffte, wusste er sofort, dass er sich nicht geirrt und seine Zielperson gefunden hatte ...

Ken Layard wich nicht von Trevor Jordans Bettkante, während der in seinem Hotelzimmer wie ein Toter schlief. Sie hatten beide Einzelzimmer direkt nebeneinander auf dem gleichen Flur. Der Telepath lag jetzt bereits seit zwölf Stunden da; sechs davon reglos wie eine Leiche unter dem Einfluss eines starken Beruhigungsmittels, das ihm ein griechischer Arzt verabreicht hatte, vier weitere in einem Zustand, den man mit Tiefschlaf vergleichen konnte, und den Rest sehr unruhig, Er warf sich hin und her, stöhnte und schwitzte im Griff des Albtraums, der ihn offenbar gepackt hielt. Layard hatte ein oder zwei Mal versucht, ihn zu wecken, aber sein Freund war noch nicht soweit gewesen. Der Arzt hatte gesagt, er werde selbst zu gegebener Zeit aus seinem Koma aufwachen.

Was diesen Zustand ausgelöst hatte, war ungewiss. Nach Meinung des Arztes konnte fast alles dafür verantwortlich sein. Zu viel Sonne,

Stress, der Alkohol – vielleicht auch ein Virus, den er sich eingefangen hatte. Oder ein schwerer Migräneanfall – auf jeden Fall nichts, worüber man sich Sorgen machen musste. Die Touristen klappten immer aus irgendwelchen nichtigen Gründen zusammen.

Layard wollte gerade von seinem Stuhl aufstehen, da hörte er seinen Freund reden: »Was? Ja – ja – das werde ich.« Er drehte sich um und sah Jordan, der sich mit unnatürlich aufgerissenen Augen in eine sitzende Position hochschob.

Auf dem Nachttischchen stand ein Krug mit Wasser. Layard füllte ein Glas und hielt es Jordan hin. Der reagierte nicht. Mit starrem Blick schob er seine Beine aus dem Bett und griff nach seinen Kleidern, die über einem Stuhl zusammengefaltet lagen. Der Lokalisierer überlegte, ob er schlafwandeln konnte.

»Trevor?«, fragte er sanft und nahm Jordans Arm, »ist mit dir ...?«

»Was?« Jordan drehte sich zu ihm um, blinzelte heftig und sah ihn plötzlich direkt an. Seine Augen leuchteten, und Layard war sich sicher, dass er voll bei Bewusstsein war und ihn verstehen konnte. »Ja, mir geht es gut. Aber ...«

»Was aber?« Layard versuchte, das Gespräch weiterzuführen, während Jordan sich anzog. Er bewegte sich starr wie ein Roboter.

Das Telefon klingelte. Jordan war weiter mit Ankleiden beschäftigt und Layard hob ab. Am anderen Ende war Manolis Papastamos, der wissen wollte, wie es Jordan gehe. Der griechische Polizist war nur wenige Sekunden nach Jordans Zusammenbruch an der Hafenmauer aufgetaucht. Er hatte Layard geholfen, den Telepathen ins Hotel zurückzubringen und dann den Arzt gerufen.

»Trevor geht es gut«, antwortete Layard. »Wenigstens glaube ich das. Er zieht sich gerade an. Und was ist bei euch los?«

Papastamos sprach englisch genauso, wie er auch griechisch sprach: rasend schnell. »Wir observieren die Boote – beide. Aber bisher ohne Ergebnis. Wenn Stoff von der *Samothraki* entladen worden ist, dann nur geringe Mengen, und bestimmt keine harten Drogen. Aber das haben wir ja erwartet. Ich habe auch die *Lazarus* überprüfen lassen. Es ist unwahrscheinlich, dass es da einen Zusammenhang gibt. Das Schiff gehört einem Jianni Lazarides, einem Archäologen und Schatzsucher mit guten Referenzen. Andererseits ... wir haben jedenfalls nichts über ihn. Zurück zur *Samothraki:* Der Kapitän und der erste Offizier sind an Land gegangen; vielleicht haben sie ein paar Gramm Marihuana mitgebracht; zur Zeit sehen sie sich jedenfalls eine Show an und trinken Kaffee und Schnaps. Aber mehr Kaffee als Schnaps. Sie wollen offenbar nüchtern bleiben.«

Jordan war mittlerweile fertig angekleidet und steuerte auf die Tür zu. Er bewegte sich wie ein Zombie, und er trug die gleiche Kleidung, die er schon am Morgen getragen hatte. Aber die Nächte waren immer noch sehr kühl; es war offensichtlich, dass er diese leichten, legeren Kleidungsstücke nicht ausgewählt, sondern nur genommen hatte, weil sie gerade zur Hand waren. Layard rief hinter ihm her: »Trevor? Wo willst du denn bloß hin?«

Jordan blickte sich um. »Zum Hafen«, sagte er automatisch. »Zum Tor von St. Paul, und dann über die Mole zu den Windmühlen.«

»Hallo? Hallo?« Papastamos war immer noch am Telefon. »Was ist da los?«

»Er sagt, er geht zu den Windmühlen an der Mole«, berichtete Layard. »Ich werde ihn begleiten. Irgendetwas stimmt hier nicht. Ich hatte schon den ganzen Tag über so ein Gefühl. Tut mir Leid, Manolis, aber ich muss auflegen!«

»Ich treffe euch da!«, entschied Papastamos hastig, aber Layard bekam das nur noch zur Hälfte mit, als er den Hörer auflegte. Er streifte eilig seine Jacke über und folgte Jordan, der dumpf polternd die Treppe in die Hotelhalle hinunterstapfte, und dann durch die Tür in die mediterrane Nacht verschwand.

»Willst du nicht auf mich warten?«, rief er hinter ihm her, aber Jordan antwortete nicht. Er sah jedoch einmal zurück, und Layard sah, dass die Augen aus seinem kränklich wirkenden Gesicht herauslugten wie aus Löchern in Pappkarton. Ganz offensichtlich würde er nicht auf ihn warten, und auch auf sonst niemanden.

Layard hatte seinen roboterhaften Partner beinahe eingeholt, als Jordan eine Straße überquerte, die zum Meer hinunterführte, aber dann wechselten die Ampelphasen, die Motoren heulten auf, und

Mopeds und Autos setzten sich in der typisch griechischen chaotischen, todessehnsüchtigen, *ich-bin-der-erste* Manie in Bewegung und Layard und seinen Partner trennte plötzlich eine Blechlawine. Als sich die Abgaswolken verflüchtigt und die Ampelphasen wieder geändert hatten, da war der Telepath in den dahineilenden Gruppen von Leuten verschwunden, welche die Straße säumten. Layard eilte hinter ihm her, obwohl er ihn aus den Augen verloren hatte.

Er wusste ja, wo er hinwollte ...

Jordan spürte, wie er mit allen Kräften dagegen ankämpfte, Fußbreit um Fußbreit, und doch war ihm klar, dass es sinnlos war. Es war, als sei man betrunken an einem fremden Ort und umgeben von lauter Fremden: Man liegt auf dem Rücken und der Raum dreht sich um einen. Er scheint sich wirklich zu drehen, die Ecken des Zimmers jagen sich und verlaufen ineinander wie die Speichen bei einem rollenden Rad. Und man kann nichts dagegen machen, weil man weiß, dass der Raum sich nicht wirklich dreht – das, was sich dreht, ist der eigene Verstand in seinem Kopf am oberen Ende deines Körpers. Dein verdammter Kopf und dein Körper, aber sie wollen dir nicht gehorchen ... du kannst sie nicht dazu bewegen, zu tun, was du willst, egal wie sehr du das auch versuchst!

Und die ganze Zeit über kannst du dich selbst hören, eingesperrt in deinem Schädel wie eine Fliege in einer Flasche, die heftig summt und immer wieder gegen das Glas prallt, und du sagt dir immer und immer wieder: »Oh Gott, lass es aufhören, Oh Gott, lass es aufhören! Oh Gott ... lass ... es ... aufhören!«

Es ist der Alkohol – der Fremdkörper in deinem System – der die Kontrolle übernommen hat; und je mehr du dagegen ankämpfst, desto schlechter fühlst du dich. Wenn du versuchst, Kopf und Schultern vom Bett zu heben, dann dreht sich alles nur noch schneller, so schnell, dass man spürt, wie die Zentrifugalkräfte einen wieder nach unten ziehen. Wenn du dich auf die Füße rappelst, dann stolperst du, beginnst dich zu drehen und wirbelst herum mit dem Raum, mit dem ganzen verdammten Universum!

Aber wenn man ganz still liegt, die Augen schließt und sich auf sich selbst konzentriert ... dann verschwindet das Gefühl schließlich. Das Wirbeln und die Übelkeit lassen nach. Das Summen der Fliege in ihrer Flasche – der Widerstand deiner eigenen derangierten, verwirrten, entnervten Psyche – hört auf. Und du schläfst ein. Und möglicherweise rauben die Fremden dich dann bis aufs Hemd aus.

Bis aufs Hemd? Sie könnten dir auch die Unterhose nehmen, könnten dich sogar vergewaltigen, wenn ihnen danach ist – und du könntest sie nicht daran hindern, du würdest es nicht fühlen, nicht einmal vermuten.

Es war eine Neuauflage von Jordans ersten traumatischen Begegnungen mit dem Alkohol. Das war am Anfang seiner Studienzeit gewesen, als er Heimweh bekommen hatte – gerade er! Ein paar seiner Studienkollegen, Witzbolde, die sich auf seine Kosten einen Scherz machen wollten, hatten ihn so richtig abgefüllt. Und dann hatten sie sich in seinem Zimmer diverse Scherze mit ihm erlaubt. Nichts wirklich Gemeines: Sie hatten ihm die Wangen rot angemalt, dazu noch einen Kussmund, ihm Strapse und Mieder angezogen und ihm ein Micky-Maus-Kondom über den Penis gestreift.

Er wachte auf, nackt, durchgefroren und ihm war speiübel. Er wusste nicht, was passiert war und er wollte sterben. Aber ein oder zwei Tage später, als er wieder nüchtern war, hatte er sich die Kerle einen nach dem anderen vorgeknöpft und sie nach Strich und Faden verprügelt. Seitdem hatte er nur noch dann körperliche Gewalt angewendet, wenn es wirklich keine andere Möglichkeit mehr gab.

Aber bei Gott, wie er sich wünschte, jetzt Gewalt anwenden zu können! Gewalt gegen sich selbst, gegen seinen Körper und seinen Geist, die ihm nicht gehorchen wollten, vor allem gegen den, der ihm das hier antat. Denn das war das Schreckliche: Er wusste, dass irgendjemand dahinter steckte, der ihn wie eine Marionette an seinem Faden zappeln ließ, und er konnte nichts dagegen unternehmen!

»Halt!«, sagte er sich immer wieder. »Reiß dich zusammen. Setz dich hin ... steck dir einen Finger in den Hals ... leg den Kopf in die Hände ... warte auf Ken. Tue irgendetwas, aber tue es aus freiem Willen!«

Aber bevor sein ungehorsamer Körper auch nur einen dieser Befehle ausführen konnte: ACH ... DEIN WILLE IST ABER NICHT MEHR FREI. DU HAST SPIONIERT UND BIST IN MEINEN VERSTAND EINGEDRUNGEN – EINE AMEISE IN EIN WESPENNEST! UND JETZT BEZAHLST DU DAFÜR. GEH WEITER, SO WIE DU BISHER GEGANGEN BIST. GEH ZU DEN WINDMÜHLEN!

Diese schreckliche, dröhnende, betörende Stimme – dieser Wille, der sich über seinen Willen gelegt hatte – dieser telepathische, hypnotische Befehl, von jemandem oder etwas so Mächtigem oder sogar Mächtigerem, als er sich das je hatte erträumen lassen, und der jeden Widerstand weitaus effektiver unterdrückte, als es Knockout-Tropfen je vermochten ...

Jordans Beine fühlten sich an wie Gummi – sie zitterten und stießen an den Knien zusammen, während er versuchte, sie am Voranschreiten zu hindern. Aber genauso gut konnte man versuchen, entgegengesetzte Magnetpole voneinander oder eine Motte von einer Kerze fern zu halten. Und so folgte er weiter der Hafenmauer zur Mole, und über deren gepflasterten Kamm, bis die uralten Windmühlen sich gegen den dunklen Ozean abhoben.

Dort in den Schatten, wo die Mauer wie die Zinne einer Burg geformt war, im Stil der alten Kreuzfahrer, deren Spuren hier noch überall zu sehen waren, wartete ein ganz in Schwarz gekleideter Seth Armstrong. Er ließ Jordan stolpernd vorübergehen und blickte dann auf die Dunkelheit der Mole zurück, über der die blinkenden Lichter der Altstadt von Rhodos auf dem Hügel erstrahlten. Er hörte rennende Schritte und eine keuchende Stimme: »Trevor? Um Himmels willen, nicht so schnell! Wo zum Teufel willst du überhaupt ...« In diesem Moment schlug Armstrong zu.

Layard sah etwas Großes, Schwarzes, Schlaksiges aus den Schatten auf sich zukommen. Ein Auge starrte ihn aus einem Schlitz in einer schwarzen Skimütze an. Keuchend schlitterte er zum Halt und wirbelte herum, um zu fliehen – da versetzte Armstrong ihm einen Schlag, der ihn auf die im Nachtlicht glitzernden Kiesel schickte. Er hatte sofort das Bewusstsein verloren und lag ohnmächtig vor der Mauer, die das Hafenbecken begrenzte. Jordan, der spürte, wie der Griff auf seinen Geist geringfügig nachließ, drehte sich um.

Er sah die große dunkle Gestalt von Armstrong, die wie eine Gottesanbeterin über dem bewusstlosen Layard thronte. Und er musste zusehen, wie sein Freund von kräftigen Schultern hochgestemmt– und dann durch einen der Einschnitte in der Mauer ins Nichts hinausgeschleudert wurde. Einen Augenblick später ertönte ein Klatschen – und das schwapp, schwapp, schwapp von aufgewühltem Wasser, das sich langsam wieder beruhigte. Schließlich, als sich die schwarzgekleidete Gestalt ihm zuwandte ...

... weitere rennende Schritte!

Der Lichtstrahl einer Taschenlampe erhellte die Nacht. Er durchschnitt die Dunkelheit links und rechts wie ein weißes Messer schwarzen Karton. Und genauso scharf drang die Stimme von Manolis Papastamos die Stille: »Trevor? Ken? Wo seid ihr?«

Sei vorsichtig!, befahl die Stimme in Jordans Kopf, aber sie war nur ein leises Flüstern und nicht für ihn bestimmt. Sie kontrollierte nicht mehr, sondern gab nur noch Ratschläge. Ihm war klar, dass sein telepathischer Verstand Instruktionen mitgehört hatte, die an jemand anderen gerichtet waren, an den Mann in Schwarz. *Du darfst nicht zulassen, dass du gefasst oder erkannt wirst!*

Platschende Geräusche von der anderen Seite der Mauer, und ein gurgelnder Schrei. Ken Layard war am Leben! Aber Jordan wusste, dass der Lokalisierer nicht schwimmen konnte. Er zwang seine Beine, ihn zu der Mauer zu tragen, wo er durch eine Öffnung hinausblicken konnte. Und die ganze Zeit über war er sich des kontrollierenden Fremdkörpers bewusst, der wütend und verwirrt wie eine verbrühte Katze im Hintergrund seines Schädels fiepte. Aber er übte nicht länger die völlige Kontrolle über ihn aus.

Papastamos kam herangelaufen, eine kleine, schmale, stromlinienförmige Gestalt in der Nacht, und Jordan sah, wie sich die große schlaksige Gestalt in Schwarz in die Schatten zurückzog.

»Man... Manolis«, seine trockene Stimme gehorchte ihm nur widerwillig. »Pass auf!«

Der griechische Polizist blieb stehen. »Trevor?«

Er richtete den Kegel der Taschenlampe direkt auf Jordans Gesicht. Etwas brach aus den Schatten hervor und versetzte Papastamos' Gesicht einen Schlag. Der Grieche wurde nach hinten geschleudert und fiel zu Boden. Er verlor seine Taschenlampe, die klappernd davonrollte und ihren Strahl unkontrolliert in die Dunkelheit aussandte. Der Mann in Schwarz rannte auf der Mole zurück in Richtung Stadt. Papastamos fluchte auf griechisch, griff nach der Taschenlampe, als sie an ihm vorbeirollte, und richtete sie auf die fliehende Gestalt. Der Kegel beleuchtete einen lang gezogenen menschlichen Schatten, der an der Seemauer entlanghuschte wie ein gigantischer Hummer, der zurück in die See fliehen will. Aber Papastamos war mit mehr als nur einer Taschenlampe bewaffnet.

Seine Beretta 92S bellte fünf Mal kurz hintereinander auf, und schleuderte einen fünfzackigen Fächer aus Blei hinter dem Schatten her. Ein heulender Schmerzensschrei und ein unterdrücktes Fluchen drangen zu ihnen zurück, aber die Schritte verstummten nicht.

»M-m-m-manolis!« Jordan hatte den Kampf mit dem Knoten in seiner Kehle noch nicht aufgegeben. »K-k-ken, er ... ist ... im ... Wasser!«

Der Grieche sprang auf und rannte zur Mauer hinüber. Von unten kam ein Gurgeln und Keuchen, das Platschen von Wasser, das durch zappelnde Arme aufgerührt wird. Und ohne einen Gedanken an die eigene Sicherheit, kletterte Papastamos auf die Brüstung und sprang mit den Füßen voran in das Hafenbecken ...

Auf seinem Fensterplatz in Dakaris Taverne umklammerte die vierfingrige Hand von Janos Ferenczy sein Weinglas und drückte zu, bis das Glas splitterte. Wein und Glassplitter und auch ein wenig Blut quollen zwischen seinen zusammengepressten Fingern hindurch. Wenn er Schmerz fühlte, war das seinem hageren grauen Gesicht nicht zu entnehmen, höchstens dem Tic in einem Mundwinkel.

»Janos ... Meister!« Armstrong sprach zu ihm aus einer Entfernung von etwas mehr als dreihundert Metern. »Ich bin angeschossen!«

Wie schlimm?

»In die Schulter. Ich werde für dich nutzlos sein, bis das verheilt ist. Vielleicht ein oder zwei Tage.«

Manchmal glaube ich, du warst schon immer nutzlos für mich. Geh zum Boot zurück! Und versuch, dich nicht sehen zu lassen!

»Ich ... ich habe den Telepathen nicht erwischt.«

Ich weiß, du Trottel. Ich werde mich selbst darum kümmern.

»Dann sei vorsichtig. Der Mann, der auf mich geschossen hat, war ein Polizist.«

Ach ja? Und woher weißt du das?

»Weil er auf mich geschossen hat. Normale Bürger tragen keine Pistolen. Aber auch ohne die habe ich ihn sofort als Polizisten erkannt. Er war auf der Hut. Polizisten sehen überall auf der Welt gleich aus.«

Du bist eine unschätzbare Informationsquelle, Seth! Die Stimme des Vampirs troff vor Sarkasmus. *Aber ich werde es beherzigen. Und da es jetzt so aussieht, als könnte ich mir diesen Gedankendieb nicht selbst holen, werde ich einen anderen Weg finden, um ihn zu ... untersuchen. Seine eigene telepathische Fähigkeit wird ihn ins Unglück stürzen. Sein Verstand ist empfänglich für die Gedanken anderer, und das hat ihn bisher zu einem großen Fisch in einem kleinen Teich gemacht. Aber jetzt gibt es in diesem Teich einen Hai, mit dem er sich messen muss! Ich war schon ein Gedankenspion, Jahrhunderte, bevor er geboren wurde!*

»Ich gehe zum Boot zurück«, bestätigte Armstrong.

Gut! Und falls jemand von meiner Crew an Land sein sollte, sorg dafür, dass sie zurückkommen. Damit entließ Janos den anderen aus seinen Gedanken.

Er wandte sich wieder Jordan zu, der zu einer Bank unter den antiken Windmühlen gestolpert war und jetzt dort im Licht des Mondes und der Sterne saß. Jordan war erschöpft, völlig ausgepumpt durch den mentalen Kampf mit seinem unbekannten Gegner. Aber er war zumindest noch so klar, dass er ermessen konnte, womit er es zu tun gehabt hatte.

Das letzte Mal, dass Jordan auf so etwas getroffen war, war im Herbst 1977 gewesen, im Harkley House in Devon. Auf Yulian Bodescu. Und da hatten sie Harry Keogh gebraucht, um die Sache zu bereinigen. Hatte er es hier mit etwas Ähnlichem zu tun? Hatten er und Ken Layard die Gegenwart von diesem ... diesem Ding gespürt, bevor ihnen das überhaupt bewusst geworden war? Oder wenigstens ihm? Die Teile begannen sich zusammenzufügen, und das Bild, das sich ergab, war – schrecklich! Haschisch, Kokain? Das waren harmlose Kinkerlitzchen, verglichen mit dem hier!

Das E-Dezernat musste sofort informiert werden. Es war, als habe dieser Gedanke etwas heraufbeschworen.

E-DEZERNAT? Da war sie wieder, diese tiefe, einschmeichelnde Stimme in Jordans Kopf, und die mentale Klammer schloss sich erneut um seinen Verstand. WAS IST DIESES E-DEZERNAT? Und niedergehalten durch die brutale Macht der telepathischen Vampirkräfte, konnte Jordan nur hilflos zappeln, während das Monster sorgfältig seine allergeheimsten Gedanken durchforschte ...

Janos hätte Jordan vielleicht die ganze Nacht untersucht, wenn er nicht unterbrochen worden wäre. Durch das Fenster sah er Pavlos Themelis, den bärtigen, fassförmigen Kapitän der *Samothraki,* der sich den Weg über die Straße zu Dakaris' Spelunke bahnte. Er hatte sich zu seinem Treffen mit dem Mann, den er als Jianni Lazarides kannte, ein wenig verspätet, aber da kam er jedenfalls, und Janos konnte sich nicht dem Verstand von Jordan widmen und gleichzeitig mit Themelis reden.

An diesem Morgen hatte er entdeckt, dass er unter Beobachtung eines Gedankendiebes stand, hatte ausgeholt und dem anderen Verstand einen heftigen Schlag versetzt. Das war eine instinktive Reaktion gewesen, die dem Vampir jedoch Zeit zum Nachdenken verschafft hatte. Aber Jordan war stark und hatte sich erholt. Das bedeutete, dass Janos ihm noch einen Schlag versetzen musste – einen anderen diesmal – von dem sich der englische Gedankendieb nicht wieder erholen würde. Jedenfalls nicht aus eigenen Kräften.

Indem er seine Vampirsinne tief in Jordans Psyche bohrte, fand er die Tür der Vernunft, die gegen die schlimmsten Albträume der Menschheit verriegelt und verbarrikadiert ist.

Kichernd drehte er die Schlüssel, schob die Riegel zurück,

entfernte die Sicherheitsketten – und öffnete die Tür! Das reichte. Jetzt würde er genau wissen, wo er nach Jordan suchen musste, wann immer er die Erforschung seiner Gedanken fortführen wollte. Danach hatte er kaum noch Zeit, sich zu sammeln, denn der Kapitän der *Samothraki* kam bereits die Treppe herauf.

Als Pavlos Themelis und sein erster Maat in den Raum kamen, wurden sie Zeuge, wie die griechische Prostituierte die Scherben von Janos' zerbrochenem Glas zusammenkehrte und ihm ihr eigenes anbot. Regungslos akzeptierte er und sagte dann: »Geh jetzt.« Als sie sich an dem korpulenten Drogenschmuggler vorbeiwinden wollte, ergriff Themelis ihren Arm wie in einem Schraubstock. Er griff um ihre Taille und hob sie vom Boden hoch. Dann drehte er sie um, dass ihr Rock über ihr wutverzerrtes Gesicht fiel.

Themelis schnüffelte zwischen ihren Beinen und röhrte: »Saubere Wäsche! Und 'ne feuchte Pussy! Gut! Vielleicht sehen wir uns später noch, Ellie!«

»Nicht, wenn ich dich zuerst sehe!«, fauchte sie ihm entgegen, als er sie wieder auf die Füße stellte. Dann war sie die Treppen hinunter und durch die Kneipe auf die Straße hinaus gestürmt. Von unten bellte Nichos Dakaris' heisere Stimme hinter ihr her, als sie in der Nacht verschwand: »Lass sie leben, mein Mädchen! Bring sie hierher zu mir, wo ich ihr Geld sehen kann!« Darauf folgte heiseres Gelächter und dann wieder die Bouzoukimusik.

Pavlos Themelis setze sich dem Mann, den er als Jianni Lazarides kannte, gegenüber. Der Stuhl knackte unter ihm, als er sich darauf sinken ließ und die Ellbogen auf den Tisch legte. Er trug seinen spitzen Kapitänshut zu einer Seite geneigt, was ihm seiner Meinung nach die unwiderstehliche Aura eines Piraten verlieh. Es war keine schlechte Tarnung: Niemand würde vermuten, dass jemand, der so offensichtlich dem Klischee eines Halsabschneiders entsprach, tatsächlich ein Halsabschneider sein konnte. »Nur ein Glas, Jianni?«, röhrte er. »Du trinkst wohl lieber alleine, was?«

»Du bist spät dran.« Janos war nicht zu Scherzen aufgelegt.

Themelis' erster Maat, ein kleiner, gedrungener Mann, war am Ende der Treppe geblieben, von wo aus er den ganzen Raum überblicken konnte. Jetzt rief er zu Dakaris hinunter: »Nichos! Gläser und eine Flasche Branntwein. Aber vom Guten, parakalo!« Dann nahm er einen Stuhl und trug ihn zu dem Tisch am Fenster hinüber. Als er sich setzte, fragte er Themelis: »Und? Hat er eine gute Erklärung?«

Janos' Augen hinter den dunklen Brillengläsern verengten sich zu Schlitzen: »Ach? Gibt es etwas, das ich erklären müsste?«

»Na komm, Jianni!«, schalt Themelis. »Es war abgemacht, dass du heute Morgen im Hafen zu uns auf das Schiff kommen solltest. Es war keine Rede davon, dass du auf deinem eleganten weißen Schiff an uns vorbeidonnerst, als hätte dich eine Hummel in den Arsch gestochen. Laut Plan sollten wir längsseits gehen, und du wolltest rüberkommen und dir den Stoff ansehen – von dem für dich auch ein Kilo da ist, wenn du Verwendung dafür hast – und dann sollten wir dein Scherflein zur Finanzierung der Operation im Namen unserer gemeinsamen Sponsoren in Empfang nehmen. Ein Zeichen des gegenseitigen Vertrauens, wie es so schön heißt. Das war der Plan, und du hattest ihm zugestimmt. Nur ... so ist es nicht gekommen!« Seine fröhliche Miene verdüsterte sich plötzlich und sein Ton wurde schärfer. »Und später, als die alte *Samothraki* angedockt hat und ich mich noch fragte, was dieser verdammte Mist soll, da kriege ich die Nachricht, dass wir uns stattdessen heute Abend hier treffen! Und jetzt sag noch mal, dass es da nichts zu erklären gibt.«

»Die Erklärung ist ganz einfach!«, bellte Janos zurück. »Es ist nicht wie geplant gelaufen, weil wir beobachtet wurden. Von Leuten an der Hafenmauer. Leuten mit Ferngläsern! Polizisten!«

Themelis und sein Stellvertreter sahen sich einen Moment lang an, dann drehten sie sich wieder zu Janos: »Polizisten, Jianni? Bist du dir da sicher?«

»Ja.« Janos konnte das behaupten, denn er hatte die Bestätigung direkt von dem britischen Gedankendieb erhalten. »Ich bin mir sicher. Es gibt keinen Zweifel. Und ich weise euch darauf hin, dass ich bei dieser Unternehmung von Anfang an darauf bestanden habe, völlig im Hintergrund zu bleiben und mit der Ausführung nichts zu tun zu haben. Ich kann es mir nicht leisten, in irgendeine Untersuchung oder eine Strafsache verwickelt zu werden! Ich dachte, das sei deutlich geworden.«

Themelis' Augen verdüsterten sich und er verzog den Mund zu einer spöttischen Bemerkung ... wendete dann aber das bärtige Gesicht ab, als Nichos Dakaris die Treppe hochstapfte.

»Na endlich!«, grunzte Themelis' untersetzter Genosse, als Dakaris die Gläser und den Branntwein auf den Tisch knallte. »Was war los, Nick? Musstest du jemanden losschicken, um etwas zu besorgen, das man auch trinken kann?«

»Sehr komisch!«, gab Dakaris über die Schulter zurück, als er ging. »Aber das ist schon gar nicht mehr so komisch, wenn man bedenkt, dass einige meiner Kunden mich tatsächlich bezahlen! Ich habe nichts gegen Freunde, aber Kunden, die nicht zahlen und mich dann auch noch beleidigen ...?« Damit war er wieder nach unten verschwunden.

Themelis hatte die Unterbrechung genutzt, um sich wieder zu sammeln. »Es ist nicht ungewöhnlich, wenn wir von der Polizei beobachtet werden. Jeder wird von der Polizei beobachtet. Du musst nur die Nerven behalten und darfst nicht in Panik geraten.«

»Ich kann sehr gut die Nerven behalten«, erwiderte Janos. »Aber wenn ich mich nicht irre, befindet sich an Bord der *Samothraki* Kokain im Wert von zehn Millionen britischen Pfund oder zwei Milliarden Drachmen. Das sind zweihundert Milliarden Lepta! Ich wusste nicht einmal, dass so viel Geld existiert. Vor fünfhundert Jahren hätte man sich damit ein ganzes Königreich kaufen können und hätte danach immer noch genügend Geld gehabt, um die Armee zu bezahlen, die es verteidigt. Und du erzählst mir, ich solle die Ruhe bewahren und nicht in Panik geraten? Jetzt werde ich dir mal etwas erzählen, mein fetter Freund: Der Unterschied zwischen Tapferkeit und Feigheit liegt in der Diskretion; der zwischen einem reichen Mann und einem armen Schlucker liegt darin, dass sich der eine nicht erwischen läßt; und der zwischen Freiheit und dem Kerker darin, dass man in der Lage ist, aus schlecht vorbereiteten Unternehmungen auszusteigen!«

Während er sprach, wurde die Verärgerung, aber auch die Verwirrung in den Gesichtern der anderen immer größer. Der Kapitän der *Samothraki* (dessen kriminelle Veranlagung immer stärker gewesen war als seine Vorsicht, was ihm eine Reihe von Verurteilungen eingebracht hatte) verstand beim besten Willen nicht, wovon der andere sprach. In seiner Jugend hatte Themelis Münzen gesammelt. Aber Lepta? Falls er sich recht erinnerte, waren die letzten 1976 geprägt worden – nur noch in Zwanzigern und Fünfzigern, weil sie so gut wie wertlos waren. Wenn jemand heutzutage Geldbeträge in Lepta umrechnete, dann musste er bescheuert sein! Eine einzige Zigarette kostete fünfhundert Lepta! Und wieso sprach Lazarides vom ›Kerker‹ statt vom ›Knast‹ ... was sollte man von so einem halten? Wie konnte jemand so jung wirken, und doch so archaisch denken?«

Themelis' Handlanger dachte in ähnlichen Bahnen, aber vor allem hatte sich eine Sache bei ihm eingeprägt. Aussteigen? Wollte der Kerl sie hängen lassen?

»Versuch nicht, uns zu drohen, Jianni, oder wie du auch heißen magst«, knurrte er. »Ich und Pavlos, wir gehören nicht zu der Sorte, die sich einschüchtern läßt. Wir wollen nichts mehr davon hören, dass jemand aussteigen will oder so etwas. Niemand läßt uns hängen. So was ist schon schwer genug mit gebrochenen Beinen, und noch viel schwerer mit einem gebrochenen Kreuz.«

Janos' lange Finger waren sanft an den Umrissen seines Glases entlanggefahren: Er hatte den Blick nicht von Themelis' Gesicht gewandt und seinem lautstarken Kumpan keine Beachtung geschenkt. Aber jetzt hielt seine vierfingrige Hand inne und er drehte langsam den Kopf, bis er dem anderen direkt in die Augen blickte. Er schien ein wenig in sich zusammenzusinken, da auf seinem niedrigen Stuhl am Fenster – aus Angst, oder war da noch etwas? – und seine linke Hand glitt schlangengleich von dem langgezogenen schmalen Tisch hinab und hing achtlos neben ihm. Der Raufbold konnte die Intensität des Blickes fast körperlich spüren, der sich durch die unergründlichen dunkel gefärbten Brillengläser in ihn hineinbrannte.

»Du wirfst mir vor, dir zu drohen?« Als Janos schließlich antwortete, war seine Stimme so leise und dumpf, dass es weniger artikulierte Sprache, sondern mehr eine Reihe von Grunzlauten schien. »Du besitzt die Unverfrorenheit, zu glauben, ich hätte es nötig, jemandem wie dir zu drohen? Und dann – als ob das noch nicht reicht – bedrohst du mich? Du wagst es, mir zu drohen?«

»Pass auf deine Knochen auf!«, zischte der andere. Seine gefletschten Lippen entblößten gelbe Zähne. Er rutschte auf seinem Stuhl bis zur Stuhlkante, und kippelte seinen Stuhl dann, um näher an des Gesicht seines Gegners heranzukommen. »Du aufgeblasener, scheinheiliger feiner Pinkel!«

Der linke Arm und die Hand von Janos waren außer Sicht unter dem Tischrand. Aber statt zurückzuweichen, hatte auch er sich vorgebeugt. Und jetzt – In einer blitzschnellen Bewegung ließ der Vampir seine große, langgliedrige Hand einen halben Meter vorschnellen und stieß sie dem anderen so heftig in den Unterleib, dass dessen Hoden in die geöffnete Hand gequetscht wurden. Er umklammerte und verdrehte sie zur gleichen Zeit. Ein Druck mit den langen Fingernägeln und eine heftige Bewegung mit seiner gewaltigen Kraft würden ausreichen, und der Ganove wäre noch im selben Augenblick kastriert. Und das wusste der Kerl sehr wohl.

Sein Unterkiefer klappte herunter und er fuhr aus seinem Stuhl auf und presste sich gegen den Tisch. Er würgte und seine Augen traten aus den Höhlen. Er war nur einen Fingerbreit davon entfernt, zum Eunuchen zu werden – und er konnte nichts dagegen unternehmen! Wenn er auch nur die geringsten Anstalten machte, sich zu wehren, wenn er sich einmal zu heftig bewegte, konnte Janos in einem Sekundenbruchteil die Sache beenden.

Der Vampir verstärkte den Druck, zog den Arm unter dem Tisch ein wenig zurück – und sein Opfer musste der Bewegung folgen und von seinem Stuhl rutschen. Seine Hände krallten sich um die gegenüberliegende Tischkante, um das Gleichgewicht zu halten, während sein Unterleib unter dem Tisch verschwand, um den Druck auf seinen Testikeln zu mindern. Und immer noch hielt ihn Janos da fest; und immer noch starrte er ihm in die Augen, die jetzt nur noch Zentimeter von seinen entfernt waren. Aber während das

Gesicht des Vampirs Augenblicke zuvor vor Wut noch aschgrau gewesen war, lächelte er jetzt auf eine boshafte, sardonische Art.

Der gepeinigte Ganove stand da, mit hervorgequollenen Augen und Tränen, die ihm über das Gesicht liefen, und fühlte sich unglaublich hilflos. Und plötzlich dämmerte ihm, dass es nicht nur möglich war, dass Janos das Unmögliche tat, es war sogar wahrscheinlich. »N-nein ... nein!«, keuchte er flehend.

Darauf hatte Janos gewartet; er konnte es in den Gedanken des anderen genauso wie in seinem feuchten, schweißglänzenden Gesicht lesen; er erkannte und akzeptierte die Unterwerfung. Und auf eine bösartig vorüberlegte Weise drückte er mit einer Hand noch einmal zu, drehte noch ein wenig fester, dann ließ er den Mann los und stieß ihn von sich.

Der Stuhl rutschte hinter ihm weg und der Schläger fiel auf den Rücken. Keuchend und schluchzend rollte er sich in einer foetalen Position zusammen und hielt sich krampfhaft die Hände vor das Gemächt. Und in dieser Haltung blieb er liegen, wobei er sich stöhnend hin und her wiegte.

Das alles war von den anderen Besuchern unter ihnen unbemerkt abgelaufen. Zorbas Tanz und das damit einhergehende Stampfen und Klatschen hatten alles andere übertönt. Aber selbst ohne das wäre nicht viel zu hören gewesen.

Pavlos Themelis war blass geworden. Sein Gesicht unter dem gewaltigen Bart zuckte. Zuerst hatte er gar nicht bemerkt, was vor sich ging, und als es ihm klar geworden war, war es auch schon wieder vorbei. Lazarides hatte sich während der ganzen Aktion kaum einen Millimeter gerührt. Aber jetzt schien er geschmeidig wie eine Schlange auf die Füße zu gleiten. Er erhob sich und thronte über dem Tisch.

»Du bist ein Trottel, Themelis, und der da ist ein noch größerer Trottel. Aber ... ein Deal ist ein Deal, und ich habe bereits zu viel in dieses Geschäft investiert, um es jetzt einfach abzublasen. Wie es aussieht, müssen wir es also durchstehen. Na gut, aber nimm zumindest einen guten Rat von mir an: Sei in Zukunft vorsichtiger.«

Er machten Anstalten zu gehen, und Themelis beeilte sich, ihm aus dem Weg zu rutschen. Er jammerte: »Aber wir brauchen immer noch dein Geld, oder wenigstens Gold, damit wir das Geschäft durchziehen können!«

Mitten im Zimmer blieb Janos stehen. Er schien einen Moment zu überlegen, dann sagte er: »Heute Nacht um drei, wenn die Küstenwache und die Streifenpolizisten im Tiefschlaf liegen, lichtet ihr Anker und trefft mich drei Seemeilen östlich von Mandraki. Wir werden unser Geschäft da abschließen, außer Sicht- und Hörweite des Landes. Einverstanden?«

Themelis nickte, sein Adamsapfel wippte. »Sie können sich darauf verlassen. Die *Samothraki* wird da sein!«

Auf dem Fußboden kämpfte sein Partner immer noch mit seinen allmählich nachlassenden Schmerzen. Auf dem Weg nach unten gönnte ihm Janos nicht einmal einen Blick ...

Es war nach elf und in den Straßen der Altstadt nahe der Uferpromenade war es ruhiger geworden. Wo es möglich war, hielt Janos sich in den Schatten. Seine langen Schritte waren schon fast ein Traben. Er wollte schnell eine erhebliche Distanz zwischen sich und die Taverna Dakaris bringen. Aber er war nicht unbeobachtet. Griechische Polizisten in Zivilkleidung, die sich noch tiefer in den Schatten verborgen hielten, sahen ihn und ignorierten ihn. Sie kannten ihn nicht, und sie waren nicht seinetwegen hier. Warum sollten sie sich dann für ihn interessieren? Nein, ihre Beute war Pavlos Themelis, und der war noch in der Spelunke.

Sie hatten den Auftrag, ihm zu folgen und in Erfahrung zu bringen, wen er kontaktierte und ob er etwas weitergab – aber sie sollten ihn auf keinen Fall festnehmen oder ihm in die Quere kommen. Es ging um wichtigere Geschäfte, und jemand ganz oben wollte sicher sein, dass, wenn schließlich das Beil fiel, nicht nur der Kapitän und die Mannschaft der *Samothraki,* sondern die ganze Organisation getroffen wurde, und dass sie sich davon nicht wieder erholen würde. Offenkundig war auch Nichos Dakaris in die Angelegenheit verwickelt, und seine Spelunke war wahrscheinlich ein Drogenumschlagplatz.

Janos' Glückssträhne hielt weiter an. Aber die unmotivierten griechischen Polizisten waren nicht die Einzigen, die Zeugen wurden, wie er die Taverne verließ. Ellie Touloupa beobachtete ihn auch, von einem Aussichtspunkt ein Stockwerk höher und einen Straßenzug entfernt, wo ein alter steinerner Torbogen eine schmale Gasse überspannte. Sie sah, wie er die Spelunke verließ und merkte sich die Richtung, in die er ging – auf den kleinen Kai im Haupthafen zu, wo die Beiboote der Yachten und Luxusklipper anlegten. Ellie war nicht dumm; sie hatte sich ein wenig über Lazarides umgehört und sie wusste, dass ihm die schlanke weiße *Lazarus* gehörte. Wohin sonst sollte er also gehen?

Vielleicht hatte er eine Frau an Bord – aber wenn das so war, was tat er dann an Land, wieso trank er allein seinen Wein in einem miesen Schuppen wie dem von Nichos Dakaris? Vielleicht hatte er Probleme. Nun, Ellie hatte eine Lösung für Probleme. Außerdem fand sie ihn interessant, und vielleicht war dabei auch ein bisschen Geld zu holen, wer konnte das schon im Voraus wissen? Günstigstenfalls konnte sie sogar eine Nacht an Bord verbringen.

Etwa so verliefen ihre Gedanken, als sie ihre Zigarette austrat, nach unten stieg und durch ein Labyrinth von Kopfsteinpflastergassen zu einem Punkt eilte, an dem sie ihm in die Arme laufen konnte. Das tat sie auch, an einer Kreuzung dunkler Straßen mit hohen Mauern drum herum, dicht beim Kai.

Als Janos an die Kreuzung kam, spürte er ihre Gegenwart sofort. Sie atmete noch schwer vom Laufen, und ihre hochhackigen Schuhe schlidderten ein wenig über die Steine, als sie versuchte, zum Stehen zu kommen. Sie hatte den Eindruck, er könne sie sehen (obwohl ihr schleierhaft war, wie er mit dieser dunklen Sonnenbrille überhaupt etwas sehen konnte). Er wurde langsamer und drehte den Kopf in ihre Richtung.

Dann ... es war ein seltsames Gefühl; sie wollte ihn wissen lassen, dass sie da war, fürchtete sich aber gleichzeitig irgendwie davor, dass er sie bemerken könnte. Sollte sie sich still verhalten, den Atem anhalten und hoffen, er werde vorübergehen? Oder –

Es war zu spät.

»Ach du«, sagte er und ging einen Schritt auf die Schatten zu, in denen sie stand. »Aber das hier ist eine einsame Ecke, Ellie, und um diese Zeit werden die Kunden in Nichos' Kneipe auf dich warten.«

Während er in die Schatten kam, trat sie ein wenig aus den Schatten heraus. Sie standen nah beieinander, schwache Silhouetten in der Dunkelheit der alten Steinmauern. Und in diesem Augenblick wusste sie, dass sie ihn bekommen würde, so wie sie es immer wusste. »Ich dachte, ich könnte mit dir aufs Schiff kommen«, flüsterte sie heiser.

Noch ein Schritt, und er trieb sie zurück in die Dunkelheit, bis sie gegen die Mauer lehnte. »Das geht aber nicht«, antwortete er mit einem schwachen Kopfschütteln.

»Dann – ahhh!« Sie sog heftig die Luft ein, als seine Hand nach ihrer Taille griff, direkt über der Hüfte. »Dann – ich glaube, es würde mir gefallen, wenn du mich sofort hier fickst, hier an der Wand!«

Er gluckste, aber da war keine Heiterkeit in seiner Stimme. »Und dann soll ich dich für etwas bezahlen, dass du so offensichtlich selbst willst?«

»Du hast bereits bezahlt.« Sie begann zu stöhnen, als er mit seiner freien Hand ihre Bluse öffnete. »Der Wein ...«

»Du verkaufst dich zu billig, Ellie.« Er hob ihren Rock und schob sich noch näher an sie heran.

»Billig?« Sie hauchte gegen seinen Hals. »Für dich ist es umsonst.«

Und wieder dieses Glucksen: »Umsonst? Du gibst dich mir aus freien Stücken hin? Ach, die Welt ist voller Überraschungen! Eine Hure, und doch so ahnungslos.«

Sie öffnete ihre Beine und zog ihn heran. Sie nahm ihn bereitwillig auf, als er in sie eindrang. Er war gewaltig. Er stieß in sie hinein, füllte sie aus und drängte noch tiefer! Eine solche Empfindung hatte sie noch nie gespürt, nicht einmal für möglich gehalten. War er ein Gott, ein Priapus aus den Mythen? »Wer ... bist ... du ...?«, keuchte sie, obwohl sie sehr wohl wusste, was er war. Und bevor er noch antworten konnte: »Was ... bist ... du ...?«

Janos war erregt – und vielleicht war es nicht einmal nur der Hunger. Mit einer Hand griff er an ihre Brüste, während er die andere von hinten unter ihren Po schob. Er schwoll immer noch an; nicht indem er tiefer in sie hineinstieß, sondern indem er sich in ihr ausbreitete. Und jetzt hatten seine Finger ihren Anus entdeckt, und auch diese Finger schienen in ihr anzuschwellen.

»Ohhh ohhhh ohhh!«, stöhnte sie. Ihre Augen waren weit aufgerissen und glänzend in der Dunkelheit. Ihr Mund hing unkontrolliert offen.

Und schließlich erwiderte er ihre Frage grunzend mit einer Gegenfrage: »Kennst du die Legende von den Vrykoulakas?« Er ließ ihre Brüste los und nahm die Sonnenbrille ab. Die Augen darunter schimmerten wie glühende Kohlen in seinem Gesicht!

Sie schnappte hörbar nach Luft, aber bevor sie einen Schrei ausstoßen konnte, hatte sich der Abgrund seines Mundes auf die gesamte untere Hälfte ihres Gesichts gepresst. Und seine Zunge stieß in ihren Mund hinein und füllte ihre würgende Kehle aus.

Seine Stimme erklang plötzlich in ihrem Kopf: *Ja, ich sehe, du kennst die Legende! Und nun kennst du auch die Wirklichkeit. So sei es!*

In ihrem Körper füllte sein vampirisches Protofleisch jeden Hohlraum und streckte kleine Tentakel aus, die sich in ihre Adern und Venen senkten wie Würmer in den Boden, ohne die Gefäße zu zerstören. Noch bevor sie vollkommen das Bewusstsein verloren hatte, saugte Janos sie bereits aus.

Wenn man sie morgen hier fand, würde es heißen, sie sei an krankhafter Anämie gestorben, und selbst bei der sorgfältigsten Autopsie würde man nichts finden, was dem entgegen sprach. Und es würde auch keine – Nachkommen – aus dieser ach so angenehmen Verschmelzung geben. Nein, Janos würde Sorge dafür tragen, dass nichts von ihm in ihr zurückblieb, das später auftauchen und ihm Probleme bereiten könnte.

Und was das Leben anging, das er gerade auslöschte – was war schon dabei? Es war nur eines von vielen Hunderten. Schließlich war sie nichts weiter als eine Hure. Ein Nichts ...

ACHTES KAPITEL

Dreieinhalb Stunden später und fünf Kilometer östlich von Rhodos lag die *Samothraki* in einer See, die so ruhig war wie ein Fischteich. Das war sehr ungewöhnlich bei diesem Wetter, aber in den letzten zehn oder fünfzehn Minuten hatten sich dünne Kondensschleier über dem Wasser entwickelt, die zunächst die Sicht erschwerten und sich dann zu einem dichten Nebel zusammenballten. Jetzt waberten feuchte weiße Nebelschwaden über das Deck des alten Schiffes, und die Sichtweite ging gegen Null.

Der erste Maat, dem nach seinem Zusammenstoß mit Janos Ferenczy noch alles weh tat, hatte soeben Pavlos Themelis an Deck geholt, damit der sich das selbst ansah. Und Themelis hatte allen Grund, erstaunt zu sein: »Was für eine Brühe? Kannst du dir das erklären?«

Der andere schüttelte den Kopf: »Keine Ahnung. Das gibt es einfach nicht. So was kommt vielleicht im Oktober vor, aber bis dahin sind es noch sechs Monate.« Sie gingen zum Ruderhaus hinüber, wo ein Matrose sich abmühte, das Nebelhorn in Gang zu setzen.

»Vergiss es«, meinte Themelis. »Das ist kaputt. Mensch, wir sind hier im Mittelmeer, wer braucht da schon ein Nebelhorn? Ich habe das in meinem ganzen Leben noch nie benutzt. Es muss völlig verrostet sein. Außerdem arbeitet es mit Dampf, und davon haben wir zur Zeit herzlich wenig. Also mach dich nützlich und hilf den anderen beim Kohlenschaufeln. Wir müssen hier raus.«

»Hier raus?«, fragte der erste Maat. »Und wohin?«

»Erst mal nur raus hier«, bellte Themelis. »Was meinst du denn? Irgendwohin auf die offene See, wo nicht die Gefahr besteht, dass die *Lazarus* aus dem Nichts auftaucht und uns über den Haufen fährt.«

»Wenn man vom Teufel spricht«, knurrte der Maat leise. Der Hass schimmerte in seinen Augen, als er durch den Kondensschleier auf dem Kabinenfenster auf die schlanke weiße Form hinausstarrte, die in diesem Augenblick neben ihnen auftauchte.

Die auf volle Fahrt zurück laufenden Turbinen brachten sie abrupt zum Halten in den sacht plätschernden Wellen.

Die graue, nebelumwaberte Crew der *Lazarus* warf ihnen Ankertaue zu, und die beiden Schiffe wurden Seite an Seite nebeneinander gezogen. Uralte Reifen an den Bordwänden der *Samothraki* fungierten als Puffer und hielten die Schiffe auf Abstand. Das alles geschah im Licht der Deckslampen, in einer unheimlichen Stille, in der selbst das Quietschen der Reifen beim Aufprall der Schiffe durch den Nebel gedämpft schien.

Obwohl die *Lazarus* einen modernen Stahlrumpf hatte, so breit wie die *Samothraki,* aber drei Meter länger, lag sie ebenso flach im Wasser, wenn die Turbinen nicht arbeiteten oder im Leerlauf liefen. Die Decks der beiden Schiffe befanden sich etwa auf gleicher Höhe, und da es keine erwähnenswerte Dünung gab, war es ein Kinderspiel, von einem Schiff zum anderen zu klettern. Und trotzdem stand die Crew des weißen Schiffes, alle acht, reglos an der Reling, während der Kapitän und sein amerikanischer Gefährte nur blasse Figuren im Schatten der Markise auf dem Vorderdeck blieben. Die Lichter des Ruderhauses, die weiß durch den Nebel schimmerten, verliehen ihren vagen Silhouetten silbrige Ausläufer.

Themelis und seine Leute an der Reling der *Samothraki* wurden unruhig. Irgendwas war hier sehr seltsam, und nicht nur dieser unheimliche, unnatürliche Nebel. »Dieser Arsch von Lazarides geht mir auf den Sack«, fluchte Themelis' erster Maat leise vor sich hin.

Themelis schnaubte verächtlich. »Das kannst du wohl laut sagen, Christos. Aber wenn du ihm deine Eier nicht gerade auf einem Silbertablett anbietest, wird wohl alles in Ordnung gehen.«

Der andere ignorierte die Spitze. »Der Nebel klebt an ihm! Man könnte fast meinen, der kommt von da rüber!«

Lazarides und Armstrong hatten sich zu dem Durchgang in der Reling begeben. Sie standen da, nach vorn gelehnt, und schienen die *Samothraki* zu begutachten. Themelis dachte: *Was die Größe angeht, tun sich die beiden nichts. Aber in ihrer Haltung und dem Benehmen sind sie grundverschieden.*

Der Amerikaner ging ein wenig gebückt wie ein Affe und trug eine schwarze Augenklappe über dem rechten Auge. In der rechten Hand hielt er einen eleganten schwarzen Aktenkoffer, der hoffentlich mit Geldscheinen gefüllt war. Und Lazarides neben ihm stand stocksteif in Nacht und Nebel und trug sogar zu dieser Zeit noch seine dunkle Sonnenbrille.

Aber diese Stille? Warum waren sie so still? Und worauf warteten sie?

»Da wären wir, Jianni!« Themelis schüttelte die düstere Stimmung ab, die sich so plötzlich auf ihn gelegt hatte, öffnete die Arme einladend, sah sich um und nickte zufrieden. »Da sind wir doch wirklich ungestört, was meinst du? Mitten in einem verdammten Nebel! Also ... willkommen an Bord der *Samothraki*.«

Jetzt lächelte Lazarides endlich: »Du bittest mich an Bord?«

»Häh?« Lazarides war irritiert. »Na sicher doch! Wie sollen wir denn sonst unser Geschäft abschließen?«

»Ja, wie?« Der andere nickte grimmig. Als er das Schiff wechselte, nahm er seine Brille ab. Armstrong folgte ihm, und auch alle seine Männer kletterten über die Reling. Die Crew der *Samothraki* wich unsicher vor ihnen zurück. Sie waren sich jetzt sicher, dass hier etwas – eigentlich sogar alles – verdammt faul war. Denn die Crew der *Lazarus* bewegte sich einer wie der andere wie Zombies mit flammenden Augen, und ihr Meister – einen Mensch wie den hatten sie noch nie gesehen!

Pavlos Themelis, der die Veränderung in dem Gesicht des Mannes sah, den er als Lazarides kannte, traute seinen Augen nicht. Auch sein erster Maat sah das, und er versuchte verzweifelt, an die Pistole in seinem Schulterholster zu gelangen.

Zu spät, denn schon thronte Armstrong über ihm. Der Amerikaner schlug mit dem Aktenkoffer die Waffe zur Seite, noch bevor sie ganz gezogen war, und ergriff dann die Waffenhand des Mannes und drehte sie so, bis die Mündung direkt auf den Kopf ihres Besitzers zeigte.

Christos hatte nicht die geringste Chance. Armstrong hielt ihm die Waffe gegen das Ohr und sagte: »Paff!« Und sein Opfer fiel angesichts des rot glühenden Auges des Amerikaners und dessen gespaltener, tiefroter Zunge, die in seinem Schlund züngelte, schlicht in Ohnmacht.

»Der Kerl«, sagte Janos fast beiläufig zu Themelis, »war ein Trottel!« Das war das Zeichen für Armstrong, abzudrücken.

Noch während sein Schädel spritzend auseinander flog, wurde Christos wie eine schlaffe Puppe über Bord gestoßen. Er rutschte zwischen den beiden Schiffswänden entlang und wurde noch zerquetscht, bevor er in dem Nebel verschwand, der über dem Wasser lag. Das Loch, das er in die weiße Masse riss, füllte sich augenblicklich wieder, noch während das Echo des Schusses, der ihn getötet hatte, verhallte.

»Heilige Mutter Go...!«, keuchte Themelis. Als Janos näher kam, wich er vor ihm zurück. Ungläubig musterte er die Länge des Kopfes und die Kiefer, die Zähne in diesem grauenhaften Maul, das fürchterliche rote Leuchten in diesen schrecklichen Augen.

»J-Jianni?« Schließlich fand der Grieche seine Stimme wieder. »Jianni, ich ...«

»Zeig mir das Kokain!« Janos' Griff um seine Schulter war eisenhart, seine Finger krallten sich tief in das Fleisch. »Ich will dieses ach so wertvolle weiße Pulver sehen!«

»Es ... es ist unten ...« Themelis' Antwort war ein bloßes Flüstern. Er konnte die Augen nicht vom Gesicht seines Gegenübers abwenden, er wagte es nicht.

»Dann bring mich nach unten!« Aber zuerst wandte er sich noch seinen Männern zu: »Das war gute Arbeit. Ihr könnt jetzt tun, was ihr wollt. Ich weiß, wie hungrig ihr seid.«

Auch unter Deck hörte Themelis noch die Schreie seiner Männer. Er dachte: *Christos Nixos war also ein Trottel? Vielleicht, aber wenigstens hatte er das Glück, nicht mehr zu begreifen, was ihn erwischt hat!* Und er fragte sich, wie lange es noch dauern werde, bis sich seine eigenen Schreie zu denen seiner Mannschaft gesellen würden ...

Vierzig Minuten später erwachten die Dieselmotoren der *Lazarus* stotternd zum Leben, und sie entfernte sich langsam von der reglos in der Dünung schaukelnden *Samothraki*. Der Nebel hob sich, die ersten Sterne wurden sichtbar, und in Kürze würde der erste Lichtstrahl des neuen Tages den Horizont erhellen.

Als die *Lazarus* sich vierhundert Meter weit entfernt hatte, erschütterte eine schwere Explosion die *Samothraki*. Eine Feuersäule stieg auf zum Himmel. Brennende Trümmerstücke flogen umher und klatschten schließlich wieder auf das Wasser, das die Flammen löschte und nur noch verwehenden Qualm zurückließ.

Die *Samothraki* existierte nicht mehr. Ein paar Tage später würden vielleicht einige Planken an Land gespült werden, eventuell auch der eine oder andere Leichnam, vielleicht sogar die aufgedunsenen, von den Fischen angefressenen Überreste von Pavlos Themelis selbst ...

NEUNTES KAPITEL

Harry wachte auf mit dem Wissen, dass gerade etwas geschah oder in Kürze geschehen würde. Er saß aufrecht in dem gewaltigen alten Bett, in dem er eingenickt war, mit dem Rücken gegen das Kopfteil gelehnt, ein schweres, schwarz eingebundenes Buch offen in den kraftlosen Händen: *Das Buch des Vampirs,* eine angeblich auf Tatsachen beruhende Abhandlung, die das ursprüngliche Böse des Vampirs von der Antike bis in die Moderne behandelte. Für den Necroscopen war das reine Unterhaltung; viele der gut dokumentierten Fälle waren nichts weiter als alberne Konstrukte. Niemand auf der Welt – vielleicht mit einer einzigen Ausnahme – wusste mehr über die Legenden, den Ursprung und die Wahrheit des Vampirismus als Harry Keogh. Die einzige Ausnahme war sein Sohn, ebenfalls ein Harry, aber Harry Junior zählte nicht, denn er weilte gar nicht in dieser Welt, sondern ... woanders.

Harry hatte einen häufig wiederkehrenden, unruhigen Traum gehabt: In dem Traum waren sein Leben und die Liebesbeziehungen der letzten fünfzehn Jahre mit der Gegenwart verschmolzen, und in einem surrealen Kaleidoskop erotischer Bilder aufgegangen. Er hatte davon geträumt, mit Helen zu schlafen, seiner ersten zaghaften (mentalen wie physischen) Liebelei; und mit Brenda, seiner ersten wahren Liebe und seiner ersten Ehefrau. Und auch wenn diese Bilder auf seltsame Weise miteinander verschmolzen, so waren das doch angenehme und vertraute, zärtliche Träume. Aber er hatte auch von Lady Karen und ihrer schrecklichen Feste im Land der Wamphyri geträumt, und wahrscheinlich hatte dieser beängstigende Traum ihn auffahren lassen.

Und irgendwie waren da auch Bilder von Sandra eingeflossen, seiner neuen – und wie er hoffte – dauerhaften Beziehung, die aufgrund ihrer Frische lebendiger gewesen waren, realer und unmittelbarer als die anderen. Das hatte einem Teil des Traumes die Bitterkeit genommen, und dem Rest den Schrecken.

Davon hatte er geträumt: Von der Liebe mit Frauen, die er gekannt hatte, und mit einer, die er jetzt kannte. Und davon, Sex mit Lady Karen zu haben, die er glücklicherweise nicht gekannt hatte – zumindest nicht auf diese Art.

Aber Sandra ... Sie hatten sich schon einige Male geliebt – nein, sogar viele Male, wenn auch selten befriedigend – und immer in ihrer Wohnung in Edinburgh, im gedimmten grünlichen Lichtschein ihrer Nachttischlampe. Zumindest für Harry war es nicht befriedigend gewesen, für Sandra konnte er das natürlich nicht sagen. Er vermutete jedoch, dass sie ihn wirklich liebte.

Er hatte es sie nie merken lassen, wie unbefriedigend es für ihn war. Nicht nur, weil er sie nicht kränken wollte, vor allem wohl, weil es nur seine eigenen Defizite offen legte. Für ihn war es ein Defizit, aber zur gleichen Zeit so etwas wie ein Paradox. Denn im Vergleich mit anderen Männern (und Harry war nicht so naiv, zu glauben, es habe keine anderen gegeben) musste er Sandra fast übermenschlich erscheinen.

Er konnte eine Stunde mit ihr Sex haben, manchmal sogar länger, bevor er zum Höhepunkt kam. Aber er war nicht übermenschlich, wenigstens nicht in diesem Sinn. Es war nur so, dass er sich im Bett offenbar nicht auf sie einstellen konnte. Wenn er kam, dann war da immer eine andere Frau vor seinem geistigen Auge. Irgendeine andere Frau: eine entfernte Bekannte oder eine flüchtige Begegnung; ein Mädchen von einem Titelblatt; sogar die Helen aus seiner Kindheit, oder die Brenda seiner Jugend. Wie soll man so etwas einer Frau eingestehen, die man zu lieben glaubt, und bei der man sich ziemlich sicher ist, dass sie einen liebt?

Es lag ganz klar an ihm, denn Sandra war sehr schön und liebevoll. Eigentlich müsste Harry sich sogar für einen Glückspilz halten – das sagte jedenfalls jeder. Vielleicht war es das kalte, gedämpfte grüne Licht in ihrem Schlafzimmer, das seine Erregung dämpfte – grün war nicht gerade seine Lieblingsfarbe. Auch ihre Augen waren grün, wenigstens grün-blau.

Darum unterschied sich ihr Teil seines Traums von der Realität: In ihm hatten sie sich geliebt und es war gut gewesen. Er stand kurz vor dem Orgasmus, als er aufwachte ... als er mit dem Wissen aufgeschreckte, dass etwas vor sich ging.

Er lag in seinem eigenen Bett, in seinem Landhaus bei Bonnyrig, in der Nähe von Edinburgh, mit dem Buch immer noch in Händen. Und das Bewusstsein dieses Gewichts auf seinem Körper – vielleicht hatte das seine Träume beeinflusst. Vampire. Die Wamphyri. Es wäre nicht verwunderlich. Sie spukten schon seit Jahren durch die meisten seiner Träume.

Draußen näherte sich die Morgendämmerung; schwache Strahlen graugrünen Lichts strömten durch die schmalen Ritzen in den Jalousien; sie färbten die Luft in dem Schlafzimmer mit einem schwachen Aquarellschimmer, dem Hauch einer unterseeischen Landschaft.

So halb zurückgelehnt, langsam aufwachend und die Realität um sich herum wahrnehmend, verspürte er ein Pulsieren unter der Schädeldecke. Seine Nackenhaare richteten sich auf. Ebenso wie sein Penis nach diesen Träumen. Er war nackt, erregt – und jetzt auch wach und angespannt.

Er lauschte konzentriert: das Gluckern der Heizungsrohre, als der Kessel auf den Zeitschalter reagierte; das erste unsichere Zwitschern der verschlafenen Vögel im Garten; eine Welt, die sich der kommenden Dämmerung entgegenstreckte.

Harry schlief selten mehr als ein oder zwei Stunden am Stück, und die Dämmerung war für gewöhnlich seine liebste Tageszeit. Es war immer gut zu wissen, dass man die Nacht sicher überstanden hatte, dass ein neuer Tag aufzog. Aber diesmal spürte er, dass etwas im Schwange war, und er starrte konzentriert durch den schwachen grünlichen Schimmer auf die offene Schlafzimmertür. Noch vom Schlaf umfangen sahen seine Augen alles mit weichen Umrissen, unscharf und verschwommen. Nichts im ganzen Raum hob sich deutlich ab. Da war nur diese unerklärliche Anspannung, die im Vergleich zu seinem verschwommenen Sichtfeld eigenartig wirkte.

Jeder, der je nach einem heftigen Trinkgelage aufgewacht ist, wird nachvollziehen können, wie er sich fühlte. Man weiß ungefähr, wo man ist, will aber gleichzeitig auch auf eine gewisse Art irgendwo anders sein, weil man das Gefühl hat, nicht am richtigen

Ort zu sein; und selbst wenn man weiß, wo man ist, ist man sich immer noch nicht sicher, wirklich dort oder auch nur man selbst zu sein. Ein klassischer Teil des ›nie-wieder‹-Syndroms.

Nur – Harry hatte nicht getrunken, jedenfalls nicht, soweit er sich erinnern konnte.

Die andere Sache, die ihm jedes Mal wieder auffiel, wenn er so wie jetzt aufwachte – etwas, dass ihn früher sehr erschreckt hatte, bei dem er aber geglaubt hatte, er habe sich daran gewöhnt – war seine Lähmung. Die Tatsache, dass er sich nicht bewegen konnte. Es war nur der Übergang vom Schlafen zum Wachen, das wusste er, aber es war immer noch schrecklich. Er musste seine Gliedmaßen allmählich zur Bewegung zwingen und fing meist mit einer Hand oder einem Fuß an. Er war zunächst so wie jetzt gelähmt, und nur seine Augen folgten seinen Befehlen.

Er zwang sie, durch das Schlafzimmer in die Schatten dahinter zu starren. Irgendwas ging da vor. Etwas hatte ihn aufgeweckt. Etwas hatte ihm die Befriedigung genommen, sich in Sandra zu ergießen und es endlich einmal zu genießen. Etwas bewegte sich durch das Haus ...

Das bot eine Erklärung für das Jucken seiner Kopfhaut, die aufgerichteten Nackenhaare und das Schrumpfen seiner Erektion. Ein Parfüm schwebte in der Luft. Etwas bewegte sich in den Schatten auf der anderen Seite der Schlafzimmertür – eine Bewegung, die er spürte, aber nicht hörte. Etwas näherte sich der Tür, blieb jedoch in der Dunkelheit außer Sicht.

Harry wollte »Wer ist da?« rufen, aber seine Lähmung hinderte ihn daran. Vielleicht gab er ein paar unartikulierte Laute von sich.

Eine Gestalt tauchte teilweise aus den Schatten auf. Im schwachen Licht der Dämmerung sah er einen Bauchnabel, den unteren Teil eines Bauches mit dem dunklen Büschel Schambehaarung, die Kurve weicher, femininer Hüften, und den oberen Ansatz eines Schenkels, der weiter unten vielleicht in einem dunklen Strumpf verschwand.

Sie (wer immer sie auch war) stand außerhalb der Tür, das Fleisch weich im spärlichen Licht. Während er zusah, verlagerte sie ihr Gewicht von einem unsichtbaren Fuß auf den anderen. Der Schenkel bewegte sich, die Hüften wiegten sich. Über dem Bauch, weich im Schatten, erahnte er große, üppige Brüste. Sandra hatte üppige Brüste.

Natürlich war es Sandra.

Harrys Stimme versagte immer noch ihren Dienst, aber er vermochte jetzt die Finger der linken Hand zu bewegen. Sandra musste ihn deutlich sehen können. Es konnte ihr nicht entgehen, wie sie auf ihn wirkte. Sein Traum würde Realität werden. Das Blut pumpte durch seine Adern und pulsierte wieder in den Unterleib. Schwach in seinem Hinterkopf formten sich Fragen. Er beantwortete sie.

Warum war sie gekommen?

Offensichtlich wollte sie Sex.

Wie war sie hereingekommen?

Er hatte ihr offenbar einen Schlüssel gegeben. Er konnte sich nicht daran erinnern.

Warum zeigte sie sich nicht deutlicher?

Weil sie ihn zuerst völlig erregt sehen wollte. Vielleicht hatte sie ursprünglich geplant, zu ihm ins Bett zu kriechen, bevor er aufwachte.

Warum zeigte sie ihm erst jetzt, dass sie sexuell auch die Initiative ergreifen konnte? Das hatte sie natürlich auch vorher schon getan, aber noch nie in diesem Ausmaß.

Vielleicht tat sie es, weil sie seine Zweifel spürte, weil sie fürchtete, dass er sich die Sache anders überlegen mochte. Vielleicht hatte sie auch den Verdacht, dass er mit ihr nie auf seine Kosten gekommen war.

Durch den starren Blick begann sein rechtes Auge zu zucken, und beide Augen tränten. Es lag am schlechten Licht. Harry zwang Bewegung in seine linke Hand, streckte sie aus und zog an der Kordel, welche die Jalousien schloss – und dämmte so das schwache, grünliche Licht weiter ein. Dadurch lag der Raum in fast völliger Dunkelheit – bis auf wenige dünne grünliche Streifen auf einem samtschwarzen Hintergrund. Und darauf hatte sie gewartet.

Jetzt kam sie hervor. Im Dunkeln schimmerte ihr Fleisch olivfarben. Sie musste Strümpfe tragen. Sexy, körperlos in der Dunkelheit schwebten ihre Schenkel, ihr Bauch und der Nabel auf ihn zu. Die grüngestreiften Hüften schwangen lasziv hin und her. Sie kletterte auf das Bett und kniete dort. Sie kroch langsam vorwärts, wobei ihre Beine sich immer weiter öffneten. Die dunkle Spalte war in dem Busch der Schamhaare deutlich sichtbar. Sie war so still. Und so leicht. Das Bett gab nicht unter ihr nach, als sie auf ihn zu kroch. Harry fragte sich, wie sie das machte.

Sie begann, sich auf ihn hinunterzulassen – ganz, ganz langsam. Der dunkle Spalt öffnete sich weiter, als ihr Körper sich auf das Ziel senkte. Er bog den Rücken durch und versuchte sie so zu erreichen. Aber warum spürte er ihre Knie nicht, die sich um seine Hüften schlangen? Warum war sie so schwerelos?

Und dann, aus heiterem Himmel und ohne jede Vorwarnung, schauderte es ihn unkontrolliert. Seine Erregung schwand schlagartig. Denn irgendwie – instinktiv, intuitiv – wusste er, dass das nicht Sandra war. Und schlimmer noch, er konnte nicht einmal genau sagen, was es war!

Seine linke Hand tastete in Panik nach der Kordel des Lichtschalters und zog daran.

Grelles Licht flutete den Raum.

Im gleichen Moment klappte die Spalte in ihrem Schamhaar auf wie eine mechanische Apparatur. Weiß glänzende, weit aufgesperrte Kiefer mit Geifer triefenden, nadelspitzen Zähnen in gewölbten, obszön glitzernden rosa Gaumen klafften zwischen den zurückgezogenen Lippen hervor und schlossen sich um ihn in einem unerträglich schmerzhaften Griff!

Harry schrie, fuhr auf dem Bett zurück und stieß sich den Schädel heftig am Kopfende. Panisch schlugen seine Hände aus, krallten nach einem Gesicht, einer Kehle – griffen instinktiv nach Körperteilen – die nicht da waren! Über dem Nabel war nichts mehr! Und auch unterhalb der Schenkel war nichts!

Sie – es – war ein Unterleib, eine körperlose Vagina mit Kannibalenzähnen, die sich in ihn verbissen hatten! Und sein Blut spritzte und schoss heiß und rot aus ihm heraus, während das Ding auf seinen Genitalien herumkaute und sie verschlang, als sei das Schweinefutter.

Und dann öffnete sich plötzlich ein blutrotes Auge und starrte Harry aus einer Augenhöhle an, die er irrtümlich für einen Nabel gehalten hatte!

»Und das ist alles, Harry?« Doktor David Bettley, ein Empath des E-Dezernats, der sich aufgrund seines schwachen Herzens vorzeitig hatte pensionieren lassen, sah unter buschigen Augenbrauen auf seinen Besucher herunter.

»Reicht das nicht?«, fragte der andere mit einiger Heftigkeit. »Verdammt, mir hat das gereicht! Es hat mich in Todesangst versetzt. Ja, sogar mich! Verstehen sie mich nicht falsch, ich will nicht angeben, aber so leicht kann man mir keine Angst machen. Doch dieser verdammte Traum, er war so ... so realistisch! Wir haben alle dann und wann Albträume, aber dieser ...« Er schüttelte den Kopf und schauderte unwillkürlich.

»Ja, ich sehe, wie stark diese Vorstellung Sie mitgenommen hat«, sagte Bettley mitfühlend »Aber wenn ich frage, ›war das alles?‹, dann will ich damit Ihre Erfahrung nicht klein reden. Es ist nur die praktische Frage, ob es danach noch weiter ging?«

»Nein.« Harry schüttelte den Kopf. »Zu diesem Zeitpunkt bin ich dann wirklich wach geworden. Aber wenn Sie meinen, ob ich körperlich darauf noch heftiger reagiert habe? Da können Sie sicher sein! Ich war völlig fertig. Ich stand total unter Schock. Mir war kotzübel und ich hätte mich beinahe übergeben. Und ich habe mich entleert – und ich schäme mich nicht, wenn ich zugebe, dass ich es gerade so bis zur Toilette geschafft habe. Ich will ja nicht obszön sein, aber dieser Traum hat mir buchstäblich eine Scheißangst gemacht.« Er hielt inne, sackte in seinem Stuhl zusammen und beruhigte sich ein wenig.

Er wirkt erschöpft, dachte Bettley.

Aber schließlich setzte Hary sich wieder auf und fuhr fort: »Danach ... Ich bin durchs ganze Haus gelaufen mit allen Lichtern an und einem Fleischklopfer in der Hand. Ich habe überall nach diesem Ding gesucht. Eine Stunde, zwei Stunden, bis es vollkommen hell war. Und die ganze Zeit habe ich gezittert wie Espenlaub. Erst als schließlich das Zittern nachließ, konnte ich mir klar machen, dass ich mir das alles nur eingebildet hatte.«

Er lachte plötzlich auf, aber selbst jetzt noch war sein Lachen zittrig. »Na, ich hätte jedenfalls beinahe die Polizei gerufen. Können Sie sich das vorstellen? Ich meine, Sie sind Psychiater, Sie hören so etwas jeden Tag, aber was glauben Sie, was die zu der Geschichte gesagt hätten, na? Vielleicht wäre ich dann schon ein paar Tage früher bei Ihnen gelandet!«

Doktor Bettley verschränkte seine Finger ineinander und sah seinem Gegenüber tief in die Augen. Harry Keogh war vielleicht dreiundvierzig oder vierundvierzig (zumindest sein Körper), aber er wirkte mindestens fünf Jahre jünger. Andererseits wusste Bettley, dass Keoghs Verstand sogar noch mal fünf Jahre jünger war. Es war schon seltsam, mit jemandem wie Harry Keogh zu tun zu haben. Es war seltsam, ihn nur anzusehen. Denn Bettley hatte dieses Gesicht und diesen Körper bereits früher gekannt, als sie noch Alec Kyle gehörten.

Der Arzt schüttelte den Kopf und blinzelte, dann vermied er es absichtlich, Harry in die Augen zu sehen. Manchmal waren sie so schrecklich vielsagend, diese Augen.

Und der Rest?

Harrys Körper war einst füllig, vielleicht sogar ein wenig übergewichtig gewesen. Aber bei seiner Größe machte das nichts aus. Jedenfalls nicht für Alec Kyle, dessen Arbeit im E-Dezernat in erster Linie ein Schreibtischjob war. Aber Harry hatte es gestört. Nach der Sache im Chateau Bronnitsy – nach seiner Metempsychose – hatte er seinen neuen Körper in Form gebracht und zu Höchstleistungen trainiert. Wenigstens zur besten Form, die bei diesem Alter erreichbar war. Deswegen wirkte er wie sieben- oder achtunddreißig. Doch es wäre ihm lieber gewesen, hätte er wie zweiunddreißig ausgesehen. Das Alter, das dieser Verstand im Inneren wirklich hatte. Eine sehr komplizierte Sache. Der Arzt schüttelte erneut den Kopf und blinzelte wieder.

»Und was halten Sie jetzt davon?«, fragte Keogh. »Könnte das ein Teil meines Problems sein?«

»Ihr Problem? Ja, ich bin sicher, das ist es. Es muss ein Teil Ihres Problems sein – es sei denn, Sie waren mir gegenüber nicht ganz offen.«

Harry hob fragend eine Augenbraue.

»Über Ihre Gefühle zu Sandra. Sie haben eine gewisse Zwiespältigkeit angesprochen, eine Lustlosigkeit, sogar Potenzprobleme. Es könnte sein, dass Sie Ihren Verlust auf sie übertragen – sublimiert, in ihrem Kopf – und dass Sie Sandra dafür verantwortlich machen, dass Sie kein ...« Er hielt inne.

»... kein Necroscope mehr sind?«, ergänzte Harry.

»Es könnte sein.« Bettley zuckte die Achseln. »Aber ... auf der anderen Seite scheinen Sie eine zwiespältige Haltung gegenüber Ihrem Verlust zu haben. Ich muss Ihnen sagen, manchmal habe ich das Gefühl, Sie sind froh, dass Sie diese Fähigkeit verloren haben, mit den ... den ...«

»Mit den Toten sprechen zu können«, beendete Harry säuerlich. »Ja, Sie haben ansatzweise Recht. Manchmal ist es angenehm, normal und gewöhnlich zu sein. Geben wir es doch zu, die meisten Leute würden mich für eine Missgeburt, ein Monster halten, wenn sie von meiner Veranlagung wüssten. Also haben Sie einerseits Recht. Andererseits aber auch wieder nicht.« Er lehnte sich in seinem Stuhl zurück, schloss die Augen und strich sich über die Stirn.

Bettley musterte ihn erneut.

Graue Strähnen zogen sich zahlreich durch Harrys mausbraune Naturlocken. Sie waren so gleichmäßig verteilt, dass es schon künstlich, sogar affektiert aussah. Nicht mehr lange, und das Grau würde die Oberhand über das Braun gewinnen; schon jetzt verlieh es ihm eine gewisse Würde, verlieh ihm den Nimbus eines Gelehrten. Aber wenn, dann in was für seltsamen, esoterischen Fächern? Harry war kein Gelehrter. Ein Schwarzmagier? Ein Zauberer im zwanzigsten Jahrhundert? Ein Nekromant? Nein, er war nur ein Necroscope, ein Mann, der mit den Toten redete – oder geredet hatte.

Natürlich hatte er auch andere Fähigkeiten. Bettley sah ihn an, wie er da saß, mit diesem müden Ausdruck im Gesicht und der Hand auf die Stirn gelegt. All die *Orte,* an denen dieser Mann schon gewesen war! Die *Methoden,* wie er dorthin gelangt und vor dort zurückgekehrt war. Welcher Mensch hatte außer ihm je ein obskures mathematisches Konzept als ... als Raumschiff oder auch als Zeitmaschine benutzt?

Harry öffnete die Augen und ertappte Bettley dabei, wie er ihn anstarrte. Er sagte nichts und starrte einfach nur zurück. Deswegen war er hier: um angestarrt zu werden, um sich untersuchen zu lassen. Und Bettley war gut und vor allem diskret. Das sagte jeder. Er hatte viele Qualitäten. Sonst hätte ihn INTESP niemals genommen. Nicht zum ersten Mal fragte Harry sich, ob er immer noch für sie arbeitete. Aber das spielte auch keine Rolle. Er kam gut mit Bettley zurecht. Aber Harry war einfach jede Art von Geheimniskrämerei zuwider.

Der Arzt starrte weiter in Harrys Augen. Sie waren so abgründig wie immer, und auch irgendwie abgeschottet; und doch schien es so, als brauche Harry diesen engen Kontakt. Diese honigbraunen Augen, so groß, so intelligent, und (auch wenn es kaum zu glauben war) so unschuldig! Wirklich unschuldig, wie Bettley wusste. Harry Keogh hatte sich nicht darum gerissen, das zu sein, was er war, und die Dinge tun zu müssen, die er getan hatte.

Bettley zwang sich dazu, wieder in die Gegenwart zurückzukommen. »Andererseits aber nicht. Sie hätten also gern ihre Fähigkeiten zurück, Sie möchten wieder eine Missgeburt sein? Ihre Worte, Harry! Aber was werden Sie mit diesen Fähigkeiten machen, wenn Sie sie zurückerhalten? Wie werden Sie sie nutzen?«

Harry lächelte gequält. Seine Zähne waren stark und gesund, nicht ganz weiß und ein wenig unebenmäßig; sie saßen in einem Mund, der sensibel wirkte, aber auch zu einem schmalen Strich zusammengepresst sein konnte und dann bitter und sogar grausam wirkte. Vielleicht war grausam aber auch das falsche Wort, und er war dann nur beharrlich und stur.

»Wissen Sie, ich habe meine Mutter kaum gekannt«, antwortete er träumerisch. »Ich war noch sehr klein, fast noch ein Baby, als sie starb. Aber ich habe sie dann doch kennen gelernt ... später. Und sie fehlt mir. Die beste Freundin für einen Jungen ist seine Mutter, kennen Sie den Spruch? Und ... na ja, ich habe viele Freunde da.«

»Im Grab?«

»Ja. Wir hatten einige sehr gute Gespräche.«

Bettley schauderte es, aber er unterdrückte das Gefühl. »Vermissen Sie die Gespräche mit den Toten?«

»Sie hatten ihre eigenen Probleme, oder sie wollten ihre Meinungen loswerden, oder sie fragten sich, wie es wohl weitergegangen war in der Welt der Lebenden. Einige von ihnen machten sich große Sorgen über die Menschen, die sie zurückgelassen hatten. Ich konnte ihnen helfen. Aber die meisten waren einfach bloß einsam! Nichts weiter! Und ich wusste, wie das ist. Ich konnte es fühlen. Es ist grauenvoll, so einsam zu sein. Sie brauchten mich; ich bedeutete ihnen etwas; und ich glaube, es fehlt mir, gebraucht zu werden.«

»Aber das erklärt alles nicht Ihren Traum«, sinnierte der Arzt. »Vielleicht gibt es dafür keine Erklärung – außer der Angst. Sie haben Ihre Freunde verloren, Ihre Fähigkeiten, die Eigenschaften, die Sie einzigartig gemacht haben. Und jetzt haben Sie Angst, Ihre Männlichkeit zu verlieren.«

Harry schien nachzudenken und wirkte plötzlich interessierter; er sah Bettley durchdringend an: »Das müssen Sie mir bitte erklären.«

»Ist das nicht offensichtlich? Ein körperloses weibliches Etwas – ein totes Ding, ein Vampir – verschlingt Ihr wichtigstes Teil, den Teil, der Sie zu einem Mann macht. Dieses Etwas verkörpert die Angst, Ihre Angst. Das klingt simpel, ist es aber nicht. Die Vampirnatur dieser Vorstellung resultiert direkt aus Ihren früheren Erlebnissen. Sie wollen gar nicht normal sein, und je länger Sie es ertragen müssen, desto mehr haben Sie Angst davor. Es ist alles mit Ihrer Vergangenheit verknüpft, Harry; es sind all die Dinge, die Sie verloren haben, und jetzt haben Sie Angst, noch mehr zu verlieren. Sie haben Ihre Mutter verloren, als Sie noch ein Kind waren;

dann sind Ihre Frau und Ihr Kind an einen unerreichbaren Ort verschwunden; Sie haben so viele Freunde verloren und sogar den eigenen Körper! Und dann schließlich auch noch Ihre Fähigkeiten. Kein Möbius-Kontinuum mehr, keine Gespräche mit den Toten, kein Necroscope-Dasein ...«

Harry blickte finster drein: »Was Sie gerade über Vampire gesagt haben, hat mich an etwas erinnert. Sogar an mehrere Sachen.« Er rieb sich wieder die Stirn.

»Ja?« Bettley versuchte, ihn zum Weiterreden zu bewegen.

»Ich muss eine Zeit zurückgehen, als ich noch an der Harden School für Jungen war. Ich hörte schon damals die Toten, aber ich hatte die Gabe damals noch nicht akzeptiert. Mir wurde davon schwindlig, manchmal wurde mir auch schlecht. Ich meine, das kam alles ganz von selbst, aber ich wusste, es war nicht wie bei anderen Jungs. Ich wusste, es war ganz und gar abnormal. Aber schon vorher hatte ich ... na ja, ich sah Dinge.«

Bettley war ein Empath, und jetzt fühlte er etwas von dem, was Harry fühlte, und verspürte einen deutlichen Adrenalinausstoß. Jetzt kam etwas Wichtiges. Er warf einen Blick auf eine auf seiner Seite des Tisches eingelassene LCD. Sie leuchtete immer noch rot, das Band lief noch. »Was für Dinge?« Er versuchte, unbeteiligt zu klingen.

»Ich war noch ganz klein, als mein Stiefvater meine Mutter ermordete. Ich war nicht dabei, und selbst wenn ich das gewesen wäre, hätte das bei mir keinen bleibenden Eindruck hinterlassen, dafür war ich nicht alt genug. Ich hätte gar nicht begriffen, was da vor sich ging. Und ich hätte mich mit ziemlicher Sicherheit nicht daran erinnern können. Ich konnte es aber auch nicht aus mitgehörten Gesprächen rekonstruieren, weil jeder Shukshins Schilderung des ›Unfalls‹ akzeptiert hatte. Es kam nie der Verdacht auf, er könnte sie ermordet haben – aber ich wusste es. Es war ein Albtraum, den ich immer wieder hatte: Ich sah, wie er sie unter das Eis drückte, bis sie davonschwebte. Und ich sah den Ring an seinem Finger: ein in einen breiten Goldreif eingefasstes Katzenauge. Er rutschte ihm vom Finger, als er sie ertränkte, und sank auf den

Grund des Flusses. Fünfzehn Jahre später, als ich zurückkam, wusste ich genau, wo ich danach tauchen musste.«

Bettley verspürte eine gewisse Aufregung. »Aber Sie waren ein Necroscope – der Necroscope – und das werden Sie durch die Gedanken Ihrer toten Mutter erfahren haben. Oder?«

Harry schüttelte den Kopf: »Nein, ich hatte diesen Traum bereits, lange bevor ich zum ersten Mal bewusst mit den Toten geredet habe. Und in diesem Traum ›erinnerte‹ ich mich an etwas, an das ich mich gar nicht erinnern konnte. Es war eine Gabe, die ich hatte, ohne sie zu erkennen. Sie wissen, dass meine Mutter ein Medium war, und ihre Mutter vor ihr? Vielleicht hat sich das vererbt. Aber als mein größeres Talent – das des Totenhorchens – sich ausbildete, wurde diese andere Gabe in den Hintergrund geschoben und schließlich vergessen.«

»Und Sie glauben, das hat etwas mit dem Traum zu tun, den Sie jetzt hatten? Inwiefern?«

Harrys Achselzucken war jetzt freier, nicht mehr so fatalistisch: »Sie haben doch bestimmt davon gehört, dass jemand, der plötzlich blind wird, so etwas wie einen sechsten Sinn entwickelt? Und dass Leute, die von Geburt an behindert sind, offenbar Wege finden, ihre Behinderung auf andere Art auszugleichen?«

»Ja, sicher«, erklärte der Arzt. »Einige der größten Musiker der Welt waren taub oder blind. Aber was soll ...?«

Und dann schnalzte er mit den Fingern. »Ich verstehe! Sie glauben also, der Verlust Ihrer anderen Fähigkeiten hat diese ... dieses verkümmerte Talent wieder zum Vorschein gebracht, meinen Sie das?«

»Vielleicht. Aber jetzt sehe ich nicht mehr Dinge aus der Vergangenheit, sondern aus der Zukunft. Meiner Zukunft. Wenn auch nur vage, ungeformt, in Gestalt von Albträumen.«

Nun blickte Bettley besorgt: »Glauben Sie, Sie entwickeln jetzt hellseherische Fähigkeiten? Aber was hat das mit Vampiren zu tun, Harry?«

»Mein Traum. Da ist etwas, das ich vergessen hatte, oder an das ich mich nicht erinnern wollte, bis Sie das jetzt wieder angestoßen haben. Aber nun kann ich mich wieder deutlich daran erinnern. Ich kann es ganz deutlich sehen.«

»Reden Sie weiter!«

»Es ist nur eine Kleinigkeit.« Harrys Achselzucken war jetzt ein wenig ausweichend.

»Aber es ist besser, man redet offen darüber, oder?« Bettleys Stimme war ganz ruhig, und ermunterte Harry fortzufahren, ohne deutlich darauf zu drängen.

»Vielleicht.« Und dann plötzlich drang es aus Harry heraus: »Ich habe rote Fäden gesehen! Die blutroten Lebensfäden von Vampiren!«

»In Ihrem Traum?« Auf Bettleys Rücken und seinen Oberarmen bildete sich eine Gänsehaut. »Wo in dem Traum?«

»In den grünen Streifen, als das Licht durch die Jalousien drang. Die Streifen auf ihrem Bauch und ihren Schenkeln in dem Moment, bevor sich dieses höllische Ding in mich verbiss. Sie waren grün gefärbt, wie bei einer Unterwasseraufnahme, aber als mein Blut zu fließen begann, färbten sie sich rot. Rote Fäden, die von ihrem Körper in die ferne Vergangenheit verliefen. Und in die Zukunft. Zuckende rote Fäden, die sich unter die blauen Lebensfäden der Menschheit gemischt hatten. Vampire!«

Der Arzt sagte nichts. Er wartete und spürte dabei, wie die Furcht – und die Faszination – des anderen aus ihm herausbrach und in das Arbeitszimmer wogte wie eine kranke, fast greifbare Woge. Bis Harry den Kopf schüttelte und die Spannung brach. Dann stand er plötzlich auf und ging auf unsicheren Beinen auf die Tür zu.

»Harry?«, rief Bettley hinter ihm her.

Vor der Tür drehte Harry sich um. »Ich verschwende ihre Zeit«, sagte er. »Wie üblich. Seien wir doch ehrlich: Sie haben vielleicht Recht und ich fürchte mich vor meinem eigenen Schatten. Reines Selbstmitleid, weil ich nichts Besonderes mehr bin. Und vielleicht habe ich auch Angst, weil ich weiß, was da draußen auf mich warten könnte, es wahrscheinlich aber nicht tut. Zum Teufel – was kommen wird, wird kommen, das wissen wir doch. Und die Zeit, als ich noch etwas dagegen tun oder es in irgendeiner Weise hätte ändern können, ist längst vorüber.«

Bettley widersprach mit einem Kopfschütteln: »Es war keine Verschwendung, Harry. Nicht, wenn wir etwas dabei erfahren haben. Und mir scheint, wir haben sehr viel erfahren.«

Der andere nickte. »Jedenfalls vielen Dank.« Er schloss die Tür hinter sich.

Der Arzt stand auf und ging zum Fenster hinüber. Nach kurzer Zeit verließ Harry unter ihm das Gebäude und trat auf die Princes Street im Zentrum Edinburghs hinaus. Er klappte den Jackenkragen hoch, um sich gegen den Nieselregen zu schützen, zog den Kopf ein und drehte dem Wind den Rücken zu. Dann trat er an den Bordstein und winkte einem Taxi. Einen Moment später war der Wagen mit ihm um eine Kurve verschwunden.

Bettley ging zurück zu seinem Tisch, setzte sich und seufzte. Jetzt war er derjenige, der sich schwach fühlte; aber Keoghs psychische Emanation – das beinahe fühlbare ›Echo‹ seiner Anwesenheit – schwand bereits. Als es ganz verklungen war, spulte der Empath das Band zurück und wählte eine bestimmte Nummer des INTESP-Hauptquartiers in London. Er wartete, bis er ein Signal erhielt, dann legte er den Hörer auf eine in dem Recorder unter seinem Tisch eingebaute Gabel. Ein Druck auf einen Knopf, und Harrys Sitzung wurde in das Archiv des E-Dezernats überspielt.

So wie alle seine anderen Sitzungen ...

ZEHNTES KAPITEL

Auf dem Weg nach Bonnyrig lehnte sich Harry auf dem Rücksitz des Taxis zurück und schloss die Augen. Er ließ den Kopf in das weiche Leder sinken und versuchte, sich an den anderen Traum zu erinnern, der ihn in den letzten drei oder vier Jahren immer wieder gequält hatte, den mit Harry Junior. Er wusste, worum es in dem Traum ging – was ihm angetan worden war, wie und warum – aber die Einzelheiten entzogen sich ihm. Das Was und Wie waren offensichtlich: Mit Hilfe der Wamphyri-Kunst der Hypnose hatte Harry Junior aus seinem Vater einen Ex-Necroscopen gemacht, und hatte ihm zur gleichen Zeit die Fähigkeit genommen, das Möbius-Kontinuum zu betreten und in ihm zu reisen. Und das Warum?

Du würdest mich vernichten, wenn du das könntest. Er hörte wieder die Stimme seines Sohnes, wie eine Schallplatte, die er Hunderte und Aberhunderte von Malen abgespielt hatte, bis er jedes Wort und jede Formulierung, jede Stimmung und Nuance darin auswendig kannte. *Du brauchst es nicht zu leugnen, ich kann es in deinen Augen sehen, ich kann es in deinem Atem riechen, in deinen Gedanken lesen. Ich kenne deinen Verstand sehr gut, Vater. Fast so gut wie du selbst. Ich habe jeden Teil davon erforscht, erinnerst du dich?*

Und jetzt antwortete Harry tonlos mit genau den gleichen Worten, die er damals gesprochen hatte: »Aber wenn du so viel weißt, dann weißt du auch, dass ich dir nie einen Schaden zufügen würde. Ich will dich nicht zerstören, ich will dich nur heilen.«

So wie du Lady Karen ›geheilt‹ hast? Und wo ist sie jetzt, Vater? Es war keine Anschuldigung, in der Stimme lag kein Sarkasmus, keine Bitterkeit. Es war nur die Feststellung einer Tatsache. Lady Karen hatte sich umgebracht, wie Harry Junior sehr wohl wusste.

»Das Ding hatte zu sehr Besitz von ihr ergriffen. Und ihr fehlte das Wissen, um damit umgehen zu können. Sie war nur ein Travellermädchen. Sie hatte nicht dein Verständnis. Sie konnte nicht sehen, was sie gewonnen hatte; sie sah nur, was sie verloren hatte. Sie hätte sich nicht umbringen müssen. Vielleicht war sie ... vielleicht hatte sie den Verstand verloren?«

Du weißt, so war es nicht. Sie war einfach nur eine Wamphyri. Und du hast den Vampir aus ihr ausgetrieben und getötet. Du dachtest, es sei das gleiche, als würde man einen Bandwurm töten, als brenne man eine schwärende Wunde aus oder als schneide man eine Krebsgeschwulst heraus. Aber so war es nicht. Du sagst, sie habe nicht gesehen, was sie gewonnen hat. Dann erkläre mir doch einmal, was Lady Karen deiner Meinung nach gewonnen hat?

»Ihre Freiheit!«, hatte Harry verzweifelt aufgeschrien. Plötzlich ekelte er sich vor sich selbst. »Um Himmels willen, erkläre mir nicht, dass ich mich geirrt habe! Ich bin kein verdammter Mörder!«

Nein, das bist du nicht. Aber du bist ein Mann mit einer Obsession. Und ich habe Angst vor dir. Oder wenn schon nicht vor dir, so doch vor deinen Zielen, deinen Bestrebungen. Du willst eine Welt – deine Welt – in der es keinen Vampirismus gibt. Das ist ein lobenswertes Ziel. Aber wenn du das erreicht hast ... was kommt dann? Wird meine Welt die nächste ein? Ja, das ist eine Obsession, die in dir wächst, so wie der Vampir in mir wächst. Ich bin Wamphyri, Vater, und es gibt nichts, das so starrsinnig ist wie ein Vampir – außer vielleicht Harry Keogh selbst.

Siehst du nicht, was für eine Gefahr du für mich darstellst? Du kennst viele der geheimen Künste der Wamphyri, und du weißt, wie man sie vernichten kann; du kannst mit den Toten reden, du kannst dich im Möbius-Kontinuum bewegen – sogar in der Zeit, wenn auch nur eingeschränkt. Ich bin einmal vor dir, vor deiner Welt, davongelaufen. Aber jetzt, in dieser Welt, habe ich für meine Heimstatt gekämpft und sie mir verdient. Dieser Ort gehört mir, und ich werde ihn nicht wieder aufgeben. Ich renne nicht mehr davon. Aber ich kann es nicht riskieren, dass du irgendwann Jagd auf mich machst, ich kann das Risiko nicht eingeben, dass du dich mit dem Status Quo zufrieden gibst. Ich bin Wamphyri! Du wirst deine Experimente nicht mit mir machen. Ich bin kein Versuchskaninchen für irgendwelche ›Heilungen‹, die du dir noch ausdenken könntest.

»Und was ist mit mir?« Damals war das ein Aufbegehren gewesen, jetzt flüsterte Harry die Worte nur vor sich hin. »Wie sicher werde ich sein? Ich bin für dich eine Gefahr, das hast du ja zugegeben. Wie lange wird es dauern, bis der Vampir die Oberhand gewinnt und du dich auf die Suche nach mit begibst?«

Das wird nicht geschehen, Vater. Ich bin kein Bauerntölpel; ich habe mein

Wissen; ich habe mich unter Kontrolle, so wie ein umsichtiger Süchtiger seine Sucht kontrollieren kann.

»Und wenn es doch außer Kontrolle gerät? Auch du bist ein Necroscope. Es gibt nichts, was du im Möbius-Kontinuum nicht tun kannst, keinen Ort, an den du nicht gehen kannst, und immer trägst du diesen Infektionsherd mit dir herum. Welches arme Schwein wird dein Ei bekommen, Sohn?«

An diesem Punkt hatte Harry Junior heftig geseufzt und seine goldene Maske abgenommen. Seine Wunden aus der Schlacht um den Garten waren verheilt; es war kaum noch etwas von ihnen zu sehen. Sein Vampir hatte eifrig seine Heilung vorangetrieben, und sein Fleisch neu geformt, so wie er in den Befürchtungen seines Vaters auch eines Tages seinen Geist neu formen würde.

Das wäre dann ein Patt, sagte er. Und seine Augen wurden zu großen blutroten Kugeln.

»Nein«, keuchte Harry hervor, damals wie heute. Doch damals hatte er dann lange Zeit nichts mehr gesagt, bis er im Hauptquartier des E-Dezernats wieder aufgewacht war. Aber heute.

»Häh?« Sein griesgrämiger Fahrer drehte sich irritiert zu ihm um. »Ham Se nich gesagt, se wollen nach Bonnyrig? Das ham se besser, weil wer schon fast da sind!«

Die reale Welt brach wieder auf Harry ein. Er saß aufrecht, starr und blass, und sein Mund stand leicht offen. Er leckte sich über die spröden Lippen und sah durch das Taxifenster hinaus. Ja, sie waren schon fast da. »Natürlich ... Bonnyrig. Da wollte ich hin. Ich war nur in Gedanken, das ist alles.« Dann wies er dem Fahrer den Weg durch das Dorf zu seinem Haus.

Ein Vorort im Norden Londons Ende April 1989: eine ziemlich heruntergekommene Erdgeschosswohnung in dem ansonsten vor allem von Yuppies bewohnten Viertel Highgate; und zwei scheinbar entspannte Männer, die sich mit Drinks in der Hand in einem großen Wohnzimmer unterhielten, dessen Wände mit Regalen voller Bücher und vielen kleinen ausländischen, in erster Linie europäischen, Andenken voll gestellt waren.

Nikolai Zharov war ein sehr untypischer Vertreter seiner Volksgruppe: Er war spindeldürr, leichenblass, und benahm sich affektiert feminin. Er benutzte eine Zigarettenspitze, um Marlboros zu rauchen, bei denen er vorher die Filter abriss, sprach ein hervorragendes Englisch, wenn auch mit einem leichten Lispeln, und wirkte im Großen und Ganzen ziemlich dekadent. Seine Augen waren dunkel und lagen tief in den Höhlen. Seine Augenlider hingen herab, was ihm einen etwas beduselten Anschein verlieh, der aber gar nicht zu seinem agilen und immer aktiven Verstand passte.

Sein dünnes, schwarzes Haar war nach hinten gekämmt und wurde von irgendeinem antiseptischen russischen Gel in Form gehalten; die Lippen unter der dünnen, geraden Nase waren schmal und umrahmten einen Mund, der zu breit war. Ein spitzes Kinn komplettierte sein abgezehrtes Aussehen; er wirkte wie jemand, den man leicht biegen, aber niemals brechen konnte. ›Echte Männer‹ würden vielleicht geringschätzig über ihn hinwegsehen, aber er gehörte nicht zu der Art Mensch, mit dem man sich freiwillig anlegte. Draußen auf der Straße würde man Zharov bestimmt auch einen zweiten Blick zuwerfen, dann aber auch ebenso schnell wieder wegsehen. Der Russe hatte etwas an sich, das die Leute verunsicherte.

So ging es auch Wellesley, obwohl der sich alle Mühe gab, das zu verbergen. Da ihm die Wohnung gehörte, war ihm unwohl bei dem Gedanken, jemand habe seinen Besucher gesehen oder sei ihm vielleicht sogar hierher gefolgt. In dem Fall hätte er ein ziemliches Erklärungsproblem. Denn Wellesley war ein Akteur im Spiel der Nachrichtendienste, genau wie Zharov, aber theoretisch arbeiteten sie für verschiedene Arbeitgeber.

Mit Einmetersiebzig war Norman Harold Wellesley fast einen Kopf kleiner als der spindeldürre Russe, dafür aber umso korpulenter, und sein Gesicht hatte auch viel mehr Farbe. Ungesund viel Farbe. Aber nicht seine Statur und auch nicht sein Blutdruck waren für sein Unwohlsein verantwortlich. Seine augenblickliche Konsternation hatte auch nichts mit physischen oder kulturellen

Ungleichheiten von Rasse und Typus zu tun, sondern ging ganz einfach auf Angst zurück. Angst vor dem, was Zharov von ihm wollte. Diesen Vorschlag hatte er soeben zurückgewiesen:

»Aber es muss Ihnen doch klar sein, dass das gar nicht zur Debatte stehen kann. Das ist nicht machbar, eigentlich sogar unmöglich!« Das klang dramatisch, wurde aber ruhig und kühl vorgebracht, sogar mit einer gewissen Berechnung. Es war ein Versuch, Zharov von seinem Ziel abzubringen, oder ihn doch wenigstens ein wenig umzuleiten, obwohl er genau wusste, dass die vorgebrachte ›Bitte‹ nicht von Zharov ausging, der nur der Botenjunge war.

Der Russe hatte offenbar nichts anderes erwartet. »Im Gegenteil«, erwiderte er. Seine Stimme war genauso ruhig wie die seines Gegenübers, aber er setzte dessen Zornesröte ein kaltes Lächeln entgegen. »Es ist nicht nur absolut möglich, es ist sogar unabdingbar. Wenn, wie Sie berichtet haben, Harry Keogh kurz davor steht, neue und bislang ungeahnte Fähigkeiten auszubilden, dann muss er gestoppt werden. So einfach ist das. Er ist eine Heimsuchung für das sowjetische E-Dezernat gewesen, Norman. Eine Katastrophe, ein geistiger Hurrikan, ein ... Psiklon? Unser E-Dezernat existiert zwar noch. Es hat trotz Harry Keogh überlebt, wenn auch nur gerade eben so.« Zharov zuckte mit den Schultern. »Vielleicht sollten wir ihm sogar dankbar sein: seine – na ja – Erfolge haben uns umso deutlicher gezeigt, wie wichtig die Parapsychologie auf dem Gebiet der Spionage ist, und dass man sie auf keinen Fall unterschätzen darf. Das Problem dabei ist nur, dass er als Waffe für Ihre Seite einen viel zu großen Vorsprung bedeutet. Und deshalb muss er verschwinden.«

Falls Wellesley Zharovs Argumentation überhaupt zugehört hatte, zeigte er das nicht. »Sie können sich erinnern«, begann er. »Ich meine, man hat Ihnen wahrscheinlich gesagt – dass meine ursprüngliche Verpflichtung Ihnen gegenüber nur sehr gering war? Ja sicher, ich schulde Ihren Chefs einen Gefallen – sagen wir ruhig, ich bin in ihrer Schuld – aber so groß ist diese Schuld auch jetzt nicht. Und Ihre Tilgungsraten sind weit überhöht. Sie sind außerhalb meiner Möglichkeiten. Ich fürchte, das ist die Antwort, die Sie mit nach Moskau nehmen müssen, Nikolai.«

Zharov seufzte, stellte seinen Drink ab und lehnte sich in dem Stuhl zurück. Er streckte seine langen Beine aus, verschränkte die Arme über der Brust und schürzte die Lippen; seine Augenlider schienen noch schwerer als sonst. Die Pupillen der dunklen Augen glitzerten aus schmalen Spalten, und lange Augenblicke musterte er Wellesley, der ihm gegenüber auf der anderen Seite des Beistelltischchens saß.

Wellesleys rotes Haar wurde merklich dünner. Mit 45 war er vielleicht sechs oder sieben Jahre älter als der Russe, und man sah ihm jeden Tag an. Er war insgesamt ein unattraktiver Mann und hatte nur einen positiven Zug aufzuweisen: seinen Mund. Er war fest, wohl geformt und beherbergte ein makelloses Gebiss. Abgesehen davon war seine Nase knollenförmig und fleischig, seine wässrigen blauen Schweinsäuglein blickten starr in die Welt, und die durch seinen Bluthochdruck hervorgerufene Röte ließ die großen Sommersprossen auf seiner Stirn unvorteilhaft gelb hervortreten. Zharov konzentrierte sich einen Moment lang auf Wellesleys Sommersprossen, bevor er sich wieder aufrichtete.

»Ach, diese Entspannungspolitik!« Er schüttelte missbilligend den Kopf. »Glasnost! Was ist nur aus uns geworden, wenn wir jetzt mit Schuldnern feilschen müssen? In den guten Tagen hätten wir einfach die Schuldeneintreiber losgeschickt! Vielleicht auch die Männer in den schwarzen Mänteln? Aber heute ... jeder kann sich vor seinen Verpflichtungen drücken – Offenbarungseid, Insolvenzverfahren! Norman, ich befürchte sehr, dass Sie Bankrott erklären müssen. Ihre Tarnung wird ...«, er formte mit dem Mund einen Kreis und stieß eine Reihe perfekter Rauchringe hervor, »... auffliegen.«

»Meine Tarnung?« Wellesleys Augen wurden schmaler und seine Gesichtsfarbe einen Ton intensiver. »Ich habe keine Tarnung. Ich bin das, was ich scheine. Sehen Sie, ich habe einen Fehler gemacht, und mir ist klar, dass ich dafür bezahlen muss. Na gut – aber ich werde nicht für Sie töten! Das würde Ihnen gefallen, nicht wahr?

Wenn ich eine kleine Schuld mit einem so erheblichen Entgegenkommen ausgleichen würde! Aber das werde ich nicht, Nikolay. Also tun Sie sich keinen Zwang an, Genosse, lassen Sie mich auffliegen! Zwingen Sie mich zum ›Konkurs‹, wenn Sie mir damit drohen wollen. Ich werde meinen Job verlieren, und vielleicht auch für eine Weile meine Freiheit, aber nur für kurze Zeit. Doch wenn ich Ihr Spiel mitspiele, bin ich erledigt. Dann werde ich da immer tiefer hineingezogen. Und was kommt beim nächsten Mal? Noch mehr Verrat? Noch ein Mord? Sie versuchen mich zu erpressen, und das wissen Sie auch. Aber ich lasse mich nicht erpressen. Also tun Sie, was Sie nicht lassen können und schreiben Sie den ›Gefallen‹, den ich Ihnen schulde, in den Wind!«

»Sie bluffen«, lächelte Zharov, »und das gar nicht mal schlecht. Aber es ist trotzdem nur ein Bluff.« Das Lächeln verschwand von seinem Gesicht und er stand auf. »Na gut, dann wollen wir doch mal die Fakten auf den Tisch legen: Sie sind ein Maulwurf, ein Schläfer!«

»Ein Schläfer?« Wellesleys fest in die Seiten gestemmten Fäuste zitterten, zitterten. »Na gut, vielleicht war ich das. Aber ich bin nie aktiviert worden. Ich habe nichts Verbotenes getan.«

Zharov lächelte erneut, aber es war nur einem Grimasse. Er zuckte leicht mit den Schultern und wandte sich zur Tür. »So werden Sie das natürlich darstellen.«

Wellesley stieß sich aus seinem Sessel und war vor ihm an der Tür: »Wo wollen Sie denn jetzt hin, verdammt noch mal? Wir haben noch nichts geklärt!«

»Ich habe alles gesagt, was es zu sagen gab«, sagte der andere, blieb stehen und rührte sich nicht mehr. Nach einem Moment nahm er vorsichtig seinen Mantel vom Garderobenhaken. »Und jetzt ...« Seine Stimme war ein wenig tiefer geworden und einer seiner dünnen Mundwinkel zuckte, »... jetzt gehe ich.« Er zog dünne schwarze Lederhandschuhe aus einer Tasche seines Mantels und streifte sie über. »Wollen Sie versuchen, mich aufzuhalten, Norman? Glauben Sie mir, das wäre ein Fehler.«

Wellesley war noch nie ein Freund körperlicher Gewalt gewesen, er glaubte dem anderen ohne weiteres. Er ging in die Defensive: »Und was passiert jetzt?«

»Ich werde über Ihre Ablehnung Bericht erstatten. Ich werde erklären, dass Sie Ihre Schuld als nicht mehr existent betrachten, dass diese Sache für Sie erledigt sei. Man wird dann selbstverständlich dafür sorgen, dass Sie erledigt sind. Man wird Ihre Akte jemandem in Ihrer Organisation zuspielen und dann ...«

»Meine Akte?« Wellesleys wässrige Augen begannen heftig und unkontrolliert zu zucken. »Ein paar schmutzige Bilder von mir und einer Prostituierten, vor zwölf Jahren durch Einwegspiegel in einem schmierigen Moskauer Hotel aufgenommen? Damit können Sie nicht viel anfangen, damals gab es diese Sachen zuhauf! Das war etwas ganz Alltägliches! Morgen werde ich diese uralte ... Affäre ... beichten! Und was wollen Sie dann machen? Natürlich werde ich dann auch ein paar Namen nennen – vor allem deinen Namen, Nikolay – und dann ist es aus mit den Botenjobs!«

Zharov schüttelte mit leichtem Bedauern den Kopf. »In Ihrer Akte steht schon ein wenig mehr als nur das, Norman. Sie ist sogar ganz schön voll mit Informationsschnipseln, die Sie uns im Laufe der Jahre haben zukommen lassen. Wollen Sie das beichten? Bitte sehr! Ich glaube, das – oder auch nur der Versuch, das zu tun – dürfte Ihnen ein paar Jährchen einbringen!«

»Informationsschnipsel?« Nach seiner Gesichtsfarbe zu urteilen stand Wellesley kurz vor einem Herzinfarkt. »Ich habe Ihnen nichts gegeben – nicht das Geringste! Was für ...?«

Zharov sah ihn an, wie er da zitterte, aus Frustration und Wut gleichermaßen, und langsam kehrte das Lächeln des Russen wieder. »*Ich* weiß, dass Sie uns nichts gegeben haben«, sagte er leise. »Bisher haben wir auch noch nie um etwas gebeten. *Ich* weiß, dass Sie unschuldig sind – mehr oder weniger – aber die Leute, auf die es ankommt, tun das nicht. Jetzt bitten wir Sie zum ersten Mal um etwas. Und Sie können entweder Ihre Schulden bezahlen, oder ...« Er zuckte mit den Achseln. »Es ist Ihre Zukunft, mein Freund.«

Als Zharov die Hand nach der Türklinke ausstreckte, ergriff Wellesley ihn am Arm. »Ich muss mir das überlegen«, flehte er.

»Das ist nur fair. Sie sollten sich aber nicht zu viel Zeit damit lassen.«

Wellesley nickte und schluckte: »Gehen Sie nicht vorn raus. Nehmen Sie die Hintertür.« Er zeigte den Weg durch die Wohnung. »Wie sind Sie überhaupt hergekommen? Oh Gott, wenn Sie jemand gesehen hat ...«

»Niemand hat mich gesehen, Norman. Und außerdem kennt mich hier niemand. Ich habe einen Nachtclub in der Cromwell Road besucht. Ich bin mit einem Taxi gekommen, das mich ein paar Straßen weiter abgesetzt hat. Das letzte Stück bin ich zu Fuß gegangen. Und jetzt gehe ich wieder dorthin zurück und nehme mir von da wieder ein Taxi.«

Wellesley ließ ihn zur Hintertür heraus und begleitete ihn durch den dunklen Garten bis zur Pforte. Bevor er das Tor hinter sich zuzog, nahm Zharov einen fliederfarbenen Umschlag aus seiner Manteltasche und reichte ihn weiter. »Das sind einige Fotos, die Sie noch nicht gesehen haben, Norman. Nur eine Gedächtnisstütze, damit Sie sich mit Ihrer Entscheidung nicht zu lange Zeit lassen. Wissen Sie, wir stehen ein wenig unter Zeitdruck. Und versuchen Sie nicht, mit mir in Verbindung zu treten; ich werde mich bei ihnen melden. Aber bis dahin ... Ich gebe Ihnen ein oder zwei Nächte. Vielleicht suche ich mir solange eine hübsche, saubere Hure.« Er kicherte sarkastisch. »Und für den Fall, dass Ihre Leute dann von ihr und mir einige Fotos machen ... na ja, die werde ich gern als Andenken behalten!«

Als er verschwunden war, ging Wellesley auf wackligen Beinen ins Haus zurück. Er goss sein Glas wieder voll, dann setze er sich und nahm die Fotografien aus ihrem Umschlag. Für jeden, der es nicht besser wusste, schienen das die Vergrößerungen von einfachen Schnappschüssen zu sein. Aber Wellesley wusste das besser, und das würde auch jeder Mitarbeiter des englischen Nachrichtendienstes – oder irgendeines anderen Nachrichtendienstes. Die Bilder zeigten Wellesley und einen sehr viel älteren Mann. Sie trugen Mäntel und russische Fellmützen und gingen in ein Gespräch vertieft nebeneinander her, während im Hintergrund die spiralförmigen Kuppeln des Roten Platzes hinter rot geschindelten Dächern aufragten. Andere zeigten sie Wodka trinkend auf den Stufen einer Datscha. Insgesamt ein halbes Dutzend Fotos, von denen man den Eindruck gewinnen konnte, es handle sich um Busenfreunde.

Wellesleys älterer ›Freund‹ war in den Mittsechzigern. Er war an den Schläfen ergraut, aber sein ansonsten nachtschwarzer Schopf war straff nach hinten gekämmt und ließ eine zerfurchte Stirn frei. Er hatte kleine Augen unter buschigen schwarzen Brauen, um die sich, wie auch um seine Lippen, unzählige Lachfältchen sammelten. Ein harten Mund in einem zur Fröhlichkeit neigenden Gesicht. Auf seine Art war er ein sehr guter Kumpel gewesen – und brandgefährlich auf anderen Gebieten!

Wellesleys Lippen formten lautlos einen Namen: Borowitz.

Dann sprach er ihn laut aus: »Genosse General Gregor Borowitz – du verdammter Scheißkerl! Gott, was bin ich für ein Trottel gewesen!«

Eines der Bilder war besonders interessant, vor allem wegen des Hintergrundes: Wellesley und Borowitz auf dem Hof eines alten Landhauses oder Chateaus, ein heruntergekommenes ehemaliges Adelsgebäude, in dem sich die verschiedensten Architekturstile trafen. Zwei Zwiebeltürme reckten sich wie verrottete Phalli aus steilen Festungsmauern hoch. Die abblätternden Ornamente verfallener Brustwälle trugen noch zum allgemeinen Anschein der Baufälligkeit bei. Aber das Chateau war alles andere als baufällig gewesen.

Wellesley war nie in dem Gebäude gewesen, er hatte damals nicht einmal gewusst, um was es sich dabei handelte. Aber jetzt wusste er es sehr wohl. Es war das Chateau Bronnitsy, das Hauptquartier der russischen ESP-Spionage, ein berüchtigter Ort – bis Harry Keogh ihn in die Luft gejagt hatte. Es war nur schade, dass er das nicht schon ein paar Jahre früher getan hatte ...

ELFTES KAPITEL

Am nächsten Morgen erschien Darcy Clarke verspätet zur Arbeit. Zuerst ein schwerer Verkehrsunfall auf der nördlichen Umgehungsstraße, dann ein Ampelausfall im Stadtkern und schließlich die Schrottkarre von irgendeinem Scheißkerl, der auf Darcys Parkplatz stand. Er wollte dem Übeltäter gerade die Luft aus den Reifen lassen, als der Kerl auftauchte. Er unterbrach Clarkes Schimpftirade mit einem »Arschloch!« und fuhr davon.

Clarke schäumte immer noch vor Wut, als er mit dem diskret im hinteren Teil eines ansonsten ganz unscheinbaren Mittelklasse-Hotels installierten Fahrstuhl ins obere Stockwerk hinauffuhr, in dem die gesamten abhör-, einbruchs-, brand-, katastrophen-, psi- und vor allen anderen Eventualitäten sicheren Einrichtungen des E-Dezernats oder INTESP, wie es offiziell hieß, untergebracht waren. Als er sich einließ und aus dem Mantel schälte, wollte der Dienst habende Beamte der letzten Nacht gerade nach Hause fahren.

Abel Angstrom begrüßte Darcy: »Morgen, Darcy. Du siehst so aus, als hättest du nicht die beste Laune heute Morgen. Falls doch, wird sie dir gleich vergehen!«

Clarke zog eine Grimasse und hängte seinen Mantel auf. »Alles, was schief gehen kann, ist heute schon schief gegangen. Was soll denn da noch dazukommen?«

»Der Boss. Der ist ungenießbar. Er ist um halb sieben gekommen und hat sich mit der Keogh-Akte in seinem Büro eingeschlossen. Er schüttet sich literweise Kaffee rein und sieht andauernd auf die Uhr. Er hat jeden angeschnauzt, der nach 8:00 Uhr reingekommen ist. Und er will dich sprechen. Wenn ich du wäre, würde ich mir vorher eine schusssichere Weste umschnallen.«

Clarke stöhnte: »Danke für die Warnung.« Dann ging er in den Waschraum und machte sich frisch.

Als er vor dem Spiegel seine Krawatte richtete, brach es plötzlich aus ihm heraus: »Was zum Teufel ...? Wieso rege ich mich eigentlich auf? Bin ich denn sein Fußabtreter? Und seine Majestät will mich sofort sehen? Scheiße und Verdammnis – das ist ja wie bei der Army!« Er zog absichtlich die Krawatte weiter auf, zerwühlte sein Haar und sah wieder in den Spiegel.

Dann fühlte er sich besser. Was hatte er schon zu befürchten? Nichts, denn Clarke hatte ein PSI-Talent, das niemand genau definieren konnte: Es hielt ihn aus Ärger heraus und beschützte ihn, wie eine Mutter ihr Kind beschützt. Er lenkte Gefahren nicht wirklich ab: Wenn man eine Kugel auf ihn abfeuerte, dann wich die Kugel nicht von ihrer Bahn ab – aber sie würde ihn trotzdem verfehlen. Oder die Pulverkammer würde nicht zünden. Oder er stolperte gerade im rechten Moment. Es gibt Leute, die angeblich das Unheil anziehen. Er war das Gegenteil davon. Er konnte durch ein Minenfeld spazieren und ihm würde nicht ein Härchen gekrümmt ... und trotzdem drehte er jedes Mal die Sicherung heraus, wenn er eine Glühbirne wechseln musste. Aber an diesem Morgen war er nicht in der Stimmung, irgendetwas abzuschalten. *Es ist mir alles scheißegal*, dachte er und stürmte zum Allerheiligsten.

Als er an die Tür klopfte, antwortete eine griesgrämige Stimme: »Wer ist da?«

Arrogantes Arschloch, dachte er, antwortete aber: »Darcy Clarke!«

»Kommen Sie rein, Clarke!« Er war noch nicht richtig im Raum, da ging es schon weiter: »Wo zum Teufel sind Sie gewesen? Sie haben hier einen Job, oder?« Und bevor er antworten konnte: »Setzen Sie sich.«

Aber Clarke blieb stehen. Er musste sich das nicht bieten lassen. Bis hierher und nicht weiter. Er hatte genug von diesem neuen Chef, der jetzt seit sechs Monaten das E-Dezernat leitete. Es gab schließlich noch andere Jobs; er war nicht auf diesen anmaßenden Scheißkerl angewiesen. Was für ein Abstieg: Sir Keenan Gormley war ein Gentleman gewesen, Alec Kyle war sein Freund; er selbst hatte das Dezernat effektiv und zuvorkommend geleitet – jedenfalls so lange, wie die anderen dem Dezernat freundlich gesonnen waren. Aber dieser Kerl ... er war einfach nur ein Trampel! Ein Bauer! Ein Primitivling! Zumindest was interne Angelegenheiten und die Personalführung anging. Und seine Talente? Was war der

Kerl denn? Ein Hellseher, Telepath, Abschirmer oder Lokalisierer? Nein, sein einziges Talent lag darin, dass sein Verstand undurchdringlich war: Telepathen kamen an ihn nicht heran. Sicherheitstechnisch machte ihn das zum idealen Mann für den Job. Aber es wäre auch ganz nett, wenn er sich dabei wie ein menschliches Wesen aufführen würde. Wenn man unter solchen Leuten wie Gormley und Kyle gearbeitet hatte, dann war die Arbeit für Norman Harold Wellesley wie –

Wellesley saß an seinem Schreibtisch. Ohne aufzublicken holte er tief Luft und begann: »Ich sagte ...«

»Ich habe Sie schon verstanden«, unterbrach ihn Clarke. »Ebenfalls einen guten Morgen.«

Jetzt sah Wellesley auf und Clarke konnte feststellen, dass er so ungenießbar wie immer war. Und er sah die Akte von Harry Keogh, die über den ganzen Tisch verteilt war. Zum ersten Mal fragte er sich, was hier vorging.

Wellesley bemerkte Clarkes Stimmung sofort und wusste, dass es nicht angeraten war, ihn an diesem Morgen noch weiter anzublaffen. Ihm war klar, dass sich hier ein Machtkampf vorbereitete, der sich schon abgezeichnet hatte, als er diesen Posten antrat. Aber das war etwas, was er jetzt auf keinen Fall gebrauchen konnte.

»Schon gut, Darcy«, sagte er, und sein Tonfall verlor etwas von seiner Schärfe. »Wir hatten also beide einen schlechten Tagesanfang. Ich weiß, Sie sind der zweite Mann in dieser Abteilung, und ich verstehe, wenn Sie meinen, Sie hätten einen gewissen Respekt verdient. Schön, aber wenn die Dinge verkehrt laufen – auch wenn wir alle herumlaufen und nett und freundlich zueinander sind – dann bin ich derjenige, an dem alles hängen bleibt. Egal, wie Sie darüber denken, ich trage die Verantwortung für diese Abteilung. Und bei so einem Job ... ist es da ein Wunder, wenn man nicht die beste Laune hat? Das ist meine Seite. Und weshalb sind Sie heute mit dem falschen Fuß aufgestanden?«

Was? Wann hat er mich das letzte Mal Darcy genannt? Versucht der wirklich, höflich zu sein?

Er beschloss, Konzessionen zu machen und setzte sich. »Der

Verkehr war fürchterlich und irgendein Trottel hat meinen Parkplatz zugeparkt. Und was soll aus einem Tag werden, der so anfängt? Ich warte noch auf einen Anruf aus Rhodos – Trevor Jordan und Ken Layard sind da – über diesen Drogendeal; die Zollbehörde und New Scotland Yard wollen Ergebnisse sehen. Und dann sind da noch mindestens ein Dutzend Anfragen des zuständigen Ministers, der ESPer zur Unterstützung bei ungelösten Kapitalverbrechen anfordert, der übliche Bürokram, die Überwachung der russischen Botschaft, die in meinen Zuständigkeitsbereich fällt, und ...«

»Den Botschaftsjob können Sie erst einmal vergessen«, unterbrach ihn Wellesley hastig. »Das ist Routine, Kleinkram. Ein paar Iwans mehr im Land? Eine russische Delegation? Na und? Gott, wir haben wirklich Besseres zu tun, als so simple Schnüffeljobs. Aber auch ohne das ... ja, ich sehe, Sie haben mehr als genug zu tun.«

»Das ist verflucht richtig! Und es wird immer mehr. Deswegen würde ich es ganz bestimmt nicht als unhöflich empfinden – ich wäre Ihnen wahrscheinlich sogar dankbar – wenn Sie mir jetzt sagen, ich soll mich verpissen und meinen Job machen. Ich befürchte nur, Sie hätten mich gar nicht erst herbestellt, wenn da nicht noch etwas anderes wäre.«

»Nun, niemand hat Ihnen je vorgeworfen, Sie würden um den heißen Brei herumreden, nicht wahr?« Ausnahmsweise blinzelten Wellesleys runde Augen nicht und sie starrten seinen Gegenüber auch nicht feindselig an.

Was sie sahen, war das: Trotz seines seltsamen Talents war Clarke keine ungewöhnliche Erscheinung. Niemand würde vermuten, dass er je eine Leitungsfunktion innegehabt hatte, am allerwenigsten die Leitung der geheimsten Abteilung des britischen Geheimdienstes. Er war Otto Normalverbraucher, der unscheinbarste Mann der Welt. Na ja, vielleicht nicht ganz der unscheinbarste, aber er kam dem sehr nahe. Mittelgroß, mittelbraune Haare, etwas gebückt und mit einem kleinen Bauch – und dazu in mittleren Jahren. Clarke wirkte einfach in jeder Hinsicht mittelmäßig.

Haselnussbraune Augen in einem Gesicht, das selten lachte, ein ausdrucksstarker Mund und eine allgemein melancholische Ausstrahlung. Und auch der Rest von ihm inklusive seiner Garderobe war – Durchschnitt.

Aber er hatte das E-Dezernat geleitet; er hatte an einigen sehr gefährlichen Aktionen teilgenommen und er hatte Harry Keogh gekannt.

»Keogh.« Wenn der Name von Wellesleys Lippen kam, klang er wie ausgespuckt. »Darum geht es.«

›Darum‹, als sei Harry Keogh eine Apparatur oder ein Ding und keine Person. Clarke hob fragend eine Augenbraue. »Gibt es etwas Neues über Harry?« Wellesley hatte Bettleys Berichte selbst ausgewertet – und das, was sie enthielten, für sich behalten.

»Vielleicht, vielleicht auch nicht«, meinte Wellesley. Und fügte dann schnell hinzu, als wolle er Clarke keine Denkpause einräumen: »Was, glauben Sie, würde passieren, wenn er seine Fähigkeiten zurückbekäme?«

Clarke hatte Zeit, darüber nachzudenken, aber er antwortete trotzdem: »Sie bräuchten einen neuen Job.«

Unerwartet lächelte Wellesley sogar. Aber das verschwand sofort wieder. »Es ist immer gut, zu wissen, wo jemand steht«, meinte er. »Sie glauben also, er könnte das E-Dezernat übernehmen?«

»Mit seinen Fähigkeiten wäre er das E-Dezernat!« Plötzlich hellten sich Darcys Züge auf. »Wollen Sie damit sagen, er hat sie zurückbekommen?«

Einen Augenblick lang kam keine Antwort von Wellesley. Dann: »Sie waren mit ihm befreundet, nicht wahr?«

»Befreundet?« Clarke überlegte, kaute auf seiner Unterlippe und blickte ein wenig beunruhigt drein. Nein, er konnte nicht wirklich behaupten, er sei mit Harry Keogh befreundet gewesen. Es war auch nichts, was er angestrebt hatte. Er hatte einmal einige von Harrys Freunden in Aktion erlebt. Er hatte immer noch Albträume davon!

Schließlich antwortete er: »Wir waren miteinander bekannt ... mehr nicht. Wissen Sie, Harrys Freunde waren meist ... na ja, tot.«

Er zuckte mit den Achseln. »Das wird sie wohl zu seinen Freunden gemacht haben.«

Wellesley starrte ihn scharf an. »Und er hat wirklich die Sachen getan, die ihm diese Dokumente zuschreiben? Mit den Toten reden? Leichen aus ihren Gräbern heraufbeschwören? Ich meine – okay, ich akzeptiere Telepathie; ich habe gesehen, wie das in unseren Tests funktioniert, und ich kenne die Ergebnisse der kriminaltechnischen Fälle, an denen das Dezernat in den letzten sechs Monaten mitgearbeitet hat. Selbst an das ungewöhnliche Talent, das Sie da haben, Darcy, selbst daran kann ich glauben. Es ist ausreichend dokumentiert, auch wenn ich es selbst noch nicht in Aktion gesehen habe. Aber das hier?« Er rümpfte seine Knollennase. »Ein gottverdammter ... Nekromant?«

Clarke schüttelte den Kopf. »Ein Necroscope. Harry würde es bestimmt nicht gern hören, dass Sie ihn einen Nekromanten nennen. Wenn Sie seine Akte gelesen haben, dann wissen Sie von Dragosani. Dragosani war ein Nekromant. Die Toten hatten Angst vor ihm; sie verabscheuten ihn. Aber Harry wurde von ihnen geliebt. Ja, er hat mit ihnen geredet, und er hat sie aus ihren Gräbern heraufbeschworen, wenn das die einzige Möglichkeit war, das zu tun, was er tun musste. Aber er musste sie nicht dazu zwingen. Es hat meistens gereicht, wenn sie wussten, dass er sich in einer Notlage befand.«

Wellesley war nicht entgangen, dass Clarkes Stimme immer leiser geworden und er selbst jetzt leichenblass war. Aber er wollte es trotzdem genau wissen. »Sie waren in Hartlepool dabei und haben das Ende dieser Bodescu-Geschichte miterlebt. Haben Sie dieses Ding wirklich gesehen?«

Clarke schauderte. »Ich habe viele Dinge gesehen. Ich konnte sie auch riechen.« Er schüttelte den Kopf, als müsse er unerträgliche Erinnerungen fortwischen und riss sich zusammen. »Und wo liegt jetzt Ihr Problem, Norman? Okay, seit Sie hier sind, hat es so was nicht mehr gegeben, und wir haben uns vor allem mit Alltagskram beschäftigt. Das ist nun einmal unsere Hauptaufgabe. Aber bei den Dingen, mit denen sich Harry Keogh, Gormley und Kyle zu ihrer

Zeit herumschlagen mussten ... da sollten Sie besser beten, dass sich das ein für alle mal erledigt hat.«

Wellesley schien immer noch seine Zweifel zu haben. »Und es war sicherlich keine Massenhypnose oder Massenhysterie, irgendein Trick oder Betrug?«

Wieder schüttelte Clarke den Kopf: »Ich habe da dieses Defensiv-Talent, erinnern Sie sich? Mich könnte man vielleicht täuschen, aber nicht diese Gabe. Der Mechanismus springt nur dann an, wenn es etwas gibt, vor dem man Angst haben muss. Er treibt mich nicht dazu, vor harmlosen Illusionen davonzurennen, nur vor wirklichen Gefahren. Und er wird verdammt aktiv, wenn ich es mit toten Menschen und untoten Menschen und mit Monstern zu tun habe, die mir den Kopf abbeißen wollen.«

Einen Augenblick lang schien Wellesley um eine Antwort verlegen. Schließlich sagte er: »Würde es Sie überraschen, zu hören, dass ich keine Ahnung von meinem eigenen Talent hatte? Mein ganzes Leben lang nicht, bis ich mich auf eine Stelle hier beworben habe?« (Das war eine Lüge, aber das konnte Clarke nicht wissen.) »Ich meine, woher soll man schon wissen, dass man eine Gabe hat, die sich nur dadurch auszeichnet, eine andere Gabe zu negieren? Wenn es ganz alltäglich wäre, dass die Menschen gegenseitig ihre Gedanken lesen, dann wäre ich eine Missgeburt, der Außenseiter, der das nicht kann und mit dem man so nicht kommunizieren kann. Aber es ist keine alltägliche Praxis, und deswegen konnte ich davon nichts wissen. Ich wusste nur – oder vermeinte zu wissen – dass ich ein Interesse an Parapsychologie hatte, am Übernatürlichen. Deswegen habe ich eher beiläufig einen Versetzungsantrag in diese Abteilung gestellt. Und dann bin ich hier auf meine Tauglichkeit getestet worden und man hat festgestellt, dass mein Verstand in einem Safe steckt.«

Clarke wirkte verwirrt: »Und was wollen Sie mir damit sagen?«

»Das weiß ich selbst nicht so genau. Ich glaube, ich versuche zu erklären, warum ich als Leiter des E-Dezernats solche Probleme damit habe, zu akzeptieren, was wir hier tun. Und wenn ich dann mit der Realität von jemandem wie Harry Keogh konfrontiert werde ... Na ja, Parapsychologie ist eine Sache, aber das hier geht weit darüber hinaus.«

Clarke tat etwas, was er nur sehr selten tat: Er grinste. »Sie haben also doch noch menschliche Züge. Haben Sie wirklich geglaubt, Sie sind mit diesem Zwiespalt allein? Hier hat bestimmt noch nie jemand gearbeitet, der nicht dann und wann ähnliche Zweifel gehabt hat. Wenn ich einen Shilling für jedes Mal bekommen hätte, an dem ich darüber nachgedacht habe – über all diese Widersprüche, Ungereimtheiten und Paradoxa – verdammt, ich wäre ein gemachter Mann! Allein die Vorstellung einer Abteilung, die so seltsam ist wie unsere: Roboter und Romantik? Hochtechnologie und das Übernatürliche? Telemetrie und Telepathie? Computergestützte Wahrscheinlichkeitsmodelle und Hellseherei? Spionagesatelliten und Wahrsager? Da muss man doch die Übersicht verlieren. Wer würde das nicht? Aber genau darum geht es hier: Apparate und Geister!«

Wellesley fühlte sich ein wenig besser. Es war ihm wenigstens einmal gelungen, Clarke auf seine Seite zu ziehen. Und bei dem, was er vorhatte, brauchte er seine Hilfe.

»Was ist mit Teleportation? War das auch eine von Keoghs Fähigkeiten?«

Clarke nickte: »So würden wir es nennen, aber für Harry war es etwas anderes. Er benutzte Türen, von deren Existenz sonst niemand wusste. Er konnte hier durch so eine Tür gehen ... und irgendwo anders wieder herauskommen. An fast jedem beliebigen Ort. Als ich ihn für diese Perchorsk-Geschichte rekrutiert habe, bin ich zu ihm nach Edinburgh gefahren. Er hat gesagt, er würde den gefährlichen Auftrag annehmen, wenn ich auch zu einem Risiko bereit sei. Wenn er schon gegen das Unbekannte antreten sollte, dann sollte ich auch einen Hauch davon spüren. Und dann hat er uns durch dieses Medium zurückgebracht, das er das Möbus-Kontinuum nennt. Das war schon eine Erfahrung, aber keine, die ich noch einmal machen möchte.«

Wellesley seufzte wieder und meinte: »Ich schätze, Sie haben Recht. Würde er seine Fähigkeiten zurückbekommen, müssten wir ihm meinen Job anbieten. Das würde Ihnen gefallen, was?«

Clarke hob kurz die Schultern.

»Sie brauchen sich nicht zu verstellen, Darcy.« Wellesley nickte wissend. »Das ist doch ganz offensichtlich. Sie hätten lieber ihn – oder auch jeden anderen – zum Vorgesetzten als mich. Was Ihnen aber anscheinend entgangen ist, ist die Tatsache, dass mir das sehr recht wäre. Ich verstehe weder Sie noch die anderen, die hier arbeiten, und ich glaube nicht, dass mir das jemals gelingen wird. Ich will hier raus, aber der zuständige Minister will mich nicht gehen lassen, solange wir ihm keinen Nachfolger präsentieren können. Sie? Das geht nicht, denn das würde dem Eingeständnis gleichkommen, dass Ihre Ablösung ein Fehler war. Aber Harry Keogh ...«

»Harry hat alle Hilfe bekommen, die uns zur Verfügung stand. Wir haben ihn hypnotisiert, psychoanalysiert, wir haben fast eine Gehirnwäsche an ihm durchgeführt. Aber seine Fähigkeiten sind weg. Was wollen Sie also für ihn tun?«

»Es geht eher darum, was wir für ihn tun können, Darcy.«

»Ich bin ganz Ohr ...«

»Gestern Nacht habe ich mich lange mit der jungen Markham in Edinburgh unterhalten, und ...«

»Wenn es an dieser ganzen Sache etwas gibt, was ich nicht ausstehen kann«, fiel ihm Clarke heftig ins Wort, »dann, dass wir ihm das angetan haben.«

»... und sie hat mir geraten, mit David Bettley zu reden«, fuhr Wellesley ungerührt fort, »weil sie sich Sorgen um Keogh macht. Können sie sich das vorstellen? Sie entwickelt ihm gegenüber echte Gefühle. Es mag ja nur ein Job sein, aber sie macht sich tatsächlich Sorgen um ihn. Doch vielleicht würden Sie es lieber sehen, wenn er ganz auf sich allein gestellt wäre? Na ja, egal; mit ihr schlagen wir zwei Fliegen mit einer Klappe: Keogh braucht sie, und wir brauchen sie auch. Wir müssen wissen, was in seinem Kopf vorgeht.«

»Die sanfte Kunst der Gedankenspionage«, stieß Clarke verächtlich hervor.

»Ich bin also ihrem Rat gefolgt und habe mich mit Bettley unterhalten. Ich musste ihn aus dem Bett klingeln, bevor er ans Telefon ging. Aber ich hätte sowieso mit ihm reden müssen, wegen der letzten Berichte und Mitschnitte, die wir von ihm erhalten haben. In denen wird nämlich angedeutet, dass Keogh entweder a) im Begriff ist, einige ganz neue Fähigkeiten zu entwickeln, oder dass er b) ganz einfach durchdreht. Egal, im Laufe unseres Gespräches erwähnte Bettley, wie Keogh zum ersten Mal dieses, äh, Möbius-Ding ...?«

»Das Möbius-Kontinuum.«

»Ja das. Wie er das entdeckt hat. Er war offenbar schon nah dran gewesen, aber er brauchte einen Anstoß. Und der kam, als die ostdeutsche Grenzpolizei ihn stellte, während er auf einem Friedhof in Leipzig mit Möbius redete. Das war der Auslöser, der sein mathematisches Genie freigesetzt hat. Er hat sich teleportiert – oder meinetwegen auch das Kontinuum benutzt – um ihnen zu entkommen. Und deswegen habe ich die Akte hier: Ich wollte mich noch einmal vergewissern, dass meine Erinnerung mich nicht getrogen hat. Und das ist auch der Grund, warum ich jetzt mit Ihnen noch einmal darüber rede.«

»Und?«

»So, wie ich das sehe, funktioniert Keogh wie ein abgestürzter Computer: Er kann auf die Daten, die er braucht – und die sich das E-Dezernat zunutze machen will – nicht mehr zurückgreifen. Sie müssen noch da sein, aber man kommt nicht an sie heran. Und bisher haben wir noch keinen Weg gefunden, wie sich das umgehen lässt.«

»Und was schlagen Sie vor?«

»Na ja, ich arbeite noch daran. Aber so, wie ich das sehe ... Wenn wir ihm nur den richtigen Ansporn geben ... mit ein bisschen Glück könnte das Gleiche passieren wie damals in Leipzig. Sehen Sie, Keogh hat in der letzten Zeit unter Albträumen gelitten; und falls das, was Sie über ihn sagen, richtig ist – nicht dass ich daran zweifeln würde, aber trotzdem ist ein ›falls‹ hier angebracht – dann muss jeder Traum, der grausig genug ist, um ihn zu ängstigen, wirklich grauenhaft sein. Aber vielleicht eben doch nicht grauenhaft genug?«

»Wollen Sie ihn zu Tode ängstigen?«

»Ich will ihn fast zu Tode ängstigen. Er soll sich so fürchten, dass er ins Möbius-Kontinuum flieht.«

Clarke saß geraume Zeit reglos und still da. Schließlich beugte Wellesley sich vor und fragte: »Und? Wie finden Sie die Idee?«

»Wollen Sie meine ehrliche Meinung?«

»Natürlich.«

»Ich finde, die Sache stinkt. Und ich finde, dass Sie sich, wenn Sie Harry Keogh verarschen wollen, vorher gut absichern sollten. Und außerdem kann ich Ihnen nur raten, dass die Sache funktioniert, ansonsten bin ich hier nämlich weg. Wenn das hier vorbei ist, egal wie es ausgeht – ich glaube nicht, dass ich danach jemals wieder mit Ihnen zusammenarbeiten kann.«

Wellesley lächelte dünn. »Aber Sie wollen mich los sein, nicht wahr? Also werden Sie mir dabei nicht im Weg stehen?«

»Nein, ich bestehe sogar darauf, daran beteiligt zu sein. Dann kann ich wenigstens dafür sorgen, dass Harry, wenn es irgendeine Möglichkeit gibt, seine Fähigkeiten wieder herzustellen, diese Chance auch bekommt.«

Wellesley lächelte immer noch. *Auch wenn es diese Möglichkeit gibt,* dachte er, *werde ich dafür sorgen, dass er diese Chance ganz bestimmt nicht bekommt.*

Er war einer der wenigen Menschen auf der Welt, der solche Gedanken hegen – vor allem hier im Hauptquartier des E-Dezernats – und sicher sein konnte, dass niemand ihn dabei belauschte.

ZWÖLFTES KAPITEL

Sandra Markham war siebenundzwanzig, attraktiv und eine noch ungeschulte Telepathin. Bisher war ihr Talent noch eine unsichere Sache; sie konnte es nicht kontrollieren. Die Fähigkeit kam und verschwand wieder. Aber wenn es Harry Keogh betraf, hatte sie gar nichts dagegen. Manchmal las sie in Harrys Kopf Dinge, die nach ihrer festen Überzeugung nicht da sein sollten. Kein Verstand außerhalb einer geschlossenen Anstalt sollte sich mit so etwas herumplagen müssen.

Sie und Harry hatten sich vor einer Stunde geliebt, und danach war er sofort eingeschlafen. Sandra hatte sich langsam an Harrys Eigenarten gewöhnt; er würde jetzt drei oder vier Stunden schlafen, das reichte ihm dann für die ganze Nacht. Und Sandra? Sie würde bis morgen warten müssen, wo sie in ihrer Wohnung in Edinburgh das Defizit dieser Nacht nachholen konnte.

Sie blickte auf Harrys bleiches, entspanntes Gesicht hinunter, das fast einem kleinen Jungen gehören könnte. Sie sah noch keine Anzeichen für die REM, die ihr verrieten, dass er träumte. Das bedeutete, dass auch sie sich jetzt entspannen konnte. Sie war in erster Linie an Harrys Träumen interessiert. Wenigstens versuchte sie, sich das einzureden.

Sie arbeitete für das E-Dezernat. Auch wenn sie manchmal wünschte, dass es nicht so wäre, ließ sich das nicht leugnen. Damit verdiente sie ihr täglich Brot (und die dazugehörende Butter und Wurst), also konnte sie sich nicht beklagen. Sie hatte auch nie einen Grund zur Klage gehabt, bis zu der Sache mit Harry. Zuerst war er nichts weiter als ein Job gewesen – ein Mann, an den sie herankommen, den sie kennen lernen und begreifen musste – aber dann war das tiefer gegangen. Es war einfach passiert, und danach wollte sie, dass es wieder und wieder passierte. Und da war es eben nicht mehr nur ein Job gewesen, sondern eine Art, ihr Leben zu verbringen. Nicht nur etwas Verstandesmäßiges, sondern etwas, das sie auch emotional forderte. Und schließlich begann sie sich einzugestehen, dass sie ihn liebte.

Ganz sicher war die Arbeit an Harrys Fall (sie hasste es, es so zu sehen, aber egal wie sie es auch drehte, das war es nun einmal) interessanter als ihre übliche Arbeit als menschliche Wünschelrute bei Fällen, wo die Polizei nicht mehr weiterkam. Das war ihr ›normales‹ Einsatzgebiet: Sie musste kriminelle Hirne belauschen – die Gehirne von Verhafteten in ihren Zellen, bei denen die Polizei mit ihren Mitteln nicht mehr weiterkam – und da nach Spuren suchen, die sich mit konventionelleren Methoden nicht aufspüren ließen. Die Arbeit selbst wäre gar nicht so übel gewesen, wenn sie sich nicht jedes Mal in den Verstand dieser Leute hineinbegeben müsste. Ein solcher Geist war oft ein Jauchetümpel, nach dem sie sich immer fühlte, wie nach einem Bad in einer Kläranlage. Und manchmal, vor allem wenn es sich um einen brutalen Mord oder eine Vergewaltigung handelte, meinte sie diesen Gestank noch nach langer Zeit an sich wahrzunehmen.

Das war wahrscheinlich auch der Grund, warum sie sich in Harry Keogh verliebt hatte. Sein Geist war wie ein Feld voller Lilien ... meistens wenigstens. Er hatte wirklich das sanfteste Wesen, das ihr jemals begegnet war. Aber er war nicht weich, ganz bestimmt nicht. Und auch nicht naiv, obwohl er sich diesen Hauch der Unschuld bewahrt hatte. Er war nur – er war sanft. Harry konnte keiner Fliege etwas zuleide tun, geschweige denn einem Menschen.

Bei Sandras Aussehen wäre es erstaunlich, wenn es keine Männer gegeben hätte. Es hatte sie gegeben, ein paar. Aber ihr Talent war nichts, was man an- oder ausschalten konnte. Das war der große Nachteil ihrer Gabe: Sie kam und ging, ohne dass sie das beeinflussen oder etwas dagegen unternehmen konnte. Es mochte passieren, dass sie mit einem Mann essen ging, der sie dann nach Hause brachte, ihr auf der Türschwelle die Hand küsste und dann fragte, ob er sie wiedersehen dürfe. Und gerade wenn sie dann ja sagen wollte, würde sich plötzlich sein Verstand vor ihr öffnen wie ein Buch, und sie konnte ihn darin als rammelnden Satyr sehen – und sich selbst als den Gegenpart dazu. Nicht alle Männer waren so, aber es reichte.

Und das war es nicht allein: Da war auch noch die Verlogenheit

– die Tatsache, dass Menschen nicht ehrlich sind. So wie der Mann in der Nachbarswohnung, der einem lächelnd einen guten Morgen wünscht, obwohl er im gleichen Moment denkt: *Verpiss dich, du grässliche Schnalle!* Oder der Friseur, der bei seiner Arbeit höflich Small Talk betreibt und der dann plötzlich denkt: *Gott, für diesen Mist hier kriege ich 12 Pfund die Stunde! Die blöde Kuh hat mehr Geld als Verstand!*

Oh ja, es hatte Männer gegeben. Gut aussehende, die sich nur Gedanken darüber machten, wie *sie* neben ihr aussahen. Und weniger gut aussehende, die jedes Mal vor Eifersucht kochten, wenn jemand anders ihr auch nur einen Blick zuwarf. Und dann, wenn man glücklich eine ganze Woche mit einem ›perfekten‹ Lover überstanden hat, hat man Sex mit ihm und liegt danach neben ihm im Bett und muss mit anhören, wie er überlegt, ob die Zeit noch für eine weitere Nummer reicht und er trotzdem noch den letzten Bus nach Hause erwischt.

So war das Leben eben, und Sandra wusste das auch. Sie hatte sich damit abgefunden, seit ihre Gabe sich in ihrer Pubertät zum ersten Mal gezeigt hatte. Aber Liebe war bei so etwas nicht möglich. Jedenfalls nicht, bis sie Harry kennen gelernt hatte.

Er war so ... anders.

Sie hatte seine Akte gelesen, und seine Gedanken. Er hatte Menschen getötet, viele Menschen. Das stand in seiner Akte. Aber da stand nicht, dass er sich an fast jeden davon erinnerte, und dass es ihm um jeden davon Leid tat, und dass er immer wieder den Drang verspürte, zurückzugehen und ihnen zu sagen, dass es ihm Leid tat, dass ihm aber keine Wahl geblieben war. Da stand nicht, dass die Dinge, die er gesehen und getan hatte, ihn in seinen Albträumen verfolgten. Und außerdem konnte Sandra nicht einmal die Hälfte von dem glauben, was ihm da zugeschrieben (zugeschrieben? Nicht vielleicht doch eher untergeschoben?) wurde. Ihre eigene Gabe war paranormal, sicher, aber das, wozu Harry fähig war – oder gewesen war – war übernatürlich. Und er hatte seine Kräfte so gut eingesetzt, wie es ihm nur möglich war. Er hatte viele Menschen mit ihnen getötet, aber er hatte nicht einen davon ermordet.

Sandra wusste, wie Mörder denken, und Harry Keogh dachte anders. Die Gedanken von Mördern sind tief und dunkel wie roter Wein, aber unruhig wie eine stürmische See und voller Klippen und Untiefen. Harrys Gedanken dagegen waren klar wie Quellwasser über Kieselsteinen. Auch sein Verstand konnte scharf sein, es gab viele Dolche darin, die er benutzen konnte, wenn man ihm Grund gab, sie zu wetzen. Aber sie waren immer offen sichtbar und nicht verborgen. Er konnte sie gebrauchen, aber er benutzte sie nicht heimlich. Nein, in Harrys Verstand gab es keine dunklen Winkel und keine gefährlichen Gassen. Oder wenn es die gab, dann hielt er sich zumindest nie dort auf.

Und in diesem Augenblick, als sie so neben ihm lag, wurde Sandra klar, wie sie ihn soeben beschrieben hatte. Es war nur eines von zwei Extremen möglich: Entweder war er völlig amoralisch, oder vollkommen unschuldig. Und weil sie wusste, dass es ihm an Moral nicht mangelte, musste er einfach unschuldig sein. Ein blutbefleckter Unschuldiger, aber trotzdem schuldlos. Ein Kind mit Blut an den Händen und einer schweren Last auf seinem Gewissen und in seinen Albträumen, aber das behielt er für sich. Nur wenn er es nicht mehr ertrug, ging er zu Bettley. Sie war sich nicht sicher, was das aus Bettley machte – einen priesterlichen Judas? Einen Beichtvater, der das Beichtgeheimnis brach? –, aber sie war nicht glücklich über ihre Rolle in diesem Spiel. Und das Schlimmste dabei war, dass er Verdacht geschöpft hatte, wie sie vermutete. Das würde erklären, warum er in ihrer Gegenwart nie entspannt war, und warum er sie offenbar nicht so genießen konnte, wie sie das von ihm wollte, so, wie sie seine Nähe genoss. Was für eine Ironie – einen Mann wie Harry zu finden und dann festzustellen, dass von allen Männern er der eine war, den sie wahrscheinlich nicht haben konnte! Jedenfalls nicht so, wie sie ihn wollte.

Sie war plötzlich wütend auf sich selbst. Sie spürte den Drang, die Bettdecke von sich zu stoßen und aus dem Bett zu springen, aber sie wollte Harry nicht wecken. Vorsichtig schob sie seine Hand zur Seite, die auf ihr lag, und glitt sacht unter den Laken hervor. Nackt ging sie ins Badezimmer.

Ihr war nicht warm oder kalt, und sie war auch nicht durstig, aber sie hatte das Gefühl, sie müsse etwas tun. Etwas ganz Gewöhnliches, etwas für sich, um sich physisch zu verändern. Vielleicht konnte sie damit auch ihre Stimmung ändern. Tagsüber ließ sich das ganz einfach bewerkstelligen: Dann ging sie in den Park und sah den kleinen Kindern beim Spielen zu, und sie wusste, dass etwas aus dieser märchenhaften Kinderwelt den Weg in ihre viel weniger elysische Existenz finden würde. Jemand, der im Allgemeinen so positiv in die Welt blickte wie sie, musste ganz schön fertig sein, um so etwas zu brauchen, das wurde ihr plötzlich klar. Es war erbärmlich, wenn man sich an der Unschuld anderer laben musste, um die eigene Schuld auszugleichen.

Sie trank ein Glas Wasser, spritzte sich kaltes Wasser unter die Achseln und auf die Brüste, die nach ihrem Liebesspiel verschwitzt waren, rubbelte sich dann wieder trocken und betrachtete sich kritisch im Badezimmerspiegel.

Im Gegensatz zu Harry fehlte Sandra jegliche Naivität. Vielleicht hätte sie die bewahrt, wenn ihre telepathischen Fähigkeiten nicht gewesen wären. Aber es ist schwierig, in einer Welt naiv oder unschuldig zu bleiben, in der sich unvermittelt die Gedanken anderer Menschen wie die Seiten eines Buches vor einem öffnen, und man nicht in der Lage ist, wegzusehen, sondern tatsächlich alles lesen *muss,* was da geschrieben steht. Die anderen Telepathen im E-Dezernat – Leute wie Trevor Jordan – hatten es einfacher, denn sie mussten ihr Talent ausrichten und kanalisieren; es kam und ging nicht einfach von selbst wie ein schlecht justierter Radiosender.

Wütend schüttelte Sandra den Kopf. Ha, da war es schon wieder: dieses fürchterliche Selbstmitleid! Was? Mitleid mit sich? Mit diesem schönen Wesen vor sich im Spiegel? Wie oft hatte sie diese Sendung schon gehört, von so vielen der Sender da draußen: *Gott, was würde ich dafür geben, wenn ich so aussähe!*

Wenn die nur wüssten ...

Aber wie viel schlimmer wäre ihr Leben, wenn sie jetzt auch noch hässlich wäre?

Sie hatte große, grünlich-blaue durchdringende Augen über einer kleinen, kecken Nase; einen Mund, an dem sie gearbeitet hatte, damit er weich und nicht zynisch wirkte; kleine Ohren, die beinahe von dem Schopf bronzener Haare verdeckt wurden, und hohe Wangenknochen, die sich sanft zu einem rundlichen, ziemlich selbstbewussten Kinn wölbten. Natürlich war ihr klar, wie sie auf andere wirkte. Sie las das in deren Gedanken, und das ließ sich nicht verleugnen. Ihre rechte Augenbraue, eine leicht nach oben gezogene bronzefarbene Linie, wirkte fragend, fast herausfordernd. So als wolle sie sagen: »Na los – denk's doch!« Manchmal tat sie das auch.

Ihr Lächeln war strahlend und sympathisch, vor allem, wenn sie schmeichelhafte Gedanken auffing. Aber sie konnte auch die Stirn runzeln und jemanden bei anderen Gedanken, die sie ›hörte‹, durchbohrend mustern. Auf den ersten Blick konnte man sich Sandras Gesicht ohne weiteres auf dem Cover eines der vielen Hochglanzmagazine vorstellen. Aber bei näherem Hinsehen erkannte man dann auch die vielen unverwechselbaren Eigenarten, die ihr Charakter dort hinterlassen hatte. Ihre siebenundzwanzig Jahre hatten ihr einen Stempel aufgedrückt; es gab zwar die Lachfalten in ihren Augenwinkeln, aber auch andere Linien, die sich über ihren Augen eingegraben hatten. Zeichen der unzähligen Male, die sie in ihrem Leben missmutig die Stirn gerunzelt hatte. Sie war dankbar dafür, dass diese Letzteren dem Gesamteindruck keinen Abbruch taten.

Und was den Rest von ihr betraf: Abgesehen von zwei persönlichen Einschränkungen war Sandras Körper fast perfekt, oder kam ihrem Ideal jedenfalls nahe genug, um ihren Ansprüchen zu genügen. Sie war ›oben rum‹ zu ausladend, was ihr eine wippende Elastizität verlieh. Sie hatte Bedenken, dadurch in eine bestimmte Schublade gedrängt zu werden. Der andere Makel waren ihre Beine, die ihr viel zu lang waren.

Ihr fiel wieder ein, was Harry bei einer früheren Gelegenheit gesagt hatte: »Es mag ja sein, dass du das als Makel empfindest, aber ich bin davon begeistert!« Es gefiel ihm, wenn sie beim Liebesspiel ihre Beine um ihn schlang, oder ihm die Brüste einladend vor dem Gesicht baumeln ließ. Ihre großen Brustwarzen, die wie die meisten Brustwarzen asymmetrisch waren, schienen ihn immer wieder zu faszinieren, auf jeden Fall bei den Gelegenheiten, wenn er ihr seine ganze Aufmerksamkeit schenkte. Aber nur allzu häufig war er ganz weit weg. Und jetzt wurde ihr noch etwas klar: Sie hatte den Sex oftmals eingesetzt, um ihn im Hier und Jetzt gefangen zu halten, so als befürchte sie, er werde bei der ersten Gelegenheit vor ihr davonlaufen, wenn sie ihm seine Freiheit ließ.

Ihr war plötzlich kalt. Sie schaltete das Licht aus und ging ins Schlafzimmer zurück.

Harry lag genauso da, wie sie ihn verlassen hatte: auf der linken Seite. Sein rechter Arm lag in der Mulde, die ihr Körper hinterlassen hatte. Und sein Atem war immer noch ruhig und gleichmäßig. Seine Augenlider bewegten sich nicht. Ein kurzer, unwillkürlicher telepathischer Blick zeigte endlose, leere Traumgewölbe, durch die er schwebte, auf der Suche nach einer Tür. Der Einblick kam und verschwand wieder, und Sandra seufzte. In Harrys Träumen waren immer diese Türen. Vielleicht entsprachen sie den Möbiustüren, die er einst mathematisch aus dem Nichts heraufbeschworen hatte.

Er hatte ihr einmal erklärt: »Jetzt, wo es vorbei ist, habe ich manchmal das Gefühl, es war alles nur ein Traum, oder eine Geschichte, die ich in einem Märchenbuch gelesen habe. Es ist alles so unwirklich, wie etwas, das ich mir ausgedacht habe, oder wie eine außerkörperliche Erfahrung. Aber damit kommt dann auch umso deutlicher die Erinnerung, wie das wirklich gewesen ist, als ich unkörperlich war, und dann weiß ich wieder, dass alles wirklich passiert ist. Wie kann ich das erklären? Hast du je geträumt, du könntest fliegen? Hattest du je einen Traum, in dem du genau wusstest, wie man fliegt?«

»Ja«, hatte sie mit ihrem leichten schottischen Akzent geantwortet. »Oft und ziemlich lebhaft. Ich laufe einen steilen Abhang hinunter, um mich in die Luft zu stürzen, und dann segle ich hoch über die Pentland Hills hinweg, über das Dorf, in dem ich geboren bin. Manchmal hat mir das Angst gemacht, aber ich erinnere mich, dass ich genau wusste, was ich zu tun hatte.«

Harry war aufgeregt. »Genauso ist es! Und wenn du dann aufgewacht bist, hast du versucht, dich an den Traum zu klammern; du wolltest dieses Geheimnis nicht mit dem Traum zusammen entschwinden lassen? Und es hat dich geärgert, als du dann im Wachsein bemerkt hast, wie sehr du wieder an die Erde gefesselt bist? Na ja«, und hier seufzte er und seine Erregung ließ nach, »ungefähr so ist das manchmal für mich. Wie etwas, das ich in vielen Kindheitsträumen hatte, aber das jetzt auf immer aus mir herausgebrannt worden ist.«

Das ist auch besser für dich, Harry, hatte sie gedacht. *Diese Welt war ein gefährlicher Ort. Jetzt bist du in Sicherheit.*

Es war besser für ihn, aber nicht für das E-Dezernat, und das war auch der Grund, warum sie hier war. Die wollten, dass er seine Fähigkeiten zurückerhielt, und es war ihnen ziemlich egal, wie das geschah. Sie sollte ein Teil dieser Rückholaktion sein.

Sie schlüpfte zu ihm ins Bett, um an seiner Wärme teilzuhaben, und seine Hand legte sich automatisch auf ihre Brust. Sein Körper war gut trainiert, sehnig und muskulös. Er legte viel Wert darauf, ihn in diesem Zustand zu halten.

»Dieser Körper ist um Jahre älter, als ich es bin.« Als er ihr das gesagt hatte, hatte kein Fünkchen Humor in seiner Stimme gelegen. »Also muss ich auf ihn Acht geben.«

So als sei das nicht sein Körper, sondern etwas, das er in Verwahrung hatte. Es war schwer zu glauben, dass es wirklich eine Zeit gegeben hatte, als dieser Körper nicht ihm gehört hatte. Aber damals hatte sie ihn nicht gekannt – weder den Mann noch den Körper – und dafür war sie dankbar.

»Hmmmm?«, brummte er jetzt, als sie sich an ihn schmiegte.

»Nichts«, flüsterte sie im Dunkeln. »Schlaf weiter!«

»Hmmmm ...«, brummte er wieder und zog sie instinktiv näher zu sich heran.

Er war warm und er war Harry. Sie hatte sich noch nie bei jemandem so sicher gefühlt. Trotz all seiner Depressionen ... Wenn sie so wie jetzt bei ihm war, war er ein Fels in der Brandung. Sie streichelte seine Brust, aber nur sacht, um ihn nicht aufzuwecken oder zu erregen, und versuchte, ihn durch ihren Willen tiefer in den Schlaf hineinzuversetzen –

– und schlief dabei selbst ein.

Harry …! Mary Keogh, Harrys Mutter, rief ihn aus ihrem nassen Grab und konnte nicht zu ihm durchdringen. Es gelang ihr jetzt überhaupt nicht mehr, und sie wusste auch warum, aber das hielt sie nicht davon ab, es weiter zu versuchen. *Harry, da ist jemand, der dich unbedingt sprechen will. Er sagt, ihr seid alte Freunde und er habe dir etwas Wichtiges zu sagen.*

Harry konnte sie hören, aber er konnte nicht antworten. Er wusste, er durfte nicht antworten, denn es war ihm verboten, mit den Toten zu sprechen. Sollte er es versuchen, oder auch nur daran denken, es zu versuchen, dann ertönte erneut diese kraftvolle Stimme in seinen Gedanken, die die Befehle wiederholte, mit denen seine necroscopischen Fähigkeiten aufgehoben wurden:

Du darfst das nicht, Harry, ansonsten wirst du Schmerzen erleiden! Große Schmerzen! So starke Schmerzen, dass die Stimmen der zahllosen Toten bis zur Unkenntlichkeit verzerrt sein werden. So unerträgliche mentale Qualen, dass du es nie wieder versuchen wirst. Es ist nicht meine Absicht, grausam zu sein, Vater, aber das ist zu deinem eigenen Schutz – und auch dem meinen. Faethor Ferenczy, Thibor, Julian Bodescu, vielleicht waren sie die Letzten – vielleicht aber auch nicht. Die Wamphyri haben Kräfte, Vater! Und wenn es noch weitere gibt, die verborgen auf deiner Welt leben, wie lange wird es dann wohl dauern, bis sie nach dir suchen und dich finden? Dich finden, bevor du sie finden kannst? Aber sie werden nur dann nach dir suchen, wenn sie einen Grund haben, dich zu fürchten. Und deswegen werde ich ihnen diesen Grund nehmen! Verstehst du das?

»Das tust du um deinetwillen. Nicht weil du Angst um mich hast, sondern weil du dich fürchtest. Du hast Angst, ich könnte eines Tages zurückkommen, dich in deiner Feste aufsuchen und dich vernichten. Ich habe dir bereits gesagt, das würde ich nie tun. Offenbar reicht dir mein Wort nicht.«

Die Menschen verändern sich, Harry. Auch du könntest deine Meinung ändern. Ich bin dein Sohn, aber ich bin auch ein Vampir. Ich kann nicht darauf bauen, dass du nicht eines Tages mit Schwert und Pflock und Feuer zu mir zurückkommen wirst. Ich habe dir das bereits zuvor gesagt: Als Necroscope bist du eine Gefahr, aber ohne die Toten bist du machtlos. Ohne sie gibt es für dich kein Möbius-Kontinuum mehr. Du kannst nicht mehr hierher zurückkommen und mich nicht in meinen anderen Verstecken aufspüren. Ja, auch das ist ein Grund, warum ich dir diese Beschränkungen auferlege.

»Dann verdammst du mich zu schrecklichen Qualen. Das ist unvermeidlich. Die Toten lieben mich. Sie werden zu mir sprechen!«

Sie können es versuchen, aber du wirst sie nicht hören, und du wirst ihnen nicht antworten. Nicht bewusst. Ich verweigere dir hiermit diese Fähigkeit.

»Aber ich bin ein Necroscope! Ich rede aus Gewohnheit mit den Toten! Und was ist, wenn ich alt werde? Wenn ich senil werde und den Toten etwas vorplappere, was ist dann? Muss ich dann immer noch leiden? Mein ganzes Leben lang?«

Gewohnheiten sind dazu da, um aufgegeben zu werden, Harry. Ich sage es dir nur noch ein Mal, und wenn du dann noch daran zweifelst, kannst du es selbst ausprobieren: Du darfst nicht bewusst mit den Toten reden, und wenn sie mit dir reden, dann musst du deren Worte sofort aus deiner Erinnerung streichen oder – oder du trägst die Konsequenzen. So sei es!

»Und die Mathematik, die Möbius mich gelehrt hat, soll ich die auch vergessen?«

Du hast sie schon vergessen! Das ist meine oberste Einschränkung, denn ich werde es nicht zulassen, dass jemand in mein Territorium eindringt. Und jetzt lassen wir die Diskussion. Die Geschichte ist erledigt. Es ... ist ... geschafft!

Harry hatte ein schreckliches Ziehen in seinem Kopf gespürt, das ihn aufschreien ließ; dann kam die Dunkelheit, und dann ...

... kam er in London wieder zu Bewusstsein, im Hauptquartier des E-Dezernats.

Das war vier Jahre her. Er hatte dem E-Dezernat erzählt, was er konnte, und hatte ihnen geholfen, ihre Akten über ihn zu vervollständigen und zu schließen. Er war kein Necroscope mehr; er konnte seinen metaphysischen Willen nicht mehr dem physikalischen Universum aufzwingen. Für das Dezernat war er jetzt nutzlos. Aber selbst nachdem sie jeden ihnen möglichen Versuch unternommen hatten, ihm seine übernatürlichen Fähigkeiten zurückzugeben, war ihm klar, dass sie es damit nicht bewenden lassen würden. Als Necroscope war er ein zu gewichtiger Aktivposten für sie gewesen. Sie würden ihn aus ihren Klauen lassen, und wenn sie ihn zurückbekommen könnten, dann würden sie alles dafür tun. Genau wie auch seine millionenfachen Freunde, die zahllosen Toten. Ja sicher, Harrys richtige Freunde – seine wirklichen Bekannten unter der großen Mehrheit – zählten nur knapp hundert. Aber den anderen war sein Name ein Begriff. Für die würde er immer das einzige Licht in ihrer ewigen Dunkelheit sein.

Und jetzt versuchte eine von ihnen – die weitaus wichtigste – erneut mit ihm zu sprechen: *Harry, mein armer liebster Harry! Warum antwortest du mir nicht, mein Sohn?* Er war immer ihr armer lieber Harry gewesen.

»Weil ich das nicht kann«, wollte er ihr sagen – aber er wagte es nicht, nicht einmal schlafend, im Traum. Denn er hatte es einmal versucht, unten am Fluss, und er erinnerte sich nur zu gut daran.

Es war sein erster Weg gewesen, nachdem er wieder zu seinem Haus nach Bonnyrig zurückgekommen war, dem Haus, dass früher ihr gehört hatte, und zwischendurch Viktor Shukshin. Shukshin hatte sie unter dem Eis ertränkt, und hatte dafür gesorgt, dass ihr Körper an seinen jetzigen Ruheplatz geschwemmt wurde. Dort war sie auf den Grund gesunken und hatte sich mit dem Schlamm, dem Schlick und den Algen vereint. Und da war sie geblieben – bis zu jener Nacht, in der Harry sie heraufbeschworen hatte, um Rache zu nehmen. Und danach hatte sie hier in Frieden gelegen, oder war allmählich und stückchenweise davongewaschen worden. Aber ihr Geist verweilte hier immer noch.

Und hier hatte er sich, wie so viele Male zuvor, an das Flussufer gesetzt und auf das Wasser hinausgestarrt, das still, tief und dunkel an den Schilffeldern und dem bröckligen Tonufer entlangströmte. Es war heller Tag; Unkraut und Dornen hatten die alten, ungenutzten Pfade am Fluss überwuchert; die Vögel sangen in den schattigen Weiden und den dornigen Brombeersträuchern.

Abgesehen von seinem standen hier noch drei andere Häuser, von denen zwei isoliert und weit voneinander entfernt in großen, eingezäunten Gärten standen, die sich fast bis zum Fluss erstreckten. Diese beiden waren unbewohnt und verfielen zusehends. Das dritte, direkt nebenan, stand schon seit Jahren zum Verkauf. Alle paar Wochen kamen ein paar Leute vorbei, um es sich anzusehen, und gingen dann kopfschüttelnd wieder davon. Das hier war keine angesagte Wohngegend. Nein, hier war es einsam und verlassen, und gerade darum liebte Harry den Ort. Er und seine Mutter hatten sich hier immer in Ruhe unterhalten können, und er musste nie befürchten, dass ihn jemand dabei beobachtete, wie er offenbar allein irgendwelchen Unsinn vor sich hin brabbelte.

Er hatte nicht gewusst, was ihn erwartete; er wusste nur, dass ihm dieses Gespräch verboten war und dass es Konsequenzen gab, die er zu tragen hatte, wenn er versuchte, sich den Verboten zu widersetzen, die seinem ESPer-Verstand auferlegt waren. Dieser Säuretest war so ungefähr das einzige, was das E-Dezernat nicht versucht hatte, vor allem, weil er sich dagegen gesträubt hatte. Das Dezernat stand damals schon unter Darcy Clarkes Führung, und dessen Talent hatte ihn davor gewarnt, Harry – und seine Freunde – zu weit zu treiben.

Aber da am Fluss konnte Harrys Mutter, der Geist des unschuldigen Mädchens, das sie gewesen war, der Versuchung nicht widerstehen, wieder mit ihrem Sohn zu reden.

Zuerst war da nur die Stille, das langsame Gurgeln des Wassers, der Gesang der Vögel. Aber nach kurzer Zeit hatte sie Harrys unverkennbare Gegenwart bemerkt. *Harry?*, hatte sie sich atemlos in seinem Verstand gemeldet. *Harry, bist du das? Ich weiß, dass du das bist. Du bist nach Hause gekommen, Sohn!*

Das war alles, was sie gesagt hatte – aber es hatte gereicht.

»Mama – nein!«, hatte er aufgeschrien. Er war auf die Füße gesprungen und rannte, während jemand in seinem Kopf eine Wunderkerze entzündete, die ihre brennenden Funken überall durch seinen Verstand jagte. Erst da war ihm aufgegangen, was der Meister des Gartens, Harry Junior, ihm angetan hatte.

Eine solche mentale Qual, dass du es nie wieder versuchen wirst! Das hatte ihm sein vampirisierter Sohn versprochen, und dieses Versprechen hatte er gehalten. Nicht der Meister selbst, aber die posthypnotischen Befehle, die er eingepflanzt und in Harrys Verstand verankert hatte.

Die Dämmerung hatte Harry im langen Gras am Flussufer überrascht, wo er unter grauenhaften Schmerzen wieder in einer Welt erwachte, von der er jetzt ohne Zweifel wusste, dass er in ihr kein Necroscope mehr war. Er konnte nicht mehr mit den Toten sprechen. Jedenfalls nicht bewusst.

Aber während er schlief und träumte ...?

Harry ... die Stimme seiner Mutter rief wieder nach ihm. Ihre Stimme hallte durch die endlosen, verwinkelten Gewölbe seiner ansonsten leeren Träume. *Ich bin hier, Harry, hier.* Und ohne sein bewusstes Zutun war er abgebogen und hatte eine Tür durchschritten. Jetzt stand er wieder am Flussufer, diesmal im gleißenden Mondlicht. *Bist du das, Harry?* Ihre gedämpfte mentale Stimme verriet ihm, dass sie das kaum zu glauben wagte. *Bist du wirklich zu mir gekommen?*

»Ich kann dir nicht antworten, Mama«, wollte er sagen, aber seine Stimme versagte den Dienst.

Aber du hast mir bereits geantwortet, Harry, sagte sie. Und er wusste, dass sie Recht hatte. Denn die Toten brauchen das gesprochene Wort nicht; es reicht, zu ihnen zu denken, wenn man die Befähigung hat.

Harry ließ sich da am Flussufer zu Boden fallen, nahm eine foetale Haltung ein, schlang die Arme um die Kopf und wartete auf den unvermeidlichen Schmerz – doch der blieb aus!

Ach Harry, Harry!, sagte sie sofort. *Hast du wirklich geglaubt, dass ich dir nach diesem ersten Mal mit Absicht Schmerzen zufügen oder dich verletzen würde?*

»Mama, ich ...«, (er versuchte es erneut und zuckte vorausahnend zusammen, als er aufstand) »... ich verstehe das nicht!«

Doch, das tust du, mein Sohn, beschwichtigte sie ihn. *Natürlich tust du das! Du hast es nur vergessen. Du vergisst es jedes Mal, Harry.*

»Vergessen? Was habe ich vergessen, Mama? Was vergesse ich jedes Mal?«

Du vergisst, dass du schon hier gewesen bist, in deinen Träumen, und dass das, was mein Enkelsohn dir angetan hat, hier nicht gilt. Das hast du vergessen, und du tust es jedes Mal wieder! Und jetzt ruf zu mir, Harry, damit ich ordentlich mit dir reden und einen Spaziergang mit dir machen kann.

Stimmte das, konnte er in seinen Träumen mit ihr reden? Das hatte er auch in früheren Zeiten getan – da war er gleichzeitig wach und schlafend gewesen – aber jetzt war es anders.

Nein, das ist es nicht, mein Sohn. Das ist genau wie früher. Ich muss dich nur jedes Mal wieder daran erinnern.

Und dann ertönte wieder eine andere Stimme, nicht die seiner Mutter, eine, die aus seiner Erinnerung und nicht aus seinem träumenden Verstand kam: ... *Du darfst nicht bewusst mit den Toten reden, und wenn sie mit dir reden, dann musst du deren Worte sofort aus deiner Erinnerung streichen oder – oder du trägst die Konsequenzen.*

»Die Stimme meines Sohnes«, seufzte er, als er plötzlich verstand. »Wie oft haben wir uns schon miteinander unterhalten, Mama? Ich meine, seit es begonnen hat, mir wehzutun – also in den letzten vier Jahren?«

Noch als sie begann, ihm zu antworten, beschwor er sie herauf, so dass sie aus den Wassern aufstieg, ihm die Hand entgegenstreckte und sich von ihm ans Ufer ziehen ließ. Sie war wieder eine junge Frau, so wie an jenem Tag, als sie starb.

Vielleicht zehn, zwanzig, fünfzig Mal (sie zuckte geistig die Achseln). *Schwer zu sagen, Harry. Aber es wird jedes Mal schwieriger, zu dir durchzudringen. Und wir haben dich so vermisst.*

»Wir?« Er nahm ihre Hand und sie gingen zusammen an dem dunklen Fluss entlang, unter einem vollen Mond, der über einen wolkendurchzogenen Himmel wanderte.

Ich und all deine Freunde, die zahllosen Toten. Hunderte von ihnen warten begierig darauf, deine sanfte Stimme wieder zu hören; Millionen mehr werden dann nachfragen, was du gesagt hast; und all die anderen wollen wissen, was du tust und wie es dir geht und was aus dir geworden ist. Und ich – ich bin so etwas wie ein Orakel! Denn sie wissen, ich bin diejenige, die am häufigsten mit dir redet. Oder die das früher getan hat ...

»Du gibst mir das Gefühl, als hätte ich ein altes Versprechen gebrochen«, sagte er. »Aber das hat es nie gegeben. Und so sind die Dinge auch gar nicht! Ich kann nichts dafür, dass ich nicht länger mit euch reden kann. Oder dass ich mich nicht mehr daran erinnern kann, wenn ich das tue. Und wieso ist es schwierig geworden, zu mir durchzudringen? Du hast mich gerufen und ich bin gekommen. War das so schwer?«

Aber du kommst nicht immer, Harry. Manchmal kann ich fühlen, dass du da bist, und ich rufe nach dir und du weichst vor mir zurück. Und jedes Mal wird die Wartezeit zwischen deinen Besuchen länger, als würdest du keinen Wert mehr darauf legen, oder als hättest du uns vergessen. So, als seien wir eine lästige Pflicht – von der du dich jetzt lösen willst?

»Nein, das ist nicht wahr!«, brach es aus Harry heraus. Aber er wusste, so war es. Es war nichts, das er aufgeben wollte, aber etwas, das für ihn aufgegeben worden war – durch seine Angst. Durch seine Furcht vor der mentalen Folter, die das Reden mit den Toten auf ihn herab beschwören würde. »Oder, wenn es wahr ist«, korrigierte er sich jetzt weniger heftig, »dann ist das nicht meine Schuld. Mein Verstand wäre wertlos für euch, wenn er ausgebrannt wäre, Mama. Und das wird passieren, wenn ich es zu weit treibe.«

Nun (plötzlich spürte er eine neue Festigkeit in ihrer Stimme, einen stärkeren Druck in den kalten Fingern, die seine Hand hielten), *dann müssen wir etwas dagegen unternehmen! An deiner Situation, meine ich, denn es stehen schwere Zeiten bevor, und die Toten liegen unruhig in ihren Gräbern. Harry, weißt du noch, dass ich dir gesagt habe, da wolle jemand mit dir reden? Und dass das, was er dir zu sagen hat, wichtig sei?*

»Ja, ich erinnere mich. Wer ist das, und was ist so wichtig?«

Das wollte er nicht sagen, und seine Stimme kam von weit, weit her. Aber es ist ungewöhnlich, wenn die Toten Schmerzen verspüren, Harry, denn mit dem Tod endet für gewöhnlich jeder Schmerz.

Harry fühlte sein Blut erstarren. Er wusste nur zu gut, dass die Toten in gewissen Fällen sehr wohl Schmerz verspüren können. Sir Keenan Gormley, der von sowjetischen Gedankenspionen ermordet worden war, war dann von Boris Dragosani, einem Nekromanten, ›untersucht‹ worden. Und obwohl er tot gewesen war, hatte er die Schmerzen verspürt. »Ist es ... so, wie das?« Er hielt den Atem an, bis seine Mutter antwortete.

Ich weiß nicht, wie das ist. Sie drehte sich zu ihm um und sah ihm direkt in die Augen, *denn das ist etwas, das ich nie erfahren musste. Aber Harry, ich habe Angst um dich!* Und bevor er auch nur den Versuch unternehmen konnte, sie zu beschwichtigen: *Oh mein Sohn, mein armer kleiner Harry – ich habe so große, so unsagbar große Angst um dich! Ist es so, wie das, fragst du? Und ich sage: Wird es wieder – kann es wieder – so sein? Wie denn, wenn du kein Necroscope mehr bist? Und dann bete ich, dass es nicht mehr so sein kann. Du siehst also, mein Sohn, ich bin hin- und her gerissen. Ich vermisse dich, und all die Toten vermissen dich, aber wenn wir dich in Gefahr bringen würden, dann können wir auch ohne dich auskommen.*

Er spürte, dass sie ihm etwas verschwieg. »Mama, weißt du wirklich nicht, wer mich da erreichen will? Und du bist dir sicher, dass du nicht weißt, wo er in diesem Augenblick ist?«

Sie gab seine Hand frei, wandte sich ab und vermied es, ihm in die Augen zu sehen. *Nein, wer er ist, weiß ich nicht. Aber seine Stimme, seine Geiststimme, die so gequält aufheult. Oh ja, ich weiß, wo er ist. Und all die anderen Toten wissen es auch. Er ist in der Hölle!*

Irritiert fasste er sie bei den Schultern und drehte sie sanft, bis sie ihn wieder ansehen musste. »In der Hölle?«

Sie sah ihn an, öffnete den Mund – und nur ein Gurgeln drang heraus! Sie rang hustend nach Luft, spuckte Blut ... und dann richtete sie sich auf, gewann an Masse und entriss sich seinem plötzlich kraftlosen Griff.

Er sah etwas in ihrem Mund, etwas Gespaltenes, Züngelndes, das keine menschliche Zunge war! Ihre Haut wurde runzlig und alt, und zerfiel von einem Augenblick zum nächsten wie jahrhundertealtes Pergament. Das Fleisch verrottete auf den Knochen, entblößte einen Totenschädel und zerfiel zu Staub, der an ihr herunterrieselte wie ein verrottetes Leichentuch. Sie schrie in Panik auf, drehte sich um und rannte vor ihm davon, dem Flussufer entgegen. Sie hielt einen Moment auf der Uferböschung inne und sah zu ihm zurück. Es war ein fauliges, zerfallendes Skelett, das ihm entgegenlachte, während es ins Wasser stürzte – und er sah, wie ihre Augen leuchtend rot im Mondschein glühten, und dass ihre Zähne spitze, gebogene Fänge waren.

Wie vom Donner gerührt – schreckensstarr – stand Harry da und konnte nur hinter ihr her rufen: »Mama!«

Aber es war nicht seine Mutter, die ihn hörte und ihm antwortete: *Haaary!* Die Stimme kam von weit, weit her, aber trotzdem wirbelte Harry herum und starrte dem Klang entgegen in die silbrige Mondnacht. Da war niemand.

Haaaary! Wieder, und diesmal deutlicher in seinem Kopf. *Haaaaary Keeeeoooogh!* Sie war so, wie seine Mutter sie beschrieben hatte: eine Stimme, die alle Qualen der Hölle erlitt.

Immer noch benommen durch die Verwandlung seiner Mutter – die nur eine sehr dringliche Warnung sein konnte, denn Harry wusste, dass sie so etwas nie absichtlich herbeiführen würde – konnte Harry zunächst nicht antworten. Aber er erkannte die Verzweiflung in der Stimme, ihre Pein, die Hoffnungslosigkeit, mit der sie ihn immer noch anrief: *Harry, um Himmels willen! Wenn du da bist, bitte antworte mir. Ich weiß, dass du das nicht tun solltest, dass du es nicht wagst – aber du musst es tun! Es geschieht erneut, Harry, es passiert wieder!*

Die Stimme wurde leiser, das Signal schwächer, das telepathische Potential versiegte. Wenn Harry dieser Sache je auf den Grund gehen wollte, dann musste er das jetzt tun.

»Wer bist du? Was willst du von mir?«

Haaaarry! Harry Keogh! Hilf uns! Der Besitzer der Stimme hatte ihn nicht gehört, die Stimme versiegte und verlor sich in einer Brise, die vom Fluss heraufzog.

»Wie?«, rief er hinter ihr her. »Wie kann ich dir helfen? Ich weiß nicht einmal, wer du bist!« Aber es war anzunehmen, dass er den Rufer kannte. Es kam selten vor, dass ein Toter mit ihm sprach, ohne dass es vorher so etwas wie ein gegenseitiges Vorstellen gegeben hatte. Für gewöhnlich hatte er sie aufgesucht, und wenn der Kontakt einmal hergestellt war, waren sie auch in der Lage, ihn wiederzufinden. Und daher war es wahrscheinlich, dass er auch diese Person (oder Personen?) gekannt hatte, vielleicht, als sie noch am Leben waren.

Haaarry – um Himmels willen, finde uns und mache dem hier ein Ende!

»Aber wie kann ich euch finden?« Harry schrie in die Nacht heraus und wäre in seiner Hilflosigkeit beinahe in Tränen ausgebrochen. »Und welchen Sinn könnte das haben? Ich werde mich nicht einmal mehr daran erinnern, wenn ich wieder wach bin.«

Und dann – es war nur noch ein schwacher, verklingender Hauch, aber er reichte aus, um einen Wind heraufzubeschwören, der vom Wasser herüberwehte und an Harry zerrte, so dass er sich dagegen stemmen musste – und dann kam die letzte Bitte, die das Blut des Ex-Necroscopen gefrieren ließ, ihm eine Gänsehaut am ganzen Körper bescherte und ihn in die Realität zurückriss: *Finde und zerstöre uns!,* flehten die unbekannten Stimmen. *Mach diesen roten Fäden ein Ende, bevor sie sich weiter ausbreiten. Du weißt, was du tun musst, Harry: der scharfe Stahl, der hölzerne Pflock, das reinigende Feuer. Tue es, Harry. Bitte ... tue ... es!*

Harry schreckte auf. Sandra umarmte ihn und versuchte ihn niederzuhalten. Er war schweißgebadet und zitterte wie Espenlaub. Auch sie war angsterfüllt. Ihre Augen waren weit aufgerissen und ihr Mund formte ein starres ›O‹.

»Harry, Harry!« Sie lag halb über ihm. Sie ließ seine Schultern los, legte ihm die Arme um den Hals und spürte sein Herz gegen ihre Brust schlagen. »Es ist alles gut, alles ist gut. Es war ein schlimmer Traum. Nur ein Albtraum, nichts weiter.«

Mit weit aufgerissenen, unsteten Augen starrte er im Zimmer umher. Zitternd und keuchend ließ er die gewohnte Umgebung in sich einsickern. Sandra hatte das Licht angeknipst, nachdem sein Aufschrei sie aus dem Schlaf gerissen hatte.

»Was?« Seine Hände, mit denen er sich an ihr festhielt, zitterten. »Was ist passiert?«

»Es ist alles in Ordnung«, versicherte sie. »Nur ein Traum, nichts weiter.«

»Ein Traum?« Ihre Worte drangen allmählich zu ihm durch, und die Leere hinter seinen Augen füllte sich wieder mit Leben. Er schob sie sanft zur Seite, wollte sich aufsetzen und sog dann scharf die Luft ein und fuhr ruckartig hoch. »Nein«, stammelte er, »das war mehr als nur ein Traum – viel mehr. Und ich muss mich daran erinnern!«

Aber es war zu spät; die Bilder verflüchtigten sich schon, flossen zurück in die Tiefen seines Unterbewusstseins. »Da war ... es ging um ...«, er schüttelte verzweifelt den Kopf und verspritzte dabei Schweißtropfen um sich, »... meine Mutter! Nein, nicht direkt um sie, aber ... sie hatte damit zu tun! Es war ... eine Warnung? Ja, es war eine Warnung ... und noch etwas anderes.«

Aber das war alles. Der Traum war ausgelöscht, gegen seinen Willen durch den Willen eines anderen verdrängt – durch den Willen oder das Legat seines Sohnes – durch die posthypnotischen Befehle, die der in Harrys Verstand eingepflanzt hatte.

»Verdammt!«, flüsterte Harry, während er da schweißnass und zitternd auf der Bettkante saß.

Das war um fünf nach vier gewesen. Harry hatte zu der Zeit vielleicht dreieinhalb Stunden geschlafen, Sandra eine Stunde weniger. Als er sich schließlich beruhigt und einen Morgenmantel angezogen hatte, hatte sie Kaffee aufgesetzt. Und während er zitternd da saß und an seiner Tasse nippte, versuchte sie, ihm seinen Traum wieder ins Gedächtnis zu rufen, drängte sie ihn, sich zu erinnern ... und verfluchte sich insgeheim die ganze Zeit dafür, dass sie eingeschlafen war! Wenn sie wach geblieben wäre, hätte sie vielleicht einen Teil der schrecklichen Sache miterlebt, die er durchlebt hatte, was auch immer das gewesen sein mochte. Das war schließlich ihre Aufgabe: Sie war dazu da, ihm zu helfen, seinen Verstand unter Kontrolle zu bekommen und das wiederzufinden, was er verloren hatte. Egal, ob er das wollte oder nicht, und egal, ob das gut oder schlecht für ihn war.

Aber: »Es hat keinen Sinn.« Er hatte den Kopf geschüttelt, nachdem sie ihn lange Zeit geduldig ausgefragt hatte. »Es ist weg. Und wahrscheinlich ist es auch besser so. Ich muss vorsichtig sein.«

Sandra war müde. Sie hatte nicht gefragt, warum er vorsichtig sein müsse, weil sie Bescheid wusste. Aber sie hätte fragen sollen, weil sie das eigentlich nicht wissen dürfte. Und als sie ihn wieder ansah, blickten seine wissenden Augen sie geradewegs an, und sein zerzauster Kopf war ein wenig – wie fragend – zur Seite geneigt. »Warum interessiert dich das eigentlich so?«

»Es ist nur, wenn du dir das von der Seele reden kannst, fühlst du dich danach besser.« Wenigstens klang ihre Lüge einigermaßen plausibel. »Wenn man einen Albtraum erzählt hat, dann ist er nicht mehr so Furcht einflößend.«

»Ach? Du kennst dich also mit Albträumen aus?«

»Ich wollte dir nur helfen.«

»Aber ich erzähle dir, dass ich mich nicht erinnern kann, und du bohrst trotzdem weiter. Das war nur ein Traum, und niemand versucht so penetrant, die Träume von jemand anderem aus ihm herauszukitzeln! Jedenfalls nicht ohne einen verdammt guten Grund. Sandra, hier stimmt etwas nicht, und ich glaube, das ist mir schon seit einiger Zeit bewusst. Der alte Bettley sagt, es sei meine Schuld, wenn die Sache zwischen uns nicht so ganz funktioniert, aber ich bin mir da nicht mehr so sicher.«

Es gab nichts, was sie dazu sagen konnte, und so verzichtete sie auf eine Antwort, tat verletzt und zog sich von ihm zurück. Aber natürlich wusste sie, dass er es war, der verletzt worden war, und das hatte sie vermeiden wollen. Als er schließlich wieder ins Bett kroch und sie ihm dahin folgte, war es unübersehbar, wie kalt er war, wie steif und schweigsam und brütend er da lag – mit dem Rücken zu ihr ...

Etwas mehr als eine Stunde später wurde sie durch ein natürliches Bedürfnis erneut wach. Harry schlief weiter und bekam nichts mit. Er lag da wie tot. Dieser Gedanke ließ sie ein wenig frösteln, als sie wieder zu ihm unter die Decke kroch; aber natürlich war er nicht tot, nur erschöpft, geistig und vielleicht auch körperlich ausgelaugt. Seine Gliedmaßen waren bleischwer, seine Augen starr, sein Atem tief, langsam und gleichmäßig. Keine Träume mehr. Es war vielleicht noch eine Dreiviertelstunde bis zur Dämmerung.

Während sie so neben ihm lag, fühlte sich Sandra von ihm entfremdet. Ihre Beziehung, das spürte sie, war wie eine kunstvolle Strickarbeit, und im Stricken war sie nie besonders gut gewesen. Eine fallen gelassene Masche, und das ganze Ding fällt auseinander. Und das wäre schade. Der Sex in der letzten Nacht war sehr, sehr gut gewesen. Und das galt für sie beide, da war sie sich sicher.

Um sich die angenehmen, feuchten Erinnerungen von ihm in ihr wieder ins Gedächtnis zu rufen, griff sie hinüber und nahm seinen Penis in die Hand. Und einen Augenblick später wurde sie damit belohnt, dass er sich versteifte und zwischen ihren Fingern pulsierte. Eine unwillkürliche Reaktion, wie sie wusste, aber schon dafür war sie dankbar.

Ihre Bezugspunkte brachen auseinander und verschoben sich, und auch das war ihr bewusst. Das E-Dezernat bezahlte ihre Rechnungen, aber es musste im Leben doch mehr geben als fette Gehaltsschecks. Sie wollte Harry. Er war nicht mehr nur ein Job, schon seit langer Zeit nicht mehr. Und es wurde immer deutlicher, dass sie sich entscheiden würde, das Dezernat zum Teufel schicken, und Harry alles erzählen musste. Verdammt, wahrscheinlich hatte er sich mittlerweile schon alles selbst zusammengereimt.

In einem Dämmerzustand begannen ihre Gedanken in sinnlosen Kreisen zu laufen.

Bevor sie wieder einschlief, hörte sie noch Geräusche aus dem Garten, da, wo das Anwesen an den Fluss grenzte. Schleifgeräusche, raschelnd, träge. Ein Biber? Sie war sich nicht sicher, ob es hier oben Biber gab. Vielleicht war es auch ein Igel ... Jedenfalls keine Einbrecher ... Nicht in einer so heruntergekommenen Gegend ... Hier gab es nichts zu holen ... Biber ... Igel ... Das Knirschen von Steinen auf dem Kies der Gartenwege ... Irgendetwas, das ruhelos im Garten rumorte ...

Sandra schlief ein, aber die Geräusche beschäftigten sie immer noch. Sie nahm sie wahr und verharrte auf der Schwelle zum Schlaf. Sie wollte sich nicht wirklich herabziehen lassen. Aber als die Dämmerung mit den ersten schwachen Strahlen bleichen

Lichts durch die Vorhänge in Harrys Zimmer tastete, verklangen die Geräusche im Garten allmählich. Sie hörte das gewohnte Knarren des alten überdachten Tores am Ende des Gartens, etwas, das wie eine Abfolge schlurfender Fußtritte klang, und dann nichts mehr.

Kurze Zeit später zwitscherten die Vögel, und Harry kam in seinem Morgenmantel die Treppe hoch. Er brachte eine dampfende Kaffeetasse und Kekse auf einem Tablett. »Frühstück«, sagte er schlicht. »Es war eine harte Nacht.«

»War es das?« Sie setzte sich auf.

»Es ging doch ganz schön hoch her.« Er presste die Lippen aufeinander. Er war immer noch blass, wirkte aber nicht mehr so erschöpft. Und sie meinte, einen neuen Blick in seinen Augen zu erkennen. Vorsicht? Ein zögerliches Erkennen? Eine Entscheidung? Bei Harry war so etwas schwer zu sagen. Aber eine Entscheidung? Wozu hatte er sich entschieden? Was wollte er sagen? Sie musste mit ihm reden, bevor er den falschen Schritt tun konnte.

»Ich liebe dich«, sagte sie und stellte ihre Tasse auf einem kleinen Nachttischchen ab. »Vergiss alles andere und denke nur daran. Ich kann nichts dagegen machen und will das auch gar nicht, ich liebe dich ganz einfach.«

»Ich ... ich weiß nicht«, sagte er. Aber wenn er sie so ansah – so, wie sie da in seinem Bett saß, immer noch rosig durch den Schlaf und mit provozierend aufgerichteten Brustwarzen –, war es schwer, sie nicht zu begehren. Sie kannte diesen Blick in seinen Augen, beugte sich vor und zog an dem Gürtel seines Morgenmantels. Darunter war er hart und traf seine eigenen Entscheidungen.

Und dann klammerten sie sich aneinander und sie wälzte sich auf ihn; ihre Brüste waren warm und weich und willig, und er berührte sie an den Stellen, von denen er wusste, dass sie dort berührt werden wollte, und er streichelte sie an der feuchten, beweglichen Verschmelzung ihres Fleisches. Es war besser als je zuvor und der Kaffee wurde kalt.

DREIZEHNTES KAPITEL

Später, unten, als ein neuer Topf Kaffee vor sich hin blubberte, meinte er: »Jetzt könnte ich ein gutes Frühstück vertragen.«

»Eier und Speck? Draußen auf der Terrasse?« Sie glaubte, das Schlimmste sei vorbei. Sie würde ihm jetzt alles sagen können, ohne die Gefahr, dass sie damit alles zerstören würde. »Ist es da draußen warm genug?«

»Jetzt, Mitte Mai?« Harry zuckte mit den Schultern. »Es wird nicht gerade heiß sein. Aber die Sonne scheint und der Himmel ist klar, also ... sagen wir, es ist angenehm kühl und wir werden nicht erfrieren.«

»Na gut.« Sie drehte sich zum Kühlschrank um, aber er hielt ihren Arm fest. »Ich mache das, wenn du nichts dagegen hast«, meinte er. »Ich glaube, ich würde dir heute gern dein Frühstück servieren.«

»Schön.« Sie lächelte und ging durch das alte Haus zur Vorderseite. Eigentlich war es die Rückseite. Aber so, wie diese Seite dem Fluss zugewandt war, war es für Sandra immer die ›Vorderseite‹ gewesen.

Als sie die große Terrassentür öffnete, die auf den ummauerten Garten hinausführte, bemerkte sie als Erstes das Gartentor in dem steinernen Torbogen, das offen stand und schief in den rostigen Angeln hing. Und sie erinnerte sich daran, wie sie bei Tagesanbruch das Knarren gehört hatte. Vielleicht war es vom Wind aufgestoßen worden, obwohl sie sich nicht daran erinnern konnte, dass es in der Nacht besonders windig gewesen wäre.

Sie ging durch den unregelmäßig gefliesten Wintergarten mit den verwitterten Gartenmöbeln in den Garten hinaus. Der Garten war eine Sonnenfalle, der offenbar das ganze morgendliche Mai-Sonnenlicht für sich beanspruchte. Die Hauswand hatte sich bereits erwärmt und sonnte sich in diesem Glanz. *Das wäre gar kein so schlechter Ort, um hier zu leben,* dachte sie. *Wenn Harry sich nur ein wenig mehr darum kümmern würde.*

Er hatte in den letzten vier oder fünf Jahren wirklich nicht sehr viel Arbeit in das Haus oder den Garten gesteckt. Er hatte aber eine Zentralheizung einbauen lassen, und er hatte wenigstens den Versuch gemacht, den Garten auf Vordermann zu bringen. Sie ging über den Rasen zu dem Kiespfad, der ihn in der Mitte durchschnitt. Das Gras war länger, als es sein sollte, aber es ging gerade noch so. Am unteren Ende der Rasenfläche war der Garten auf einer Seite zu einer ebenen Fläche aufgeschüttet worden, und eine flache Steinmauer verhinderte, dass der Mutterboden weggespült wurde. Das war der so genannte Gemüsegarten, obwohl das einzige Gemüse zur Zeit aus Brennesseln, Dornen und einem wild durchgeschossenen Rhabarber bestand.

Sie sah, dass einige der Steine aus der obersten Lage der Mauer fehlten, und sie erinnerte sich an die knirschenden Geräusche, die sie im Halbschlaf gehört hatte. Wenn ein Teil der Mauer einfach eingestürzt oder mit der Erde heruntergeschwemmt worden wäre, dann müssten die Trümmer hier am Fuß der Mauer liegen. Aber dort war nichts, nur die oberste Lage der Steine fehlte. Und sie konnte sich nun wirklich nicht vorstellen, warum sich jemand hier hereinschleichen und Steine stehlen sollte. Vielleicht wusste Harry etwas darüber.

Sie ging weiter bis zum Gartentor und sah über das Schilf auf den Fluss hinaus, über dessen Oberfläche noch mehrere Zentimeter Nebel lagen. Es war eine friedliche Szenerie, aber auch irgendwie unheimlich: Der Nebel lag da wie eine Sahnehaut auf der Milch und verwandelte den Fluss in ein gewundenes weißes Band, so weit das Auge reichen konnte. So etwas hatte sie noch nie zuvor gesehen. Aber vielleicht war das ein gutes Vorzeichen für einen warmen Tag.

Dann, als sie das Tor zuzog und mit einem Stein verkeilte, hielt sie inne und zog prüfend die Morgenluft ein. Einen Moment lang war ihr, als habe sie etwas gerochen ... etwas Fauliges? Ja, Verwesung. Aber der Geruch war sofort wieder verschwunden.

Das war vielleicht der Grund für das Schlurfen und Scharren der letzten Nacht: Nachtaktive Tiere der Gegend, die sich am Kadaver irgendeiner armen, verendeten Kreatur gütlich taten, der im Schilf lag. Das würde auch die Maden erklären, die auf einem Algenklumpen herumkrochen, der auf dem überwachsenen Pfad direkt vor dem Tor lag.

Maden! *Igitt!* Eklige Viecher!

Und dann waren da die Rotkehlchen auf der hohen Gartenmauer, die sowohl sie wie auch die Maden abschätzig beobachteten. Sobald sie gegangen war, würden die Vögel diese scheußlichen Dinger wohl ratzeputz erledigen. *Guten Appetit!* Sie neidete ihnen diese Mahlzeit gewiss nicht.

Als sie sich wieder umdrehte und den Weg zum Haus hochblickte, sah sie schließlich, wohin die Steine aus der Mauer verschwunden waren. Offenbar war es doch Harrys Werk gewesen. Er hatte sie als Trittsteine auf der schwach ansteigenden Rasenfläche ausgelegt. Und aus irgendeiner Laune heraus hatte er mit ihnen Buchstaben gebildet.

Bevor sie die Buchstaben zu Worten zusammensetzen konnte, tauchte Harry mit einer Kanne Kaffee, mit Tassen, Milch und Zucker auf der Terrasse auf. »Frühstück ist in fünf Minuten fertig«, rief er zu ihr herunter. »Wenn du den Kaffee einschenkst, hole ich währenddessen das Essen.« Sie vergaß die Sache mit den Steinen und ging zurück zur Terrasse, wo er das Tablett mit dem Kaffee auf dem Tisch hatte stehen lassen.

Aber mitten im Frühstück fiel es ihr dann wieder ein. »Was sollen die Steine eigentlich bedeuten?«

»Häh? Welche Steine?«

»Die im Garten, auf dem Rasen.«

»Ja«, er nickte. »Da sind Steine rund um den Rasen. Und was ist damit?«

»Nein. Auf dem Rasen. Steine, die Buchstaben bilden.« Sie frotzelte lächelnd: »Was hast du vor, Harry? Sendest du den Flugzeugpiloten auf dem Weg nach Edinburgh geheime Botschaften oder so etwas?«

»Auf dem Rasen?« Er hielt mit einer Gabel voll Ei auf halbem Weg zum Mund inne. »Botschaften für die ...?« Jetzt legte er die Gabel weg. Sichtlich besorgt fragte er: »Wo auf dem Rasen?«

»Na, da drüben.« Sie zeigte mit dem Finger. »Sieh doch selbst.«

Das tat er, und an seinem Gesichtsausdruck konnte sie erkennen, dass er nicht der Urheber gewesen war. Sie stand auf und ging zu ihm hinüber, und zusammen starrten sie auf die seltsame steinerne Botschaft. Sie war deutlich zu sehen, wirkte aber unfertig und ergab überhaupt keinen Sinn:

K E N L
T J O R
R H

»Botschaften?« Harry wiederholte das Wort, gedankenverloren, als spreche er mit sich selbst. Er starrte noch einen Augenblick auf die Steine, dann leckte er sich nervös über die Lippen und blickte sich hastig überall im Garten um. Sandra konnte nicht erkennen, wonach er suchte. Er war plötzlich wieder sehr, sehr blass geworden. Offenkundig war er sehr beunruhigt.

»Harry? Ist irgendetwas ...?«

Er spürte den sorgenvollen Ton in ihrer Stimme mehr als er ihn hörte. »Häh?« Er sah sie an. »Oh nein, nichts. Ein paar Kinder müssen hier eingedrungen sein. Sie haben Steine hin- und her geschleppt. Na und?« Er lachte, aber sein Lachen klang hohl.

Harry«, begann sie erneut, »Ich ...«

»Außerdem hast du Recht gehabt«, unterbrach er sie abrupt. »Es ist verflucht kalt hier draußen! Lass uns reingehen!«

Aber als sie die Frühstücksutensilien einsammelten, bemerkte sie, wie er prüfend die Luft einsog, und wie sich frische Sorgenfalten – aber vielleicht auch ein Begreifen? – auf seiner Stirn sammelten.

»Da ist etwas Totes«, sagte sie, und er zuckte tatsächlich zusammen.

»Bitte?«

»Da unten im Schilf, am Fluss. Da muss irgendein Kadaver liegen. Auf dem Weg da sind Maden. Die Vögel fressen sie.« Ihre Worte waren eigentlich unverfänglich, aber Harry sah aus, als habe ihn der Schlag getroffen.

»Sie essen sie ...«, plapperte er nach. Und dann konnte er gar nicht schnell genug aus dem Garten ins Haus kommen.

Sie nahm ihm die Frühstücksutensilien ab und trug sie durch das Haus in die Küche, dann ging sie zu ihm ins Arbeitszimmer hinüber. Er tigerte hin und her und blieb nur dann und wann stehen, um durch die Terrassenfenster in den Garten hinauszusehen. Aber als sie den Raum betrat, kam er zu einem wie auch immer gearteten Entschluss und bemühte sich, seine besorgte Miene zu überspielen.

»Und was hast du heute noch vor?«, fragte er. »Zeichnest du noch? Was hast du denn zur Zeit in Arbeit?«

Es waren nur ein paar Worte, aber sie verrieten sehr viel.

Sandra war Modezeichnerin – jedenfalls war das ihre Fassade. Sie entwarf tatsächlich Designer-Kreationen für Frauen und hatte damit auch schon einige kleinere Erfolge erzielt, aber in erster Linie war das eine Tarnung für ihre Arbeit beim E-Dezernat. In der letzten Nacht hatte sie Harry erzählt, sie habe heute keine Termine. Sie hatte gehofft, sie würden den Tag zusammen verbringen. Aber jetzt wollte er sie offenkundig aus dem Haus haben. »Du willst, dass ich gehe?« Sie konnte die Enttäuschung in ihrer Stimme nicht verbergen.

»Sandra«, er gab seinen kläglichen Versuch auf, diplomatisch zu sein, seufzte und sah weg. »Ich muss allein sein, um nachzudenken. Verstehst du das?«

»Und ich bin dabei im Weg? Ja, das verstehe ich.« Aber ihr Tonfall verriet, dass sie das nicht tat. Und bevor er noch antworten konnte: »Harry, das mit den Steinen im Garten. Ich ...«

»Pass mal auf«, knurrte er. »Ich weiß nichts von den Steinen im Garten! Mit ziemlicher Sicherheit sind die nur ein kleiner Teil von ... ach, was weiß ich!«

»Ein Teil wovon, Harry?« Er musste doch bemerken, wie besorgt sie war?

Aber anscheinend tat er das nicht. »Ich weiß es nicht.« Seine Stimme war immer noch schroff. Er schüttelte den Kopf, dann warf er ihr einen fragenden, fast schon anklagenden Blick zu. »Vielleicht sollte ich dich das fragen, oder? Ich meine, es könnte ja sein, dass du über das, was hier vorgeht, mehr weißt als ich, nicht wahr?«

Sie gab keine Antwort, sondern begann ihre Siebensachen zusammenzupacken. Wenn diese Sache – was das auch war – wieder abgeflaut war, konnte sie immer noch versuchen, ihm ihre Verbindungen zum E-Dezernat zu erklären. Und das wäre auch der rechte Moment, um das E-Dezernat hinter sich zu lassen und von vorn anzufangen. Zusammen mit Harry, falls er sie dann noch wollte.

Er streifte sich ein paar Kleidungsstücke über und wartete im Wagen auf sie, bis sie fertig war. Sie fuhren den Feldweg entlang, der die einzige Zufahrt zu dem Haus bildete, überquerten die steinerne Brücke und bogen dann auf die Hauptstraße nach Bonnyrig ab. Im Dorf konnte sie den Bus nach Edinburgh nehmen. Das hatte sie schon vorher getan, und es war kein großer Umstand.

Sie hatte eigentlich nicht vorgehabt, in dieser Situation noch ein Wort mit ihm zu wechseln, aber als sie aus dem Wagen stieg, ertappte sie sich dabei, wie sie ihn fragte: »Sehen wir uns heute Abend? Soll ich zu dir rüberkommen?«

»Nein«, er schüttelte den Kopf. Als sie sich abwandte, rief er doch noch einmal nach ihr: »Sandra!« Sie sah zurück in sein bleiches, verstörtes Gesicht. Aber dann zuckte er nur hilflos mit den Schultern: »Ich weiß es nicht. Ich weiß es wirklich nicht.«

»Rufst du mich an?«

»Ja«, er nickte und zwang sich sogar zu einem Lächeln. »Ach ja, Sandra – es ist in Ordnung. Ich meine, ich weiß, du bist schon in Ordnung.«

Bei diesen Worten fiel ihr eine Zentnerlast von der Seele. Es war eine Spannung, die nur Harry Keogh so einfach lösen konnte. »Ja«, sie beugte sich herunter und küsste ihn durch das offene Wagenfenster. »Wir sind in Ordnung, Harry. Ich weiß, mit uns ist alles in Ordnung.«

In Edinburgh warteten Darcy Clarke und Norman Wellesley auf der Straße vor dem massigen alten Mietshausblock, in dem Sandra ihre Wohnung hatte. Sie saßen auf der Rückbank von Wellesleys Wagen, der am Straßenrand parkte und in dem noch zwei weitere Männer vom E-Dezernat saßen. Als Sandra in Sicht kam, stiegen sie aus und trafen sie an der Haustür. Sie wohnte im Parterre; stillschweigend geleitete sie sie hinein.

»Ich freue mich, Sie wiederzusehen, Miss Markham«, begrüßte Wellesley sie und setzte sich.

»Clarke war weniger förmlich: »Wie steht's, Sandra?« Er lächelte gezwungen.

Sie erhaschte einen kurzen Blick in seinen Verstand, und da herrschten Chaos und Ungewissheit. Aber nichts, mit dem sie etwas anfangen konnte. Natürlich war auch Harry irgendwo da drin. Das musste er sein, warum sonst waren die beiden wohl hier?

»Kaffee?« Ohne eine Antwort abzuwarten, verschwand sie in der Kochnische. Sollten die doch den Anfang machen.

»Ja, wir haben Zeit für einen Kaffee«, meinte Wellesley in seiner na-gut,-ich-glaube,-ich-muss-das-wohl-über-mich-ergehen-lassen-Art, so als sei es sein gottverdammtes, gottgegebenes Recht! »Aber eigentlich haben wir sehr viel zu tun und werden unseren Besuch nicht über Gebühr ausdehnen. Wenn wir also direkt zur Sache kommen könnten: Haben Sie vor, sich heute Abend mit Keogh zu treffen?«

Einfach so ... und »Keogh«, nicht »Harry«. Schläft er in deinem Bett oder du in seinem? Das war es, was Wellesley wissen wollte. Ihr vögelt doch wieder heute Abend, oder?

Irgendwas an diesem Kerl brachte Sandra auf die Palme. Und die Tatsache, dass sein Verstand ein absolutes Loch war – aus dem nicht einmal der geringste Schimmer hervordrang – war nur ein kleiner Teil des Problems. Aus der Nische heraus warf sie ihm einen eisigen Blick zu.

»Er hat gesagt, er wird gegebenenfalls anrufen.« Die Antwort erfolgte emotionslos.

»Es geht nur darum, dass es besser wäre, wenn du ihn heute Nacht nicht treffen würdest, Sandra.« Clarke sprang hastig ein, bevor Wellesley dieses stumpfe Instrument, das er eine Zunge nannte, wieder benutzen konnte. »Es geht darum, dass wir selbst ihm einen Besuch abstatten wollen. Und wir möchten ein – na, du weißt schon – ein peinliches Zusammentreffen vermeiden.«

Sie wusste gar nichts. Aber sie brachte ihnen den Kaffee und schenkte Darcy ein Lächeln. Es war ihr unangenehm, wie unwohl er sich offenkundig in Gesellschaft seines Vorgesetzten fühlte. Der auch ihr Vorgesetzter war, wenn auch nicht mehr lange. Nicht, wenn sich die Dinge so entwickelten, wie sie sich das erhoffte. »Aha. Also, was ist los?«

»Nichts, worüber Sie sich Gedanken machen müssten.« Wellesley war deutlich pikiert. »Nur Routinekram. Und bedauerlicherweise geheim!«

Plötzlich hatte sie Angst ... um Harry. Noch mehr Komplikationen? Etwas, das ihren eigenen Plänen in die Quere kommen würde, die, wie sie hoffte, zu Harrys Bestem waren? Sie wollte ihnen schon von den neuen Entwicklungen erzählen, zumindest von dem, was sie darüber wusste, entschied sich aber dagegen. Da war etwas in der Haltung der Männer – auf jeden Fall in der von Wellesley –, das ihr das Gefühl gab, dies sei nicht der richtige Zeitpunkt. Es würde alles in ihrem Bericht am Monatsende stehen, den sie zusammen mit ihrer Kündigung einreichen würde.

Alle drei leerten schweigend ihre Kaffeetassen. Schließlich stand Wellesley auf: »Das war's dann! Und eben nicht auf Widersehen!« Er hielt das offenbar für eine geistreiche Bemerkung. Er nickte, schenkte ihr ein falsches Lächeln und wandte sich zur Tür.

Sie geleitete sie hinaus. Wellesley musste noch mal eine Bemerkung loswerden: »Wenn er sie also anruft, dann wimmeln Sie ihn ab, ja?«

Sie hätte ihm gerne jetzt auf der Stelle die Meinung gesagt, aber Clarke drückte beschwichtigend ihren Arm, so als wolle er sagen: »Es wird schon gut gehen, ich bin ja dabei.«

Aber warum schien Darcy so besorgt? Sie hatte ihn noch nie so nervös gesehen ...

VIERZEHNTES KAPITEL

Nachdem er Sandra in Bonnyrig abgesetzt hatte, hielt Harry auf dem Heimweg bei einem Zeitungskiosk an und kaufte eine Schachtel Zigaretten. Es sah auf sein Wechselgeld hinunter, versuchte aber gar nicht erst nachzuzählen. Es würde keinen Unterschied machen. Sie könnten ihn jedes Mal wieder übers Ohr hauen, und er würde es nicht merken. Das war das andere, das Harry Junior ihm angetan hatte: Er hatte keinerlei Bezug mehr zu Zahlen. Er hatte nicht die geringste Möglichkeit, das Möbius-Kontinuum zu benutzen, wenn er nicht einmal das Wechselgeld für eine Schachtel Zigaretten zu kontrollieren vermochte! Sandra sorgte dafür, dass seine Rechnungen bezahlt wurden, sonst würde er das wahrscheinlich auch nicht geregelt bekommen. Was war jetzt mit seiner ›intuitiven Mathematik‹? Und die möbiusschen Gleichungen? Wo zum Teufel waren sie jetzt? Wie hatten sie ausgesehen?

Und wieder fragte Harry sich, ob nicht doch alles nur ein Traum gewesen sei. Eine Wahnvorstellung? Etwas, das er sich selbst ausgedacht hatte? Sicher, er konnte sich daran erinnern, wie es gewesen war; aber wie er es schon Sandra hatte erklären wollen – es war, als erinnere man sich an einen Traum, oder an ein Buch, das man in der Kindheit gelesen hat. Eine Erinnerung, die immer mehr verblasste. Hatte er all diese Dinge wirklich getan? Und wenn, wollte er wirklich, in seinem tiefsten Inneren, in der Lage sein, das alles wieder zu tun? Wollte er wirklich mit den zahllosen Toten reden, und durch Tore schreiten, deren Existenz niemand anderes auch nur vermutete, um von da aus in Gedankenschnelle durch das metaphysische Möbius-Kontinuum zu reisen? Wollte er das? Vielleicht nicht, aber wenn das nicht war, was blieb dann? Was war er ohne diese Fähigkeiten? Die Antwort: Harry Keogh, ein Nichts.

Als er wieder zu Hause war, ging er in den Garten und sah sich die Steine erneut an:

K E N L
T J O R
R H

Das sagte ihm gar nichts. Aber trotzdem speicherte er diese bedeutungslose Botschaft in seinem Verstand ab. Dann holte er die Schubkarre, belud sie und fuhr die Steine zurück an die Mauer, von wo ... er setzte die Karre ab und überlegte, dann fuhr er sie wieder den Rasen hinauf. Und da ließ er sie liegen, in der Schubkarre.

Denn wenn jemand – nur einmal angenommen – ihm tatsächlich etwas mitteilen wollte, warum sollte man ihm oder ihnen die Sache schwerer machen, als sie schon war?

Als er wieder im Haus war, kletterte Harry die Treppen und dann mehrere Leitern hoch in einen Raum im Dachgeschoss, von dem niemand sonst wusste. Ein großer, staubiger Raum mit einem schrägen Dachfenster und einer nackten Glühbirne, die von einem Dachsparren herunterhing. Und darin Reihe um Reihe von Bücherregalen. Dieser Raum war jetzt ein Schrein für seine Obsession, wenn man das Wort ›Schrein‹ hier benutzen konnte. Und in den Regalen standen natürlich die Bücher. Alle Dokumente und Fiktionen waren hier, all die Mythen und Legenden, die ›unmissverständlichen Fakten‹ und die ›unleugbaren Beweise‹ pro und contra. Alles, was das Objekt von Harrys Studien bestätigte oder widerlegte oder die Möglichkeiten abwägte. Die Geschichte, die Sagen, die Natur der ... Vampire.

Was an sich schon ein schlechter Witz war, denn wie konnte jemand wirklich die Natur eines Vampirs verstehen? Wenn irgendein Mensch das konnte, dann war es Harry Keogh.

Aber heute war er nicht hierher gekommen, um sich seine Bücher anzusehen oder sich noch tiefer in die Aura von Zeiten, Ländern und Legenden zu verlieren, die seit langem vergangen waren. Nein, wie es schien, war die Zeit für diese Dinge, für das Studieren und die zum Scheitern verurteilten Versuche des Verstehens, nun vorbei. Seine Träume von roten Fäden unter den blauen gehörten in die Gegenwart, ins Hier und Jetzt, und zumindest eines hatte er in seinem seltsamen Leben gelernt: Er sollte seinen Träumen vertrauen.

Die Wamphyri haben ihre Kräfte, Vater! Ein Nachhall? Ein Flüstern? Das Scharren von Mäusen? Oder ... eine Erinnerung?

Wie lange wird es dauern, bis sie nach dir suchen und dich finden?

Nein, diesmal war er nicht heraufgekommen, um in seinen Büchern zu blättern. Man muss die Taktik eines Feindes vor dem Angriff studieren. Es ist zu spät, wenn er bereits vor der Tür steht. Nun, so weit war es noch nicht. Noch nicht! Aber Harry hatte davon geträumt, und er vertraute auf seine Träume.

Er nahm eine moderne Waffe (ja, modern, auch wenn sich das grundsätzliche Prinzip in den letzten sechzehn Jahrhunderten nicht sonderlich geändert hatte) von ihrem Haken an der Wand und trug sie zu einem Tisch hinüber, wo er sie auf Zeitungspapier legte, bevor er begann, die Apparatur zu reinigen, zu ölen und zu kontrollieren. Er hatte das hier, und in der Ecke stand ein Beil, dessen gekrümmte Schneide rasiermesserscharf glitzerte. Das war alles.

Es waren schon ungewöhnliche Waffen gegen eine Macht, deren Potential zur Zerstörung und Vernichtung möglicherweise größer war als alle thermonuklearen Spielzeuge. Aber zur Zeit waren es die einzigen Waffen, die Harry hatte.

Und sie sollten auch bereit sein ...

Der Nachmittag verging ohne Zwischenfall. Warum auch nicht? Es waren Jahre vergangen, in denen nichts passiert war, soweit es Harrys Verstand und seine Identität betraf. Er verbrachte den größten Teil seiner Zeit damit, über seine Lage nachzudenken (dass er nicht länger ein Necroscope war und dass er nicht länger das Möbius-Kontinuum betreten konnte), und welche Möglichkeiten es geben konnte, um diese Situation zu verbessern und seine Fähigkeiten zurückzugewinnen, bevor sie ganz verkümmerten.

Es war möglich – wenn auch sehr unwahrscheinlich, wie Harry zugeben musste, wenn man sein fehlendes mathematisches Verständnis in Betracht zog – dass, wenn er mit Möbius sprechen würde, dieser in der Lage sein könnte, den mathematischen Kompass wieder zu justieren, der in seinem Verstand aus dem Ruder gelaufen war. Aber dazu musste er erst einmal mit ihm sprechen, und das war genauso unmöglich. Denn schließlich war Möbius seit mehr als hundert Jahren tot, und Harry durfte unter Androhung fürchterlichster Qualen nicht mit den Toten sprechen.

Er konnte nicht mit den Toten sprechen – aber vielleicht suchten die Toten gerade in diesem Augenblick nach Wegen, mit ihm in Kontakt zu treten. Er vermutete – nein, mehr als das, er war sich sicher –, dass er im Traum mit ihnen sprach, auch wenn es ihm verboten war, sich daran zu erinnern, oder das, was sie ihm verrieten, zur Grundlage seines Handelns zu machen. Aber er war sich sicher, dass er von ihnen eine Warnung erhalten hatte, auch wenn er nicht wusste, wovor.

Aber eines war sicher: In ihm und in jedem Mann, Frau und Kind auf der Erde erstreckte sich ein blauer Faden aus der Vergangenheit in die Gegenwart und von da aus weiter in die Zukunft der Menschheit. Und er hatte davon geträumt – oder er war davor gewarnt worden –, dass sich rote Fäden darunter gemischt hatten.

Abgesehen davon – abgesehen von diesem Gefühl, dieser Vorahnung von etwas Bevorstehendem, etwas Schrecklichem – war das alles ein Rätsel ohne Lösung, ein Irrgarten ohne Ausgang, die Quadratwurzel aus minus eins, deren Wert sich nur in abstrakten Zahlen ausdrücken ließ. Harry wusste, dass diese letzte Aussage stimmte, auch wenn er nicht mehr verstand, was das bedeutete. Und dieses Rätsel hatte er fast bis zur Verzweiflung ergründet, das Labyrinth bis zur Erschöpfung erforscht, und nur an die Gleichung hatte er sich nicht gesetzt, weil sie – wie alle mathematischen Konzepte – bei ihm nicht aufgehen würde.

Abends saß er da und schaute Fernsehen, hauptsächlich, um sich zu entspannen. Er überlegte, Sandra anzurufen, tat es dann aber doch nicht. Auch sie hatte ihre eigenen Probleme, das wusste er. Und was für ein Recht hatte er, sie in diese Sache hineinzuziehen – was das auch war und was daraus auch werden mochte? Keines.

Und so verging die Zeit. Aus dem Abend wurde Nacht, Harry bereitete sich auf sein Bett vor und blieb dann doch dösend in seinem Sessel sitzen. Die Satellitenschüssel in seinem Garten fing die Signale auf und setzte sie wieder zu Bildern auf seinem Bildschirm zusammen. Er schreckte beim Klang von Beifall wieder auf und sah einen amerikanischen Talkmaster, der mit einer dicken Frau sprach, die die sanftesten, sympathischsten Augen hatte, die Harry je gesehen hatte. Die Show hieß ›Interessante Leute‹ oder so ähnlich, und Harry hatte sie schon früher gesehen. Meistens waren die Leute alles andere als interessant, aber jetzt schnappte er das Wort ›übersinnlich‹ auf und schenkte der Show mehr Aufmerksamkeit. Es war nicht verwunderlich, dass er ESP in all seinen Ausprägungen faszinierend fand.

»Stellen wir das jetzt doch noch einmal klar«, sagte der klapperdürre Showmaster zu der dicken Dame. »Sie sind taub, seit sie achtzehn Monate alt sind, und haben daher nie das Sprechen gelernt. Ist das richtig?«

»Ja, das stimmt«, sagte die Frau. »Aber ich habe ein hervorragendes Gedächtnis, und offenbar habe ich sehr viele menschliche Unterhaltungen gehört, bevor ich taub geworden bin. Auf jeden Fall habe ich nie Sprechen gelernt, ich war also nicht nur taub, sondern auch stumm. Und dann, vor drei Jahren, habe ich geheiratet. Mein Mann ist Tontechniker in einem Aufnahmestudio. Er hat mich eines Tages mitgenommen, und ich habe ihm bei der Arbeit zugesehen, und plötzlich konnte ich einen Zusammenhang zwischen den oszillierenden Lampen auf seinen Geräten und den Stimmen und den Instrumenten der Band herstellen, die er gerade aufnahm.«

»Das heißt, plötzlich haben Sie begriffen, was Klang ist, ja?«

»Das stimmt. Ich hatte natürlich die Zeichensprache gelernt – die Daktylogie, oder die Stummensprache, wie ich sie für mich immer genannt habe – und ich wusste auch, dass einige gehörlose Leute ganz normal Gespräche führen können, was für mich dann die Taubensprache war. Aber ich hatte das nie selbst versucht, weil ich gar nicht wusste, was Klang ist. Wissen Sie, ich war völlig taub. Komplett. Klang existierte für mich nicht – außer in meiner Erinnerung!«

»Und dann sind Sie zu diesem Hypnotiseur gegangen?«

»Ja. Es war schwer, aber er war sehr geduldig – und natürlich wäre das alles nicht möglich gewesen, wenn er nicht die Stummensprache beherrscht hätte. Aber so hat er mich hypnotisiert und all die Gespräche zurückgebracht, die ich als Baby gehört hatte. Und als ich dann aufwachte ...«

»... da konnten Sie sprechen?«

»Genauso, wie sie mich jetzt hören. Ja.«

»Das ist ja mehr als ungewöhnlich! Sie sprechen nicht nur klar und deutlich, sie sprechen auch fast völlig ohne Akzent. Mrs. Zdzienicki, das ist eine äußerst faszinierende Geschichte und Sie sind ganz bestimmt eine der interrrrresssantesten Frauen, die wir je hier in der Show gehabt haben!« Die Kamera blieb auf sein hageres, lächelndes Gesicht fixiert, und er nickte mit künstlicher Begeisterung. »Ja! Und jetzt kommen wir ...«

Aber da war Harry bereits gekommen, zum Fernseher nämlich, um den Apparat auszuschalten. Als der Bildschirm schwarz wurde, sah er, wie dunkel es draußen geworden war. Es war bereits kurz vor Mitternacht, und die Temperatur im Haus sank rapide, weil sich die Zentralheizung abgeschaltet hatte. Es war an der Zeit, ins Bett zu gehen ... Oder vielleicht sollte er sich doch noch eines dieser Interviews mit den interrrrresssantesten Leuten ansehen!

Er konnte sich nicht daran erinnern, den Fernseher wieder eingeschaltet zu haben, aber als sich das Bild formte, wurde er durch den Bildschirm hineingesogen und traf auf Jack Laberkopp, oder wie er heißen mochte, der im Möbius-Kontinuum schwebte.

»Willkommen in unserer Show, Harry!«, sagte Jack. »Und wir wissen schon jetzt, dass sie sehrrr interessant sein werden! Nun, wir haben jetzt schon einige Zeit diese Örtlichkeit bewundert, über die sie hier – äh – verfügen. Was sagten Sie noch, wie heißt das?« Er hielt Harry das Mikrofon hin.

»Das hier ist das Möbius-Kontinuum, Jack«, erklärte Harry ein wenig nervös. »Ich sollte mich hier eigentlich nicht aufhalten.«

»Was Sie nicht sagen! Aber hier in dieser Show ist alles möglich, Harry! Wir haben alle Zeit der Welt, also nur keine Hemmungen!«

»Alle Zeit der Welt? Wollen Sie etwas über die Zeit wissen, Jack? Nun, in dem Fall sollten Sie sich das hier ansehen.« Und er nahm Herrn Laberkopp am Ellbogen und zog ihn durch eine Tür in die Zukunft.

»Interrrrresssant!«, musste der andere zugeben, als sie Seite an Seite in die Zukunft schossen, dem weit entfernten blauen Dunst entgegen, der die Ausbreitung der Menschheit durch die drei üblichen Dimensionen der Raumzeit darstellte. »Und was sind diese unglaublich vielen blauen Streifen, Harry?«

»Das sind die Lebensfäden der menschlichen Rasse. Sehen Sie den da? Den, der dort gerade in diesem Moment auftaucht, so rein, so leuchtend blau, dass er fast schon blendet? Das ist ein neugeborenes Baby, das noch einen langen Weg vor sich hat. Und der da drüben, der immer blasser wird und gleich verlöscht?« Er senkte respektvoll die Stimme. »Das ist ein alter Mann, der im Sterben liegt.«

»Was – sie – nicht – sagen!« Jack Laberkopp war angemessen beeindruckt. »Aber Sie kennen sich damit natürlich aus, nicht wahr, Harry? Ich meine, mit dem Tod und so? Denn schließlich sind sie ja derjenige, den man den Necro... na, wie heißt das doch gleich?«

»Der Necroscope.« Harry nickte. »Wenigstens war ich das.«

»Na, ist das nicht mal etwas Besonderes, Jungs?« Wenn Laberkopp grinste, strahlten eine Zähne wie Klaviertasten. »Harry Keogh ist der Mann, der mit den Toten reden kann! Und er ist der Einzige, dem sie antworten – auf die freundlichste Art! Wissen Sie, die Toten lieben ihn. Also«, er wandte sich wieder Harry zu. »Wie nennen Sie diese Form der Kommunikation, Harry? Ich meine, wenn Sie mit den Toten reden? Wissen Sie, vor kurzer Zeit haben wir hier Mrs. Zdzienicki gehabt, und die hat uns alles über Stummen- und Taubensprache erzählt und ...«

»Totensprache«, unterbrach ihn Harry.

»Totensprache? Tatsächlich? Was – Sie – nicht – sagen! Nun, wenn Sie nicht die interrressssante ...« Er hielt inne und blinzelte über Harrys Schulter.

»Ja?«

»Noch eine letzte Frage, mein Sohn«, drängte Laberkopp plötzlich, wobei sich seine zusammengekniffenen Augen auf etwas hinter Harrys Blickfeld konzentrierten. »Sie haben uns doch diese Sache mit den blauen Lebensfäden erzählt, aber was bedeutet denn jetzt ein roter Faden?«

Harrys Kopf fuhr herum. Mit weit aufgerissenen Augen starrte er auf einen roten Faden, der gerade in diesem Augenblick auf ihn zu schoss.

»Ein Vampir!«, brüllte er und rollte aus seinem Sessel in die Dunkelheit des Zimmers. Im Türrahmen, der in den Rest des Hauses führte, stand die Silhouette einer Gestalt, die nur eines sein konnte. Schließlich wusste er, was hinter ihm her war.

Neben seinem Sessel stand ein kleines Tischchen, das Harry bei seinem Sturz umgeworfen hatte. Als er in der Dunkelheit herumtastete, fanden seine suchenden Finger zwei Gegenstände: eine Tischleuchte, die zu Boden gefallen war, und die Waffe, mit der er sich am Nachmittag beschäftigt hatte. Und die war geladen.

Er knipste die Lampe an, ging hinter dem Sessel in Deckung und brachte die glänzende stählerne Armbrust in Anschlag. Er sah, dass sein schlimmster Albtraum in das Zimmer eingedrungen war.

Das Ding war unverkennbar: Die schiefergraue Farbe des Fleisches, die klaffenden Kiefer und die Reihen nadelspitzer Zähne, die spitzen Ohren und das Cape mit dem hohen Kragen, der den Schädel und die bedrohliche Gestalt betonte. Es war ein Vampir – so, wie er in Comics vorkam! Und auch wenn ihm klar war, dass er es hier nicht mit einem wirklichen Vampir zu tun hatte (und wenn überhaupt jemand, dann musste *er* das wissen), verkrampfte sich sein Finger am Abzug.

Es war eine instinktive Reaktion. Dieser Körper, den er bis zur Perfektion trainiert hatte, arbeitete so, wie er es in hundert Simulationen dieser Situation eingeübt hatte. Und trotz der Tatsache, dass er unvermittelt aus dem Schlaf gerissen worden war – und dem Wissen, dass es sich hier um eine billige Kopie handelte –, wurde das Adrenalin in den Körper ausgeschüttet, sein Herz hämmerte und der vierzig Zentimeter lange gehärtete Holzpfeil seiner Waffe war bereits unterwegs. Nur im letzten Sekundenbruchteil hatte er versucht, ein Unglück zu verhindern, indem er die Armbrust nach oben riss. Es hatte ausgereicht, aber nur um Haaresbreite.

Als Wellesley die Armbrust in Harrys Händen gesehen hatte, hatte er hinter seiner Maske panisch aufgekeucht und versucht, zurückzuweichen. Das Geschoss verfehlte sein rechtes Ohr nur um Millimeter, durchschlug den Kragen seiner Verkleidung und schleuderte ihn an die Wand. Der Pfeil bohrte sich tief in den Putz und die brüchigen Steine und nagelte ihn dort fest.

Wellesley spuckte sein falsches Gebiss aus und schrie: »Um Himmels willen, du Vollidiot. Ich bin's doch!« Aber das war mehr für die Ohren von Darcy Clarke bestimmt, der irgendwo hinten in dem dunklen Haus war. Denn noch während er schrie, griff Wellesleys rechte Hand in die Manteltasche unter seinem Cape und schloss sich um den Kolben einer Standard 9mm Browning. Dies war seine Chance. Keogh hatte ihn angegriffen, genau wie er es erhofft hatte. Es war offensichtlich Notwehr.

Harry ging nie ein Risiko ein. Er hatte die Armbrust wieder gespannt, den Ersatzbolzen aus der Klammer an der Unterseite der Apparatur gerissen und eingelegt. In einer Art Zeitlupe, die aus der Schnelligkeit seiner eigenen Bewegungen resultierte, sah er, wie sich Wellesleys Arm streckte, als der auf ihn anlegte. Aber er wollte nicht glauben, dass der Mann auf ihn schießen wollte. Warum? Aus welchem Grund? Vielleicht hatte Wellesley nur Angst, er würde die Armbrust noch einmal benutzen. Das musste der Grund sein. Er ließ die Waffe in den Sessel fallen und hob die Arme.

Aber Wellesley senkte den Arm nicht. Seine Augen blitzen und seine Knöchel verfärbten sich weiß am Abzugshebel der Automatik. Und er grinste sogar, während er schrie: »Keogh, das ist doch Wahnsinn. Nein ... nein!«

Und dann ... Drei Dinge, die fast gleichzeitig passierten:

Zum einen: Darcy Clarkes Stimme, die Harry sofort erkannte, und die schrie: »Wellesley, raus da! Kommen Sie da sofort raus!« Seine Fußtritte, die den Korridor entlang polterten, und sein Fluchen, als er mit einem Blumentopf und seinem Ständer zusammenprallte und beides umwarf.

Zweitens: Harry, der sich rückwärts hinter den Sessel warf, als ihm schließlich Wellesleys Absicht klar wurde, und das bösartige Surren der ersten Kugel, die ihn nur um Zentimeter verfehlte. Dann stemmte er sich wieder hoch, um erneut nach seiner Armbrust zu greifen. Gerade rechtzeitig, um zu sehen, wie aus Wellesleys Miene, die von einer Mischung aus unbegreiflicher Wut und Mordlust verzerrt war, plötzlich ein Ausdruck unsäglichem Grauens wurde, als sein Blick auf etwas hinter Harry fiel. Sie spiegelten völligen Unglauben.

Drittens: Das Klirren von splitterndem Glas und das Krachen morscher hölzerner Türeinfassungen, als sich etwas Nasses und Schweres und Unbeholfenes durch die geschlossene Verandatür in den Raum warf.

Und Wellesley feuerte jetzt nicht mehr auf Harry, sondern auf den Eindringling!

»Oh Gott! Ogottogott!«, schrie der Chef des E-Dezernats, und leerte das Magazin über Harrys Kopf hinweg, den der jetzt der eingedrückten Verandatür zugewandt hatte. Und da, stolpernd unter dem Einschlag der Kugeln, aber trotzdem noch auf den Füßen, sah Harry etwas – eigentlich jemanden, aber wer genau, war nicht mehr ohne weiteres zu erkennen –, was Harry nie wieder zu sehen geglaubt hatte. Und auch wenn er diese Person nicht kannte, so wusste er doch, dass er oder es ein Freund war. Denn in den alten Zeiten waren alle Toten seine Freunde gewesen.

Dieser hier war aufgequollen, nass, intakt – er war noch nicht sehr lange tot, aber lange genug, um sehr streng zu riechen. Und hinter ihm kam ein zweiter Leichnam durch die zerbrochene Tür, staubig, verschrumpelt, fast mumifiziert. Die beiden trugen ihre morschen Leichengewänder, und jeder von ihnen hatte einen Stein in Händen. Sie kamen auf Wellesley zu, der an die Wand genagelt war und immer noch den Abzug seiner leeren Waffe betätigte.

Harry hockte nur da, murmelte lautlos seinen Unglauben vor sich hin, und sah zu, wie die Toten auf den fassungslosen Chef des E-Dezernats zu stapften und die Steine hoben.

In diesem Moment flammte das Licht im Flur auf und Darcy Clarke stolperte in den Raum. Sein Überlebensinstinkt – das Talent, das nur er selbst fühlen konnte – kreischte in ihm, die Flucht zu ergreifen, stieß ihn fast körperlich zurück. Aber mit unmenschlicher Kraft gelang es ihm, sich dagegen durchzusetzen; und außerdem war die Feindseligkeit der Toten nicht gegen ihn, sondern gegen seinen Boss gerichtet. »Harry!«, rief er, als er sah, was in dem Raum geschah. »Um Himmels willen, ruf sie zurück!«

»Das kann ich nicht«, brüllte Harry zurück. »Du weißt doch, dass ich das nicht kann.«

Aber er konnte sich zumindest dazwischen werfen. Und das tat er auch. Irgendwie gelang es ihm, zwischen die toten Kreaturen und den geifernden und winselnden Wellesley zu gelangen. Und dann standen sie vor ihm, die Steine hoch über die Köpfe erhoben. Und der nasse Leichnam versuchte sanft, Harry zur Seite zu schieben.

Natürlich hätte er einfach nachgeben können, aber in einer plötzlichen suizidalen Stimmung rief Harry ihnen entgegen: »Nein! Geht dahin zurück, wo ihr herkommt! Das ist ein Versehen!« Wenigstens wollte er das sagen. Aber er kam nur bis zu »geht dahin zurück ...«. Denn es war ihm verboten, mit den Toten zu sprechen.

Doch es war Wellesleys Glück, dass es den Toten nicht verboten war, seine Bitten zu befolgen.

Während Harry sich die Hände gegen den Kopf presste und aufschrie, während er noch wie eine spastische Marionette zuckte und zusammenbrach, ließen die Toten ihre Steine fallen, wandten sich ab und verschwanden in der Nacht.

Wellesley hatte die ganze Zeit kein Wort herausgebracht, aber jetzt fand er seine Stimme wieder. Wenn Darcy Clarke je eine Stimme gehört hatte, in welcher der Wahnsinn mitschwang, dann diese. »Haben Sie das gesehen? Haben Sie das gesehen?«, wimmerte Wellesley. »Ich wollte es ja nicht glauben, aber jetzt habe ich es mit eigenen Augen gesehen. Er hat sie gegen mich heraufbeschworen. Er ist ein Monster, ein wirkliches Monster! Aber das ist jetzt dein Ende, Harry Keogh!«

Er hatte das leere Magazin aus seiner Waffe katapultiert und auf den Teppich fallen lassen. Er wollte gerade ein volles Magazin aus der Tasche ziehen, als Clarke ihm mit aller Kraft einen Faustschlag versetzte. Die Waffe und das Magazin entfielen seinen Händen, und Wellesley hing leblos da, festgenagelt durch den Armbrustbolzen in der Wand.

Dann erklangen weitere Fußtritte, und einen Moment später stürmte das aus zwei Mann bestehende Verstärkungsteam herein, das sich nicht erklären konnte, was hier vorging. Darcy saß bei Harry auf dem Fußboden und hielt ihn in seinen Armen, während der von Krämpfen geschüttelte Mann seinen Kopf umklammert hielt und seinen unerträglichen Schmerz herauswimmerte, bis er schließlich in den tiefen dunklen Brunnen gnädigen Vergessens versank ...

In den neun Stunden, die Harry nach diesen Vorgängen schlief, geschah so einiges. Ein Arzt mit der höchsten Sicherheitsfreigabe wurde herbeigeschafft, um Harry zu untersuchen; und um Wellesley eine Spritze zu geben, die ihn ruhig stellen würde. Clarke rief Sandra an, weil er der Meinung war, dass ihre Anwesenheit erforderlich sei. Seiner Meinung nach hätte sie von Anfang an dabei sein sollen. Und als die Dämmerung kam und mit ihr der Tag, und als sowohl Wellesley wie auch Harry sich wieder zu regen begannen, da kam ein Anruf vom Dienst habenden Beamten im Hauptquartier des E-Dezernats.

Darcy hatte das Hauptquartier natürlich sofort informiert. Er hatte den Beamten vom Dienst angerufen, sobald sich die größte Verwirrung gelegt hatte, und Bericht über alles erstattet, was passiert war und was er getan hatte. Und unmittelbar darauf hatte er dem zuständigen Minister seinen Rücktritt angeboten. Außerdem hatte er angedeutet, es könne sinnvoll sein, Wellesley zu ersetzen, der offenbar nicht ganz bei Trost war. Und als er im Nachhinein noch einmal Wellesleys Plan überdachte, Harry so zu erschrecken, dass der ins Möbius-Kontinuum flüchten musste – einen Plan, dem er, Darcy Clarke zugestimmt hatte – da überlegte er, ob bei ihm nicht auch ein paar Schrauben locker gewesen waren.

Nachdem Sandra in höchster Aufregung eingetroffen war und er ihr alles erklärt hatte, hatte sie ihm genau das in ziemlich deutlichen Worte gesagt. Und sie hätte wahrscheinlich noch ein paar Dinge mehr gesagt, wenn es nicht offensichtlich gewesen wäre, dass Darcy sich bereits selbst die schlimmsten Vorwürfe machte. Sie brauchte ihm nicht die Schuld an der ganzen Misere zu geben, weil er das offensichtlich schon selbst tat. Und so, statt sich aufzuregen und herumzutoben und die Nerven zu verlieren, saß sie stattdessen für den Rest der Nacht und den Morgen über neben Harry und bewachte seinen Schlaf. Vor wenigen Minuten, als alle bei ihrer dritten Tasse Kaffee waren, hatte das Telefon geklingelt. Das Hauptquartier verlangte nach Darcy Clarke. Er nahm den Hörer, und es entwickelte sich ein sehr langes Gespräch. Als er den Hörer wieder auflegte, musste er sich erst einmal setzen und alles überdenken.

Sie hatten Wellesley auf Harrys Bett im ersten Stock gelegt, und einer der Männer aus dem Dezernat war bei ihm. Harry selbst lag auf einer Ledercouch in dem Arbeitszimmer, in dem alles passiert war. Sie hatten eine Decke vor die zerbrochene Verandatür gespannt, um die Kälte der Nacht fernzuhalten. Sandra, Darcy und der andere Polizist waren bei ihm, auch wenn sie nichts anderes tun konnten, als zu warten, bis er aufwachte.

Aber jetzt, nach dem Telefonanruf, hatte Darcy einiges zu tun. Die Geschwindigkeit, mit der sich die Dinge geändert hatten, überforderte ihn. Sandra hatte das ganze Spektrum seiner Gesichtsausdrücke verfolgen können, während er telefonierte, und jetzt, als sie plötzlich einen kurzen Blick in das Chaos in seinen Gedanken erhaschte – und auch das Gefühl der Erleichterung, und sogar den Schock? –, hielt sie es für ratsam zu fragen: »Und, worum ging es?«

Darcy sah sie an, und langsam kam wieder Leben in seine müden Augen. Dann drehte er sich zu seinem Untergebenen um: »Eddy, geh nach oben und leiste Joe Gesellschaft, ja? Und wenn Wellesley wieder zu sich kommt, könnt ihr ihm sagen, er sei verhaftet.«

»Bitte?« Der Mann sah ihn ungläubig an.

Darcy nickte. »Das am Apparat war gerade der Beamte vom Dienst, und der Minister war bei ihm. So, wie es aussieht, hat sich unser Norman Harold Wellesley mit einem zwielichtigen Typ aus der russischen Botschaft eingelassen! Er ist mit sofortiger Wirkung vom Dienst suspendiert, und wir sollen ihn postwendend bei MI5 abliefern. Und das bedeutet, dass ich jetzt wieder der Chef der Abteilung bin. Jedenfalls bis auf weiteres!«

Als Eddy nach oben ging, wandte Darcy sich an Sandra: »Aber das ist noch nicht alles. Wenn die Kacke einmal am Dampfen ist, dann aber richtig. Wir haben ein gewaltiges Problem.«

»Wir?« Sie schüttelte den Kopf. »Nein, ich habe damit nichts mehr zu tun, was es auch ist. Und ich dachte eigentlich, das würde auch für dich gelten. Na ja, vielleicht ist deine Kündigung ja nicht akzeptiert worden, aber das können sie mit meiner nicht machen. Ich und das E-Dezernat, wir gehen ab sofort getrennte Wege.«

»Das kann ich verstehen, und ich meinte auch, dass *ich* das Problem habe und nicht *wir*. Und es ist nicht nur dienstlich, sondern auch privater Natur. Und ich schätze, ich kann nicht den Bettel hinwerfen, bevor das nicht geklärt ist. Aber das wird dich nicht interessieren, oder?«

»Anhören kann ich es mir ja.«

»Es geht um Ken Layard und Trevor Jordan. Sie hatten einen Auftrag im Mittelmeer, auf Rhodos. Eine internationale Drogengeschichte. Aber jetzt sieht es so aus, als sei da etwas schief gelaufen. Verdammt schief gelaufen.«

»Wie schlimm ist es?« Sandra kannte die beiden – Jordan, der Telepath, hatte sie nach ihrem Eintritt beim E-Dezernat sogar unter seine Fittiche genommen – und sie wusste von ihren Talenten und ihrem außergewöhnlichen Ruf.

»Sehr schlimm.« Darcy schüttelte den Kopf. »Und ... irgendwie ist die ganze Sache seltsam! Ich muss mir das selbst ansehen. Die beiden waren zwei meiner besten Freunde.«

»Seltsam? Sie waren?«

Er nickte. »In den letzten paar Tagen hatte Trevor leichte gesundheitliche Probleme. Sie haben gedacht, er hätte etwas Falsches gegessen oder getrunken. Irgendsowas. Jetzt hat er offenbar einen schweren Nervenzusammenbruch erlitten. Er ist in einer psychiatrischen Anstalt auf Rhodos und steht unter schweren Beruhigungsmitteln. Und vorgestern Nacht – nein, stimmt nicht, das war schon die Nacht davor, wenn ich so müde bin wie jetzt, dann kommen mir die Tage durcheinander – jedenfalls hat man Ken Layard in der Nacht aus dem Hafenbecken gefischt. Er hatte die halbe Lunge voller Wasser und eine Riesenbeule auf dem Schädel, weil ihm offenbar jemand eins übergezogen hat. Eigentlich nur eine Gehirnerschütterung. Aber er hat sich bisher noch nicht im Mindesten davon erholt. Das klingt für mich alles sehr dubios.«

»Was?« Harry Keogh würgte das Wort heraus, als sei es etwas Ätzendes in seiner Kehle, und versuchte sich aufzurichten.

Sie hasteten zu ihm hin. Darcy hielt ihn aufrecht und Sandra umarmte ihn. »Geht es dir gut, Harry?« Sie strich ihm über die Haare und küsste ihn auf die Stirn.

Er machte sich frei, schürzte die Lippen und sagte: »Sei ein Schatz und mach mir einen Kaffee.« Als sie den Raum verlassen hatte, wandte er sich an Darcy: »Die Namen«, sagte er.

»Häh?«

»Du hast da ein paar Namen erwähnt.« Harry schien Probleme damit zu haben, die Worte zu artikulieren. »Leute, von denen ich gehört habe, und die ich im E-Dezernat getroffen habe.« Er zog eine Grimasse. »Bah, was habe ich einen widerlichen Geschmack im Mund!«

Und dann erinnerte er sich plötzlich, und seine Augen weiteten sich entsetzt. »Dieser Trottel wollte mich erschießen! Und dann ...« Ruckartig richtete er sich auf. Seine Augen suchten in jedem Winkel des Raumes.

»Das war alles letzte Nacht, Harry«, beruhigte ihn Darcy, der genau wusste, wonach Harry suchte. »Sie sind wieder weg. Sie sind gegangen, als du ihnen das befohlen hast.«

Die Erregung wich aus Harrys Gesicht und machte einem verletzten Ausdruck Platz. »Du warst hier – mit Wellesley!«

Darcy leugnete das nicht. »Ja, das war ich. Aber es wird nie wieder vorkommen. Ich habe Befehle befolgt, oder habe das wenigstens versucht, aber das ist keine Entschuldigung. Ich war hier, und ich hätte nicht hier sein sollen. Aber von jetzt an ... Ich muss noch einen Job erledigen, und dann bin ich mit dem E-Dezernat fertig. Spionage liegt mir einfach nicht, Harry. Und Freunde täuschen noch weniger! Was Wellesley betrifft: Ich glaube nicht, dass er jetzt noch irgendwelchen Ärger machen wird.«

»Nein.« Harry wurde leichenblass. »Du willst doch nicht sagen, dass sie ...«

Darcy schüttelte den Kopf. »Nein, sie haben ihn nicht angerührt. Du hast ihnen gesagt, sie sollten gehen, und das haben sie auch getan. Und dann bist du zusammengeklappt.«

Sandra kam mit einem Kaffee für Harry zurück. »Was war das mit den Namen?«, fragte sie.

Harry nahm einen Schluck heißen Kaffee und schüttelte prüfend den Kopf: »Oh verdammt! Mein Schädel!«

Sie holte ein paar Tabletten aus ihrer Handtasche und reichte sie ihm. Er spülte sie hinunter. »Ja Namen. Die Namen von Leuten aus dem E-Dezernat. Habt Ihr nicht darüber geredet, als ich wieder zu mir gekommen bin?«

Darcy erzählte ihm die Sache mit Layard und Jordan, und während er noch redete, verlor Harrys Gesicht alle Farbe. Als Darcy geendet hatte, sah Harry Sandra an: »Nun?«

Sie zuckte ratlos die Achseln: »Was habe ich damit zu tun, Harry?«

»Erzähl ihm die Sache mit den Steinen im Garten.«

Auf einen Schlag wurde ihr klar, worauf er hinauswollte. Sie schnappte nach Luft: »Ken L! Und T. Jor!«

Jetzt war es an Darcy, verständnislos drein zu sehen: »Würdet Ihr mich vielleicht auch einweihen?«

Harry stand auf, schwankte ein wenig, ging dann aber zur Terrassentür hinüber. Er trug immer noch seinen Schlafanzug. »Sei vorsichtig!«, ermahnte ihn Darcy. »Da liegen noch überall Splitter. Ich befürchte, wir haben nicht sehr gründlich aufgeräumt.«

Harry machte einen Bogen um das Glas und nahm die Decke aus dem zerbrochenen Rahmen. Sie folgten ihm in den Garten. Barfuß ging er durch das Gras und deutete auf eine frische Steinschrift, die auf dem Rasen ausgebreitet war. »Da. Damit waren sie beschäftigt, als Wellesley mich überfallen hat – was du mir irgendwann, wenn du nichts Besseres zu tun hast, vielleicht einmal erklären könntest!« Trotz des Singulars war das an sie beide gerichtet.

»Harry«, versicherte Sandra auch sofort, »ich hatte nichts damit zu tun.«

»Aber du arbeitest für das Dezernat.«

»Nicht mehr.« Und dann, weil sie fürchtete, ihn jetzt doch zu verlieren, brach alles in einem atemlosen Schwall aus ihr hervor. »Du musst das verstehen, Harry. Zuerst warst du nur ein Job, wenn auch anders als die anderen Aufgaben, die ich je bekommen hatte. Und das, was ich tun musste, war zu deinem Besten – das haben sie mir immer gesagt. Aber sie haben nicht damit gerechnet – und ich auch nicht –, dass ich mich in dich verlieben würde. Das ist einfach so passiert, und jetzt können sie sich ihren Job sonst wo hinschieben.«

Harry lächelte auf seine verhaltene Weise, dann begann er zu schwanken. Sie fing ihn sofort auf und stützte ihn. »Du solltest gar nicht auf den Beinen sein! Du siehst schrecklich aus, Harry!«

»Mir ist immer noch ein wenig schwindlig, das ist alles. Aber zu dem, was ihr gesagt habt: Ich habe das mitgekriegt, als ich wach geworden bin. Ach, was soll's – ich glaube, ich habe die ganze Zeit schon gewusst, dass du zu ihnen gehörst. Du und Doktor Bettley. Na und? Ich habe auch mal für den Laden gearbeitet. Und seien wir doch mal ehrlich: Ich kann zur Zeit alle Hilfe gebrauchen, die ich kriegen kann, oder?«

Darcy starrte immer noch auf die Steine. Er sah besorgt drein. »Heißt das hier das, was ich glaube?« Sie alle blickten auf das unvollständige Wort:

R H O D C

»Rhodos.« Harry nickte. »Sie hatten nur nicht mehr die Zeit, das O und das S fertig zu legen. Jetzt ergibt alles einen Sinn.«

»Was für einen?«, fragten Sandra und Darcy gleichzeitig.

Harry blickte sie an und versuchte gar nicht erst, seine Angst zu verbergen. »Es bedeutet etwas, von dem ich gehofft habe, dass es nicht passieren würde, dass ich aber mehr oder weniger erwartet habe, seit ich von Starside zurückgekommen bin.«

Ihn schauderte. »Gehen wir rein.« In diesem Moment wollte er nicht weiter darüber reden ...

FÜNFZEHNTES KAPITEL

Als Wellesley aufwachte und Darcy ihm erklärte, er sei in großen Schwierigkeiten, war er erst einmal sein übliches großspuriges Selbst. Aber dann musste er Harry gegenübertreten, und da brach er zusammen. Er wusste, wie knapp er daran vorbeigeschlittert war, zum Mörder zu werden, und er wusste auch, dass es Harry gewesen war, der seine toten Freunde daran gehindert hatte, ihn umzubringen, obwohl es ihm bestimmt niemand übel genommen hätte, wenn er nicht eingeschritten wäre. Stattdessen hatte er das getan, mit allen Konsequenzen, die das für ihn bedeutete. Und dann legte er ein volles Geständnis ab: Wie Gregor Borowitz ihn wegen seines negativen Talentes (der Tatsache, dass niemand seine Gedanken lesen konnte) angeworben hatte, und dass er als Schläfer fungiert hatte, bis er dann aktiviert worden war.

Ihr Interesse galt in erster Linie Harry – obwohl sie sich bestimmt auch den Rest des E-Dezernats vorgenommen hätten, sobald Harry für sie keine Gefahr mehr bedeutet hätte – und Wellesley hatte sie mit Informationen versorgt. Als es dann schien, als würde Harry neue Fähigkeiten entwickeln, musste er ausgeschaltet werden. Ein Harry, der wieder über seine alten Fähigkeiten verfügte, oder über neue, die sie sich noch nicht einmal ausmalen konnten, war einfach ein zu großes Risiko.

Danach hatte Darcy seinen Leuten die Anweisung gegeben, den ehemaligen Leiter des E-Dezernats zurück nach London zu bringen und ihn bei der Spionageabwehr abzuliefern, und danach hatte er ein langes Gespräch mit dem zuständigen Minister geführt. Unter anderem ging es dabei um Nikolai Zharov, Wellesleys russischen Kontaktmann. Zharov war noch auf freiem Fuß und würde das auch fürs Erste bleiben. Da er diplomatischen Schutz genoss, konnte man ihn nicht einmal vorladen. Man würde eine Protestnote an die sowjetische Botschaft richten, und dann Zharov mit der klassischen Begründung ausweisen: Aufgrund von Aktivitäten, die nicht ... Das Übliche eben.

Bis Darcy das alles erledigt hatte, hatte Harry noch ein paar

Tassen Kaffee getrunken und auch etwas gegessen, und er fand langsam wieder zu seiner üblichen Form zurück. Auf Darcy wirkte er zwar nicht trübselig, aber irgendwie apathisch und nicht ganz bei der Sache. Clarke fühlte sich an einen Handscheinwerfer erinnert, dem die Batterien fehlten. Wenn er genug Saft hatte, konnte er weithin strahlen, aber so war da nicht einmal ein Funke.

Oder vielleicht doch?

»Wann brichst du nach Rhodos auf?«, wollte Harry wissen.

»Mit dem nächsten Flug. Ich wäre schon weg, aber ich wollte sicher sein, dass mit dir alles in Ordnung ist. Wenigstens das schulde ich dir, und wahrscheinlich auch einiges mehr. Aber ich will, dass Trevor und Ken in ein britisches Krankenhaus verlegt werden, wenn sie transportfähig sind. Außerdem muss ich herausfinden, worauf sie da gestoßen sind. Ihr griechischer Verbindungsmann ist noch da und kann mir vielleicht dabei helfen.« Er sah Harry erwartungsvoll an. »Ich hatte gehofft, dass auch du mir helfen kannst, Harry. Wegen dieser Botschaften, die du hier kriegst, und so.«

Harry nickte: »Ich habe so meine Vermutungen, aber wir beten besser, dass ich damit falsch liege. Es ist nun mal so – ich weiß, die Toten würden mir nie absichtlich einen Schaden zufügen; sie würden nichts tun, was das Risiko birgt, mich zu verletzen. Und trotzdem ist diese Sache so wichtig für sie – oder für mich. Es ist beinahe so, als wollten sie mich dazu drängen, mich mit ihnen in Verbindung zu setzen. Aber mein Sohn hat verdammt gute Arbeit geleistet. Ich kann mich nicht an Einzelheiten aus meinen Träumen erinnern – jedenfalls nicht bei denen, die sie mir schicken – und ich weiß auch nicht, wie ich das umgehen kann. Und was das Möbius-Kontinuum angeht – verdammt, ich kann nicht einmal zwei und zwei addieren, ohne dass fünf dabei herauskommt! Aber nichtsdestotrotz komme ich mit nach Rhodos. Es kann sein, dass du meinen Rat brauchst.«

Darcy sah ihn verwundert an. Er hatte Harry schon lange nicht mehr so unternehmungslustig gesehen. »Du kommst mit ...?«

»Die beiden sind auch meine Freunde. Ich kenne sie zwar vielleicht nicht so gut wie du, aber ich habe mich einmal auf sie verlassen, und sie haben sich auf mich verlassen, auf das, was ich getan habe. Sie waren mit dabei, als wir Yulian Bodescu vernichtet haben. Sie haben ihre Talente, und sie haben unersetzliche Erfahrung mit ... mit bestimmten Dingen. Und wie es scheint, wollen auch die Toten, dass ich dorthin gehe. Und – wir können es uns wirklich nicht leisten, dass Leuten wie den beiden etwas passiert. Nicht jetzt.«

»Wir können es uns nicht leisten? Was heißt *wir,* Harry?« Plötzlich war Darcy sehr angespannt, als er auf Harrys Antwort wartete.

»Du, ich, die ganze Welt?«

»Ist es so schlimm?«

»Das ist gut möglich. Und deswegen werde ich dich begleiten.«

Sandra sah sie beide an. »Ich auch.«

Darcy schüttelte den Kopf: »Nicht, wenn Harry mit seinem Verdacht Recht hat. Ganz bestimmt nicht!«

»Aber ich bin eine Telepathin. Ich kann euch vielleicht mit Trevor Jordan helfen. Wir haben früher zu Übungszwecken immer gegenseitig unsere Gedanken gelesen. Er ist auch mein Freund, falls du das vergessen haben solltest!«

Harry ergriff ihren Arm: »Hast du nicht gehört, was Darcy gesagt hat? Trevor ist wahnsinnig geworden. Er hat den Verstand verloren.«

Sie zog eine Grimasse und schüttelte missbilligend den Kopf. »Das ist doch nur eine blödsinnige Metapher, Harry. Man verliert nicht einfach den Verstand, das solltest du selbst am besten wissen. Sein Verstand ist nicht irgendwohin verschwunden, es ist nur etwas darin durcheinandergeraten. Vielleicht kann ich da hineinsehen und erkennen, was nicht stimmt.«

»Wir verschwenden wertvolle Zeit«, Darcy hatte es eilig. »Dann fliegen wir eben alle drei. Wann könnt ihr aufbrechen?«

»Ich bin fertig«, meinte Harry sofort. »Gib mir fünf Minuten, um ein paar Dinge zusammenzupacken.«

»Wir müssen auf dem Weg durch Edinburgh kurz anhalten und meinen Pass holen«, erklärte Sandra. »Das ist alles. Alles andere können wir da unten kaufen.«

»Gut«, meinte Darcy. »Sandra, du rufst ein Taxi, und ich helfe Harry beim Packen. Wenn wir dann noch Zeit haben, sage ich vom Flughafen aus im Hauptquartier Bescheid. Also los.«

Und die zahllosen Toten in ihren Gräbern entspannten sich ein wenig – zumindest für den Augenblick. Harry vermeinte ihr kollektives Seufzen der Erleichterung zu hören, und ihn fröstelte. Es war keine Furcht oder Angst oder etwas Ähnliches. Es war nur die Anspannung durch das *Wissen*. Aber natürlich blieb das seinen Freunden – seinen Freunden unter den Lebenden – verborgen.

Die drei konnten natürlich nicht wissen, dass Nikolai Zharov am Flughafen von Edinburgh ihren Abflug beobachtete. Er hatte mit einem Nachtsichtgerät von der anderen Seite des Flusses zugesehen, als Wellesley in Harrys Haus bei Bonnyrig eingedrungen war. Und er hatte beobachtet, was da aus dem Garten zurück zu ihren angestammten Gräbern auf dem Friedhof einen Kilometer weiter schlurfte. Er hatte sie gesehen und sie als das erkannt, was sie waren. Und sein Gesicht spiegelte immer noch die Spuren dieser Erkenntnis.

Aber das hielt Zharov nicht davon ab, einen Bericht zu chiffrieren und an die KGB-Abteilung in der Botschaft zu schicken. Und wenig später wussten alle sowjetischen Geheimdienstabteilungen, dass Harry Keogh auf dem Weg nach Griechenland war.

Es war abends um halb sieben, als Manolis Papastamos sie am Flughafen von Rhodos abholte. Während der Taxifahrt durch den historischen Stadtkern erzählte er ihnen in seinem stakkatoartigen Singsang alles, was er über die zurückliegenden Ereignisse wusste. Da er jedoch keine Verbindung zu ihm sah, erwähnte er Jianni Lazarides nicht.

»Wie geht es Ken Layard jetzt?«, wollte Darcy wissen.

Papastamos war klein und agil. Er schien nur aus Sehnen, Sonnenbräune und glänzend schwarzem, welligem Haar zu bestehen. Auf seine Art attraktiv und üblicherweise vor Tatendrang übersprudeln, wirkte er plötzlich erschöpft und gequält. »Ich weiß nicht, was mit ihm los ist.« Er hielt ratlos die Handflächen in die Höhe. »Ich weiß es nicht und gebe mir selbst die Schuld, weil ich es nicht weiß! Aber ... diese beiden sind nicht so leicht zu verstehen. Das sind Polizisten? Dann sind sie aber komische Polizisten. Sie schienen so viel zu wissen – sie waren sich in einigen Dingen so verdammt sicher –, aber sie haben mir nie verraten, woher sie das alles wussten.«

»Ja, die beiden sind schon etwas Besonderes«, gab Darcy zu. »Aber was ist jetzt mit Ken?«

»Er konnte nicht schwimmen und hatte eine gewaltige Beule am Kopf. Ich habe ihn aus dem Wasser gezogen, habe das Salzwasser aus ihm herausgepumpt und mich dann aufgemacht, um Hilfe zu holen. Jordan war dazu nicht zu gebrauchen: Er saß einfach nur auf der Mole unter den Windmühlen und babbelte vor sich hin. Er hat ganz plötzlich den Verstand verloren ... Und daran hat sich seitdem nichts geändert. Aber Layard, dem ging es gut, das schwöre ich! Nur diese Beule am Kopf. Und jetzt ...«

»Jetzt?«, drängte Harry.

»Jetzt sagen sie, dass er vielleicht sogar stirbt!« Papastamos sah aus, als werde er gleich in Tränen ausbrechen. »Ich habe getan, was ich konnte, das schwöre ich!«

»Du brauchst dir nicht die Schuld zu geben, Manolis«, versicherte Darcy. »Was auch passiert ist, du kannst nichts dafür. Können wir zu ihm?«

»Natürlich, wir sind bereits unterwegs zum Krankenhaus. Ihr könnt auch zu Trevor, wenn ihr das wollt. Aber«, er zuckte die Achseln, »aus dem werdet ihr nicht viel herausbekommen. Es tut mir wirklich so Leid!«

Das Krankenhaus lag an der Papalouca, einer der Hauptstraßen der Stadt. Es war ein großes, ausladendes Gebäude. Allein die Frontseite war mehr als hundert Meter lang. »Ein Teil des Gebäudes – eine Station mit Operationssälen und eigener Apotheke – wird nur für die Behandlung von Touristen genutzt«, erklärte Papastamos, als das Taxi mit ihnen durch das Tor fuhr. »Zur Zeit sind die meisten Betten nicht belegt, aber im Juli und August ist es da rappelvoll. Gebrochene Knochen, schwere Sonnenallergien, Hitzschläge, Insektenstiche, Schnitte, Platzwunden ... Ken Layard hat ein Einzelzimmer.«

Er wies den Fahrer an, auf sie zu warten und führte sie zu einem Seitenflügel, wo eine Pförtnerin in ihrem Häuschen saß und sich die Fingernägel schnitt. Als sie Papastamos bemerkte, sprang sie auf und redete auf ihn in atemlosem, gedämpftem Griechisch ein. Papastamos öffnete überrascht den Mund und verlor alle Farbe. »Meine Freunde, wir sind zu spät gekommen. Er ist tot!« Er sah der Reihe nach Sandra, Darcy und Harry an. »Ich weiß nicht, was ich sagen soll.«

Sie waren zu geschockt, um sofort zu antworten. Schließlich ergriff Harry das Wort. »Können wir ihn trotzdem sehen?«

Er wirkte munter in seinem hellblauen Jackett, dem weißen Hemd und der Baumwollhose. Er hatte wie die anderen auch im Flugzeug geschlafen und dabei einiges von dem entgangenen Schlaf wieder aufgeholt. Und trotz der Ereignisse der vorhergehenden Nacht schien er ausgeruhter als die anderen. Er wirkte ruhig und gefasst. Im Gegensatz zu Sandra und Darcy konnte Papastamos auf seinem Gesicht keine Trauer erkennen. Der Grieche dachte: *Ein eiskalter Bastard, dieser Harry Keogh.*

Aber damit lag er falsch. Harry hatte nur gelernt, mit dem Tod anders umzugehen. Für Ken Layard war das ›hier‹ vielleicht das Ende – sein physisches, körperliches Ende; die Endstation in der gegenständlichen Welt –, aber er war nicht ganz tot. Nicht alles von ihm war gestorben. Ganz im Gegenteil versuchte Ken Layard zur Zeit vielleicht angestrengt, Harry über die Totensprache zu erreichen. Und es gelang ihm nur nicht, weil es Harry verboten war, ihn zu hören, und es wäre ihm auch verboten, ihm zu antworten, selbst wenn er ihn hören könnte.

»Ihn sehen?«, meinte Papastamos. »Natürlich ist das möglich. Aber das Mädchen hier sagt, dass der Arzt vorher noch mit uns sprechen will. Da geht es zu seinem Büro.« Er führte sie einen langen kühlen Flur hinunter, in den das Licht durch hohe schmale Fenster hineinflutete.

Sie trafen den Arzt, einen kleinen kahlköpfigen Mann mit einer schweren Brille auf der Spitze seiner Hakennase, in seinem winzigen Büro, wo er Rezepte unterzeichnete und Berichte abstempelte. Als Papastamos sie bekannt machte, war Dr. Sakellarakis sofort sehr hilfsbereit und richtete ihnen sein aufrichtiges Beileid zum Tod ihres Freundes aus. In gebrochenem Englisch erzählte er ihnen mit einem bedauernden Kopfschütteln: »Diese Beule, die Layard auf dem Kopf gehabt – ich befürchten, das war mehr als nur simple Beule, meine Herren, meine Dame. Vielleicht war da innerer Schaden? Ich kann nicht sagen, nicht vor der Autopsie, natürlich nicht, aber ich glaube, das der Grund, hat der zum Tod geführt. Diese Schaden, ein Blutgerinsel, so etwas.« Er schüttelte wieder den Kopf.

»Können wir zu ihm?«, fragte Harry erneut. Und als der Doktor vor ihnen her ging: »Wann ist die Autopsie angesetzt?«

Der Grieche zuckte wieder mit den Schultern. »Ein Tag, zwei Tage – so schnell, wie möglich. Aber bald. Solange wir ihn behalten in Leichenkammer.«

»Und wann ist er gestorben? Wann genau?« Harry war hartnäckig.

»Genau? Auf die Minute? Das nicht bekannt? Eine Stunde, vielleicht. 18:00 Uhr?«

»Um sechs Ortszeit«, rechnete Sandra nach. »Da waren wir im Flugzeug.«

»Ist eine Autopsie unumgänglich?« Harry verabscheute den Gedanken; er wusste, wie die Toten auf Nekromantik reagierten, wie sehr sie sie fürchteten. Dragosani war ein Nekromant gewesen, und die Toten hatten ihn aus tiefstem Herzen gehasst und gefürchtet! Natürlich war das hier nicht das Gleiche; Layard würde nichts von dem spüren, was der Pathologe mit ihm machte, der eher mit einem Chirurgen als mit einem Folterknecht zu vergleichen wäre. Aber trotzdem konnte Harry sich mit dem Gedanken nicht anfreunden.

Sakellarakis hob entschuldigend die Hände: »Es ist Gesetz.«

Layards Zimmer war klein, weiß und sauber. Es roch durchdringend nach Antiseptikum. Der Leichnam lag der Länge nach auf einer Bahre und war mit einem Tuch abgedeckt. Das Bett, in dem er gelegen hatte, war bereits wieder gemacht, und das Fenster war geschlossen, um die Fliegen fern zu halten. Darcy zog vorsichtig das Laken zurück, um Layards Gesicht freizulegen – und zuckte sofort erschreckt zurück. Ebenso Sandra. Layards Gesicht war noch nicht hergerichtet.

»Das ist Leichenstarre«, erklärte Sakellarakis mit einem Nicken. »Die Muskeln. Sie kontraktieren. Der Leichenbestatter bringen das in Ordnung. Dann Layard, er schlafen friedlich.«

Harry war unbewegt. Er stand vor Layard und sah auf ihn herunter. Die Hautfarbe des ESPers war gräulich, er war kalt und steif. Aber sein Gesicht war in einem Ausdruck erstarrt, der nicht von der Leichenstarre kommen konnte. Seine Kiefer waren wie zu einem Schrei geöffnet und die Oberlippe war auf der linken Seite hochgezogen und legte weiße, glänzende Zähne bloß. Das ganze Gesicht schien in einer Art Krampf nach links verzogen, als habe er etwas angeschrien, etwas Grauenhaftes, Unerträgliches.

Seine Augen waren geschlossen, aber in den Augenlidern, direkt unter den Augenbrauen, erspähte Harry zwei Schlitze in der Haut. Sie waren sehr dünn, hoben sich aber dunkel gegen die wachsbleiche Haut ab.

»Man hat ihn geschnitten?« Harry sah den griechischen Arzt fragend an.

»Das sein der Krampf«, nickte der andere. »Die Augen gehen auf. Das passieren manchmal. Ich machen kleine Schnitte in Muskeln – kein Problem.«

Harry schürzte die Lippen, runzelte die Stirn und wandte sich dann der großen bläulichen Kontusion zu, die auf Layards Stirn begann und sich unter dem Haar fortsetzte. Die glänzende Haut war aufgeplatzt und legte eine kleine Abschürfung frei, durch die sich weißes Fleisch von der Farbe eines Fischbauches zeigte. Harry sah sich die Beule genau an und hob eine Hand, als wolle er sie berühren, dann wandte er sich aber ab.

»Dieser Blick«, murmelte er vor sich hin, »das ist kein Muskelkrampf. Das ist nackte Angst.«

Darcy Clarke hatte einen Blick auf Layard geworfen, dann war er einen Schritt zurückgewichen, und noch einen. Er hatte sich immer weiter zurückgezogen und befand sich jetzt draußen im Flur. Sein Gesicht war verzerrt, während er starr auf die Gestalt auf der Bahre starrte. Sandra ging zu ihm hinüber, dann gesellte sich auch Harry zu ihnen.

»Darcy, was ist los?« Sandras Stimme war gedämpft.

Darcy schüttelte nur den Kopf. »Ich weiß es nicht«, schluckte er. »Aber egal, was es ist, da stimmt was nicht!« Es war sein Talent, das sich da meldete und auf ihn Acht gab.

Papastamos zog das Laken wieder über Layards Gesicht. Er und Sakellarakis kamen zu ihnen in den Korridor. »Sie meinen, das kein Krampf?« Der Arzt blickte Harry fragend an. »Sie wissen über diese Dinge?«

»Ja, ich weiß so einiges über die Toten«, gab Harry zu.

»Harry ist so etwas wie ein Fachmann.« Darcy hatte sich jetzt wieder unter Kontrolle.

»Ach, ein Doktor.«

»Hören Sie zu!« Harry ergriff den Arzt am Arm und sprach drängend auf ihn ein. »Die Autopsie muss noch heute Nacht stattfinden. Und dann muss er verbrannt werden.«

»Verbrannt? Sie meinen, wir ihn kremieren?«

»Ja, verbrennen. Einäschern. Und das muss bald geschehen. Spätestens morgen.«

»Mein Gott!«, stieß Manolis Papastamos hervor. »Und Ken Layard war euer Freund? Auf solche Freunde könnte ich verzichten. Es war mir ja klar, dass Sie eiskalt sind, aber ... Sie sind nicht nur eiskalt, Sie sind innerlich so tot, wie er es äußerlich ist.«

Auf Harrys Stirn glänzte kalter Schweiß, und er sah aus, als sei ihm übel. »Das ist es ja gerade«, erklärte er. »Ich glaube nicht, dass er tot ist!«

»Sie nicht glauben ...?« Die Kinnlade des Arztes klappte herunter. »Aber das ich wissen sicher. Der Herr ist bestimmt tot!«

»Untot.« Harry sah aus, als würde er jeden Moment ohnmächtig.

Sandra riss die Augen weit auf. Darum ging es also. Aber Harry war durch die Situation überrascht worden und hatte mehr gesagt, als er hatte sagen wollen. »Das ist ... das ist ein englischer Ausdruck!«, fiel sie hastig ein. »Untot: Nicht tot, sondern nur von uns gegangen. Alte Freunde – sie gehen einfach nur von uns. Das hat er gemeint. Ken ist nicht tot, sondern in Gottes Hand.«

Oder der des Teufels!, fügte Harry still hinzu. Aber er hatte sich wieder gefangen und war froh, dass sie ihm zu Hilfe gekommen war.

Auch Darcys Gedanken rasten: »Layard ist Mitglied einer speziellen Religionsgemeinschaft. Deren Religion fordert, dass er verbrannt werden muss. Und das muss innerhalb eines Tages nach seinem Tod geschehen. Harry will nur dafür sorgen, dass alles so geschieht, wie Ken es verfügt hat.«

»Aha!« Manolis Papastamos war sich zwar nicht sicher, aber er glaubte zumindest ansatzweise zu verstehen. »Dann muss ich mich entschuldigen. Es tut mir Leid, Harry.«

»Es ist schon okay. Können wir jetzt zu Trevor Jordan?«

»Ja sofort. Die psychiatrische Anstalt ist in der Altstadt, hinter den alten Kreuzfahreranlagen. An der Pythagoras Straße. Sie wird von Nonnen geleitet.«

Sie nahmen wieder das Taxi und kamen zwanzig Minuten später an ihrem Ziel an. Inzwischen dämmerte es, und eine Brise vom Meer brachte Kühlung nach der Hitze des Tages. Während der Fahrt hatte Darcy eine Bitte an Papastamos: »Können Sie uns ein Quartier besorgen? Ein ordentliches Hotel?«

»Ich weiß sogar etwas Besseres. Die Touristensaison hat noch nicht begonnen, und die meisten der Villen stehen leer. Ich habe Ihnen eine Unterkunft besorgt, sobald ich erfahren habe, dass Sie auf dem Weg sind. Nachdem Sie den armen Trevor gesehen haben, werden wir umgehend dahin fahren.«

Bei der Anstalt mussten sie warten, bis eine Schwester des Ordens von Rhodos abkömmlich war, um sie zu Jordans Zelle zu geleiten. Er war in eine Zwangsjacke geschnallt und saß in einem langgestreckten Lederstuhl mit hohen Seitenteilen. Seine Füße befanden sich ein paar Zentimeter über dem Boden. In dieser Stellung konnte er sich nicht verletzen, aber zur Zeit schien er sowieso zu schlafen. Papastamos übersetzte, während die Schwester ihnen erklärte, dass Jordan in regelmäßigen Abständen ein leichtes Betäubungsmittel erhielt. Nicht, weil er gewalttätig war. Er schien eher unter Angstzuständen zu leiden.

»Sagen Sie ihr, sie kann uns mit ihm allein lassen«, erklärte Harry dem Griechen. »Wir werden nicht lange bleiben, und wir wissen, wo es wieder hinaus geht.« Und als Papastamos das getan hatte und die Schwester gegangen war, fügte er hinzu: »Wenn Sie uns dann auch allein lassen würden, Manolis.«

»Was?«

Darcy legte ihm eine Hand auf den Arm. »Bitte, Manolis, seien Sie so gut und warten Sie draußen auf uns. Glauben Sie mir, wir wissen, was wir tun.«

Der andere zuckte säuerlich mit den Achseln, tat aber, wie ihm geheißen.

Darcy und Harry blickten auf Sandra: »Fühlst du dich stark genug dafür?«, fragte Darcy.

Sie war nervös, gab sich dann aber einen Ruck: »Es sollte nicht sehr schwer sein. Wir funktionieren auf die gleiche Weise. Ich habe oft mit Trevor geübt und kenne den Weg hinein.« Aber es war, als wolle sie nicht so sehr die anderen überzeugen, als sich selbst Mut machen. Sie nahm eine Position hinter Jordan ein und legte die Hände auf die Lehne seines Stuhls, während gerade die letzten Sonnenstrahlen in den winzigen, hochangesetzten Butzenscheiben der Zelle verglommen.

Sandra schloss die Augen, und Stille breitete sich aus. Jordan war in seinem Stuhl festgeschnallt; seine Brust hob und senkte sich, die Augenlider flatterten, während er träumte oder den Gedanken nachhing, die ihm so zusetzten. Auch seine linke Hand, die gegen seinen Schenkel geschnallt war, zitterte. Harry und Darcy sahen zu, und sie bemerkten auch die voranschreitende Dämmerung, das nachlassende Licht ...

Und ohne Vorwarnung war Sandra plötzlich drin!

Sie warf einen Blick hinein, sah etwas, stieß einen unartikulierten Schrei aus und stolperte weg von Jordans Stuhl, bis die Wand hinter ihr sie aufhielt. Jordans Augen klappten auf, als sei ein Vorhang weggezogen worden. In ihnen spiegelte sich die blanke Angst! Sein Kopf pendelte von links nach rechts, und er sah die beiden ESPer, die vor ihm standen – und für einen kurzen Augenblick erkannte er sie auch!

»Darcy! Harry!«, stöhnte er.

Und in diesem Moment erkannte Harry, wer ihn in seinen Träumen in Bonnyrig um Hilfe angefleht hatte!

Aber im nächsten Augenblick begann Jordans leichenblasses Gesicht vor Anstrengung und Qual zu zucken. Er versuchte etwas zu sagen, aber diese Möglichkeit wurde ihm verwehrt. Das Zittern versiegte, seine fiebrigen Augen schlossen sich, sein Kopf kippte zur Seite und er sackte wieder in sich zusammen. Aber während er in seine grausigen Träume zurücksackte, gelang es ihm, ein letztes Wort hervorzustoßen: »Ha-ha-*haaarrry!*«

Sie stürzten zu Sandra hinüber, die leichenblass an der Wand lehnte. Als sie wieder Luft bekam und die beiden Männer sich überzeugt hatten, dass ihr nichts fehlte, konnte sie ihnen auch Auskunft geben.

»Was war los?«, drängte Harry. »Was hast du gesehen?«

Sie schluckte schwer: »Er ist nicht verrückt, Harry. Das habe ich gesehen. Er ist eingesperrt.«

»Eingesperrt?«

»Ja, in seinem eigenen Verstand. Wie ein unschuldiges, winselndes, verängstigtes Opfer in einem Kerker.«

»Wessen Opfer?«, wollte Darcy wissen. Mit offenem Mund starrte er die Frau an, die zitternd in Harrys Armen lag.

»Mein Gott! Oh mein Gott!«, flüsterte sie, während ihr Zittern Harry anzustecken drohte und ihre Augen ängstlich wieder zu Trevor Jordan wanderten, der leblos und schlaff in seinem Stuhl hing. Darcy fühlte, wie ihn eine Eiseskälte bei dem gehetzten Glanz in ihren Augen überkam, als sie schließlich antwortete: »Ein Opfer des Monsters, das da bei ihm ist! Von dem Ding, das mit ihm in seinem Verstand hockt. Das Ding, das alles von ihm wissen will ... alles über uns!«

SECHZEHNTES KAPITEL

Die Nacht brach herein, und die ersten Touristen flanierten in ihrer Abendgarderobe durch die Straßen. Die Straßenbeleuchtung flammte auf, während das Taxi die drei zu ihrer Villa beförderte. Aber Manolis Papastamos auf dem Beifahrersitz war außergewöhnlich still. Darcy vermutete, dass der Grieche sich ausgeschlossen und wahrscheinlich zurückgesetzt fühlte, und er fragte sich, wie er das wieder gutmachen könne. Papastamos konnte eine Menge für sie tun. Ohne seine Hilfe würde ihre Aufgabe sehr schwierig werden.

Die Villa stand mitten in einem umfriedeten Garten mit Zitronen-, Mandel-, und Olivenbäumen. Sie lag an der Akti Canari Promenade, die am Meer entlang zum Flughafen führte. Das Gebäude selbst war rechteckig mit Flachdach und verfügte über Fenster mit Rollläden. Von einem quietschenden schmiedeeisernen Tor in der Einfahrt führte ein Kiesweg bis zum Haupteingang, wo eine trübe Lampe unter dem Dach einer Holzveranda brannte. Die Lampe hatte bereits eine Wolke von Motten angezogen, und die wiederum einige kleine grüne Geckos, die davonhuschten, als Papastamos knirschend den Schlüssel im Schloss drehte. Und während der stoppelbärtige, kettenrauchende Taxifahrer geduldig wartete, führte der griechische Polizist seine drei eigenartigen ausländischen Gäste herum.

Das Haus war zwar keine Luxusadresse, aber es lag abgeschieden, und trotzdem war die Stadt schnell erreichbar. Es gab eine Kochgelegenheit, aber Papastamos riet ihnen, doch lieber in einer der hervorragenden Tavernen zu speisen, von denen es ein halbes Dutzend in unmittelbarer Nachbarschaft gab. Neben dem Telefon lag eine sauber getippte Liste nützlicher örtlicher Nummern in einem durchsichtigen Plastikordner. Im Erdgeschoss befanden sich zwei Schlafzimmer, die jeweils über ein Einzelbett, Nachttisch, Leselampe und Wandschrank verfügten. Außerdem gab es ein geräumiges Wohnzimmer, von dem aus Glastüren auf eine Terrasse hinausführten, über der eine gestreifte Markise aufgespannt war. Und dann gab es noch eine kleine Toilette mit Bad. Kein richtiges

Badezimmer, aber eine geflieste Duschgelegenheit und die anderen notwendigen Dinge. Das Obergeschoss spielte für ihre Zwecke keine Rolle.

Als Papastamos ihnen alles gezeigt hatte, ging er davon aus, dass er nicht mehr gebraucht werde, aber als er zum Taxi zurückging, folgte Darcy ihm: »Manolis. Ich weiß wirklich nicht, wie wir dir danken sollen. Ich meine, wie können wir das alles wieder gut machen? Ich meine – sicher, wir können das hier bezahlen – wir werden das auch bezahlen, aber du musst uns sagen, wie viel und an wen und so weiter.«

Der Grieche zuckte mit den Schultern. »Das übernimmt die griechische Regierung.«

»Das ist sehr großzügig. Ohne dich wären wir wirklich aufgeschmissen. Besonders zu einer Zeit wie jetzt, wo wir uns um so viele Dinge gleichzeitig kümmern müssen. Layard und Jordan, nun ja, sie sind – oder waren – wirklich sehr enge Freunde.«

Nun drehte sich Papastamos doch noch zu ihm um. »Es waren auch meine Freunde.« In seiner Stimme schwang tiefe Bewegung mit. »Ich habe sie nur ein oder zwei Tage gekannt, aber sie waren sehr nette Leute! Und ich kann dir versichern, nicht jeder, mit dem ich zu tun habe, ist so nett!«

»Dann begreifst du auch, wie es uns geht«, erklärte Darcy. »Wir kennen sie schon sehr lange.«

Papastamos schwieg einen Augenblick und zuckte dann wieder mit den Schultern. Vielleicht wollte er sich damit entschuldigen. Er nickte. »Ja, natürlich verstehe ich das. Gibt es noch etwas, was ich tun kann?«

»Ja, natürlich gibt es das.« Darcy wusste, jetzt war zwischen ihnen wieder alles in Ordnung. »Ich sagte doch, ohne dich wären wir aufgeschmissen. Und das gilt immer noch. Versuch doch bitte, ein wenig Druck zu machen, damit die Autopsie so schnell wie möglich erfolgt und Ken Layard baldmöglichst eingeäschert wird. Aber das ist nur der Anfang. Du musst auch wegen diesen Drogenschmugglern die Augen offen halten, denn zur Zeit bist du der Einzige, der überhaupt über sie Bescheid weiß. Wir werden über kurz oder lang neue Leute einfliegen, und die müssen dann informiert werden. Und schließlich, falls das möglich ist ... glaubst du, dass du uns ein Auto besorgen kannst?«

»Kein Problem.« Papastamos war so überschwänglich wie immer. »Der Wagen wird morgen früh hier sein.«

»Das wär's fürs Erste.« Darcy lächelte. »Wir verlassen uns darauf, dass auf eurer Seite alles klar geht. Schließlich ist das zur Zeit das Dringlichste. Und du musst uns einfach vertrauen bei den Dingen, die wir tun. Auf unsere Art sind wir alle Fachleute, Manolis.«

Papastamos kritzelte eine Nummer auf einen Fetzen Papier. »Unter der Nummer bin ich jederzeit erreichbar. Oder wenn nicht ich selbst, dann ist auf jeden Fall jemand da, der weiß, wo ich bin.«

Darcy dankte ihm erneut und verabschiedete sich von ihm. Als das Taxi davonfuhr, ging er durch das quietschende Tor zurück ins Haus.

Die drei aßen auswärts, um sich zu beraten.

»Aber warum mussten wir ausgehen?«, wollte Darcy wissen, nachdem Sie eine Taverne in einem stillen Gässchen gefunden hatten, in der man über kleine Treppenaufgänge zu abgeschiedenen Tischen auf separaten Balkonen gelangte, außer Hörweite der anderen Gäste. Als sie an einem dieser Tische saßen, kam Darcy wieder darauf zurück: »Ich meine, warum sind wir nicht in der Villa geblieben? Da waren wir doch unter uns.«

»Das wäre vielleicht das Problem gewesen«, sagte Harry.

»Das Problem?« Sandra war immer noch von dem kurzen geistigen Kontakt erschüttert, den sie mit dem Verstand von Trevor Jordan gehabt hatte.

»Hier sind wir unter Leuten.« Harry versuchte etwas zu erklären, bei dem er sich selbst nicht sicher war. »Da sind andere Köpfe und andere Gedanken. Ein Hintergrundgeräusch geistiger Aktivität. Ihr beiden solltet das besser verstehen als ich. Ich will nur nicht, dass wir entdeckt werden, das ist alles. Ihr glaubt, ihr ESPer seid schlau? Das mag ja sein – aber auch die Wamphyri haben ihre Fähigkeiten.«

Wamphyri! Das war ein Wort, bei dem bei Darcy Clarke unweigerlich die Erinnerungen an Julian Bodescu hochkamen. Er fühlte ein vertrautes Schaudern an seinem Rückgrat, als er fragte: »Du glaubst also, dass wir es mit so etwas wie Bodescu zu tun haben?«

»Schlimmer als das. Im Vergleich zu dem hier war Bodescu für uns ein offenes Buch. Er wusste nicht, was mit ihm geschah. Er war nicht unschuldig an sich – er hatte seine Unschuld schon verloren, bevor er geboren wurde – aber in Hinsicht auf sein Dasein als Wamphyri war er unschuldig. Er war ein Anfänger, ein Kind, das rennen lernte, bevor es richtig laufen konnte. Und er machte dabei Fehler und fiel immer wieder auf die Nase. So lange, bis einer seiner Stürze tödlich endete. Aber mit so jemandem haben wir es hier nicht zu tun.«

»Harry, woher weißt du das alles? Woher weißt du, mit wem wir es zu tun haben? Ja sicher, ich habe in Trevors Verstand einen anderen Geist gespürt, einen mächtigen, absolut bösen Geist – aber kann das nicht auch einfach ein anderer Telepath sein? Trevor und Ken haben in einer Drogensache ermittelt. Was ist, wenn die großen Drogenkartelle jetzt ihre eigenen PSI-Abteilungen aufgebaut haben? Das wäre doch möglich, oder?«

»Das glaube ich nicht«, meinte Harry. »Ich habe die Erfahrung gemacht, dass ESPer nicht für andere Leute arbeiten.«

Darcy konnte ihm nicht ganz folgen. »Aber das tun wir doch alle. Ken, Trevor, Sandra, ich selbst. Sogar du vor geraumer Zeit.«

»Sie arbeiten für ein bestimmtes Ziel, für eine Idee, für ein Land, oder auch, um sich zu rächen. Aber nicht, um jemand anderem einen Profit zu verschaffen. Würdest du so etwas tun, wenn du so mächtig wärst wie der, den Sandra gespürt hat? Würdest du deine Fähigkeiten an eine Bande von Schlägern verkaufen, die dich eliminieren, wenn sie beginnen, dich zu fürchten? Und das würde nicht lange dauern.«

»Und was war mit Ivan Gerenko, der ...?«

»Der war irre, größenwahnsinnig! Nein, sogar der Nekromant Dragosani strebte nach einem Ideal – nach der Wiederherstellung der alten Walachei. Zumindest so lange, bis sein Vampir völlig die

Kontrolle über ihn übernahm. Überleg doch mal: Wie viele Leute wissen von deinem Talent, Darcy? Und, Sandra, wie viele Leute wissen, dass du telepathisch begabt bist? Sogar ich weiß das erst seit ein paar Stunden. Du läufst nicht herum und bindest es allen auf die Nase, nicht wahr? Glaubt mir, die Leute, die allen anderen von ihren Fähigkeiten erzählen, sind die Schwindler. Medien und Löffelverbieger, Mystiker und Gurus, das sind alles Hochstapler.«

Darcy schnaubte verächtlich: »Und du willst wirklich behaupten, dass wir ESPer alle zu den Guten gehören?«

»Natürlich nicht.« Harry schüttelte den Kopf. »Nein, denn es gibt eine Menge Bosheit in der Welt und auch unter den ESPern. Aber denk doch mal nach: Wenn du böse bist, und du beherrscht eine spezielle Fertigkeit, warum solltest du sie jemand anderem zur Verfügung stellen? Würdest du sie nicht selbst benutzen – heimlich – um Macht zu erlangen?«

»Ehrlich gesagt habe ich mich schon oft gefragt, warum sie das nicht tun. Ich meine die Leute im E-Dezernat«, gab Darcy zu.

»Ganz bestimmt tun das einige. Nicht die im E-Dezernat, aber andere Leute, von denen wir nichts wissen. Es muss viele Begabte auf der Welt geben, die noch nicht entdeckt worden sind. Woher wissen wir, dass dieser so genannte ›Geschäftssinn‹ nicht auch nur eine PSI-Begabung ist? Hat der Mann da seine Million gemacht, weil er ein gutes Händchen für Geschäfte hat, oder weil eine paranormale Gabe seine Hand gelenkt hat? Etwas, von dem er selbst vielleicht gar nichts weiß? Ist der Kriegsheld wirklich so tapfer, wie wir glauben, oder hat er – so wie du, Darcy, oder auch wie Ivan Gerenko – einen Schutzengel, der über ihn wacht? Wusstest du, dass die Spielcasinos Listen über Leute führen, die keinen Zutritt haben, professionelle Spieler mit einer unglaublichen Glückssträhne, und dass einige von denen steinreich sind?«

»Das ist ja alles schön und gut, aber es ist immer noch kein Beweis dafür, dass wir es hier mit einem Vampir zu tun haben.«

»Nein, einen richtigen Beweis haben wir noch nicht. Aber eine Menge von Indizien. Sie sind vielleicht alle für sich genommen nicht aussagekräftig, aber zusammen ergibt sich da schon ein Bild.«

»Als da wäre?«, fiel Sandra ein.

Leicht genervt drehte er sich zu ihr um. »Sandra, du bist einem Vampir noch nie näher gekommen als damals, als du meine Akte gelesen hast. Ich gehe doch davon aus, dass du sie gelesen hast? Das ist ein Pflichttext im E-Dezernat, eine Warnung vor dem ›nächsten Mal‹. Ich weiß, wovon ich rede, und Darcy tut das auch. Also, ich möchte dich nicht kränken, aber ich glaube, es ist das Beste, wenn du einfach nur still dasitzt und zuhörst. Gerade du, denn noch wissen wir nicht sicher, ob er – wer er auch sein mag – dich nicht auch bemerkt hat, als du ihn in Trevors Verstand gesehen hast.«

Sie schnappte erschrocken nach Luft und fuhr auf. Harry griff über den Tisch und tätschelte ihre Hand. »Entschuldige bitte, aber vielleicht verstehst du jetzt, was mir Sorgen macht. Wenigstens zum Teil. Ich? – Ich war schon in so einer, oder doch wenigstens einer ähnlichen, Situation. Aber du? Verdammt, ich will einfach nicht, dass dir etwas passiert.«

Darcy kam auf den Punkt zurück: »Sagtest du nicht etwas von Indizien?«

Bevor Harry antworten konnte, erschien ein Kellner, um die Bestellung aufzunehmen. Darcy bestellte ein komplettes Menü, Sandra einen Salat und ein Dessert, aber Harry bestellte nur ein wenig Hühnchen und viel Kaffee. »Ein voller Magen macht müde, und Alkohol macht es nur noch schlimmer. Ich will, dass euch klar wird, wie todernst ich diese Sache hier nehme. Aber falls du wirklich deinen Schnaps trinken willst, Darcy, bitte, lass dich nicht aufhalten.«

Darcy blickte auf seinen Schwenker und die großzügig bemessene Portion goldgelber Flüssigkeit darin, dann stellte er ihn zur Seite.

»Okay, die Indizien: Seit mehr als vier Jahren haben die Toten keinen Versuch unternommen, mit mir in Kontakt zu treten. Oder, falls sie das getan haben, habe ich davon nichts gemerkt. Sicher, meine Mutter mag in meinen Träumen zu mir gekommen sein; dessen bin ich mir sogar ziemlich sicher, so ist sie nun mal. Und jetzt plötzlich bringen sie mich in Gefahr. Na ja, es war Zufall, dass sie Wellesley angegriffen haben; sie waren gerade am rechten Ort, als er mich ermorden wollte. Aber sie waren da, um mir eine Nachricht zu übermitteln. Und es gibt drei Möglichkeiten, was sie dazu gebracht haben könnte: a) meine Mutter; b) sie selbst, weil sie sich Sorgen um mich machen, oder c) Ken und Trevor, die versucht haben, mich in meinen Träumen zu erreichen.«

Darcy runzelte die Stirn: »Sie haben versucht, telepathisch mit dir in Kontakt zu treten? Das habe ich nicht gewusst.«

»Mir war das auch nicht bewusst, bis Ken Layard aufgewacht ist. Als er uns gesehen und gesprochen hat ... Für mich klingt eine geistige Stimme so wie die richtige Stimme, Darcy, und als wir noch in Schottland waren, habe ich geträumt, dass Leute mich telepathisch kontaktieren wollten. Aber ich wusste nicht, wer das war. Als ich dann Layards Stimme gehört habe, erkannte ich sie wieder. Die Sache selbst kann für sie nicht so kompliziert gewesen sein: Layard ist ein Lokalisierer, er hat mich gefunden. Und Trevor ist Telepath; er hat geholfen, die Nachricht zu übermitteln. Und warum ich? Weil ich ›der‹ Experte auf dem Gebiet bin, mit dem sie es hier zu tun hatten. Und sie wussten genau, worum es hier geht, denn sie waren beide an dem Fall Bodescu beteiligt.«

Darcy nickte und befeuchtete sich die trockenen Lippen. Er hob sein Brandy-Glas und nippte nur kurz daran, um seinen Mund anzufeuchten. »Okay – und was spricht noch dafür?«

»Mein Sinne, von denen ich, so wie du, mehr als fünf habe.«

»Nicht mehr«, warf Sandra ein und biss sich sofort auf die Zunge. Sie hoffte, er werde es nicht falsch auffassen.

Das tat er nicht. Er lächelte, wenn auch ein wenig gezwungen, und sagte: »Ich muss nicht mit den Toten reden, um den Unterschied zwischen einer Leiche und einem lebenden Menschen zu sehen.«

Wieder runzelte Darcy die Stirn: »Und was soll das jetzt wieder heißen? Das gilt doch wohl für uns alle.«

»Bist du jemals im Dunkeln durch eine stille, leere Gasse gegangen?«, fragte Harry. »Und plötzlich bist du dir sicher, da ist noch jemand? Und dann siehst du das Aufflackern eines Streichholzes in einem Hauseingang, wo sich gerade jemand eine Zigarette anzündet? Hast du je Verstecken gespielt und musstest die anderen suchen, und hast du mit einem Mal das Gefühl zwischen den Schulterblättern verspürt, dass jemand dich beobachtet? Und dann, wenn du dich umgedreht hast, war da wirklich jemand? Ich meine hier nicht den sechsten Sinn, von dem ich sehr wohl weiß, dass du ihn besitzt, sondern einfach so etwas wie ein Gefühl in der Magengrube?«

Darcy nickte und Harry fuhr fort: »Siehst du, so wie du die Anwesenheit von lebenden Menschen spüren kannst, so spüre ich die Toten. Ich weiß, wann ich in Gesellschaft von toten Menschen bin. Und deswegen kann ich mit Bestimmtheit sagen, dass Ken Layard nicht tot ist! Selbst wenn ich immer noch mit den Toten sprechen könnte, könnte ich nicht mit Ken Layard reden. Er ist nämlich nicht tot. Er lebt zwar auch nicht mehr, aber er ist irgendwo dazwischen. Er ist untot, versklavt von jemand anderem, und er wird als Vampir wieder auferstehen, wenn wir nicht sicherstellen, dass er seine ewige Ruhe findet. Das hat er mir in meinem Traum gesagt, darum hat er mich angefleht: Ich soll ihn finden, ihn zerstören und ihm damit seine Ruhe geben.«

»Und als er und Trevor nicht zu dir durchdringen konnten, haben die wirklichen Toten ihre Botschaft überbracht, verstehe ich das richtig?«

»So ist es. Sie haben versucht, mir das in Stein zu schreiben, mitten in meinem Garten.«

Sandra schüttelte sich: »Gott. Wenn ich mich über Wellesleys Anweisungen hinweggesetzt hätte! Ich wäre dann bei dir gewesen, als er versucht hat, dich umzubringen. Und ich wäre Zeugin geworden, als *sie* ihn attackiert haben!« Sie schüttelte den Kopf. »Ich glaube nicht, dass ich das ertragen hätte ... Ich hätte den Anblick dieser Dinger nicht ertragen.«

Er griff über den Tisch hinweg nach ihrer Hand. »Es sind keine Dinger. Das waren einmal lebendige Menschen. Und jetzt sind sie tote Menschen. Genau genommen hat der größte Teil des Bodens und des Landes und des Himmels und der See zum einen oder anderen Zeitpunkt einmal gelebt. Das ist die Natur der Dinge, und das Leben ist nur eine Phase, die wir durchlaufen. Aber die Toten halten mich für wichtig genug, um die natürliche Ordnung der Dinge zu durchbrechen.«

»Und dieses Durchbrechen der natürlichen Ordnung macht aus ihnen etwas Übernatürliches?« Das war wieder Darcy.

»So könnte man es sagen.« Harry wandte sich wieder zu ihm. »Haben wir nicht auch einst die Vampire für übernatürlich gehalten?« Und jetzt erlaubte er sich ein echtes Lächeln, wenn auch nur ein dünnes. »Weißt du, Darcy, dafür, dass du der Chef des E-Dezernats bist, bist du verdammt skeptisch. Ich meine, darum ging es doch von Anfang an: Apparate und Geister. Die Kombination der physikalischen und der metaphysischen Ebene. Des Natürlichen und des Übernatürlichen.«

»Ich bin kein Skeptiker«, erklärte Darcy. »Dazu habe ich schon zu viel gesehen. Es geht nur darum, dass ich mir gern Klarheit über die Dinge verschaffe, das ist alles.«

»Und, habe ich dir jetzt zu ein wenig mehr Klarheit verholfen?«

»Ich schätze schon. Also ... was machen wir jetzt?«

»Wir machen gar nichts. Wir tragen zusammen, was wir wissen, und wir stellen Hypothesen über das auf, was wir nicht wissen. Und wir versuchen, uns auf das vorzubereiten, was auf uns zu kommt. Aber ehrlich gesagt, wenn ich einer von euch beiden wäre, dann würde ich einfach machen, dass ich wegkomme.«

»Wie bitte?« Darcy war sich nicht sicher, ob er das richtig verstanden hatte.

»Du und Sandra. Ihr solltet in das nächste Flugzeug nach Hause steigen, zum E-Dezernat zurückkehren und versuchen, die Möglichkeiten zu nutzen, die euch dort zur Verfügung stehen. Wir sollten es so machen, wie damals bei Bodescu: Ganz diskret, bis wir wirklich wissen, womit wir es zu tun haben.«

Darcy schüttelte den Kopf: »Wir stecken alle in diesem Schlamassel. Ich kann das Dezernat auch von hier aus auf Trab bringen. Und vielleicht sollte ich dich besser daran erinnern: Ich gerate für gewöhnlich nicht in Gefahr. Mein Schutzengel, weißt du noch? Und außerdem, was kannst du allein schon ausrichten? Sandra hat Recht, Harry. Du bist ein Ex-Necroscope. Du verfügst nicht mehr über deine Fähigkeiten. Wenn paranormale Fähigkeiten gefordert sind, dann zählst du nicht mehr. Und wie du selbst gesagt hast: Was in Bonnyrig passiert ist, war reiner Zufall. Die Tote werden dir nicht jedes Mal helfen können. Also sollten wir der Tatsache ins Auge sehen: Von uns dreien bist du der Schwächste. Es ist nicht so, dass du uns nicht brauchen würdest, eher so, dass wir dich nicht brauchen.«

Harry sah ihn scharf an. »Du brauchst meine Erfahrung«, sagte er. »Und ich habe bereits auf die mögliche Gefahr für Sandra hingewiesen. Sie sollte nicht in meiner Nähe sein, und ...« Unvermittelt verstummte er. Aber es war zu spät, der Schaden war bereits angerichtet. Er war nie besonders diplomatisch gewesen.

»In deiner Nähe? Was soll das heißen, Harry?« Diesmal war es an ihr, seine Hand zu halten.

Er seufzte und wandte den Blick ab. Schließlich sprach er doch: »Nun, wir haben es hier mit einem Vampir zu tun. Vielleicht einem der alten Rasse, auf jeden Fall mit einem, der nicht weit entfernt vom Original, den Wamphyri selbst, ist. Und wie ich immer wieder sage, auch wenn niemand auf mich hört: Die Wamphyri haben ihre Fähigkeiten! Sandra, du hast in Trevors Kopf gesehen, und da war dieses Ding, das ihn folterte und ihn ausfragte – in erster Linie nach uns! Wahrscheinlich weiß er mittlerweile alles, was es über das E-Dezernat zu wissen gibt, und was wir mit dem gemacht haben, was Thibor Ferency hinterlassen hat, und mit Yulian Bodescu, und ... verdammt, alles, was er wissen will! Aber vor allem weiß er von mir! Wenn nicht jetzt, dann in Kürze. Und dann wird er hinter mir her sein. Er muss das tun, denn er weiß, dass es jemanden gibt, der über ihn Bescheid weiß. Ich bin Harry Keogh, der Necroscope, und ich bin eine Gefahr für ihn. Ich habe Vampire getötet, ich habe die Hinterlassenschaft von Vampiren aufgespürt und ausgemerzt, und irgendwo in meinem Schädel steckt das Geheimnis der Totensprache und des Möbius-Kontinuums. Natürlich wird er hinter mir her sein. Und auch hinter euch beiden, wenn ihr mit mir zusammen seid. Ja okay, Darcy ... du hast dein Talent, das dich beschützt. Aber du bist immer noch ein Mensch aus Fleisch und Blut. Du bist geboren worden, und du kannst sterben. Und denk daran – diese Kreatur weiß von deinem Talent. Wenn es einen Weg gibt, dich beiseite zu schaffen – oder besser noch, dich gefügig zu machen – dann wird sie ihn finden!«

»Aber ist das nicht mein großer Vorteil?«, wandte Darcy ein. »Ich weiß doch bereits, wie man ihn töten kann.«

»Ach? Aber wie willst du ihn finden? Und falls dir das gelingt, und wenn du ihn aufgespürt hast, glaubst du, er wird still liegen und sich von dir pfählen lassen? Mann, er wird nicht darauf warten, bis du ihn findest – er wird nach *dir* suchen. Nach *uns!* Ich kann es nur noch einmal sagen: Verglichen mit dem hier war Yulian Bodescu ein blutiger Anfänger.«

»Dann werde ich die Hilfe des gesamten E-Dezernats anfordern. Ich kann morgen Mittag zehn unserer besten Leute hier haben.«

»Um sie dann niedermetzeln zu lassen?« Harrys Frustration verwandelte sich langsam in Wut. Selbst Leuten, die so außergewöhnlich und so intelligent wie diese beiden waren, musste er alles erklären, als handle es sich um Kleinkinder. Aber im Vergleich mit den Wamphyri waren sie genau das, und genauso hilflos wie die. »Sieh das doch ein, Darcy: Du weißt doch gar nichts über ihn. Du weißt nicht, wer er ist und wo er sich aufhält.«

Sandra mischte sich ein und stellte dabei all ihre Unschuld und ihre Unerfahrenheit zur Schau. »Dann spielen wir verstecken. Wir halten uns verborgen und warten auf seinen ersten Zug. Oder wir entlarven ihn durch ein Ausschlussprinzip. Oder ...«

»Wir können unsere Lokalisierer einsetzen«, unterbrach Darcy, »so wie bei Bodescu, und ...« Er hielt abrupt inne und wurde blass. »Mein Gott!« Es schüttelte ihn, als ihm das wahre Problem – und das Ausmaß des Schreckens – plötzlich klar wurde. »Unsere Lokalisierer!«, wiederholte er.

Und jetzt begriff auch Sandra: »Oh Gott!«

Harry nickte und ließ sich langsam in seinen Stuhl zurücksinken. »Offenbar beginnen wir jetzt zu denken.« Der Sarkasmus in seiner Stimme war kaum hörbar. »Lokalisierer! Eine geniale Idee, Darcy – nur hat unser Feind dafür gesorgt, dass er in Kürze wahrscheinlich selbst über einen Lokalisierer verfügt. Und Ken Layard ist einer der Besten, die wir hatten!«

SIEBZEHNTES KAPITEL

Das Essen kam. Darcy und Sandra spielten düster und gedankenverloren mit dem ihren, während Harry seines schnell und effizient verzehrte, sich danach eine seiner seltenen Zigaretten anzündete und sich anschließend dem Kaffee widmete. Darcy war einige Zeit still, brach jetzt aber das Schweigen: »Wenn es hart auf hart kommt, müssen wir Ken selbst verbrennen.«

Harry nickte. »Du siehst, warum ich es eilig hatte.«

»Ich bin so dumm!«, brach es aus Sandra heraus. »So furchtbar dumm. Diese dämlichen Sachen, die ich da gesagt habe!«

»Nein, du bist nicht dumm.« Harry schüttelte den Kopf. »Stell dein Licht nicht unter den Scheffel. Du bist einfach nur loyal, tapfer und menschlich. Du kannst so wenig wie ein Vampir denken wie eine Kakerlake. Und darauf läuft es hinaus: Man muss so verschlagen sein, wie die es sind. Aber glaube nicht, dass das etwas Positives ist. Glaub mir, das ist es nicht. Es macht einen krank, wenn man versucht, so zu denken wie sie.«

»Aber du hast Recht«, meinte Darcy. »Sandra muss hier weg.«

»Ja«, nickte Harry. »Wir hätten sie gar nicht erst in die Sache reinziehen dürfen. Aber vor unserer Ankunft hier konnten wir das nicht wissen.« Er wandte sich ihr zu. »Du siehst doch ein, wie sehr wir behindert wären, nicht wahr, Liebling? Darcy kommt schon klar – das ist ihm immer gelungen – aber ich könnte einfach nicht klar denken, solange du um mich herum bist. Ich würde mir die ganze Zeit Sorgen machen, was dir gerade passieren könnte.«

Sandra dachte: *Das ist das erste Mal seit langer Zeit, dass er mich ›Liebling‹ genannt hat.* Es schien ihr jedenfalls schon sehr lange her zu sein, obwohl es erst ein oder zwei Tage waren. Aber es hatte sich gelohnt, darauf zu warten. »Und was soll ich tun? Einfach nur herumsitzen und die Daumen drücken?«

Darcy schüttelte den Kopf. »Nein, du koordinierst die Aktivitäten des E-Dezernats in meiner Abwesenheit. Jetzt, wo Wellesley weg ist und ich hier bin, dürfte es da drunter und drüber gehen. Du kennst diese Situation aus erster Hand, also wirst du als unser

Kontaktmann – oder unsere Kontaktfrau – unersetzlich sein. Wir werden dich täglich über alles, was hier geschieht, ins Bild setzen. Aber wahrscheinlich wirst du so viel zu tun haben, dass du gar nicht dazu kommst, dir über Harry Sorgen zu machen.«

Harry fügte hinzu: »Er hat Recht.«

Sie sah zu ihnen hinüber, dann wandte sie sich wieder ab. »Na ja, wenigstens hat das auch ein Gutes: Ich muss mir keine Gedanken über solche Angelegenheiten machen, wie ... wie das Verbrennen des armen Ken.«

Darcy blickte zu Harry hinüber: »Wie sieht es damit aus? Wie viel Zeit haben wir, bis ...?«

»Wir müssen uns nur dann selbst darum kümmern, wenn die hiesigen Behörden das nicht auf die Reihe bekommen. Aber allein schon wegen der Hitze hier würde ich davon ausgehen, dass die das ohne Probleme veranlassen werden.«

Darcy runzelte die Stirn. »Aber gibt es da keine Inkubationszeit oder so etwas? Ich meine, bevor die Sache ... riskant wird?«

»Du meinst, bis er wieder aufsteht und umgeht?« Harry schüttelte den Kopf. »Nein, es gibt keine bestimmte Zeit. Wie lange hat das bei George Lake gedauert, dem Onkel von Yulian Bodescu?«

»Drei Tage und drei Nächte«, antwortete Darcy augenblicklich. »Sie hatten ihn gerade eben erst beerdigt, bevor er sich wieder ausgebuddelt hat.«

»Bitte nicht mehr!«, schüttelte es Sandra. In ihren Augen spiegelte sich der Schrecken.

Harry blickte zu ihr hinüber. Sie tat ihm Leid, aber er musste trotzdem fortfahren. »Lake war ein Fall wie aus dem Lehrbuch. Aber ich glaube nicht, dass es feste Regeln gibt. Jedenfalls keine, auf die ich mich verlassen würde.«

Er setzte sich gerade auf und sah sich um. »Wisst ihr eigentlich, dass wir als Touristen einen ziemlich jämmerlichen Eindruck machen müssen? So langsam wird es hier jetzt auch voll. Ich würde vorschlagen, wir gehen zurück in die Villa. Vielleicht liege ich auch völlig falsch damit, wenn ich glaube, dass wir unter Menschen sicherer sind; vielleicht macht das gar keinen Unterschied. Und außerdem müssen wir immer noch unsere Vorgehensweise planen – und die Villa absichern.«

Auf dem Weg zurück schwiegen sie die meiste Zeit. So weit weg vom Zentrum der Stadt und so früh in der Touristensaison waren die Straßen noch relativ leer. Es herrschte viel Verkehr auf den Straßen, die ins hell erleuchtete Stadtzentrum führten, aber die Gehwege waren wie ausgestorben. Mit dem sanft schimmernden Meer auf der rechten Seite der Promenade und den Sternen der Milchstraße, die wie Diamanten über das Firmament verteilt waren, hätte es sehr romantisch sein können. Wenn die Umstände andere gewesen wären. Aber während sie die kiesbestreute Auffahrt zu ihrer Eingangstür hinaufschritten, konnte nicht einmal das eintönige einschmeichelnde Klagen der kleinen griechischen Eulen ihre Stimmung heben.

Sobald sie im Inneren waren, ging Darcy nach oben, um die Fenster zu überprüfen, während Harry das Gleiche bei den Fenstern im Erdgeschoss und bei der Hintertür tat. Die beiden Türen waren massiv und besaßen gute Schlösser und starke Riegel. Die Fenster hatten alle Jalousien auf der Außenseite und waren innen mit Einbruchssicherungen versehen.

»Es könnte nicht besser sein«, sagte Darcy, als sie sich wieder an dem Tisch im Wohnzimmer trafen.

»Das könnte es sehr wohl«, widersprach Harry. »Erinnere mich daran, dass ich morgen Knoblauch kaufen muss.«

»Natürlich.« Darcy nickte. »Weißt du, dass ich das völlig vergessen hatte? Das ist so sehr ein Teil der Legenden – ich habe gar nicht mehr daran gedacht, dass es auch in der Wirklichkeit hilft!«

»Ja, Knoblauch. Auf Starside nennen die Traveller ihn ›Kneblasch‹. Da kommt auch der irdische Name in den meisten Sprachen her.« Er grinste müde und ohne Humor. »Noch ein bisschen nutzlose Information.«

»Nutzlos?« Sandra war anderer Meinung. »Ich glaube, es könnte nicht schaden, wenn du uns so viele von diesen nutzlosen Informationen geben würdest, wie dir einfallen.«

Harry zuckte die Achseln. »Vieles davon findest du in Darcys

›Legenden‹. Aber wenn du darauf bestehst ...« Er zuckte noch einmal mit den Achseln, diesmal als Warnung: »Nur eines darfst du dabei nicht vergessen: Bei einem Vampir darfst du nie etwas als Gewissheit ansehen. Und niemand – nicht einmal ich selbst – weiß über sie alles, was es zu wissen gibt. Alles? Ich weiß nicht einmal ein Zehntel davon. Aber ich weiß: Je näher man an den Ursprung kommt, an die ursprünglichen Wamphyri, desto wirksamer werden die verschiedenen Gifte. Knoblauch stößt sie ab. Sein Gestank beleidigt ihre Nasen, so wie Mist die unseren beleidigt. Ihnen wird davon übel. Auf Starside bestreicht Lardis Lidesci seine Waffen mit Knoblauchöl. Ein Vampir, der von einer so behandelten Waffe getroffen wird – Messer, Schwert oder Pfeil, es spielt keine Rolle –, leidet Höllenqualen. Oftmals muss der infizierte Körperteil abgestoßen und ein neuer an dessen Stelle ausgebildet werden.«

Darcy und Sandra sahen sich entsetzt an, sagten aber nichts.

»Dann wäre da Silber«, fuhr Harry fort. »Das ist Gift für sie, so wie Blei oder Quecksilber für uns. Das ist überhaupt eine Idee: Wir sollten uns diese komischen griechischen Brieföffner zulegen – die bestehen aus Silber oder sind silberbeschichtet. Darcy, hast du diese Bolzen gesehen, mit denen ich meine Armbrust bestücke? Die bestehen aus Hartholz, sind mit Knoblauchöl gewachst und haben in Silber getauchte Spitzen. Und frag mich bitte nicht, ob ich das ernst meine. Auf Starside schwören die Traveller auf diese Dinger und bleiben deswegen am Leben.«

Starside!, dachte Darcy und sah Harry an. *Die fremdartige Parallelwelt der Vampire. Er hat sie gesehen, er war da und ist von dort zurückgekommen. Er kennt das alles. Und jetzt sitzt er hier, ein Mensch wie du und ich, und versucht uns diese Dinge zu erklären. Und trotzdem wird er nicht wütend auf uns, und er bricht auch nicht zusammen und geifert und tobt. Und er gibt nie auf.*

»Vampire.« Allein das Wort erregte Sandra, obwohl sie es verabscheute. »Erzähl von ihnen, Harry. Sicher, ich weiß, es steht alles in den Akten im Hauptquartier des E-Dezernats in London. Aber es ist etwas anderes, wenn du es erzählst. Du weißt so viel über sie, und doch erklärst du immer wieder, du wüsstest so wenig.«

»Ich werde euch die wenigen Dinge erzählen, die ich sicher über sie weiß: Sie sind verschlagener, als es sich die menschliche Vorstellung ausmalen kann. Sie sind ausnahmslos alle Lügner, die es in fast jedem Fall vorziehen, zu lügen, statt die Wahrheit zu sagen – es sei denn, sie erhalten dadurch etwas, was von erheblichem Wert für sie ist. Es gelingt ihnen immer wieder hervorragend, jedes Argument zu verdrehen, doppeldeutige und sinnlose Rätsel zu konstruieren, Wortspiele, Denkspiele, Paradoxe, falsche Vergleiche und irreführende Parallelen zu verwenden. Sie sind ungeheuer eifersüchtig, heimlichtuerisch, stolz und besitzergreifend. Und was ihre Zähigkeit angeht, die Art, wie sie sich an das Leben – oder ihren Untod – klammern, so sind sie die widerstandsfähigsten Kreaturen, die man sich nur vorstellen kann.

Ihr Ursprung liegt in den Vampirsümpfen östlich und westlich des Zentralmassivs, das Starside und Sunside trennt. Der Legende nach kommen sie zu bestimmten Zeiten als monströse Schnecken oder Egel hervor, die sich an Menschen und Tieren festsaugen. Wie viel Intelligenz sie in diesem Stadium besitzen – wer weiß? Aber ihre Zähigkeit besitzen sie von Anfang an. Sie ernähren sich vom Blut ihres Wirtes und gehen eine schreckliche Symbiose mit ihm ein. Der Wirt wird dabei verändert, körperlich und geistig. Der Vampir selbst ist geschlechtslos und nimmt das Geschlecht seines Wirtes an. Und in diesem Wirt – oder der Wirtin – fördert der Parasit die Gier nach Blut, die sie schließlich beide am Leben erhält.

Ich sagte bereits, dass der Wirt körperlich verändert wird. Das stimmt auch; Vampirfleisch unterscheidet sich von unserem. Es hat die Fähigkeit, sich zu regenerieren. Wenn der Wirt einen Finger, einen Arm oder ein Bein verliert, dann bildet der Vampir diesen Körperteil neu aus, wenn man ihm die Zeit dazu lässt. Das ist nicht so ungewöhnlich, wie es zunächst klingt. Seesterne können das sogar noch besser. Wenn man einen Seestern durchschneidet und ins Meer zurückwirft, dann wird aus jedem der beiden Teile ein neues Tier. Ähnliches passiert mit einem Gecko, der seinen Schwanz verliert, oder einem Bandwurm, von dem man einen Teil abschneiden kann, der aber immer wieder nachwächst. Doch ein Vampir ist kein

Bandwurm. Lesk der Vielfraß, ein wahnsinniger Wamphyri-Lord, hatte im Kampf ein Auge verloren. Er ersetzte es dadurch, dass er in seiner Schulter ein neues wachsen ließ.

Wenn der Vampir in seinem Wirt zur Reife heranwächst, steigern sich die Stärke und die Ausdauer des Wirtes um ein Vielfaches. Und auch seine Leidenschaften. Bis auf die Liebe, die für die Wamphyri ein unverständliches Konzept darstellt, werden alle anderen Leidenschaften zu einer Manie. Hass, Lust, Kampfgier, der Drang zum Morden und zum Quälen, der Drang, den Meister oder den Gegner zu vernichten. Aber diese bösartigen Züge werden durch den Drang des Vampirs zur Geheimniskrämerei, zur Anonymität, wieder aufgehoben. Denn er weiß, wenn er enttarnt ist, werden die Menschen nicht rasten und ruhen, bis sie ihn vernichtet haben. Das gilt natürlich in erster Linie für diese Welt, denn in ihrer eigenen Welt sind sie – oder waren sie – die Herrscher. Sie waren es, bis ich und der Herr des Gartens ihrer Herrschaft ein Ende gesetzt haben. Aber schon vorher hatte es Traveller-Sippen gegeben, die es sich zum Ziel gesetzt hatten, sie zu töten, wann immer sich eine Chance dafür bot. Ich und mein Sohn ... wir haben sie nicht alle vernichtet. Manchmal wünsche ich, wir hätten das getan.

Also ... wann sind sie zuerst hierher gekommen, wie und wo sind sie angekommen? Die Ersten auf dieser Welt? Wer weiß? In allen menschlichen Mythologien kommen Vampire vor. Die Frage nach dem ›wo‹ lässt sich viel leichter beantworten: im antiken Dacien, in Romania, in Moldova, in Walachia. Was alles das gleiche ist: Rumänien, in der Nähe der Donau. Es gibt dort ein Tor, einen Tunnel zwischen den Dimensionen, aber glücklicherweise ist er unzugänglich. Oder beinahe unzugänglich. Ich bin durch dieses Tor nach Starside gekommen, aber das war, bevor Harry Junior mir meine Fähigkeiten genommen hat.«

Harry lehnte sich zurück und seufzte. Die Zeit und die Ereignisse hatten ihn wieder eingeholt. Er wirkte jetzt sehr müde, fragte aber trotzdem: »Was wollt ihr noch wissen?«

Auch wenn es morbide war, konnte Sandra von dem Thema

doch nicht genug bekommen: »Was ist mit ihrer Lebensspanne, ihrer Langlebigkeit? Als ich die Akten im E-Dezernat gelesen habe, erschien das alles so fantastisch! Und du sagst, sie kommen aus den Sümpfen. Aber was war vorher? Wie sind sie dahin gekommen?«

»Das ist so wie die alte Frage nach dem, was zuerst da war: die Henne oder das Ei. Sie leben nun einmal in den Sümpfen, mehr kann ich dazu nicht sagen. Warum gibt es die Aborigines in Australien? Warum gibt es Komodo-Warane nur auf den Galapagos-Inseln? Was die Lebensspanne angeht: Sie beginnen ihr Leben in den Sümpfen als große Egel. So habe ich das jedenfalls verstanden. Sie wechseln von da zu Menschen oder Tieren über, meistens zu Wölfen. Deswegen bin ich auch der Meinung, dass der Werwolf der Legende eigentlich ein Vampir ist. Was spricht dagegen? Er lebt von rohem, blutigem Fleisch, und mit seinem Biss kann er einen neuen Werwolf erzeugen, oder? Natürlich, denn dieser Biss ist die Übertragung des Eis, das den genetischen Code sowohl für den Wolf als auch für den Vampir enthält.«

Plötzlich wurde Harrys düstere Miene noch um ein paar Grade finsterer. »Ach Gott!«, flüsterte er und schüttelte ungläubig den Kopf. »Jedes Mal, wenn ich darüber nachdenke, muss ich an meinen Sohn denken. Und ich frage mich, wo er jetzt ist. Ist er immer noch auf Starside, immer noch ein Lord der Vampire? Und was ist er jetzt, dieses Kind von Brenda und mir? Denn Harrys Vampir wurde auch von einem Wolf auf ihn übertragen.«

Seine Augen wurden feucht und sein Blick verlor sich in der Ferne. Aber dann blinzelte er, raffte sich auf und konzentrierte sich wieder auf die Gegenwart.

»Wir waren bei ihrem Lebenszyklus. Ich habe beschrieben, wie sie von einem Sumpfegel zu einem Parasiten in einem menschlichen oder tierischen Wirt werden. Aber ich habe dieses Verhältnis auch als Symbiose bezeichnet, und damit ist auf beiden Seiten ein Geben und Nehmen verbunden. Der Parasit bekommt seinen Wirt und lernt durch den Verstand dieses Wirtes. Und der Wirt bekommt die Regenerationsfähigkeit des Vampirs, sein Protofleisch, seine Überlebenskunst und natürlich auch seine Langlebigkeit. Im

Endeffekt verschmilzt der Vampir mit dem Innenleben des Wirtes; er wird zu einem Teil davon. Die beiden sind dann untrennbar. Die beiden Einheiten – sogar die Gehirne – wachsen langsam zusammen und werden eins. Aber im Frühstadium behält der Vampir noch eine bestimmte Eigenständigkeit. Wenn ein junger Vampir eine enorme, unabwendbare Gefahr für seinen Wirt verspürt, kann es sogar vorkommen, dass er versucht, sich von ihm zu trennen. Dragosanis Vampir hat das probiert, als ich den Mann vernichtet habe. Aber es hat ihm nichts genützt, ich habe auch ihn zerstört.«

Ein Zittern hatte sich in Harrys sanfte Stimme geschlichen, und die Sorgenfalten traten wieder auf sein Gesicht. Es war ein gequälter Ausdruck, der sich nur schwer erklären ließ. Schließlich fuhr er fort: »Man kann einen unreifen Vampir auch aus seinem Wirt vertreiben, wenn man weiß, wie man das anstellen muss. Aber ... das hat immer katastrophale Auswirkungen auf den Wirt.« Jetzt wussten sie, dass er von Lady Karen sprach, und konnten seine Stimmung nachvollziehen.

Er bemerkte, wie sie ihn ansahen und fuhr hastig fort: »Wo war ich? Ach ja – der Lebenszyklus. Nun, man könnte glauben, dass diese Koexistenz der bizarrste Teil daran ist, aber ist er das wirklich? Man muss sich nur die Amphibien, die Frösche und die Lurche ansehen. Oder auch die Motten und die Schmetterlinge. Oder, wenn man bei den Parasiten bleiben will, was ist mit dem Leberegel? Das ist ein widerliches Geschöpf, wenn es so etwas überhaupt gibt. Was den Vampir von diesen Tieren abhebt, ist seine bösartige Intelligenz und die Tatsache, dass am Ende sein Wille stärker wird, dominiert und den seines Wirtes unterjocht. Eigentlich ist es also kein Geben und Nehmen, sondern die totale Unterwerfung. Und dann ist da das Ei. Faethor Ferenczy hat sein Ei durch einen Kuss an Thibor den Wallachen weitergegeben. Er hat das Ding aus seiner Kehle heraus an seine gespaltene Zunge gehängt und es dann Thibors Kehle hinuntergezwängt. Und von diesem Augenblick an war Thibor, der Krieger, verdammt.

Gepfählt, angekettet und begraben führte Thibor fünfhundert Jahre lang ein untotes Dasein. Dann bildete er einen Protofleisch-

Ausläufer aus und ließ sein Ei auf Dragosanis Nacken fallen. Das Ding ist dort wie Quecksilber aufgesogen worden, durch Dragosanis Fleisch gewandert und hat sich an seinem Rückgrat festgesetzt, ohne eine Spur zu hinterlassen. Und so war auch Dragosanis Schicksal besiegelt. Nun, Faethor war ein Wamphyri. Er gab sein Ei an Thibor weiter, und auch der wurde zum Wamphyri. Und auch Dragosani wäre zu einem Wamphyri geworden, wenn ich dem nicht vorher ein Ende gemacht hätte.

Das Ei gibt somit die wahren Wamphyri-Eigenschaften weiter. Nur das Ei. Und es kann durch einen Kuss weitergegeben werden, durch Geschlechtsverkehr, oder es kann auch einfach auf die Zielperson geworfen werden. So hat es Thibor Ferenczy, die Kreatur in der Erde, Dragosani erklärt. Nur war Thibor, wie alle Vampire, ein Lügner! Der verdammte Kerl hat den ungeborenen Foetus von Yulian Bodescu kaum berührt, und trotzdem war das Kind vampyrisiert und verdorben, bevor es überhaupt geboren war! Und er hatte all die – sagen wir Stigmata? – der Wamphyri. Jede Eigenschaft und jedes Symptom, bis hin zu der ultimativen Vampirfähigkeit des Gestaltwandels. Yulian *war* ein Wamphyri! Aber ...

Hätte er selbst ein Ei ausgebildet? Ich weiß es nicht. Es ist einfach paradox, aber genau das muss man von ihnen ja auch erwarten.« Harry verstummte.

Sandra und Darcy hatten dagesessen und in einer Art Schockzustand Harrys Ausführungen gelauscht. Aber jetzt, nachdem Harry offenbar fertig war, führte Darcy das Thema fort: »Die Unterschiede zwischen ihnen sind ebenso unglaublich. So wie es aussieht, hat Bodescu seine Mutter mit einem Teil seiner selbst infiziert. Wir wissen nicht, was für ein Teil das war oder wie er das getan hat, aber ich kann nun wirklich nicht sagen, dass ich diesen Mangel an Wissen bedauere. Er hat etwas Monströses in den Kellern von Harkley House herangezüchtet, ein entsetzliches Ding, das einen unserer ESPer getötet hat. Und der Ursprung dieses Dings war einer seiner Weisheitszähne. Und mit dieser geistlosen Protofleisch-Kreatur hat er seinen Onkel, seine Tante und seine Cousine infiziert. Anscheinend hat er sie alle vampirisiert, und jeden auf eine andere Weise. Sogar seinen verdammten Köter!«

Harry nickte bedächtig: »Ja, das stimmt alles, und doch ist es noch nicht einmal die Hälfte der Geschichte. Darcy, die Wamphyri auf Starside haben Fähigkeiten, die die Vampire hier auf der Erde offenbar vergessen haben, Gott sei's gedankt. Sie konnten Fleisch nehmen – das Fleisch von Travellern oder von Trogs – und es im Laufe der Zeit nach ihrem Willen formen. Ich habe schon von den Gaskreaturen erzählt, oder sie wenigstens erwähnt, die sie züchten, um Methan zu produzieren. Aber sie erschaffen so auch Kampfkreaturen, deren Existenz du nicht glauben würdest, selbst wenn du ihnen gegenüberstündest!«

»Ich habe schon eine gesehen«, erinnerte ihn Darcy.

»Ja, in einem Film. Aber du hast nicht gesehen, wie sie aus dem Himmel auf dich herabstürzen, jeder Zentimeter gepanzert und mit tödlichen Waffen gespickt. Und du hast die Knorpelkreaturen nicht gesehen, die sie züchten, um ihre Festen mit den Häuten und Knochen und Sehnen zu verstärken und zu dekorieren. Und Gott, du hast nie die Wesen gesehen, die sie für die eigene Wasserversorgung konzipiert haben. Du würdest sie dir nicht einmal vorstellen können.«

Sandra schloss die Augen, hob die Hand und schluckte. »Nicht weiter!« Sie hatte von diesen Dingern in den Keogh-Akten gelesen, und das war etwas, was sie auch von Harry selbst nicht hören wollte. Sie hatte von diesen regungslosen, kraftlosen Kreaturen gehört, deren Adern hunderte von Metern durch hohle Knochenröhren hinabreichten, um Wasser in die Bergfesten hochzupumpen. Und sie wusste auch, dass diese Kreaturen und Monstrositäten einst Menschen gewesen waren, vor ihrer vampirischen Metamorphose. »Es reicht!«

»Ja«, sagte Darcy. »Sandra hat Recht. Und vielleicht ist jetzt auch nicht die rechte Zeit, das alles durchzugehen. Ich werde nicht mehr schlafen können!«

Harry nickte: »Ich kann selten ruhig schlafen!«

Und auch wenn niemand das explizit vorgeschlagen hatte, holten sie drei Einzelbetten aus den Schlafzimmern in das große Wohnzimmer und stellten sie um den Tisch herum auf, um im selben Raum zu übernachten. Es war vielleicht nicht besonders zivilisiert, aber dafür das Sicherste.

Harry holte seine Armbrust aus einer Reisetasche, setzte sie zusammen und legte einen Bolzen ein. Er platzierte die geladene Waffe zwischen seinem und Darcys Bett, auf dem Fußboden unter dem Tisch, wo man nicht versehentlich darauf treten würde. Während die anderen in den Badezimmern verschwanden, um sich bettfertig zu machen, streckte er sich in einem Sessel aus und hüllte sich in eine Decke. Wenn es ihm später zu unbequem wurde, konnte er sich immer noch hinlegen.

In der Dunkelheit und Stille des Raumes, wo nur noch ein schwacher grauer Schimmer durch die verschlossenen Rollläden drang, fragte Darcy gähnend: »Und was steht morgen an, Harry?«

Harry brauchte nicht zu überlegen. »Wir müssen uns um Ken Layard kümmern, Sandra in ein Flugzeug setzen und zusehen, was wir für den armen Trevor Jordan tun können. Wir sollten ihn so schnell wie möglich hier wegbringen. Eine große Entfernung zwischen ihm und dem Vampir sollte dessen Einfluss verringern. Aber auch das hängt wohl von den hiesigen Behörden und deren Entgegenkommen ab. Darum kümmern wir uns morgen. Im Augenblick bin ich schon froh, wenn wir diese Nacht überstehen.«

»Ach, das werden wir bestimmt«, meinte Darcy.

»Du bist also ganz ... ruhig?«

»Ruhig? Nein, bestimmt nicht. Aber es gibt nichts, was mir im Augenblick auf unerklärliche Weise zu schaffen macht.«

»Gut.« Und dann fügte Harry noch hinzu: »Es ist sehr praktisch, dich in der Nähe zu haben, Darcy Clarke.«

Sandra sagte gar nichts. Sie schlief bereits ...

Auch Harry schlief. Er schlief in kurzen, unruhigen Intervallen; nie länger als zehn oder fünfzehn Minuten am Stück ... Jedenfalls die ersten paar Stunden. Aber gegen Morgen hin gewann seine Erschöpfung die Oberhand und sein Schlaf wurde tiefer. Und da war es den Toten, die nicht mehr zu seinem wachen Bewusstsein durchdringen konnten, möglich, Kontakt mit ihm aufzunehmen.

Die erste war seine Mutter, deren Stimme von weit her zu ihm herüberdrang, schwach wie ein Flüstern auf der Brise des Traums: *Haaaarrry! Schläfst du, mein Sohn? Warum antwortest du mir nicht, Harry?*

»Ich ... ich kann nicht, Mutter!«, keuchte er. Er befürchtete, einen Schraubstock um sein Gehirn zu spüren und Säure, die sich in seine Gehirnwindungen fraß. »Das weißt du doch. Wenn ich versuche, mit dir zu reden, dann wird er mir weh tun. Nicht er selbst, aber das, was er mir angetan hat.«

Aber du sprichst doch mit mir, mein Sohn! Du hast es nur wieder vergessen, wie immer. Nur wenn du wach bist, können wir nicht miteinander reden. Aber nichts kann uns daran hindern, wenn du träumst. Du hast von mir nichts zu befürchten, Harry. Du weißt, ich würde dir nie weh tun. Nicht absichtlich.

»Ich ... ich erinnere mich jetzt«, murmelte Harry, noch nicht ganz überzeugt. »Aber was für einen Sinn hat das schon? Wenn ich aufwache, werde ich mich nicht mehr an das erinnern, was du mir gesagt hast. Das tue ich nie. Es ist mir verboten.«

Ach Harry, ich habe schon mehrfach Möglichkeiten gefunden, das zu umgehen, und ich kann das auch wieder tun. Ich weiß noch nicht genau wie, weil du sehr weit weg von mir bist, aber mir wird schon etwas einfallen. Oder wenn nicht mir, dann einem deiner anderen Freunde.

»Mutter«, er hatte Angst. »Du musst ihnen sagen, dass sie damit aufhören müssen. Du kannst dir gar nicht vorstellen, was für Schmerzen sie mir zufügen können, in welche Schwierigkeiten sie mich bringen. Und ich habe zur Zeit wirklich genug Probleme und brauche nicht noch mehr davon.«

Ich weiß, dass du das hast, mein Sohn, ich weiß. Aber es gibt solche und solche Probleme, und die Lösungen sind nicht immer die gleichen. Wir wollen nicht, dass du sie auf die falsche Weise löst, das ist alles. Verstehst du das?

Aber im Schlaf verstand er das nicht. Er wusste nur, dass er träumte, und dass jemand, der ihn liebte, ihm helfen wollte, wenn auch fehlgeleitet und auf die falsche Weise.

»Mutter!«

Er war plötzlich wütend auf sie und auf all die anderen. »Ich wünschte wirklich, ihr würdet das verstehen. Ich müsst es endlich in eure Schädel kriegen, dass ihr mich in Gefahr bringt. Du und all die anderen Toten, ihr alle – es ist, als wolltest ihr alle mich umbringen.«

Ach Harry!, keuchte sie auf. *Harry!* Er spürte, dass sie sich für ihn schämte. *Wie kannst du nur so etwas sagen, mein Sohn? Dich umbringen? Um Himmels willen, nein. Wir versuchen, dich am Leben zu erhalten.*

»Mutter, ich ...«

Haaarry. Sie verebbte wieder, schwand dahin, wo sie hingehörte, schwach und entfernt wie ein vergessener Name auf der Zungenspitze, der sich nicht formen lässt, egal wie sehr man sich auch bemüht. Aber dann, einen Moment später, wurde das Totensprache-Signal wieder stärker, und er konnte sich wieder auf sie konzentrieren.

Weißt du, mein Sohn, in dieser Beziehung sorgen wir uns nicht mehr so sehr um dich. Für uns ist der Gedanke nicht mehr so schmerzvoll, dass du eines Tages sterben könntest. Wir wissen, dass du das wirst, denn dieses Schicksal ereilt uns alle eines Tages. Und durch dich ist uns klar geworden, dass der Tod nicht so schlimm ist, wie er immer wieder dargestellt wird. Doch zwischen dem Leben und dem Tod gibt es noch ein weiteres Stadium, Harry, und wir sind gewarnt worden, dass du dem zu nahe kommst.

»Untot!« Er keuchte auf, als plötzlich sein Traum zu kalter Realität wurde. »Gewarnt? Von wem?«

Nun, es gibt viele Talente unter den Toten, mein Sohn. Da sind die, mit denen du reden und denen du vertrauen kannst, ohne an ihren Worten zu zweifeln, und da sind andere, mit denen du nie, niemals sprechen solltest! Manchmal hast du dich dort ohne Vorsicht bewegt, Harry, aber diesmal ... ein ... Böses ... für immer ... dem Dunkel ... anheim gefallen!

Ihre Totensprache brach auseinander, verhallte, löste sich auf. Aber das, was sie sagte, war wichtig, da war er sich sicher.

»Mutter?«, rief er hinter ihr her, in den aufsteigenden Nebel, der durch seine Träume wallte. »Mutter?«

Haaaarrrry! Ihre Antwort war nur ein schwaches Echo, wurde schwächer – verklang.

Und – etwas berührte Harrys Gesicht. Er schreckte zusammen und setzte sich in seinem Sessel auf.

»Was ist?«, murmelte er schlaftrunken. War das eine Bewegung? Hatte etwas die Luft in dem Raum in Schwingungen versetzt?

»Schhhhh!«, flüsterte Sandra von ihrem Bett aus der Dunkelheit herüber. »Du hast geträumt. Wieder von deiner Mutter!«

Harry fiel wieder ein, wo er war und was er hier tat, und er lauschte einen Moment in die Dunkelheit und Stille des Zimmers. Nach einer kurzen Pause fragte er: »Bist du wach?«

»Nein«, antwortete sie. »Soll ich das sein?«

Er schüttelte den Kopf, dann wurde ihm jedoch klar, dass sie das nicht sehen konnte. »Nein. Schlaf weiter.«

Und als er selbst wieder in seinen Träumen versank, spürte er erneut diesen schwachen Luftzug. Aber der Schlaf hatte ihn bereits wieder in seinem Griff, und er ignorierte das.

Diesmal erklang die Stimme aus einem Nebel, der so feucht und klamm durch seine Träume wallte wie jeder Nebel, den er aus der wirklichen Welt kannte. Die Stimme war klar; auch wenn sie von weit her kam, war das Signal kräftig und deutlich. Aber sie war auch dunkel und tief, eindringlich und hallend wie die Glocken der Hölle. Sie kam aus einem Nebel und schien Harry zu umgeben, schien von allen Seiten auf den Verstand des Necroscopen einzudringen.

Ahhh! Der von den Toten Geliebte, sagte die Stimme und Harry erkannte sie sofort. *Jetzt habe ich dich also gefunden, trotz der vergeblichen Bemühungen derjenigen, die dich vor einem sehr alten, sehr toten und völlig harmlosen Ding beschützen wollten.*

»Faethor! Faethor Ferenczy!«

Haaarrrry Keeeooough!, säuselte der andere mit einschmeichelnder Stimme. *Harry, du ehrst mich mit dieser Betonung, die du auf meinen Namen legst. Ist das Ehrfurcht, die ich da spüre? Zitterst du vor der Macht, die ich einst darstellte? Oder ist da noch etwas anderes? Angst vielleicht? Aber wovor? Weshalb die Furcht? Und das bei einem, der einst so furchtlos war? Sag es mir: Was hat dich so verändert, mein Sohn?*

»Ich bin nicht dein Sohn«, gab Harry augenblicklich zurück, und ein Teil seines alten Selbst blitzte wieder durch. »Mein Name ist ehrbar. Versuche nicht, ihn zu beschmutzen.«

Ach, lächelte die blubbernde, zischende Monstrosität in seinem Kopf. *Das ist schon besser. Es ist immer gut, wenn man weiß, mit wem man es zu tun hat.*

»Was willst du, Faethor?« Harry war misstrauisch. Vorsichtig. »Hast du gehört, wie die Toten über mein Missgeschick flüstern, und bist du gekommen, um mich zu verspotten?«

Dein Missgeschick? Faethors gespielte Überraschung konnte den bitteren Sarkasmus nicht übertünchen. *Dir ist ein Missgeschick widerfahren? Ist das denn die Möglichkeit? Bei so vielen Freunden? Bei all den zahllosen Toten, die dich beraten und leiten?*

Selbst im Traum verstand sich Harry auf die Art der Vampire – selbst wenn es sich um ›harmlose‹ verstorbene Exemplare handelte. »Faethor«, sagte er. »Ich bin sicher, du kennst mein Problem sehr wohl. Aber da du danach gefragt hast, werde ich es trotzdem aussprechen: Ich bin nicht länger ein Necroscope, außer in meinen Träumen. Also genieße deine Quälerei, solange du kannst, denn im Wachen werde ich das alles wieder vergessen haben.«

Diese Verbitterung! Und dann – ich hatte gedacht, du und ich, wir wären Freunde!

»Freunde?« Beinahe hätte Harry laut aufgelacht, aber er beherrschte sich. Es war besser, diese Kreaturen nicht zu provozieren, nicht einmal eine, der so unzweifelhaft tot und vergangen war wie Faethor. »Wie sollten wir Freunde sein? Die Toten sind meine Freunde, wie du selbst gesagt hast, und für die bist du ein Schreckgespenst.«

Und so verleugnest du mich, obwohl der Hahn noch nicht zum dritten Mal gekräht hat.

»Das ist Blasphemie!«

Harry spürte Faethors bösartiges, klaffendes Grinsen. *Natürlich ist es das. Ich bin eine Blasphemie, Haaarrry! So sehen es wenigstens einige.*

»So sehen es alle. So muss man es sehen, wenn man bei Sinnen ist, Faethor.« Und schroff setzte er hinzu. »Und jetzt geh, wenn du mit deinem Spott fertig bist. Es gibt angenehmere Träume.«

Du hast ein kurzes Gedächtnis!, fauchte der andere. *Als du Rat brauchtest, bist du zu mir gekommen. Und habe ich dich da weggeschickt? Und wer war es, der deine Feinde in den Bergen der Khorvatei vernichtet hat?*

»Du hast mir geholfen, weil das in deine Pläne passte, und aus keinem anderen Grund. Du hast mir geholfen, weil du dich damit an Thibor rächen konntest, und du ihn so ein zweites Mal vernichtest hast, noch aus dem Grab heraus. Du hast Ivan Gerenko von der Felswand vor deinem Schloss geschleudert, weil er für dessen Zerstörung verantwortlich war. Du hast nichts für mich getan. Eigentlich, und das sehe ich erst jetzt so richtig, habe ich dir mehr genützt als du mir!«

Ach!, fauchte Faethor. *Du bist also doch nicht ganz so ein Trottel, wie ich dachte! Kein Wunder, dass du es geschafft hast, Harry Keogh! Aber selbst wenn das, was du da sagst, richtig ist, musst du doch zugeben, dass wir beide dadurch unseren Vorteil hatten?*

Da wurde Harry klar, dass der alte Vampir nicht nur gekommen war, um ihn zu verspotten. Nein, da steckte mehr dahinter. So viel war klar durch Faethors Ausdrucksweise, durch die Betonung des ›wir beide‹ und des ›Vorteils‹. Harry begann sich zu fragen, ob auch dieses Gespräch vielleicht einem beiderseitigen Vorteil dienen könnte? Was wollte das Monster, und was vielleicht noch wichtiger war, was war er bereit, dafür zu geben?

Es gab nur eine Möglichkeit, das herauszufinden. »Na komm, raus damit, Faethor! Was willst du von mir?«

Schäm dich, sagte der andere. *Du weißt, wie sehr ich eine gepflegte Unterhaltung schätze: Die Überredung durch unwiderlegbare Logik, die elegante Manipulation der Worte, das geschickte Verhandeln, bevor es zu einem Handel kommt. Willst du mir diese primitiven Freuden neiden?*

»Spuck's aus, Faethor. Sag, was du willst, und was es dir wert ist. Und nur dann – wenn ich das erfüllen und mir dann immer noch selbst in die Augen sehen kann – erst dann können wir über einen Handel reden.«

Pah! Aber Faethor rückte doch sofort mit der Sprache heraus. *Na gut. Von den Toten habe ich gehört, dass du in eine schwierige Lage geraten bist. Ja, ich gebe zu, ich habe gewusst, dass du deine Fähigkeiten verloren hast.*

Sicher, es stimmt, für die Toten bin ich ein Paria, aber manchmal gönne ich es mir, zuzuhören, wenn sie sich unterhalten. Über dich ist viel geredet worden, Harry Keogh, und ich habe das mit angehört. Es ist dir nicht nur verboten, die Totensprache zu benutzen, du verfügst auch nicht mehr über die Fähigkeit zur Teleportation. Stimmt das?

»Ja.«

Na also. (Harry fühlte Faethors knappes Nicken.) *Also von dieser – wie heißt das? – Teleportation? – davon verstehe ich nichts. In der Hinsicht kann ich dir nicht helfen. Das hat etwas mit Mathematik zu tun, wenn ich das richtig begriffen habe – so etwas wie die gleichzeitige Auflösung einer Unzahl von komplizierten Gleichungen? Da muss ich eine Schwäche in mir eingestehen. Ich bin diesbezüglich tausend Jahre hinter der Zeit zurück, und selbst zu meiner Zeit war ich nie ein großer Zahlenkünstler. Aber was die Totensprache angeht, da könnten wir zu einer Einigung kommen.*

Harry versuchte, seine Aufregung nicht zu zeigen. »Eine Einigung? Du glaubst, du kannst mir das zurückgeben? Du weißt doch gar nicht, wovon du redest. Alle möglichen Fachleute haben sich schon mit meinem Fall beschäftigt. Solange ich wach bin, kann ich genauso wenig mit den Toten reden, wie mir Säure in die Ohren schütten! Was heißt, ich kann das sehr wohl, aber in beiden Fällen wäre das Ergebnis das gleiche. Ich weiß das, weil ich es versucht habe – ein Mal! Und weil es mir aufgezwungen worden ist – und auch das nur ein Mal!«

Aha. Ich habe die Toten auch davon flüstern hören, dass diese Kalamität dir von deinem eigenen Sohn angetan worden ist, in einer Welt, die nicht diese Welt ist. Erstaunlich! Du hast also deinen Weg dahin gefunden, nicht wahr? Ja, und dann musstest du mit den Konsequenzen leben.

»Faethor. Komm zur Sache.«

Es ist ganz einfach. Nur die Wamphyri könnten deinen Verstand so manipulieren, und auch von denen nur einer der Mächtigsten. Du bist von der Kunst der Faszination – der Hypnose – geschwächt worden, Harry Keogh, so wie sie nur von einem der ganz großen Meister dieser Kunst angewandt werden kann. Nun, und ich meine, mich rühmen zu können, einst auch ein solcher Meister gewesen zu sein!

»Soll das heißen, du kannst mich heilen?«

Faethor gluckste bösartig, denn er wusste so gut wie Harry selbst, dass der Ex-Necroscope jetzt an der Leine hing. *Was geschrieben ist, kann auch wieder getilgt werden,* sagte er, *wie du am eigenen Leibe erfahren hast. Aber ebenso kann das, was verbogen ist, auch wieder geradegebogen werden. Du brauchst dich nur in meine Hände zu begeben, und dann wird es geschehen.*

Harry zuckte zurück. »Mich in deine Hände begeben? Dich in meinen Verstand lassen, so wie Dragosani einst Thibor in seinen Verstand gelassen hat? Hältst du mich für verrückt?«

Eher für verzweifelt.

»Faethor, ich ...«

Hör mir mal zu, unterbrach ihn der vor Urzeiten verstorbene Vampir. *Ich habe von einem gegenseitigen Vorteil gesprochen, und von dem, was die Toten sich in ihren Gräbern zuraunen. Aber einige von denen raunen nicht nur. In den Bergen der Metalici und der Zarundului sind welche, die kreischen in ihrer Panik vor dem, was da auferstanden ist. Denn nicht einmal die, die seit Jahrhunderten tot sind, nicht einmal deren Knochen und deren Staub, sind sicher vor diesem einen. Ja, und ich weiß, wer das ist, und ich muss zugeben, dass ich dafür verantwortlich bin.*

Jetzt hatte er Harry noch sicherer am Haken als zuvor, aber wie ein Fisch an der Leine wollte der Necroscope den Vampir noch ein wenig auf Trab halten. »Faethor, du behauptest, dass einer der Wamphyri unter uns aufgetaucht ist. Aber das weiß ich bereits. Worin soll da der Nutzen für mich liegen? Glaubst du wirklich, ich würde für so ein paar Brosamen meinen Verstand in deine Hände legen? Du musst mich wirklich für wahnsinnig halten!«

Nein. Du bist ein Eiferer. Du hast dich der Ausrottung dessen verschrieben, was du für ein fauliges Geschwür hältst. Du willst das zerstören, bevor es dich zerstört. Du würdest es für die Sicherheit und das Wohlergehen deiner Welt tun, und ich – ich tue es zu meiner eigenen Genugtuung. Denn ich habe den hier genauso gehasst, wie ich Thibor gehasst habe.

»Wer war er?« Harry versuchte ihn mit der Frage zu überrumpeln. Gegen jede Vernunft hoffte er, Faethor zu überraschen und die Antwort in seinem Verstand lesen zu können.

Aber Faethor war auf der Hut, und Harry verspürte ein trauriges, enttäuschtes Kopfschütteln. *Das hast du nicht nötig,* sagte er ganz sanft, *denn ich werde dir mit Freuden seinen Namen verraten. Warum sollte ich das nicht tun? Du wirst dich ja nicht mehr an ihn erinnern, wenn du aufwachst. Sein Name – dieser verhasste, abscheuliche Name – ist Janos!* Die Galle in Faethors Stimme war so bitter, dass Harry nicht an der Wahrheit dieser Aussage zweifelte.

»Dein Sohn«, seufzte er und nickte. »Dein zweiter Sohn, nach Thibor. Janos Ferenczy. Jetzt weiß ich wenigstens, mit wem ich es zu tun habe, wenn auch nicht, mit was.«

Ja, es handelt sich um Janos. Und ohne meine Hilfe wird dieses ›Was‹ dich restlos zerstören.

»Dann erzähl mir von ihm. Erzähl mir alles, was du über ihn weißt, und dann versuche ich, den Rest zu tun. Du hast einen guten Handel abgeschlossen. Ich kann ihn dir nicht abschlagen.«

Wieder gluckste Faethor. *Du hast wirklich nur ein kurzes Gedächtnis,* erklärte er. *Dein Wissen hast du nur so lange, wie dieser Traum dauert.*

Harry begriff, dass der Vampir Recht hatte, und seine Frustration wurde zu Wut. »Was soll dann das alles? Bist du doch nur gekommen, um dich über mich lustig zu machen?«

Ganz im Gegenteil. Ich bin gekommen, um einen Handel abzuschließen. Und das haben wir getan. Du wirst zu mir kommen. Du kennst ja den Ort, an dem ich liege. Und da werden wir uns wieder unterhalten – aber beim nächsten Mal wirst du dich daran erinnern!

»Ich werde mich doch nicht einmal dieses Mal daran erinnern!«, rief Harry verzweifelt aus.

Doch das wirst du. Das wirst du. Faethors versickernde Stimme erzeugte ein Echo in dem wallenden Nebel. *Du wirst dich wenigstens an einiges davon erinnern. Dafür habe ich gesorgt. Ich habe dafür gesorgt, Haaarrry Keeeooogh!*

»Harry?« Jemand stand neben ihm, über ihn gebeugt.

»Harry!« Sandra schüttelte drängend seinen Arm, während Darcy Clarke hastig zur Tür eilte, wo Manolis Papastamos gegen die Tür hämmerte, und verlangte, eingelassen zu werden. Die ersten Strahlen der Dämmerung versuchten, sich durch Spalten in den Rollläden hereinzuzwängen.

Harry schreckte hoch, sprang wie ein Betrunkener auf die Beine und hätte dabei beinahe seinen Sessel umgeworfen. Aber Sandra war da und stützte ihn. Es hielt sich an ihr fest, und einen Augenblick später waren Darcy und Manolis im Zimmer.

»Eine furchtbare Sache! Eine ganz furchtbare Sache!« Manolis wiederholte sich wieder und wieder, während Darcy ein Fenster und die Fensterläden öffnete, um das bleiche Licht des neu anbrechenden Tages hereinzulassen. Aber als es hell im Raum wurde, klappte Manolis' Unterkiefer herunter, und er deutete mit zitternder Hand auf einen griechischen Gobelin, der den größten Teil der Wand bedeckte. Der Teppich bewegte sich!

»Allmächtiger!«, keuchte Darcy, und Sandra klammerte sich noch fester an Harry.

Der Gobelin zeigte eine Landschaft mit blauem Himmel über braunen Bergen und weißen Dörfern, aber in den Himmel stand in fünfzig Zentimeter großen Buchstaben ein Name geschrieben: FAETHOR. Geschrieben in Stoff, der sich bewegte!

Harry hatte seinen Traum bereits wieder vergessen, aber nie im Leben würde er seine Gespräche im Wachzustand mit diesem Ahnherren der Vampire vergessen.

»Faethor!«, stieß er das Wort laut heraus.

Und als sei das ein Bannspruch, brach bei diesem Wort die Inschrift auf dem Gobelin auseinander – sie explodierte in hundert einzelne Fledermäuse! Sie waren nicht größer als geflügelte Mäuse und gaben jetzt ihren Halt an dem Stoff auf. Sie sausten einmal durch das Zimmer und entwichen rasch durch das offene Fenster.

»Es ist also wahr«, sagte Manolis Papastamos. Er war leichenblass, und er zitterte, aber er war auch der Erste, der sich von dem Schock erholte. »Es passt alles zusammen. Es kam mir schon komisch vor, dass Ken Layard und Trevor Jordan so seltsame Polizisten waren. Und ihr drei seid noch seltsamer. Aber ihr seid ja auch auf der Jagd nach einem ungewöhnlichen Kriminellen.«

Sandra empfing einen telepathischen Einblick in seinen Verstand und damit die Bestätigung, dass er Bescheid wusste.

»Ihr hättet es mir von Anfang an sagen sollen«, sagte er und ließ sich auf einen Stuhl fallen. »Ich bin ein Grieche, und hier versteht man diese Dinge.«

»Tatsächlich, Manolis?«, fragte Darcy. »Bist du dir da sicher?«

»Aber ja«, sagte der Polizist. »Der Gangster, den ihr sucht, der Mörder, er ist Vrykoulakas. Er ist ein Vampir!«